# Sang froid

ALEX KAVA

# Sang froid

BEST SELLERS
HARLEQUIN

**Si vous achetez ce livre privé de tout ou partie de sa couverture, nous vous signalons qu'il est en vente irrégulière. Il est considéré comme «invendu» et l'éditeur comme l'auteur n'ont reçu aucun paiement pour ce livre «détérioré».**

*Cet ouvrage a été publié en langue anglaise*
*sous le titre :*
A PERFECT EVIL

*Traduction française de*
DANIÈLE LARUELLE



*Photo de l'auteur :*
© MONTE EVANS


83-85, boulevard Vincent-Auriol, 75013 PARIS — Tél. : 01 42 16 63 63
Service Lectrices — Tél.: 01 45 82 47 47
ISBN 2-280-16601-1 — ISSN 1248-511X

*A la mémoire de Roberts (Bob) Shoemaker*
*(1922 – 1998)*
*dont la parfaite bonté continue d'être une inspiration*

# NOTE DE L'AUTEUR

*Ceci est une œuvre de fiction ; toutefois, je souhaite ici exprimer ma sincère compassion aux parents qui ont un jour perdu un enfant, victime d'un acte de violence aveugle.*

## REMERCIEMENTS

Ma profonde gratitude et mes remerciements vont à tous ceux dont le soutien et l'expertise ont rendu cette fantastique exploration possible. En particulier :

Philip Spitzer, mon agent, qui s'est proposé avec enthousiasme pour représenter ce livre, et qui s'est donné pour mission personnelle de le faire publier. Philip, tu es mon héros !

Patricia Sierra, consœur en écriture, qui m'a généreusement offert sa sagesse, son humour et son amitié.

Amy Moore-Benson, mon éditrice, pour sa ténacité, ses brillantes intuitions, et ses capacités à rendre le travail éditorial aussi enrichissant qu'indolore.

Dianne Moggy et tous les professionnels de MIRA Books, pour leurs efforts et leur détermination à faire un succès de ce livre.

Ellen Jacobs, qui a le don de dire ce qu'il faut au bon moment.

Sharon Car, ma complice de travail, pour tous ces déjeuners passés à me remonter le moral et à m'encourager.

LaDonna Tworek, qui m'a aidée à rester sur les rails et m'a encouragée dès les premiers temps à m'accrocher.

Jeanie Shoemaker Mezger et John Mezger, qui m'ont écoutée tout au long de ces délicieux dîners gratuits dont ils m'ont régalée.

Bob Kava, qui a patiemment répondu à mes questions sur les armes à feu.

Mes parents, Edward et Patricia Kava, et ma mère en particulier pour la flamme de l'espoir qu'elle a su animer et ranimer.

Ecrire est avant tout un labeur solitaire qui m'aurait été impossible sans l'affection et le soutien de ma famille et de mes amis. Je remercie également Patti El-Kachouti, Marlene Haney, Nicole Keller, Kenny et Connie Kava, Natalie Cummings, Sandy Rockwood et Margaret Shoemaker.

Enfin, merci à Bob Shoemaker. Ce roman n'est certes pas le genre de livre qu'il aurait lu, mais cela ne l'aurait pas empêché d'être fier de moi, et d'en parler à tous ceux qui croisaient son chemin.

# Prologue

*Prison d'Etat du Nebraska*
*Lincoln, Nebraska,*
*Mercredi 17 juillet*

— Pardonnez-moi, mon père, car j'ai péché.

La voix rauque, monocorde, de Ronald Jeffreys semblait lancer un défi plutôt qu'une confession.

Le père Stephen Francis fixait les mains du condamné, fasciné par les ongles rongés à vif, par les doigts courtauds aux articulations proéminentes qui tordaient — non, qui étranglaient — le coin de sa chemise bleue réglementaire. Le vieux prêtre imaginait ces mains serrant le cou du petit Bobby Wilson, serrant toujours plus fort, jusqu'à ce que l'enfant rende l'âme.

— C'est bien comme ça qu'on commence ?

Brusquement ramené au présent, le prêtre sursauta.

— C'est cela, oui.

Ses paumes moites collaient à sa Bible reliée cuir. Son col le gênait. Dans cette cellule étroite, antichambre de la mort, il n'y avait pas assez d'air pour deux personnes. Les murs gris de béton nu se resserraient sur eux, avec, pour toute ouverture, une minuscule fenêtre. L'odeur tenace de poivron et d'oignon cuits écœurait le vieux prêtre. Il jeta un coup d'œil sur les restes du dernier repas de Jeffreys — quelques morceaux de croûte de pizza, des taches de soda poisseuses. Une mouche bourdonnait autour des miettes éparses d'un gâteau au fromage blanc.

— Et après ? s'enquit Jeffreys.

Il attendait des instructions, mais le père Francis était incapable de réfléchir sous le regard fixe du condamné. Incapable de réfléchir avec le bruit de la foule massée en bas, sur le parking de la prison. A l'approche de minuit et sous l'effet de l'alcool, les slogans et les chants se faisaient plus bruyants — vaste chahut que cette manifestation, fête morbide, monôme sauvage d'étudiants montés en graine. « Jeffreys, grillez-le. Jeffreys, grillez-le... » Inlassablement répétées, ces paroles scandées avaient quelque chose d'une comptine cruelle, des accents de match de foot scolaire, un rythme obsédant, contagieux, qui donnait le malaise.

Imperturbable, Jeffreys semblait ne pas entendre.

— Je ne me rappelle plus bien comment ça marche. Qu'est-ce qui vient, après ?

Question dont la réponse fuyait le vieux prêtre. Après cinquante ans passés à entendre des confessions, il ne se souvenait plus, avait un trou de mémoire.

Un trou de mémoire et la gorge nouée.

— Tes péchés, articula-t-il péniblement. Raconte-moi tes péchés.

Cette fois, Jeffreys hésitait. Il défaisait l'ourlet de sa chemise, tirait sur le fil qu'il enroulait autour de son index, serrant si fort que le bout de doigt boudiné rougissait. Le prêtre coula un long regard au condamné affalé sur sa chaise de bois au dossier droit. Ce n'était plus le même homme que sur les photos de presse granuleuses ou les prises de vue hâtives de la télévision. Avec le crâne et la barbe rasés, Jeffreys paraissait nu, plus jeune que ses vingt-six ans et vaguement espiègle. Il avait pris du poids au cours de ses six ans dans les couloirs de la mort, mais il conservait quelque chose d'enfantin. Et le père Francis fut saisi de tristesse à l'idée que ce visage poupin ne connaîtrait jamais les rides. Jusqu'à ce que Jeffreys lève les yeux vers lui. Des yeux bleu de glace, vides, transparents — comme des éclats de verre et tout aussi tranchants. Oui, c'était bien là le regard du mal. Le prêtre cligna des paupières et se détourna.

— Raconte-moi tes péchés, répéta-t-il.

Sa voix tremblait quand il la voulait ferme. Il avait peine à respirer. Jeffreys avait-il sciemment absorbé tout l'air de la cellule ? Le père Francis toussota et reprit :

— Confesse tes péchés. Ceux que tu regrettes sincèrement.

Jeffreys le dévisageait, impassible. Et soudain, sans prévenir, il partit d'un grand rire sonore. Le prêtre sursauta, et le rire prit de l'ampleur. Crispant les doigts sur sa Bible, le père Francis se demanda pourquoi il avait insisté pour qu'on ôte les menottes du condamné dont il fixait les mains, inquiet. Dans sa miséricorde, Dieu lui-même ne saurait secourir un imbécile. La sueur perlait à sa nuque, coulait le long de son dos. Il songea à fuir, à s'échapper avant que Jeffreys ne prenne conscience qu'un dernier meurtre ne lui coûterait rien. Hélas, la porte était verrouillée de l'extérieur.

Le rire s'interrompit aussi brutalement qu'il avait commencé. Silence.

— Vous êtes bien comme les autres.

Prononcée d'une voix grave, gutturale, cette accusation montait des profondeurs d'un cœur mort. Pourtant, Jeffreys souriait, révélant de petites dents pointues aux incisives plus longues — des petites dents de rongeur.

— Vous attendez que je confesse des crimes que je n'ai pas commis.

Ses mains se mirent à déchirer le bas de la chemise. Mince bande de tissu qui se détache dans un lent crissement continu.

Le père Francis desserra son col, quelque peu irrité par le tremblement persistant de ses doigts.

— Je ne comprends pas où tu veux en venir. Je croyais que tu avais demandé un prêtre, que tu souhaitais te confesser.

— Oui... oui, je veux me confesser.

Il avait retrouvé ce même ton monocorde, hésita un moment, et reprit :

— J'ai tué Bobby Wilson. J'ai entouré sa gorge de mes mains... de mes doigts, et j'ai serré. Au début, il hoquetait, toussait, comme quand on s'étrangle. Et puis le bruit a cessé.

Il récitait d'une voix feutrée et retenue ce discours à l'évidence préparé.

— Il a remué un peu, donné quelques coups de pieds. Petit crétin. Il devait savoir qu'il allait mourir. Il ne s'est pas beaucoup défendu. Même pas quand je l'ai enculé.

Jeffreys s'interrompit, chercha le regard du prêtre, sourit en constatant qu'il l'avait choqué.

— J'ai attendu qu'il soit mort avant de le taillader. Il ne sentait plus rien. Alors j'ai continué à le lacérer au couteau. Et je l'ai enculé une dernière fois.

Soudain, il inclina la tête de côté, parut tendre l'oreille. Remarquait-il enfin le tapage du dehors ?

Le père Francis attendit. Etaient-ce les battements amplifiés de son cœur que Jeffreys entendait ? Comme dans une nouvelle de Poe, ce cœur qui martelait les côtes du vieux prêtre semblait avoir sa vie propre, le trahissait comme ses mains.

— Je me suis déjà confessé, poursuivit Jeffreys. Juste après avoir fait ça. Mais le prêtre... disons qu'il a été un peu surpris. Seulement, aujourd'hui, je me confesse à Dieu, vous comprenez ? Je confesse que j'ai tué Bobby Wilson.

Crissement de la chemise qui se déchirait maintenant par saccades.

— Mais je n'ai pas tué les deux autres mômes. Vous m'entendez ? Je n'ai pas tué Harper, ni Paltrow.

La voix s'était élevée, et le silence retomba après ce bref éclat. Puis, lentement, les lèvres de Jeffreys s'étirèrent en un sourire.

— Mais ça, Dieu le sait déjà. Pas vrai, mon père ?

— Dieu connaît la vérité, confirma le père Francis.

Il tenta de soutenir le regard bleu glacial du condamné, puis, coupable, se détourna de nouveau par crainte de se trahir.

— Ils veulent m'exécuter. Ils me prennent pour un tueur en série qui assassine les petits garçons, gronda Jeffreys entre ses dents serrées. D'accord, j'ai tué Bobby Wilson et j'y ai pris du plaisir. Peut-être même que je mérite de mourir pour ça. Mais Dieu sait que je n'ai pas tué les deux autres. Là-bas, dehors, mon père, il y a un monstre qui rôde.

Il ponctua d'un rictus et reprit :

— Un monstre encore plus ignoble que moi.

Soudain, un bruit de porte métallique retentit au fond du couloir — si brusque que le père Francis, surpris, laissa tomber sa Bible. Cette fois, Jeffreys ne riait plus. Et cette fois, le vieux prêtre soutint son regard. Ni l'un ni l'autre ne fit un geste pour ramasser le Livre Saint. Venait-on déjà chercher le condamné ? N'était-ce pas un peu tôt ? On n'attendait pourtant pas de sursis à l'exécution.

— Te repens-tu de tes péchés ? chuchota le prêtre, comme s'il était encore dans son confessionnal de l'église Ste Margaret.

Oui. Des pas résonnaient dehors, dans le couloir. Ils approchaient. L'heure était venue. Raide sur sa chaise, Jeffreys écoutait les chocs répétés des talons ferrés contre le dallage.

— Te repens tu de tes péchés ? insista le prêtre d'une voix pressante.

Dieu du ciel, qu'il était difficile de respirer ici ! Et ces chants, ces slogans qui montaient du parking, dont le tapage croissant pénétrait par l'étroite fenêtre scellée jusqu'à emplir la pièce. Dieu, que c'était étouffant !

Jeffreys se leva. De nouveau, il plongea dans les yeux du père Francis. Cliquetis de cadenas, grincements des verrous dont les murs de béton répercutèrent l'écho. Jeffreys esquissa une grimace de douleur, puis il se ressaisit, redressa le dos et tira les épaules en arrière. Avait-il peur ? Le prêtre scrutait son regard sans parvenir à en franchir la barrière d'acier.

— Te repens-tu de tes péchés ? répéta-t-il encore dans l'espoir d'une réponse.

Sans repentir, point d'absolution possible.

L'ouverture de la porte acheva d'absorber l'oxygène de la pièce. Des gardes aux épaules de colosse en obstruaient le passage.

— C'est l'heure, dit l'un d'eux.

— L'heure du spectacle, mon père.

Mâchoire crispée, Jeffreys retroussa les lèvres en un rictus. Aucune trace d'émotion ne troublait son regard bleu, perçant, désespérément vide. Il tendit ses poignets, et le prêtre tressaillit en entendant les menottes se refermer sur eux. Puis ce furent les claquements de bottes le long du couloir, accompagnés cette fois de bruits de chaînes et d'un lent raclement de semelles traînées.

Un léger courant d'air filtrait à présent dans la cellule ouverte, donnant le frisson au vieux prêtre moite de sueur. Haletant, il respirait par saccades, tel un asthmatique. Le martèlement de son cœur s'apaisa peu à peu, laissant dans sa poitrine une douleur sourde, comme une oppression.

— Dieu vienne en aide à Ronald Jeffreys, murmura-t-il pour lui-même.

Du moins, le condamné avait-il dit vrai. Il n'avait pas tué les trois garçons. Le père Francis le savait. Il le savait car, trois jours plus tôt, en l'église Ste Margaret, le monstre sans visage qui avait assassiné Aaron Harper et Eric Paltrow lui avait avoué ses crimes à travers le grillage noir du confessionnal. Mais, tenu au secret par ses vœux devant Dieu, le prêtre ne pouvait en parler à personne.

Pas même à Ronald Jeffreys.

# 1.

*A quelques kilomètres de Platte City, Nebraska*
*Vendredi 24 octobre*

Nick Morrelli aurait préféré que la femme soit moins fardée. Obsession ridicule, s'il en était. Il l'écoutait gémir sous lui — ou plutôt ronronner. Telle une chatte, elle se frottait à lui, frottait ses cuisses soyeuses contre ses flancs. Elle était prête, à point. Et lui, obnubilé par ses paupières couvertes de poudre bleue. Même lumière éteinte, l'image restait gravée dans son esprit, le bleu brillait à l'égal d'une peinture fluorescente...

— Hm... comme ton corps est ferme, mon chéri, roucoula-t-elle en effleurant son dos de ses ongles vernis.

Il roula sur le côté, s'écarta d'elle avant qu'elle s'aperçoive que son corps n'était pas ferme au bon endroit. Quelle mouche le piquait donc ? Il lui fallait se concentrer, que diable... Il lui lécha le lobe de l'oreille, lui grignota le cou, descendit jusqu'à sa poitrine où sa bouche trouva d'instinct la pointe d'un sein. Sous la caresse de sa langue, elle laissa échapper une plainte. Dieu, qu'il aimait ces bruits que font les femmes, ces soupirs, ces gémissements. Satisfait, il se mit à téter doucement. Elle cambra les reins, frissonna. Il se plaqua contre elle pour mieux sentir son tremblement, s'en délecter. En temps normal, cette seule réaction aurait suffi à le mettre en érection. Mais ce soir, rien à faire.

Pourquoi diable perdait-il soudain ses moyens ? Il était encore trop jeune pour ce genre de problème. Pas même quarante ans. Quatre ans encore avant l'âge fatidique…

Allons bon ! Voilà qu'il comptait les années le séparant de la quarantaine à présent. C'était nouveau.

— Continue, chou, n'arrête pas.

Tiens, un rappel à l'ordre ? Il n'avait pas conscience de s'être interrompu. Impatiente, elle geignit, remua des hanches dans un mouvement lent et sensuel. Oui, elle était fin prête pour le recevoir. Et lui, décidément pas en état. Si seulement ces dames pouvaient de temps en temps l'appeler par son nom… Il en avait assez de ces choux et de ces chéris, de ces chatons, lapins et autres canards bleus. Avaient-elles donc si peur de se tromper de prénom dans le plaisir ?

Elle agrippa ses cheveux et tira dessus. La douleur le surprit. Puis elle attira de nouveau sa tête sur sa poitrine. Dans la pénombre, il remarqua que le triangle de chair bronzée entre les deux seins était décalé vers la droite. Que lui arrivait-il ? Une superbe blonde le désirait, et il restait indifférent à ses soupirs, se fixait sur d'obscurs détails. Décidément, il n'était pas à ce qu'il faisait. Tout cela lui semblait vide, mécanique, routinier. Naturellement, il compenserait sa défaillance et la satisferait par d'autres moyens. N'avait-il pas deux mains, une bouche ? Sans parler de sa réputation à défendre.

Il entreprit de descendre le long de son corps tout en la mordillant, en la couvrant de baisers. Elle se tordait et haletait sous la tendre torture, défaillait presque avant même qu'il n'agrippe des dents la dentelle de son slip. Il descendit encore, léchant l'intérieur de ses cuisses. Soudain, un bruit l'arrêta net. Il tendit l'oreille de dessous les couvertures.

— Non, je t'en prie ! Encore ! geignit-elle en lui pressant la tête entre ses jambes.

Nouveau bruit. On frappait à la porte. Cette fois, il en était certain.

Il se dégagea lentement, s'extirpa des draps emmêlés et manqua se prendre les pieds dedans en se levant.

— Ne bouge pas, je reviens.

En hâte, il enfila son jean, le boutonna et jeta un coup d'œil au réveil. 10 h 36.

Même dans le noir, il connaissait chaque marche de l'escalier, chaque craquement. Par habitude, il se surprit à marcher sur la pointe des pieds en passant devant la chambre de ses parents qui n'habitaient plus la vieille ferme depuis cinq bonnes années.

Dehors, on s'impatientait, on cognait plus fort à coups répétés.

— J'arrive ! lança Nick, agacé — encore que soulagé par cette interruption qui le tirait d'un mauvais pas…

Lorsqu'il ouvrit la porte, il se trouva devant le fils d'Hank Ashford dont il avait oublié le nom. Le garçon, qui devait avoir seize ou dix-sept ans, jouait arrière dans l'équipe de football américain et avait une carrure à se tirer la part du lion dans les mêlées. Ce soir pourtant, il semblait tout penaud avec son dos voûté, ses mains enfoncées dans ses poches ; il avait le visage blême, le regard fou, éperdu, et frissonnait malgré la sueur qui perlait à son front.

— Shérif Morrelli, il faut que vous veniez… à Old Church Road… S'il vous plaît, venez voir…

— Il y a quelqu'un de blessé ?

L'air nocturne et froid pinçait la peau nue de Nick. Une sensation vivifiante.

— Non, ce n'est pas… il n'est pas blessé… Oh, mon Dieu ! Shérif, c'est affreux… affreux…

Le garçon jeta un coup d'œil en arrière. Nick suivit son regard. Il n'était pas seul. Une fille était restée dans la voiture. Bien qu'à demi aveuglé par la lumière des phares, Nick vit aussitôt qu'elle pleurait.

— Qu'est-ce qui s'est passé, raconte !

L'adolescent demeura muet, mal à l'aise, à danser d'un pied sur l'autre.

A quel passe-temps stupide les jeunes s'étaient-ils livrés cette fois-ci ? La semaine précédente, la veille de la parade de rentrée, un groupe de garçons avaient fait la course avec des tracteurs « empruntés » à Jake Turner. Le perdant, qui avait basculé dans un fossé d'évacuation plein d'eau, était resté coincé sous la machine. Il avait eu de la chance de s'en tirer avec quelques côtes fêlées et, pour toute punition, une suspension pour les deux prochains matchs de football.

— Qu'est-ce que vous avez encore fait comme ânerie ? hurla Nick au sportif déconfit et tremblant.

— C'est pas nous… On a trouvé… là-bas, à Old Church Road… dans l'herbe haute… Oh, mon Dieu, c'est affreux… on a trouvé un corps.

— Un corps ? répéta Nick, incrédule. Tu veux dire un cadavre ?

Le gosse était-il dans son état normal ? Avait-il bu ? Fumé de la drogue ?

L'adolescent acquiesça d'un hochement de tête. Des larmes coulaient de ses yeux qu'il essuya de sa manche. Puis son regard alla de Nick à sa copine, de sa copine à Nick.

— Bon. Attends-moi deux secondes.

Nick rentra à l'intérieur, laissant le battant à moustiquaire claquer derrière lui. Un cadavre ! Ils avaient dû l'imaginer. Pour une farce d'Halloween, il était un peu tôt. Bah, ils avaient sûrement fait la fête, bu trop de bière, fumé des trucs pas nets. Ils devaient être défoncés tous les deux.

Il enfila ses bottes à même ses pieds nus, prit sa chemise sur le canapé où on la lui avait ôtée un peu plus tôt dans la soirée, la passa et la boutonna, irrité de constater que ses doigts tremblaient.

— Nick ? Que se passe-t-il ?

La voix venue du palier le fit sursauter. Il avait complètement oublié Angie ! Ses longs cheveux en désordre flottaient sur ses épaules. De loin, le fard à paupières bleu n'était pas perceptible. Elle avait emprunté un de ses T-shirts pour se couvrir, et l'on devinait son corps à travers le mince coton dans le contre-jour du couloir. Diablement aguichante, la demoiselle. Pourquoi avait-il éprouvé tant de soulagement à la quitter ? Mystère.

— Il faut que je file voir un truc.

— Quelqu'un de blessé ?

Elle semblait plus curieuse qu'inquiète. En quête de ragots, peut-être ? D'une anecdote croustillante à raconter aux adeptes du café matinal au comptoir de Chez Wanda ?

— Je n'en sais trop rien.

— Quelqu'un a retrouvé le corps du petit Alvarez ?

Seigneur Dieu ! Il n'avait pas pensé à cela. Le gamin était porté disparu depuis le dimanche précédent. Il s'était évaporé avant même de commencer sa distribution de journaux. Depuis, plus aucune trace.

— Je ne crois pas, répondit-il.

Tous étaient convaincus que le môme avait été enlevé par son père, y compris le FBI, qui cherchait à localiser ce dernier. Simple affaire de garde d'enfant. Quant à la mission de ce soir, elle relevait probablement d'une simple farce entre adolescents.

— Cela risque d'être un peu long, mais tu peux rester si tu veux, ajouta-t-il.

La clé de sa jeep en main, il ressortit et trouva le jeune Ashford assis sur une marche, la tête dans les mains.

— Allons, mon garçon, en route.

Il agrippa le sweat-shirt de l'adolescent pour le remettre debout.

— Laisse ta voiture ici et montez avec moi tous les deux.

Nick regretta bientôt de ne pas avoir pris le temps de mettre des sous-vêtements. Chaque fois qu'il débrayait pour passer les vitesses, la toile rugueuse du jean frottait contre ses parties sensibles et l'irritait. Pour ne rien arranger, Old Church Road n'était qu'une succession de nids-de-poule et d'ornières après les pluies de la semaine passée. Le gravier volait tandis qu'il louvoyait pour éviter les creux et les bosses.

— Qu'est-ce que vous fabriquiez tous les deux sur cette route pourrie ?

Nick n'avait pas achevé sa question que l'évidence s'imposait d'elle-même. Il avait eu dix-sept ans, lui aussi, et se souvenait des avantages des vieilles routes désertes.

— Laissez tomber, ajouta-t-il avant que les jeunes aient le temps de répondre. Dites-moi plutôt où je dois aller.

— A un bon mile d'ici, juste après le pont. Il y a une piste pour le bétail qui longe la rivière.

— Je vois.

Le jeune Ashford ne bafouillait plus. Sans doute l'effet de l'alcool ou autre se dissipait-il. En revanche, la petite demoiselle assise entre eux n'avait pas desserré les dents.

Nick ralentit pour passer le pont de bois et aperçut la piste avant même qu'Ashford junior la lui désigne. La route boueuse, dont les sillons creusés par les tracteurs débordaient d'eau de pluie, faisait cahoter et déraper la jeep.

— Je vais au bout, jusqu'aux arbres ?

Nick jeta un coup d'œil à Ashford qui acquiesça d'un hochement de tête, le regard fixé droit devant lui. Tandis qu'ils approchaient de l'endroit, la fille se cacha le visage dans le sweat-shirt de son compagnon.

Nick s'arrêta, coupa le moteur, laissa les phares allumés et tendit le bras pour prendre une torche électrique dans la boîte à gants.

— La portière passager coince, il faut pousser fort, dit-il à Ashford.

Les deux jeunes échangèrent un regard de biais. Ni l'un ni l'autre ne semblait prêt à quitter le véhicule.

— Tu ne m'avais pas prévenue qu'on serait forcés de revenir le voir, murmura la fille en s'accrochant au bras du jeune Ashford.

Nick sortit et claqua sa portière. Le bruit déchira le silence de la nuit. Rien, pas âme qui vive sur des miles et des miles. Pas de circulation, pas de fermes aux vitres illuminées. Les animaux nocturnes eux-mêmes semblaient dormir. Il attendit près de la jeep. Le garçon croisa son regard mais ne fit pas un geste pour sortir. Plutôt que d'insister, Nick pointa le faisceau de sa torche vers la berge de la rivière. A travers la vitre, les yeux d'Ashford suivirent le rai de lumière. Il marqua une hésitation, reporta son attention sur Nick, puis il hocha la tête.

Nick avança droit devant lui. L'herbe haute lui arrivait aux genoux, masquant la boue qui engloutissait ses bottes. Dieu qu'il faisait noir ! La lune orange, voilée par un nuage, éclairait à peine. Il y eut un bruissement de feuilles derrière lui, et il se retourna. Etait-ce un mouvement, là, dans les broussailles ? Il aurait juré avoir vu une ombre s'écarter du rayon lumineux de la torche. A moins que son imagination lui joue des tours.

Il s'efforça de scruter les ténèbres par-delà les branches, retint son souffle, tendit l'oreille. Rien. Ce devait être le vent. Il écouta de nouveau. Non, il n'y avait pas de vent. Un frisson le parcourut, et il regretta de ne pas avoir pris de veste. Tout cela était fou. Il n'était pas question de se laisser démonter par une blague de gamins. Plus vite il aurait vérifié qu'il n'y avait rien de sérieux, plus vite il regagnerait la douce chaleur de son lit.

Les bruits de succion s'accrurent à mesure qu'il approchait de la rivière. Impossible de marcher normalement. Il fallait arracher un pied à la boue, puis le poser précautionneusement afin de ne pas glisser, et recommencer. Ses bottes neuves ne s'en remettraient pas. Et il avait déjà les pieds trempés. Pas de chaussettes, pas de slip, pas de veste.

— Merde, grommela-t-il. J'espère que ça valait le déplacement, parce que...

S'il découvrait qu'un groupe d'ado jouait à cache-cache avec lui, il allait se fâcher tout rouge.

Dans le rayon de la torche étincela soudain un petit objet, tout près de l'eau, dans la boue. L'œil rivé sur ce point brillant, Nick accéléra le pas autant qu'il put. Il touchait au but, arrivait au bout des hautes herbes lorsqu'il buta sur quelque chose, perdit l'équilibre et s'affala de tout son long, amortissant sa chute de ses coudes. La torche lui vola de la main pour atterrir dans l'eau noire de la rivière, spirale de lumière qui alla se perdre au fond.

Ignorant la douleur de ses bras, Nick s'extirpa tant bien que mal du bourbier, se retrouva à quatre pattes quand une odeur putride assaillit ses narines. Une odeur qui n'était pas celle de la fange. L'objet brillant était presque à portée de sa main — une médaille en forme de croix dont la chaîne brisée gisait un peu plus loin.

Il jeta un coup d'œil en arrière pour voir ce qui avait causé sa chute, cherchant des yeux une vieille souche, une branche morte. Et là, à moins d'un mètre de lui, il aperçut un petit corps blanc lové dans la boue et les feuilles.

Nick se redressa, se remit debout. Il avait les jambes en coton, une légère sensation de nausée. L'odeur se précisait, se développait, emplissait l'air et ses narines. Lentement, il s'approcha du corps, comme s'il craignait d'éveiller le garçon qui paraissait dormir malgré ses yeux grands ouverts sur les étoiles. Puis il remarqua l'entaille à sa gorge, la poitrine mutilée, la peau fendue et repoussée comme celle d'un fruit trop mûr, éclaté. Alors, ses genoux cédèrent et il eut un haut-le-cœur.

# 2.

Sur son clavier, Christine Hamilton tapa : « Il suffit d'une pomme véreuse. » Puis elle sélectionna la phrase, appuya sur la touche d'effacement, et regarda les mots disparaître de l'écran. Elle se pencha en arrière pour jeter un coup d'œil sur l'horloge du couloir, seule balise lumineuse dans ce tunnel obscur. Jamais elle ne viendrait à bout de cet article ! Heureusement, Timmy passait la nuit chez un camarade.

Les plantons avaient encore coupé l'électricité dans le couloir, preuve de l'intérêt qu'on portait à la rubrique « La vie au quotidien ». Au bout du tunnel, elle apercevait la lumière de la salle de rédaction qui filtrait sous la porte séparant l'information pure et dure du menu fretin. Même à cette distance, elle entendait le bourdonnement des fax et des téléscripteurs. De l'autre côté de la porte, une demi-douzaine de journalistes torchaient des articles urgents ou apportaient des corrections de dernière minute à leur copie en ingurgitant des quantités impressionnantes de café. De l'autre côté de la porte, les nouvelles du jour prenaient corps tandis qu'elle se morfondait, confinée à l'art de la tarte aux pommes.

Elle ouvrit un classeur, en feuilleta le contenu. Des notes, des recettes, plus de cent manières de peler, évider, couper, et faire cuire les pommes. Et rien qui éveillât son intérêt. Elle séchait sur place, à court d'idées. Sans doute son esprit s'était-il épuisé sur les sauces tomates épicées de la semaine précédente, sur les dix astuces pour introduire discrètement des légumes frais dans les menus familiaux. Son diplôme de journaliste avait trop longtemps dormi dans un tiroir et son talent s'était rouillé, tout cela à cause de Bruce et de ses préjugés, de ce macho imbécile qui ne voulait pas qu'elle travaille, qui tenait à porter la culotte. Sans être fichu de la garder sur lui, sa culotte !

Elle referma le classeur, le jeta sur son bureau et le regarda glisser. Des coupures de presse s'éparpillèrent sur le vieux lino craquelé. Combien de temps faudrait-il encore pour qu'elle surmonte son amertume ? Pour ne plus avoir mal ? Pourquoi souffrait-elle tant ? Plus d'un an s'était écoulé depuis la crise.

Irritée, elle repoussa le clavier du terminal et passa une main dans son épaisse chevelure blonde. Qui avait besoin d'une coupe. Et dont les racines brunes ne tarderaient pas à apparaître. La décoloration était une innovation, un cadeau qu'elle s'était offert pour son divorce. Autant dire depuis longtemps. Elle avait perdu l'habitude qu'on se retourne sur son passage. Mais elle demeurait incapable de programmer les rendez-vous chez le coiffeur. Comme tout le reste d'ailleurs. Sa vie n'était qu'un vaste désordre.

Ignorant la consigne, elle tira une cigarette du paquet qu'elle gardait en permanence dans son sac, l'alluma et inspira profondément, dans l'espoir que la nicotine l'apaiserait. Elle n'avait pas eu le temps de souffler la fumée qu'elle entendit une porte claquer. Coupable, elle écrasa en hâte sa cigarette dans une soucoupe trop pleine de mégots pour quelqu'un qui prétendait arrêter le tabac. Des pas précipités résonnaient dans le couloir. Il lui fallait cacher son crime, mais où ? Elle chercha des yeux un endroit propice tout en dispersant la fumée de sa main libre puis, prise de panique, elle jeta soucoupe et mégots dans la corbeille à papier, sous son bureau. La porcelaine du cendrier improvisé se brisa contre le métal au moment même où Pete Dunlap entrait dans la pièce.

— Ah, Hamilton. Tu es encore là. Excellent.

Visiblement épuisé, il se passa la main sur le visage. Pete travaillait depuis près de cinquante ans au *Omaha Journal* où il avait commencé comme garçon de course. Malgré ses cheveux blancs, ses lunettes à double foyer et ses mains raidies par l'arthrite, il aurait pu produire le journal à lui seul pour avoir employé ses talents dans tous les services.

— Blocage total et angoisse de la page blanche, répondit-elle en souriant pour expliquer sa présence tardive que la nature de sa rubrique ne justifiait pas.

Une chance que ce soit Pete et pas Charles Schneider, qui assurait le service de nuit avec la subtilité d'un officier Nazi !

— Bailey est souffrant, Russell n'a pas fini son papier sur le scandale sexuel dans lequel est impliqué le député Neale, et je viens d'envoyer Sanchez couvrir un carambolage sur l'autoroute 50. Il se passe un truc près de la rivière, à Old Church Road, comté de Sarpy. Ernie n'a pas tiré grand-chose du message radio, mais toute une escouade de police est en route. Ce sont peut-être encore des mômes bourrés qui jouent avec les tracteurs de leurs papas, remarque. Mais bien que tu ne sois pas de l'équipe d'information, j'aimerais que tu ailles y jeter un œil. Cela ne t'ennuie pas ?

Christine s'efforça de réprimer son enthousiasme et, pour cacher son sourire, se retourna vers l'écran qui affichait son article en cours. Enfin une chance de faire du reportage, même si ce n'était qu'une frasque d'adolescents.

— Bon, d'accord. Si ça t'arrange, je veux bien vérifier ça pour toi.

Elle avait formulé sa réponse avec soin, choisi ses mots de manière à donner l'impression de le dépanner. Un an à la rédaction lui avait appris que les journalistes étaient plus souvent promus pour services rendus que pour talents avérés.

— Passe par la nationale. L'autoroute 50 doit être encore bloquée par l'accident. A la sortie 372, tu prendras l'autoroute 66 vers le sud. Tu trouveras Old Church Road six miles plus loin.

Oh, elle connaissait ! Lycéenne, elle allait flirter comme beaucoup à Old Church Road, mais ce n'était pas le moment de révéler ses racines de petite provinciale. Elle s'abstint donc de l'interrompre et nota les indications.

— Sois de retour avant 1 heure, que nous puissions en tirer un ou deux paragraphes pour l'édition de demain matin.

— Pas de problème.

Ravie, elle passa son sac en bandoulière et quitta la pièce en refrénant une folle envie de sortir en sautillant.

— Si seulement Russell écrivait aussi vite qu'il parle, je serais un homme heureux, grommela Pete dans son dos tandis qu'elle s'éclipsait.

Une fois seule dans le parking souterrain désert, Christine laissa enfin exploser sa joie, tournoya sur elle-même en s'écriant :

— Youpi !

Enfin une chance de passer de l'autre côté de la porte, de quitter les recettes et anecdotes domestiques pour faire de l'information. Peu lui importait ce qui se passait près de la rivière. Elle en tirerait le maximum, en rendrait l'ambiance dans les moindres détails. Et s'il ne se passait rien… Hm, un bon journaliste pouvait toujours en rapporter quelque chose, pas vrai ?

# 3.

Il fuyait à travers les broussailles, malmenant dans sa course les buissons dont les branches craquaient dans le noir et le silence. Le suivaient-ils ? Etaient-ils proches ? Il n'osait pas regarder en arrière. Et soudain, il glissa dans la boue, perdit l'équilibre et dévala la berge pour atterrir dans l'eau glaciale de la rivière. Pris de panique, il se débattait, agitait bras et jambes dans un éclaboussement d'eau et un bruit de tonnerre. Enfin, il se laissa tomber à genoux, laissa l'eau fangeuse recouvrir son corps trempé de sueur, s'y enfouit jusqu'au menton. Le courant le bousculait, menaçait de l'emporter vers le lieu dont il venait tout juste de s'échapper.

Le froid l'engourdissait et atténuait l'effet des convulsions. Si seulement il parvenait à respirer… Des hoquets douloureux lui déchiraient les côtes. Ses poumons cherchaient l'air. Dans un nouveau hoquet, il but la tasse, s'étrangla et toussa avant de recracher.

Il ne voyait plus les projecteurs. Peut-être avait-il couvert une distance suffisante dans sa fuite effrénée ? Il tendit l'oreille. S'efforça d'entendre malgré l'écho assourdissant de ses halètements.

Rien. Pas de bruit de course, pas d'aboiements, pas de chiens, pas de rugissements de moteurs. Il avait frisé la catastrophe — le type avec la torche n'était pas passé loin. Se pouvait-il que l'intrus ne l'ait pas repéré dans l'herbe haute ? Apparemment, puisque personne ne l'avait suivi.

Il n'aurait pas dû venir ce soir. C'était devenu une manie dangereuse, un risque stupide, une drogue puissante, enivrante comme une érection spirituelle. Il sentait la honte se répandre en lui comme un liquide chaud malgré l'eau glacée. Non, il n'aurait pas dû venir. Mais personne ne l'avait vu. Personne ne l'avait suivi. Il était sauvé. Le garçon lui aussi était sauvé, désormais.

# 4.

L'odeur putride s'accrochait à Nick, odeur de sang et de fange qui imprégnait ses vêtements et jusqu'à sa peau. Il ôta sa chemise et remercia Bob Weston pour le coupe-vent réglementaire du FBI. Les manches trop courtes s'arrêtaient à quinze centimètres de ses poignets, le tissu était tendu à craquer sur sa poitrine et la fermeture Eclair restait coincée à mi-hauteur. Il savait qu'il devait ressembler à un clown, et empester comme un putois — soupçon que vint confirmer Eddie Gillick, l'un de ses adjoints, en fendant la foule des agents de l'ordre pour lui apporter une serviette humide.

Avec les projecteurs suspendus aux branches, le ruban jaune tendu entre les arbres qui délimitait le périmètre du crime, la fumée et le crépitement des fusées éclairantes, et cette infecte odeur de mort par-dessus le marché, la scène était digne d'Halloween. Au centre de ce décor macabre, gisait le minuscule spectre blanc du garçon endormi dans l'herbe.

En deux ans de fonctions au poste de shérif, Nick avait sorti de leurs voitures trois accidentés de la route. L'adrénaline l'avait alors aveuglé, gommant l'affreuse vision de métal tordu et de chair torturée. Il avait vu un blessé par balle — un incident sans conséquence : l'homme nettoyait son fusil tout en buvant du whisky à la bouteille. Il avait également mis de l'ordre dans diverses bagarres, séparé les combattants et pris sa part de coups. Mais rien ne l'avait préparé à cela.

— Voilà la 9 qui arrive.

Du doigt, Gillick montrait la camionnette-régie de la chaîne de télévision qui cahotait le long de la piste défoncée, affichant un grand 9 orange fluorescent sur son capot noir.

— Merde. Qui les a prévenus ?

— Un récepteur d'ondes courtes, je présume. Ils scannent les alertes de police. Je parie qu'ils n'ont aucune idée de ce qui se passe, mais ils savent qu'il y a un truc.

— Envoie Lloyd et Adam pour les tenir à l'écart derrière cette rangée d'arbres. Pas de photos, pas de caméras, pas d'interviews et pas de curieux. Cela vaut pour toute la meute si elle rapplique, compris ?

Il ne manquerait plus qu'on le voie au journal du matin avec sa veste de clown, son jean couvert de boue, étalant son incompétence aux yeux de tout l'Etat.

— Ah, bravo ! dit Weston. Encore des traces de pneus, c'est malin.

Il s'adressait aux agents du FBI qui faisaient leur travail à quatre pattes dans le bourbier, mais il se tourna vers Nick, le regarda bien en face pour lui faire comprendre que la remarque le visait, lui.

Nick se sentit rougir. Il s'abstint de répondre, préférant s'éloigner. Weston laissait assez clairement entendre qu'il le considérait comme un minable shérif de province. Ils frisaient l'accrochage depuis dimanche, depuis que Danny Alvarez avait disparu, laissant derrière lui une bicyclette neuve et une pleine sacoche de journaux non distribués. Nick voulait lancer un appel au public pour que les volontaires participent aux recherches, fouillent les parcs et les champs, mais Weston ne l'entendait pas de cette oreille. Il tenait à ce qu'on attende une demande de rançon qui n'était jamais venue. Au lieu de se fier à son instinct, Nick n'avait pas insisté. Face à vingt et un ans d'expertise au FBI, ses deux ans d'expérience provinciale ne faisaient pas le poids.

Pourquoi n'avait-il jamais cru à la théorie de Wilson selon laquelle le père, furieux que son ex-épouse l'empêche de voir son fils, aurait kidnappé le gosse ? On lisait pourtant couramment ce genre d'histoire dans les journaux. De plus, le major Alvarez demeurait introuvable, ce qui semblait confirmer la thèse du rapt. Mais indépendamment de sa mésentente avec l'agent spécial Bob Weston, Nick demeurait sceptique.

D'entrée de jeu, Weston lui avait rebroussé le poil par son arrogance. Avec son mètre soixante-cinq, il avait tout d'un Napoléon étriqué qui compensait par sa grande gueule ce qui lui manquait en taille et en carrure. Mais tout gringalet qu'il était, chacune de ses paroles ce soir ravalait Nick au rang de ver de terre. Il se savait fautif — d'avoir contaminé le lieu du crime, délimité un périmètre interdit trop restreint, fait venir trop d'officiers de police. Il méritait les remarques désobligeantes de Weston. Et il se demandait même si le bougre ne lui avait pas donné sciemment cette veste trop petite pour le ridiculiser.

Soudain, Nick aperçut George Tillie qui se frayait un passage parmi la foule. La vue de ce visage familier le soulagea. George semblait sortir du lit avec sa veste sport tire-bouchonnée et boutonnée de travers sur une chemise rose, ses cheveux gris en bataille, son visage fripé et sa barbe de la veille. Il portait une petite sacoche noire qu'il serrait contre sa poitrine tout en négociant prudemment la boue dans ses pantoufles — des pantoufles en peluche, avec un museau de chien et des oreilles ! Nick ne put s'empêcher de sourire. Comment diable avait-il franchi le barrage d'agents du FBI dans cet accoutrement, mystère.

— George ! Le gosse est par-là-bas, lui lança-t-il.

Il alla prendre le bras du vieux médecin légiste et le guida à travers le bourbier encombré de policiers de toute sorte.

Près du corps, un agent prit une dernière photo Polaroïd, puis il se retira pour leur céder la place. George n'avait pas jeté un coup d'œil au garçon qu'il se figea sur place. Ses épaules se raidirent, ses traits se décomposèrent.

— Oh, mon Dieu, ça recommence !

# 5.

Eclairée par les spots comme un stade de football un soir de match, la prairie s'étendait à un mile à la ronde. Sur la piste de gravier, Christine accéléra.

Il se passait quelque chose. Quelque chose d'important. Une vive excitation s'empara d'elle. Son cœur battait plus vite et ses mains transpiraient. C'était mieux que le sexe, que les souvenirs qu'elle en gardait, du moins.

Le message de police manquait de précision : « Agent demande en urgence de l'aide et des renforts. »

En clair, cela ne disait rien, pouvait couvrir n'importe quelle situation.

Son excitation s'accrut lorsqu'elle tourna en dérapant sur la piste à bétail. Des véhicules de premiers secours, deux camionnettes-régie de la télé, cinq voitures de patrouille et une foule de voitures banalisées étaient garées à la va-vite dans la gadoue. Trois shérifs adjoints gardaient le périmètre délimité par un ruban jaune — signe qu'il y avait eu un crime. Et s'il y avait crime, c'était du sérieux. Pas un groupe d'ados en goguette.

Elle se souvint alors de la disparition du gosse qui distribuait les journaux et dont la photo passait depuis le début de la semaine à la télévision et dans la presse. Avait-on payé la rançon ? Les secours étaient présents. Soignait-on un blessé ?

Elle ouvrit sa portière en hâte, s'aperçut juste à temps que sa voiture avançait toujours et serra le frein à main.

— Christine, ma fille, du calme, ne fais pas de bêtises, murmura-t-elle.

Dès qu'elle mit pied à terre, la boue engloutit ses escarpins et refusa de les rendre. Elle les ôta, les ramassa et les jeta à l'arrière puis, munie de son bloc, elle se dirigea vers le groupe des journalistes. Tant pis pour ses bas.

Malgré les questions dont on les bombardait, les policiers qui montaient la garde restaient de marbre. De l'autre côté des arbres, des spots illuminaient un endroit en bordure de la rivière. L'herbe haute et la foule des uniformes assemblés là bloquaient irrémédiablement la vue.

La 5 avait envoyé l'une de ses présentatrices vedettes. Dans son tailleur rouge repassé de frais, la très brune Darcy McManus était prête pour les caméras, impeccablement coiffée et maquillée. Rien ne manquait — pas même les souliers, et propres, s'il vous plaît ! Mais il était trop tard pour un reportage en direct, et les caméras ne tournaient pas.

Parmi les gardes, Christine reconnut l'adjoint Eddie Gillick. Elle s'approcha lentement de lui, s'arrangea pour qu'il la remarque, mais discrètement. Toute erreur stratégique pouvait lui être fatale.

— Adjoint Gillick ? Bonsoir, je suis Christine Hamilton. Vous vous souvenez de moi ?

Il la fixait, tel un petit soldat de plomb, imperturbable. Puis ses yeux se radoucirent, et il esquissa même un léger sourire.

— Madame Hamilton. Bien sûr que je me souviens de vous. La fille de Tony, pas vrai ? Qu'est-ce qui vous amène ?

— Je travaille au *Omaha Journal* maintenant.

— Ah bon.

Le petit soldat de plomb était de retour. Il lui fallait réfléchir vite, trouver une idée pour le retenir, l'amadouer. Gillick avait les cheveux gominés et lissés vers l'arrière ; il sentait l'after-shave à plein nez et sa fine moustache était méticuleusement taillée. Son uniforme n'avait pas le moindre faux pli ; sa cravate, vissée à son cou, était maintenue en place par une épingle dorée. Comme il ne portait pas d'alliance, elle en déduisit qu'il se prenait sans doute pour la coqueluche de ces dames.

— C'est incroyable ce qu'il y a comme boue ici. Imaginez un peu ! J'y ai laissé mes chaussures, pauvre folle que je suis.

Et elle montra ses pieds couverts de glaise dont les orteils vernis de rouge dépassaient de ses bas troués. Les yeux de Gillick suivirent la direction de son doigt, examinèrent les pieds, puis remontèrent lentement le long de ses longues jambes. Ouf ! Elle le tenait. Cette jupe étroite trop courte et malcommode aurait au moins un jour servi à quelque chose !

— Ah, ça, vous l'avez dit, c'est rudement sale ici.

Il croisa les bras, passa d'un pied sur l'autre, à l'évidence gêné.

— Vous devriez faire attention, vous risquez de prendre froid.

Il l'examina de nouveau et, cette fois, ne s'arrêta pas à ses jambes. Lorsque ses yeux se posèrent sur sa poitrine, elle se surprit à cambrer le dos pour écarter davantage l'ouverture du col de sa veste afin qu'il profite de la vue.

— Et la situation n'est pas jolie non plus, pas vrai, Eddie ? C'est bien Eddie ? Je ne me trompe pas ?

— Oui, c'est bien Eddie…

Il semblait flatté qu'elle se souvienne de son prénom.

— … Mais, comme vous le savez, nous ne sommes pas autorisés à en parler.

— Bien sûr, je comprends.

Elle se pencha tout près de lui malgré l'odeur de brillantine, pour lui murmurer à l'oreille :

— Vous n'êtes pas censés donner de détails sur le petit Alvarez.

Surpris, il haussa un sourcil.

— D'où tenez-vous cela ?

Et il se retourna pour s'assurer que personne ne les épiait.

Gagné. Elle avait visé juste et décroché le gros lot. Mais prudence. Ce n'était pas le moment de tout gâcher.

— Voyez-vous, Eddie, je ne suis pas censée trahir mes sources, roucoula-t-elle dans les graves.

Serait-il séduit par le ton sexy ? Ou s'apercevrait-il qu'elle se payait sa tête ? La séduction n'avait jamais été son fort. De l'avis de Bruce en tout cas.

— Naturellement, dit-il.

Et il hocha la tête pour bonne mesure. La ruse avait marché.

— Coincé là à faire le sale boulot, vous n'avez peut-être même pas pu approcher pour voir.

— Oh si. Pour voir, j'ai vu.

Il se rengorgea, bomba le torse, comme si ce genre de spectacle lui était habituel.

— Le gosse est bien abîmé, pas vrai ?

— Mouais. A croire que le salaud l'a étripé, souffla-t-il sans l'ombre d'une émotion.

Elle sentit son sang refluer vers ses pieds et ses genoux faiblir. Le garçon était mort.

— Hé ! hurla soudain Gillick. Voulez-vous m'éteindre ça tout de suite ! Excusez-moi, madame Hamilton.

Et, tandis qu'il allait confisquer la caméra coupable de la 9, Christine regagna sa voiture. Assise au volant, portière ouverte, elle s'éventa de son bloc resté vierge en respirant à pleins poumons l'air nocturne. Malgré la fraîcheur, son corsage collait à sa peau moite.

Danny Alvarez était mort. Assassiné. Etripé, pour reprendre le terme de Gillick.

Elle tenait son premier papier important. Mais toute excitation l'avait quittée. Un terrible malaise l'habitait.

# 6.

*Samedi 25 octobre*

Nick s'obligea à avaler la gorgée de café froid et grimaça. Ce breuvage, qu'il avait en horreur, était finalement aussi amer froid que chaud. Ce qui ne l'empêcha pas de s'en resservir une tasse.

En fait, il n'en détestait pas le goût, mais plutôt les souvenirs qui s'y attachaient. Souvenirs des nuits entières passées à réviser avant ses examens de droit, du long et pénible trajet qui le menait au chevet de son grand-père mourant. Un voyage au demeurant nécessaire car, malgré les suppliques de sa grand-mère, son père, lui, avait refusé tout net de se déplacer. A l'époque déjà, cet épisode avait renvoyé Nick aux relations qu'il entretenait avec son père. Et il se demandait si, le temps venu, Antonio Morrelli percevrait l'ironie si son propre fils refusait de lui tenir la main sur son lit de mort.

Parfois, Nick s'étonnait que l'odeur forte du café réveille dans son esprit l'image de son grand-père au teint plombé et de ses draps tachés d'urine. Désormais, cette même odeur lui rappellerait aussi les cris déchirants et pathétiques d'une mère identifiant le corps mutilé de son fils à la morgue. Il n'aurait certes pas gagné au change.

Sa première rencontre avec Laura Alvarez le dimanche précédent l'avait marqué. Moins d'une semaine, et cela lui semblait des lustres ! Danny ayant disparu ce matin-là, Nick avait écourté sa partie de pêche pour venir en personne interroger la mère. Initialement, il avait cru lui aussi qu'il s'agissait d'une simple querelle de divorcés. D'une femme de plus qui se servait de son enfant pour punir ou récupérer son mari. Et puis il avait fait la connaissance de Laura Alvarez.

C'était une grande femme un peu forte, aux courbes harmonieuses et sensuelles. Avec ses longs cheveux noirs et ses yeux gris, elle ne paraissait pas ses quarante-cinq ans. Il y avait en elle quelque chose de sculptural et de solide. Une force de la nature, avait-il pensé en la voyant.

Gracieuse malgré sa corpulence, Laura Alvarez flottait dans sa cuisine, de l'évier au placard, du placard à l'évier. Elle avait répondu calmement aux questions, d'une voix posée, sereine. Trop sereine. Nick avait mis près d'un quart d'heure avant de s'apercevoir que, pour chaque tasse ou assiette qu'elle remettait en place, elle en sortait une propre qu'elle rapportait à l'évier pour la laver. Puis il avait remarqué l'étiquette de son pull enfilé à l'envers et les chaussures dépareillées. Elle était en état de choc, masquait son désarroi par cette façade impassible que Nick trouvait plus troublante que rassurante.

Son calme ne l'avait pas quittée de toute la semaine. Inébranlable, elle avait servi le café, cuit des gâteaux pour les policiers dont sa petite maison ne désemplissait pas. Si elle avait manifesté davantage d'émotion, Nick eût sans doute été moins choqué quand, à l'hôpital local quelques instants plus tôt, cette même femme imposante et tranquille s'était pliée en deux avant de s'effondrer sur le froid dallage de la morgue. Ses cris avaient fendu le silence stérile des couloirs déserts. Cris de désespoir, d'animal blessé. Aucune femme au monde ne devrait être exposée à ce que Laura Alvarez avait affronté seule. Nick regrettait seulement que son ex-mari soit resté introuvable. Il lui aurait flanqué la trempe qu'il méritait.

— Morrelli.

Weston venait d'entrer dans le bureau de Nick sans s'annoncer ni attendre qu'on l'y invite. Il se laissa tomber sur le siège en face de lui, puis ajouta :

— Tu devrais rentrer chez toi. Te doucher, changer de vêtements. Tu sens le bouc.

Nick le regarda se frotter les yeux comme pour conjurer sa fatigue, décida qu'il énonçait des faits et ne cherchait en rien à l'insulter.

— Tu oublies l'ex-mari.

Weston nia de la tête.

— Je suis papa, Nick. Aussi furieux qu'il soit contre sa femme, je ne crois pas qu'un père infligerait de tels sévices à son propre fils.

— En ce cas, on commence où ?

Il devait être bien las pour demander conseil à ce Weston qui l'horripilait !

— Je commencerais par dresser la liste de tous les pédophiles, criminels sexuels et pornographes de l'enfance répertoriés.

— Elle risque d'être longue.

— Nick, excuse-moi, interrompit Lucy Burton depuis la porte. Je voulais juste te prévenir que les quatre chaînes d'Omaha et les deux de Lincoln sont en bas avec leurs équipes de tournage. La réception est pleine de journalistes de tous poils — quotidiens, magazines, radio. Ils réclament une déclaration ou une conférence de presse.

— Et merde ! grommela-t-il. Je te remercie, Lucy.

Weston se retourna pour suivre du regard les longues jambes de la jeune femme dans le couloir. Et Nick de songer que, s'ils devaient passer à la télé, il ferait bien de lui demander de renoncer pour un temps aux minijupes et aux talons aiguilles.

Dommage. Elle avait des jambes superbes, et une démarche calculée pour les mettre en valeur. Trop sexy pour l'image de la police, hélas…

Puis il reporta toute son attention sur l'homme du FBI.

— Nous avons échappé aux médias toute la semaine, mais il va falloir leur parler.

— Entièrement d'accord. Il faut que tu leur parles.

— Moi ? Pourquoi moi ? Je croyais que c'était toi le caïd et l'expert ?

— Tant qu'il était question de rapt, en effet. Seulement, il y a homicide. Désolé, vieux. A toi de jouer maintenant.

Nick se laissa aller contre le dossier de son siège, cala la tête contre le cuir, pivota distraitement de droite à gauche. Tout cela ne tenait pas debout. Bientôt, il s'éveillerait de cet incroyable cauchemar dans son lit, avec Angie Clark auprès de lui… Doux Jésus ! La nuit de la veille lui semblait à des années lumière !

— Ecoute, Morrelli, j'ai une idée.

La voix douce et compatissante incita Nick à se méfier.

— Etant donné que la victime est un gosse, je pourrais demander qu'on envoie quelqu'un pour t'aider à dresser un profil.

— Qu'est-ce que tu entends par là ? s'enquit Nick, soupçonneux.

— Il est encore trop tôt pour que les gens s'aperçoivent des similitudes entre ce meurtre et les crimes de Jeffreys, mais le jour où ils feront le rapprochement, tu vas devoir faire face à une véritable panique.

— Merde.

Nick n'était pas formé à gérer l'hystérie collective. Il déglutit péniblement. Soudain conscient que son jean sentait encore le sang de Danny Alvarez, il eut de nouveau un haut-le-cœur.

— Nous disposons d'experts capables de dresser un profil psychologique de ce type. Cela te faciliterait l'enquête en te donnant une idée du genre de salopard que tu recherches.

— Mouais. Ce ne serait pas inutile, effectivement. Je veux bien, répondit Nick d'un ton mesuré.

Malgré la soudaine gentillesse de Weston, il ne tenait pas à montrer ses faiblesses devant lui.

— J'ai lu quelques rapports sur l'agent spécial O'Dell, une experte qui te sort des profils si détaillés d'un assassin que tu as même la taille de ses chaussures. Je pourrais appeler Quantico.

— Combien de temps il faut compter avant qu'ils nous envoient quelqu'un ?

— Dis à Tillie d'attendre pour l'autopsie du gosse. Je vais les appeler tout suite, voir s'ils peuvent nous avoir quelqu'un d'ici à lundi. Peut-être même O'Dell.

Weston se leva soudain, comme revigoré.

Nick décroisa les jambes, se leva à son tour, presque surpris de constater que ses genoux le soutenaient.

Et l'adjoint Hal Langston apparut à la porte au moment où Weston s'apprêtait à sortir.

— Les gars, j'ai pensé que l'édition du *Omaha Journal* de ce matin vous intéresserait peut-être.

Il déplia le journal, le brandit sous leurs yeux. La manchette de première page hurlait en caractères gras : « Meurtre d'enfant à la mode de Jeffreys. »

— Qu'est-ce que c'est que ce bordel !

Weston arracha le journal des mains d'Hal et lut à voix haute :

— La nuit dernière, le cadavre d'un enfant a été retrouvé au bord de la rivière Platte, à proximité d'Old Church Road. D'après les premiers échos, il semblerait que le garçon, encore non identifié, ait été tué à coups de couteau. « A croire que le salaud l'a étripé », déclarait sur les lieux un agent de la police dont nous tairons le nom. De larges entailles au thorax étaient la signature de Ronald Jeffreys, le tueur en série exécuté en juillet dernier. On attend toujours une déclaration de la police sur l'identité de la victime et les circonstances de sa mort.

— Manquait plus que ça ! soupira Nick, en proie à un nouvel accès de nausée.

— Bon Dieu de bois, Morrelli, il va falloir que tu muselles tes hommes.

— Il y a pire, Nick, reprit Hal. Le papier est de Christine Hamilton.

— Qu'est-ce qu'elle a, cette donzelle ? C'est qui ? s'enquit Weston en les regardant tour à tour.

Il s'arrêta sur Nick, puis ajouta :

— Pas une des dames de ton harem, j'espère ?

Nick se rassit, effondré. Elle exagérait ! Quelle mouche l'avait piquée pour qu'elle le trahisse ainsi ? Sans même chercher à le prévenir.

Les deux autres le dévisageaient, et Weston attendait des explications.

— Non, répondit Nick en agitant la tête. Christine Hamilton est ma sœur.

# 7.

Maggie O'Dell ôta ses chaussures de sport boueuses dans le hall avant que Greg, son mari, ne la rappelle à l'ordre. Vivre entre Washington et Quantico avait certes ses avantages, mais elle regrettait leur petit appartement encombré de Richmond. Depuis qu'ils avaient acheté cette résidence coûteuse dans la région prisée de Crest Ridge, Greg devenait maniaque, semblait souffrir d'une curieuse obsession liée à l'image. Il tenait à ce que leur demeure reste impeccable — une tâche facile dans la mesure où leurs emplois respectifs les en éloignaient le plus souvent. Toutefois, elle supportait mal de rentrer chez elle, dans cette habitation qui engloutissait la majeure partie de son salaire et ressemblait à s'y méprendre aux hôtels impersonnels dans lesquels elle passait le plus clair de son temps.

Elle se débarrassa de son sweat-shirt humide, savourant aussitôt la délicieuse sensation de fraîcheur. Malgré le froid piquant de cette belle journée d'automne, elle s'était échauffée jusqu'à transpirer, après une nouvelle nuit d'insomnie. Elle roula le sweat-shirt en boule et le jeta dans la buanderie sur le chemin de la cuisine. Maladresse inexcusable, elle manqua la corbeille à linge sale.

Devant le réfrigérateur ouvert, elle en examina le contenu — les restes d'un repas chinois en barquettes, un demi-sandwich sous cellophane, un pot en polystyrène contenant une substance gluante non identifiée. Triste portrait de leur incurie domestique. Elle en sortit une bouteille d'eau et referma la porte. En short de jogging, T-shirt humide et soutien-gorge de sport qui collait à sa peau, elle frissonnait à présent.

Le téléphone sonna. Des yeux, elle chercha l'engin sur les surfaces immaculées, le trouva enfin sur le four à micro-ondes inutilisé et décrocha à la quatrième sonnerie.

— Allô, oui ?

— O'Dell, ici Cunningham.

Elle se redressa aussitôt, passa la main dans ses courts cheveux bruns trempés de sueur.

— Bonjour. Il y a un problème ?

— Je viens d'avoir un coup de fil de notre bureau d'Omaha. Ils ont retrouvé le cadavre d'un petit garçon. Les plaies rappellent la signature d'un tueur en série qui sévissait dans la région il y a six ans.

Maggie se mit à arpenter la pièce.

— Il reprend du service ?

— Non. Le tueur en question était Ronald Jeffreys. Je ne sais pas si tu te souviens de l'affaire, il a assassiné trois gosses…

— Je me souviens, coupa-t-elle. Il a été exécuté en juin ou juillet dernier, non ?

— Oui, je crois que c'était en juillet.

Il semblait las. Bien que ce soit un samedi, Maggie l'imaginait dans son bureau derrière des piles de dossiers. Elle l'entendait remuer des papiers. Comme elle connaissait le patron, Kyle Cunningham avait tous les détails de l'enquête sur Jeffreys étalés devant lui. Bien avant qu'elle commence à travailler sous ses ordres au service des sciences du comportement, on le surnommait déjà « Le Faucon », car aucun détail n'échappait à sa vigilance. Ces temps derniers cependant, sa sagacité légendaire s'exerçait aux dépens de son sommeil et lui valait des poches sous les yeux.

— En ce cas, il s'agit sans doute d'un copieur.

Elle s'interrompit dans sa marche, ouvrit plusieurs tiroirs en quête de papier et d'un stylo pour prendre des notes, mais n'y trouva que des torchons soigneusement pliés, des ustensiles de cuisine comme neufs alignés au cordeau, des couverts méticuleusement rangés, un tire-bouchon et un ouvre-boîtes bien à plat dans leur coin. Rien qui soit de travers. Agacée par tant d'ordre, elle prit une cuillère et la remit à l'envers, de biais pour bonne mesure, puis, satisfaite, elle referma le tiroir et reprit ses allées et venues.

— Peut-être un copieur, effectivement, marmonna Cunningham.

Le ton était distrait. Sans doute lisait-il le dossier en lui parlant, ses demi-lunes sur le bout du nez, le front plissé.

— Mais ce n'est peut-être qu'un meurtre isolé. Quoi qu'il en soit, ils nous ont demandé un profiler. Bob Weston t'a même demandée spécifiquement.

— Je suis donc célèbre jusque dans le Nebraska ? plaisanta Maggie.

Elle ignora la nuance d'irritation perceptible dans la voix du patron. Un mois plus tôt, il aurait été fier de sa réputation, fier qu'on lui réclame sa protégée.

— Quand dois-je partir ?

— Pas si vite, O'Dell.

Les doigts crispés sur l'appareil, Maggie attendit l'inévitable sermon.

— Je suis sûr que les rapports glorieux dont dispose Weston n'incluent pas celui de ta dernière enquête.

Elle s'arrêta, se cala contre un comptoir et pressa son ventre de la main, prête à affronter un accès de nausée.

— J'espère bien que tu ne vas pas remettre l'affaire Stucky sur le tapis à chaque nouvelle mission.

Sa voix tremblait de colère. Une bonne chose, la colère. C'était dynamisant, mieux que la faiblesse.

— Je ne te reproche rien, Maggie, et tu le sais.

Doux Jésus, il l'appelait par son prénom ! Signe de sermon sévère.

— Je m'inquiète pour toi, poursuivit-il. Tu n'as pas pris de repos après l'affaire Stucky. Tu n'as même pas accepté de voir le psychologue du Bureau.

— Kyle, je t'en prie ! Je tiens le coup, mentit-elle. On ne peut pas dire que c'était la première fois. Du sang et des tripes, j'en ai vu ma part depuis huit ans. Il n'y a plus grand-chose qui m'impressionne.

— Justement. C'est bien là ce qui me gêne, Maggie. Tu étais au milieu d'un bain de sang. C'est même un miracle que tu en sois sortie vivante. Tu auras beau prétendre que tu es une coriace, quand on est dedans soi-même, couvert de sang et de tripes, l'effet n'est pas le même que quand on arrive sur les lieux d'un crime déjà commis.

Pas besoin de le lui rappeler. Un rien suffisait à lui remettre à la mémoire les images d'Albert Stucky tranchant la chair de ces femmes, les tailladant à mort — un spectacle sanglant qu'il lui offrait à elle. Sa voix lui revenait encore en pleine nuit : « Je veux que tu regardes bien. Si tu fermes les yeux, j'en tuerai une autre, et une autre, et une autre. »

A quoi lui servirait de voir un psychologue ? Elle avait elle-même un diplôme de psychologie et savait bien pourquoi elle ne dormait plus, pourquoi cette scène d'horreur la hantait. Et puis, si elle n'avait pas pu en parler avec Greg, elle n'en parlerait pas davantage à un parfait inconnu.

Bien sûr, Greg était à des lieues de là quand elle était rentrée, chancelante, à son hôtel, quand elle avait arraché de ses cheveux les débris de cervelle de Lydia Barnett, s'était étrillé le corps pour en ôter le sang de Melissa Stonekey ; quand elle avait pansé elle-même l'entaille de son abdomen. Et ce n'était pas le genre de sujet qu'on abordait au téléphone.

« Tu as passé une bonne journée, mon chéri ? La mienne ? Oh, rien d'extraordinaire. J'ai juste regardé un type rouer deux femmes de coups et les étriper. »

Non, en réalité, elle n'avait rien dit à Greg parce qu'il serait devenu fou. Il aurait insisté pour qu'elle quitte son emploi ou, pire encore, lui aurait fait promettre de ne travailler qu'en laboratoire, à examiner le sang et les prélèvements derrière un microscope. La seule fois où elle s'était confiée à lui, il avait fait une scène invraisemblable. Depuis, elle ne lui parlait plus jamais de ses enquêtes. Ce manque de communication ne semblait pas l'affecter. C'est à peine s'il remarquait son absence la nuit dans le lit conjugal, tandis qu'elle arpentait le salon des heures durant pour chasser les images et faire taire les cris qui résonnaient encore dans sa tête. L'intimité perdue avec son mari lui permettait de garder pour elle-même ses blessures physiques comme mentales.

— Maggie ?

— J'ai besoin de travailler, Kyle. Ne m'enlève pas ça, je t'en prie.

Ses mains tremblaient, certes, mais pas sa voix. Elle craignait cependant qu'il devine à quel point elle était vulnérable. Cet homme qui traquait les criminels avait appris à lire entre les lignes. Difficile de le tromper.

Silence au bout de la ligne. Elle couvrit le récepteur pour l'empêcher d'entendre son souffle irrégulier.

— Je te faxe les détails, dit-il finalement. Ton vol part à 6 heures demain matin. Rappelle-moi dès que tu auras le fax si tu as des questions.

Elle entendit le clic. Il avait raccroché. Le téléphone encore collé à l'oreille, elle soupira, puis inspira lentement. Elle n'avait pas posé le combiné que la porte d'entrée s'ouvrit.

— Maggie ?

— Dans la cuisine, Greg.

Elle remit l'appareil en place, but de grandes gorgées d'eau à même la bouteille dans l'espoir de dissiper sa nausée. Il lui fallait ce dossier. Il lui fallait prouver à Cunningham que, si Albert Stucky l'avait agressée et déstabilisée en jouant avec ses nerfs, il n'avait en rien entamé ses qualités professionnelles.

— Salut, chou.

Greg contourna le comptoir, s'approcha d'elle pour l'enlacer et s'arrêta net en voyant qu'elle était en sueur. Un sourire calculé apparut sur ses lèvres pour masquer son dégoût. Depuis quand employait-il ses talents d'acteur du barreau avec elle ?

— Nous avons une table réservée pour 18 h 30. Tu crois que tu auras le temps de te préparer ?

Elle jeta un coup d'œil sur la pendule. Il n'était que 16 heures. Il la trouvait donc si piteuse ?

— Sans problème, dit-elle.

Et elle but à la bouteille, laissant délibérément l'eau lui dégouliner sur le menton.

Greg crispa la mâchoire, réprobateur. Lui s'entraînait au gymnase de son cabinet de juristes ; là, il se donnait, geignait, grognait et suait dans un contexte approprié. Après quoi, il se douchait, se changeait, coiffait consciencieusement ses cheveux blonds, et ne s'affichait en société que tiré à quatre épingles. Il attendait aussi qu'elle se conduise de même et lui avait reproché ses séances de jogging dans le voisinage. Croyant qu'il s'inquiétait de sa sécurité, elle avait objecté qu'elle était ceinture noire, pour s'entendre répondre :

— Il ne s'agit pas de cela, Maggie. Tu as vu l'allure que tu as quand tu cours ? Pense à l'image qu'auront de toi nos voisins. Tu ne veux donc pas leur faire bonne impression ?

La sonnerie du téléphone retentit. Il tendit le bras pour décrocher.

— Laisse, Greg. C'est un fax de mon patron.

Sans même le regarder, elle le sentait bouillir. Elle se précipita dans le bureau pour vérifier le numéro d'appel, puis elle appuya sur la touche de réception.

— Parce qu'il t'envoie des fax le samedi, maintenant ?

Elle sursauta, surprise. Greg, qui l'avait suivie, se tenait devant la porte, poings sur les hanches, sévère.

— Il me transmet des détails sur une nouvelle affaire pour laquelle on me demande un profil.

Puis, ne connaissant que trop bien l'œil vague et la mine boudeuse de Greg contrarié, elle reporta son attention sur la machine. D'ordinaire, c'était lui qui écourtait leurs week-ends ensemble, mais elle jugea mesquin de le lui rappeler. La transmission terminée, elle prit le fax et le lut attentivement pour en mémoriser le contenu.

— Ce soir, nous étions censés dîner tranquillement en tête à tête tous les deux.

— Rien n'a changé, dit-elle calmement sans lever le nez de sa lecture. Mais il faudra sans doute que je me couche de bonne heure. J'ai un vol à 6 heures demain.

Silence. Puis :

— Bon sang, Maggie, c'est notre anniversaire de mariage ! Nous devions passer le week-end ensemble.

— Non. Cela, c'était le week-end dernier. Mais tu avais oublié. Tu es allé faire un tournoi de golf.

— Je vois. Des représailles.

— Mais non, voyons.

Elle parvint à garder son calme, mais elle était lasse de ses caprices. Seul, monsieur avait le droit de ruiner leurs projets, avec pour toute excuse le rituel et très condescendant : « Je te revaudrai ça, chou. »

— Comment appelles-tu cela si ce ne sont pas des représailles ?

— Du travail.

— Du travail, hein ? Comme c'est commode. Appelle ça comme tu veux, pour moi, ce sont des représailles.

— Un petit garçon a été sauvagement assassiné. On a besoin de mes lumières pour retrouver le psychopathe qui a perpétré ce crime.

La colère bouillait en elle, mais sa voix demeurait à peu près neutre. Elle laissa cependant échapper un sarcasme :

— Désolée. Je te revaudrai ça.

L'allusion passa inaperçue.

Croyant la crise terminée, Maggie se dirigea vers la porte, munie de son fax. Mais il la retint par le bras, l'obligea à lui faire face.

— Dis-leur d'envoyer quelqu'un d'autre. Nous avons besoin de ce week-end ensemble.

Le ton était plus doux, presque suppliant. Elle plongea dans ses yeux gris, se demanda depuis quand ils avaient perdu leur éclat. Plus trace, là, de l'homme intelligent, attentionné et compatissant qu'elle avait épousé neuf ans plus tôt, alors qu'ils terminaient tous deux leurs études — elle, pour traquer les criminels, lui, pour défendre les innocentes victimes. Puis il avait pris un emploi à Washington, au cabinet Brackham, Harvey & Lowe, et ses innocentes victimes s'étaient muées en groupes industriels brassant des milliards. Toutefois, dans cet instant de silence, elle crut voir une lueur sincère dans son regard. Elle était sur le point de céder quand il resserra sa prise sur son bras et crispa la mâchoire.

— Dis-leur d'envoyer quelqu'un d'autre, ou bien c'est fini entre nous.

Elle se libéra d'une secousse. Il lui reprit le bras, et elle lui répondit d'un coup de poing à la poitrine. Il en resta bouche bée.

— Je t'interdis de m'agripper de la sorte. Et si ce seul déplacement scelle l'arrêt de mort de notre couple, c'est peut-être qu'il est mort depuis longtemps.

Sur ces mots, elle l'écarta de son chemin et se dirigea vers la chambre en espérant que ses jambes la soutiendraient et que ses larmes attendraient qu'elle soit seule pour couler.

# 8.

*Dimanche 26 octobre*

« Et voilà. Le spectacle commence », songea-t-il en buvant à petites gorgées le thé brûlant.

La manchette de première page était plus digne du *National Enquirer* que d'un quotidien respectable comme l'*Omaha Journal*. Et pourtant… « Meurtre d'enfant. Depuis la tombe, le tueur en série enfièvre les esprits. » Un titre presque aussi comique que celui de la veille. Et, bien sûr, l'édition étendue du dimanche attirerait davantage de lecteurs.

De nouveau, l'article était signé de Christine Hamilton. Il avait déjà remarqué son nom à la rubrique « La vie au quotidien ». Pourquoi diable avait-on confié la tâche à une nouvelle, à une vulgaire débutante ?

Il tourna les pages à la hâte, chercha la suite. L'article se poursuivait page 10, colonne 1. Tous les sujets de la page se rattachaient au meurtre. Il y avait une photo de classe du garçon et, en dessous, le récit détaillé de sa disparition la semaine précédente, au cours de sa tournée matinale comme distributeur de journaux. On y lisait que le FBI et sa mère avaient attendu une demande de rançon qui n'était pas venue. Et que, finalement, le shérif Morrelli avait retrouvé le corps dans un pré bordant la rivière.

Morrelli ? Il relut le paragraphe. Non, il s'agissait de Nicholas Morrelli, pas d'Antonio. Ainsi, le père et le fils avaient la chance de vivre une même expérience. Sympathique, songea-t-il.

Le papier soulignait ensuite les similitudes entre ce meurtre et ceux de trois autres garçons venus troubler le calme de la petite communauté six ans auparavant ; on y expliquait que les victimes, étranglées et poignardées, avaient toutes été découvertes plusieurs jours après le crime, dans des coins isolés des bois avoisinants.

Aucun détail précis n'y figurait cependant, aucune description des entailles au thorax si particulières. La police espérait-elle une fois de plus cacher cette signature ? Il agita la tête et reprit sa lecture.

Avec le couteau à lever des filets, il étala de la confiture sur son muffin brûlé. Cette saleté de grille-pain était détraquée depuis des semaines, mais tout valait mieux que de prendre le petit déjeuner en cuisine avec les autres. Dans l'intimité solitaire de sa chambre, il pouvait au moins lire le journal en paix sans avoir à se soucier de faire la conversation.

Le décor était spartiate. Murs blancs, plancher de bois nu. Le lit étroit contenait à grand-peine sa longue carcasse d'un mètre quatre-vingt-cinq. Parfois même, quand il se réveillait, il avait les pieds qui dépassaient. A ce rudiment de mobilier, il avait ajouté une table en formica et deux chaises, bien qu'il n'autorisât personne à lui rendre visite. Dans le coin de la pièce, sur la desserte, il y avait le coupable grille-pain d'occasion, don d'une paroissienne. Il disposait aussi d'un petit réchaud, et d'une bouilloire dont il se servait pour préparer son thé.

Sur la table de chevet se dressait l'objet le plus frivole — une lampe au pied sculpté représentant des nymphes environnées d'amours. L'une des rares dépenses qu'il se soit permises sur ses maigres revenus. Cela, et les trois tableaux. Des reproductions, bien sûr, pas des originaux. Ils étaient accrochés au mur, face au lit d'où il pouvait les contempler tout en glissant lentement dans le sommeil. Encore que, ces temps-ci, le sommeil le fuyait. Impossible de dormir quand le martèlement lancinant reprenait, envahissait son monde par ailleurs tranquille, l'inondait de souvenirs sordides. Bien que sobre et dépouillée, sa chambre lui apportait de brefs moments de répit, de contrôle et de solitude bienvenue dans une vie qui ne lui appartenait plus.

Il consulta sa montre, se passa la main sur le menton. Il n'aurait pas besoin de se raser ; son visage enfantin était encore lisse du rasage de la veille. Il aurait donc le temps de terminer sa lecture, mais il se refusait à jeter le moindre coup d'œil sur les ridicules articles consacrés à Ronald Jeffreys. Jeffreys n'était pas digne de l'attention qu'on lui avait toujours accordée, et voilà que, depuis sa tombe, il trouvait encore le moyen d'accaparer la scène !

Son petit déjeuner terminé, il essuya méticuleusement la table. Pas une miette n'échappa à sa lavette humide. De son petit lavabo maculé de taches brunes, il ôta la paire de Nike dûment savonnées et frottées, de nouveau propres et sans la moindre trace de boue. Il les essuya, puis les mit de côté pour laver l'unique assiette qu'il possédât — une fragile Noritake peinte à la main, empruntée des lustres plus tôt dans le placard à porcelaine de la communauté. Il remplit d'eau bouillante la tasse posée sur une soucoupe assortie — un autre emprunt —, y plaça le sachet de thé déjà utilisé, attendit que le liquide prenne la teinte ambrée désirée, puis il retira prestement le sachet et le pressa à l'étrangler, comme pour lui faire rendre jusqu'à la dernière goutte.

Ayant accompli ce rituel matinal, il s'accroupit pour tirer un coffret de bois de dessous son lit, coffret qu'il déposa sur la petite table avant d'en effleurer le couvercle délicatement ouvragé. Ensuite, il découpa soigneusement les articles du journal, en écartant bien sûr tous ceux qui se rapportaient à Ronald Jeffreys. Il ouvrit le coffret, y rangea les articles sur d'autres coupures de presse dont le papier commençait tout juste à jaunir, puis il en vérifia le contenu : un linge d'une blancheur immaculée, deux cierges et une fiole d'huile. Enfin, il lécha le couteau à lever les filets pour en ôter un reste de confiture avant de le déposer doucement dans son écrin, sur le coton moelleux d'un slip de garçonnet.

# 9.

Alors qu'ils hésitaient tous deux sur les marches de l'église Ste Margaret, Timmy Hamilton écarta de son visage la main qui s'y était posée. Comme si le fait d'être en retard ne suffisait pas, il fallait encore que sa mère s'empresse autour de lui devant ses camarades.

— Maman, arrête, tout le monde nous regarde.

Elle lui releva le menton, lui tourna doucement la tête.

— C'est un nouveau bleu ?

— Je me suis cogné à Chad durant l'entraînement. Rien de grave.

Et il se couvrit la hanche, comme pour cacher l'autre ecchymose, invisible sous ses vêtements mais plus importante, celle-là.

— Tu devrais faire attention, Timmy. Tu attrapes des bleus trop facilement. J'ai dû avoir un moment d'égarement quand j'ai accepté de te laisser jouer au foot.

— Je vais être en retard. La messe commence dans un quart d'heure.

Elle ouvrit son sac et fouilla dedans.

— Mince, je croyais avoir pris le formulaire d'inscription et le chèque pour ton excursion.

— Maman, je suis déjà en retard.

— Bon, d'accord. Tu diras au père Keller que je lui mettrai tout ça à la poste demain.

— Je peux y aller maintenant ?

— Oui.

— Tu es sûre que tu ne veux pas vérifier l'étiquette de ma culotte ou un truc de ce genre ?

Elle éclata de rire et lui donna une tape sur les fesses.

— Gros malin, va !

Il aimait l'entendre rire, mais elle ne riait plus beaucoup depuis que son père les avait quittés. Lorsqu'elle riait, ses traits s'adoucissaient et ses joues se creusaient de fossettes. Elle devenait la femme la plus belle du monde, surtout avec ses cheveux blonds et soyeux qu'elle avait laissés pousser. Plus jolie encore que Mlle Roberts, son institutrice de CM1. Mais Mlle Roberts, c'était l'année dernière. Cette année, il avait M. Steadman, et même si on n'était encore qu'en octobre, il détestait la classe de CM2. Il ne vivait que pour les entraînements de football — les entraînements de football et la messe avec le père Keller.

En juillet, quand sa mère avait mis un terme à ses jeux d'été pour l'envoyer au camp de vacances de l'église, il lui en avait voulu à mort. Mais avec le père Keller, il s'était vraiment bien amusé en colonie. Chouette été, finalement. C'est à peine si son père lui avait manqué. Et puis, bonheur inespéré, le père Keller lui avait demandé d'être l'un de ses enfants de chœur. Sa mère et lui n'étaient membres de la paroisse de Ste Margaret que depuis le printemps, mais il savait déjà que les enfants de chœur du père Keller constituaient une élite triée sur le volet, élite qui avait droit à certaines récompenses — comme cette excursion en camping.

Timmy frappa à la porte sculptée du vestiaire. Comme personne ne répondait, il l'ouvrit lentement et jeta un coup d'œil à l'intérieur. Il avisa un surplis à sa taille parmi ceux qui étaient suspendus dans la penderie, alla en hâte l'ôter de son cintre et, dans sa précipitation, il jeta sa veste sur une chaise à l'autre bout de la pièce, puis sursauta en apercevant le prêtre agenouillé près de la chaise. Il avait le dos tourné, mais Timmy le reconnut aux boucles brunes qui cachaient son col. Le père Keller. Bien qu'à genoux, il paraissait grand à côté de la chaise. Et, malgré la veste lancée qui l'avait effleuré, il restait immobile, silencieux.

Timmy l'observait en retenant son souffle, guettant un mouvement du prêtre, une respiration. Enfin, son coude se souleva pour faire le signe de croix, et il se mit debout sans effort, se retourna vers Timmy tout en drapant soigneusement la veste sur le dossier de la chaise.

— Ta mère sait que tu jettes tes vêtements du dimanche n'importe comment ?

Il lui souriait, révélant ses dents régulières d'une blancheur parfaite, et le sourire éclairait ses yeux bleus.

— Je suis désolé, mon Père. J'avais peur d'être en retard.

— Ce n'est pas grave. Nous avons tout notre temps.

Il ébouriffa les cheveux de Timmy, laissa sa main s'attarder sur sa tête. Exactement comme le faisait son papa.

Les premiers temps, Timmy éprouvait de la gêne quand le père Keller le touchait, mais aujourd'hui, au lieu de se raidir, il se sentait protégé. Bien sûr, il n'en aurait rien dit à personne, mais il préférait le père Keller à son papa. Le père Keller ne criait jamais. Sa voix était douce, apaisante, grave et ferme. Ses grandes mains vous tapotaient affectueusement, vous caressaient — jamais elles ne frappaient. Quand le père Keller lui parlait, Timmy avait l'impression d'être très important dans la vie du prêtre. Il lui donnait le sentiment de compter et, en retour, Timmy s'efforçait de lui être agréable. Bien sûr, il lui arrivait de se tromper dans le rituel compliqué de la messe. Le dimanche précédent, pendant l'office, il lui avait apporté l'eau mais avait oublié le vin. Le père Keller s'était contenté de sourire, lui avait murmuré quelques mots à l'oreille, puis il avait patiemment attendu que Timmy revienne. Personne ne s'était rendu compte de rien.

Non, le père Keller ne ressemblait pas à son papa qui passait tout son temps à travailler, même lorsqu'ils étaient tous les trois en famille. Le père Keller était comme un bon camarade plutôt que comme un prêtre. Parfois, le samedi, il jouait au football avec les garçons dans le parc ; il se laissait plaquer, finissait la partie couvert de boue comme tout le monde. En colonie, il racontait d'horribles histoires de fantômes qui font peur — de celles qui sont interdites par les parents. Parfois, après la messe, le père Keller échangeait des cartes de base-ball. Il en avait de fameuses, des vieilles, vraiment rares — celles de Jackie Robinson et de Joe DiMaggio. Décidément, le père Keller était bien trop cool pour ressembler à son papa.

Dès qu'il fut prêt, Timmy attendit que le prêtre ait achevé de passer sa tenue sacerdotale. Après avoir examiné l'effet dans le miroir, ce dernier se tourna vers l'enfant.

— On peut y aller ?

— Oui, mon Père.

Et, tout en le suivant le long de l'étroit couloir qui menait à l'autel, Timmy ne put s'empêcher de sourire en voyant les Nike d'un blanc immaculé qui dépassaient de dessous la longue soutane noire.

# 10.

Platte City ressemblait comme une sœur à Mayberry RFD, la petite bourgade fictive du célèbre feuilleton télévisé. Maggie ne voyait pas l'intérêt qu'il y avait à vivre dans ce genre de lieu dont le prétendu charme convivial était le plus souvent synonyme d'ennui et d'indiscrétions. Elle avait horreur de ces « Bonjour, vous allez bien ? » faussement amicaux, se prenait à regretter les embouteillages et coups de Klaxon rageurs des métropoles. Pire encore, dans ces trous à rats, il fallait se contenter de plats chinois à emporter concoctés par « Big Fred » et ses semblables, de la lavasse des distributeurs de café en guise de cappuccino mousseux et serré.

Force lui était cependant de reconnaître que le trajet depuis Omaha ne manquait pas de beauté. Le long de la rivière Platte, les arbres en parure d'automne exhibaient des ors, des rouges, des teintes flamme propres à réjouir l'œil. Une odeur de pin et de pluie imminente emplissait l'air, entêtante mais délicieuse et, malgré la fraîcheur ambiante, elle roulait vitre ouverte.

Un avion à réaction fendit le ciel tandis que Maggie pilait à un croisement. Ce tonnerre soudain fit trembler la voiture et se répercuta à travers les rues tranquilles. Elle se souvint alors qu'une base de l'armée de l'air se trouvait à une vingtaine de kilomètres de là. Platte City n'était donc pas entièrement dénuée de grondements familiers à ses oreilles de citadine.

Sciemment, elle s'éloigna du centre-ville. Le détour ne la retarderait guère et lui offrirait une image plus précise de la petite communauté — du moins l'espérait-elle. Un restaurant de la chaîne Pizza Hut occupait un coin de rue. En face, il y avait l'inévitable commerce de proximité, et un McDonald's flambant neuf dont le grand M jaune dominait le paysage sur des miles à la ronde avec, pour tout rivaux, le clocher de l'église et un silo à grain.

La flèche surmontée d'une croix en métal semblait vouloir piquer les gros nuages lourds qui s'amoncelaient dans le ciel depuis quelques minutes. Le parking de l'église se vidait lentement de ses croyants peu pressés. Elle attendit que la circulation se débloque, observa ces chauffeurs pacifiques qui se laissaient passer avec courtoisie. Décidément, tout cela était trop policé. Ces gens-là vous gâchaient un bon embouteillage !

Lorsque l'espace fut dégagé devant elle, Maggie fit un brusque demi-tour dans un crissement de pneus. Les têtes se tournèrent, et la file des escargots prit le temps de la regarder filer en sens inverse. Aussi surprenant que cela paraisse, pas un appel de phares ne vint sanctionner sa conduite qui l'aurait pourtant mérité.

Téléchargée sur le site Internet de l'Office du tourisme du Nebraska, sa documentation présentait Platte City, trois mille cinq cents âmes, comme une cité dortoir en expansion qui drainait des gens travaillant à Omaha ou à Lincoln, respectivement distantes de vingt et trente miles dans des directions opposées. Ce qui expliquait les coquettes maisons souvent neuves, les pelouses et les jardins bien entretenus, malgré l'absence de toute industrie à proximité.

La place du centre-ville était bordée de petites échoppes. On y trouvait une poste, le café-restaurant Chez Wanda, un cinéma, un lieu appelé « Paintin' Place », une petite épicerie — et même un drugstore équipé de fontaines à soda ! Des auvents vermillon abritaient l'entrée de certains commerces ; d'autres s'ornaient de géraniums en pots qui fleurissaient encore. Au centre de la place, le tribunal de brique rouge trônait avec majesté. Construit en un temps où la fierté primait sur la dépense, il arborait une façade sculptée sur laquelle des chariots couverts et des chevaux de labour séparés par la balance de la justice résumaient en une fresque l'histoire du Nebraska.

Il était entouré d'un espace agréable, un petit parc avec une fontaine de marbre, des statues de bronze, des bancs et des allées pavées bordées de réverbères à l'ancienne. Une grille de fer forgé très ouvragée et fraîchement repeinte de noir délimitait l'ensemble. En remontant l'une des allées qui conduisaient au bâtiment, Maggie s'émerveilla devant la propreté du lieu. Pas un seul papier gras, pas d'emballage plastique, de boîte ou de gobelet qui vînt gâter ce jardin public jonché de feuilles de platanes et d'érables aux tons rouge et or.

A l'intérieur, les talons de Maggie claquaient contre le sol de marbre, et l'écho de ses pas résonnait comme dans une cathédrale. Il n'y avait pas de garde, pas même de réceptionniste. Elle consulta le panneau d'affichage. Les bureaux du shérif ainsi que des salles d'audience et la prison locale occupaient le second étage.

Délaissant l'ascenseur, elle monta par le large escalier en spirale qui donnait une vue plongeante sur le hall somptueux, tout de marbre blanc et gris. La rampe comme les portes étaient en chêne massif agrémenté de laiton. Intimidée sans doute, elle se surprit à marcher sur la pointe des pieds.

Les locaux du commissariat semblaient déserts — impression démentie par le bourdonnement lointain d'une photocopieuse et une forte odeur de café frais. Au mur, l'horloge indiquait 11 h 30. Maggie consulta sa montre, restée à l'heure de la côte Est, la remit à l'heure locale tout en se dirigeant vers les fenêtres qui donnaient vers le sud. Le soleil avait à présent disparu derrière d'épais nuages gris. Plus aucune trace de ciel bleu. En bas, les rues demeuraient calmes. Quelques clients endimanchés sortaient de Chez Wanda. Derrière le théâtre, un petit homme aux cheveux gris hissait un sac-poubelle dans une énorme benne à ordures.

Pas même midi, et elle se sentait lasse. Sa querelle avec Greg et une nouvelle nuit sans sommeil, passée à fuir l'image de Stucky, l'avaient épuisée. Pour couronner le tout, le vol de ce matin à travers des turbulences l'avait secouée dans tous les sens. Elle détestait voler. Jamais elle ne s'y habituerait.

Sans doute le besoin de tout contrôler que lui reprochait sa mère à la moindre occasion — « Il faut apprendre à te détendre, Maggie-chou, à lâcher prise. On ne peut tout tenir à bout de bras vingt-quatre heures sur vingt-quatre.»

La remarque était malvenue de la part d'une femme qui, après vingt ans de psychothérapie, demeurait incapable de se dominer. Une femme qui noyait le deuil de son mari dans l'alcool, se soûlait à ne plus savoir son nom chaque vendredi soir et ramenait avec elle le premier étranger venu qui lui offrait à boire. Ce, jusqu'au jour où l'un de ses compagnons de beuverie avait suggéré une partie à trois — la mère, sa fille alors âgée de douze ans, et lui. Depuis, elle avait évité de ramener ses amants à la maison et insisté pour aller à l'hôtel.

Maggie se massa machinalement la nuque. La seule pensée de sa mère avait le don de la crisper. Elle regrettait maintenant de ne pas avoir pris une chambre en ville et le temps de déjeuner, au lieu de se précipiter ainsi chez le shérif. Mais elle était prête à l'action, avait étudié le dossier de Ronald Jeffreys dans l'avion. Le meurtre récent ressemblait aux crimes de Jeffreys. Jusque dans la signature, le grand X gravé au couteau sur le torse de l'enfant. Les copieurs se montraient souvent méticuleux, imitant leur modèle dans les moindres détails pour accroître leur plaisir. Ce qui les rendait parfois plus dangereux que le tueur d'origine car, chez eux, la méthode primait sur la frénésie, limitant les risques d'erreur.

— Je peux vous aider ?

Surprise, Maggie se retourna vivement. En face d'elle se trouvait une jeune femme dont l'allure ne correspondait pas à ce qu'elle attendait d'une employée de police. Ses cheveux étaient trop longs, trop raides, sa jupe trop courte et trop moulante. Elle avait plutôt l'air d'une poupée Barbie, ou d'une adolescente avant un rendez-vous...

— Je viens voir le shérif Nicholas Morrelli.

Plantée devant la porte comme si elle la gardait, la demoiselle détailla Maggie d'un œil soupçonneux — Maggie en sobre tailleur pantalon bleu marine qui lui conférait le sérieux requis. Très tôt dans sa carrière, elle avait adopté une attitude sévère, parfois cassante, visant à forcer le respect. Avec son mètre soixante et ses cinquante kilos, elle atteignait de justesse les critères physiques exigés par le FBI, se tenait et s'habillait de manière à se donner du poids et de l'autorité.

— Nick s'est absenté, dit la femme, laconique.

Les bras croisés, comme pour montrer qu'elle n'en révélerait pas davantage, elle ajouta cependant :

— Il attendait votre visite ?

Ignorant la question, Maggie jeta un coup d'œil alentour.

— On peut le joindre quelque part ?

Puis elle s'intéressa à un panneau d'affichage, examina un avis de recherche des années 80, le tract annonçant le grand bal de Halloween, une annonce proposant à la vente un pick-up Ford de 1990.

— Ecoutez, reprit brusquement l'autre, mal à l'aise cette fois. Je ne voudrais pas paraître curieuse, mais vous souhaitez voir Nick… euh, le shérif Morrelli à quel propos ?

Maggie se retourna. Raide et pincée, la jeune femme paraissait plus âgée à présent. Décontenancée, elle oscillait sur ses talons aiguilles et se mordait les lèvres.

Au moment où Maggie fouillait dans sa poche pour produire son badge, deux hommes entrèrent bruyamment. Le plus vieux portait l'uniforme brun de rigueur. La cravate vissée au cou, les cheveux brillantinés et lissés à l'arrière sans qu'un seul dépasse, il semblait sortir d'une boîte tant il était tiré à quatre épingles. Le plus jeune au contraire était vêtu d'un short, d'un T-shirt gris trempé de sueur et de chaussures de sport. Ses boucles châtain foncé, bien que courtes, étaient ébouriffées et tombaient sur son front humide. Malgré le désordre de sa tenue, il était séduisant, visiblement en bonne condition physique — muscles longs et toniques, épaules larges, hanches étroites. Maggie s'en voulut aussitôt de s'attacher à de tels détails.

Dès qu'ils l'aperçurent, les nouveaux venus interrompirent leur conversation. Dans le silence qui suivit, leurs yeux allèrent de Maggie à la jeune femme embarrassée, toujours plantée devant la porte.

— Salut, Lucy. Il y a un problème ? s'enquit le plus jeune en examinant Maggie des pieds à la tête.

Lorsque leurs regards se croisèrent, il lui adressa un sourire discrètement approbateur.

— Eh bien, dit Lucy, je cherchais à savoir ce que cette dame…

— Je dois rencontrer le shérif Morrelli, coupa Maggie, agacée de se voir traiter en intruse.

L'homme en uniforme plissa le front, méfiant.

— Ah oui ? A quel propos ?

Ravalant son irritation, Maggie se passa les doigts dans les cheveux, prit le temps de se calmer, puis elle sortit son badge et le leur tendit.

— Je suis du FBI.

— Agent spécial O'Dell, c'est cela ? reprit le plus jeune, vaguement embarrassé.

— Cela même.

— Désolé de vous accueillir aussi fraîchement. Je suis Nick Morrelli.

Elle dut en paraître surprise, car il eut un sourire amusé en lui offrant sa main. Avec son physique d'athlète professionnel, ce Nick Morrelli n'était pas un shérif de province ordinaire — pas de ceux que Maggie connaissait en tout cas. Mais son charme rendait son arrogance tolérable. Il avait des yeux bleu ciel, particulièrement remarquables dans ce visage hâlé encadré de cheveux bruns. Sa poignée de main était franche, ferme, pas de celles, molles, qu'on réserve aux femmes. Mais l'attention qu'il concentrait sur elle comme si elle était seule dans la pièce visait à la flatter.

— Je vous présente l'adjoint Eddie Gillick, et vous connaissez déjà Lucy Burton. Veuillez nous excuser. Nous sommes un peu à cran ici, après deux longues nuits de veille, sans parler des assauts de la presse.

— Eh bien, je vous félicite. Vous avez trouvé une tenue de camouflage intéressante.

Sur ces mots, Maggie détailla son interlocuteur de bas en haut, exactement comme il l'avait fait pour elle. Lorsque enfin leurs regards se croisèrent, un léger embarras avait remplacé la superbe du jeune shérif.

— Pour ne rien vous cacher, j'arrive tout juste d'Omaha où je participais à une épreuve de course corporative…

Il se balançait d'un pied sur l'autre, se justifiait comme un gamin pris en faute.

— … Une compétition au bénéfice de l'association nationale de lutte contre les maladies pulmonaires… ou cardiaques, je ne me souviens plus. Quoi qu'il en soit, c'était pour la bonne cause.

— Je ne vous demande pas de vous expliquer, shérif Morrelli, déclara-t-elle, non sans une pointe de satisfaction.

Il y eut un silence gêné. Puis l'adjoint Gillick toussota pour s'éclaircir la voix.

— Bon, il faut que j'y retourne.

Il sourit à Maggie, puis ajouta :

— Ravi de vous avoir rencontrée, mademoiselle O'Dell.

— Agent O'Dell, rectifia Morrelli.

— C'est vrai. Excusez-moi.

Vexé par cette mise au point, l'adjoint semblait pressé de s'esquiver.

— J'aurai sans doute le plaisir de vous revoir, conclut Maggie, ajoutant à sa confusion.

— Lucy, je me trompe ou cela sent le café ? s'enquit Morrelli avec un sourire d'enfant.

— Je viens d'en refaire du tout frais.

La voix de la jeune femme était à présent flûtée, mélodieuse, féminine en diable. Maggie s'amusa de la voir quitter sa posture rigide et autoritaire pour partir en se trémoussant chercher du café pour le beau shérif.

— Tu veux bien en apporter une tasse à l'agent O'Dell ?

Il se tourna vers Maggie, charmeur, tandis que Lucy lui coulait un regard mauvais.

— Vous désirez du lait, du sucre ?

— Rien, je vous remercie.

— Vous préférez peut-être un Pepsi ?

— Excellente idée.

— Oublie le café, Lucy. Deux Pepsi, s'il te plaît.

La jeune femme considéra Maggie avec dédain, pivota sur elle-même et disparut. On entendit ses hauts talons cliqueter dans le couloir.

Ils étaient seuls à présent. Mal à l'aise, Morrelli se frotta les bras, comme s'il avait froid. Consciente d'être à l'origine de son embarras, Maggie songea qu'elle aurait dû appeler pour le prévenir. A Platte City, Nebraska, on respectait sans doute les règles de l'étiquette — règles qu'elle avait une fâcheuse tendance à négliger.

— Après quarante-huit heures de travail en continu, nous avions décidé de faire une pause aujourd'hui.

De nouveau, il cherchait à se justifier, à expliquer sa tenue et le silence des bureaux quasi déserts malgré le crime.

— Je ne pensais pas vous voir avant demain, d'autant que c'est dimanche, vous comprenez.

Maggie se demanda s'il avait été nommé ou élu à ce poste. Dans un cas comme dans l'autre, son charme juvénile avait sans doute pesé plus que ses compétences.

— Mes supérieurs m'ont donné l'impression que le temps comptait beaucoup dans cette affaire. Vous avez gardé le corps pour l'examen, je présume ?

— Oui, bien sûr. Il est…

Morrelli passa la main sur sa barbe naissante, et Maggie remarqua une légère cicatrice blanche sur sa mâchoire au demeurant parfaite.

— Nous utilisons la morgue de l'hôpital.

Il se pressa les yeux. A cause de la fatigue ? Ou bien pour conjurer l'image qui le hantait jusque dans son sommeil ? Selon le rapport, le cadavre de l'enfant avait été découvert par Morrelli.

— Je peux vous y conduire si vous le désirez.

— Merci. Il faudra en effet que je m'y rende mais, avant cela, j'aimerais que vous me conduisiez dans un tout autre endroit.

— Naturellement. Je suppose que vous souhaitez défaire vos bagages. Vous logez en ville ?

— A vrai dire, ce n'est pas précisément ce que j'entendais. J'aimerais que vous me montriez le lieu du crime.

Elle le vit pâlir tandis qu'elle poursuivait :

— Je voudrais voir l'endroit où on a trouvé le corps.

# 11.

La piste pour le bétail se perdait dans l'herbe piétinée et les ornières. Gravées dans la boue, des traces de pneus nombreuses se croisaient en tous sens. Nick rétrograda, et la jeep avança, poussive, patinant et creusant de nouvelles entailles dans la glaise.

— Personne n'aura pensé, je présume, que ces allées et venues ont peut-être détruit des indices ?

Nick coula un regard frustré à l'agent O'Dell. Il en avait assez de s'entendre rappeler ses erreurs.

— Lorsque le corps a été découvert, deux voitures étaient déjà passées par ici. Effectivement, la piste de l'assassin a peut-être été brouillée par ce trafic, et nous en sommes conscients.

Il la regarda de nouveau tout en s'efforçant de maintenir la jeep sur le sol ferme. En dépit de son autorité de femme mûre, cette O'Dell ne devait pas avoir la trentaine — un peu jeune pour un expert. Devant elle, il se sentait désarmé, et son âge n'était pas seul en cause. Sous son tailleur pantalon strict, il devinait un corps à se damner. En d'autres circonstances, il jouerait de son charme pour la conquérir, mais elle l'intimidait par son calme, sa mesure et son assurance. Elle se conduisait avec la détermination d'une professionnelle avertie, et toute son attitude l'infériorisait, lui qui manquait si cruellement d'expérience. Diablement agaçant.

Nick arrêta la jeep devant une rangée d'arbres, et la nausée s'empara de lui au souvenir de la terrible nuit. Pris de vertige, il s'étonna de son malaise, en éprouva de la honte. Près de lui, O'Dell tentait d'ouvrir sa portière.

— Attendez, elle coince. Laissez-moi vous aider.

Sans réfléchir, il se pencha en travers du siège, avait déjà la main sur la poignée quand il s'aperçut que leurs deux visages étaient dangereusement proches, qu'elle se collait contre le dossier afin d'éviter tout contact physique. Il se redressa aussitôt.

— Je vais vous ouvrir de l'extérieur.

— Bonne idée.

Une fois dehors, Nick se reprocha sa sottise. A croire qu'il tenait à asseoir sa réputation d'incompétent et de séducteur.

Il contourna le véhicule en pataugeant dans la gadoue. Avant de partir, il s'était douché à la hâte, avait troqué sa tenue de sport contre un jean et les bottes qu'il portait le soir du drame. De la boue séchée collait encore au cuir coûteux qui, de nouveau, s'enfonçait dans la glaise. Dans le ciel, de lourds nuages gris menaçaient de crever d'un instant à l'autre. Le bourbier n'était pas près de s'assécher !

De l'extérieur, la portière de la jeep s'ouvrit facilement. O'Dell allait-elle croire que son numéro de tout à l'heure n'était qu'une manœuvre maladroite pour la frôler ? Aucune importance, d'ailleurs. Son instinct lui disait que l'agent du FBI était insensible à son charme – ou ce qui lui en restait.

Elle s'apprêtait à descendre quand il l'arrêta.

— Ne bougez pas. Je dois avoir des bottes à l'arrière.

Et il grimpa sur le bord du châssis, ne s'avisant que trop tard de ce nouvel impair. Il attendit donc qu'elle s'écarte pour lui laisser la place de fouiller, puis il se pencha par-dessus le dossier du siège. Dieu merci, ses bottes de chantier étaient à portée de main !

— Vous êtes sûr que c'est nécessaire ? s'enquit Maggie en examinant les énormes chaussures noires d'un œil soupçonneux.

— Vous n'avancerez pas dans ce bourbier. Le terrain est encore plus détrempé et glissant près de la rivière.

Il défit les lacets de la première et la lui tendit avant de s'attaquer à l'autre. Mais il marqua un temps d'arrêt lorsqu'elle ôta ses escarpins. Sous leurs fines socquettes transparentes, ses pieds étaient petits, menus, attendrissants. La grosse botte en avala un avec une partie de la jambe. Même en glissant le pantalon dedans et en laçant au plus serré, rien ne garantissait que ces bateaux lui tiendraient aux pieds…

Tandis qu'ils entamaient leur marche dans la glaise, il s'étonna encore de constater qu'elle restait à son côté malgré sa petite taille et ses bottes encombrantes. Le périmètre du crime était toujours délimité par le ruban jaune attaché aux arbres. Arraché par endroits, il flottait au vent qui forcissait et poussait les nuages. Nick remonta le col de sa veste et jeta un coup d'œil sur O'Dell. Elle avait, elle aussi, boutonné sa veste, mais ne semblait pas souffrir du froid mordant dans son ensemble de fin lainage.

Il l'observa cependant qu'elle contournait la trace laissée dans l'herbe par le petit corps. En ayant fait le tour, elle s'accroupit, examina quelques brins d'herbe, prit une pincée de terre, l'écrasa dans ses doigts pour la sentir. Nick grimaça au souvenir de l'odeur nauséabonde. La peau lui cuisait encore de s'être étrillé pour s'en débarrasser.

O'Dell se releva, se tourna vers la rivière. La berge n'était qu'à quelques pas d'eux, et le flot en crue claquait contre la rive.

— Où a-t-on retrouvé la médaille ? s'enquit-elle sans le regarder.

Il s'avança jusqu'au piquet blanc qu'un de ses adjoints avait planté pour marquer l'endroit.

— Ici, dit-il en montrant les dix centimètres de plastique qui dépassaient.

Elle étudia les alentours du marqueur, puis revint à la trace du corps de l'enfant. Une cinquantaine de centimètres les séparaient.

— Elle appartenait au garçon. Sa mère l'a reconnue.

Nick regrettait de n'avoir pas pu la rendre à Laura Alvarez qui la réclamait.

— La chaîne était brisée, expliqua-t-il encore. Elle se sera rompue dans la lutte, je suppose.

— A ceci près qu'il n'y a pas eu de lutte.

— Pardon ?

De nouveau, elle s'était accroupie et mesurait à l'aide d'un petit mètre de poche la distance exacte entre la trace du corps et le bâtonnet blanc. Puis elle se redressa, brossa de la main les feuilles mortes et la boue de son pantalon, puis répéta d'un ton posé :

— Il n'y a pas eu de lutte.

— D'où tenez-vous cela ? s'enquit-il, irrité par sa calme assurance.

Tout de même, c'était un comble. Elle n'était pas là depuis dix minutes qu'elle semblait avoir tout compris.

— Vous êtes tombé, n'est-ce pas, quand vous avez buté ?

Du doigt, elle montrait l'herbe tassée, les empreintes dans la boue.

Nick grimaça de nouveau. Il faisait figure d'imbécile jusque dans son rapport.

— Exact, reconnut-il.

— La boue piétinée autour du périmètre du crime est sans doute l'œuvre de vos agents.

— Et de ceux du FBI, ajouta Nick sur la défensive. Ils étaient responsables de l'enquête jusqu'à ce que l'hypothèse du rapt soit éliminée.

— En dehors de ce secteur et de l'endroit où reposait le corps, il n'y a pas d'herbe arrachée ou seulement tassée. Quand vous l'avez découverte, la victime avait les pieds et les poings liés, n'est-ce pas ?

— Oui, derrière le dos.

— D'après moi, il était déjà attaché quand ils sont arrivés ici. Le médecin légiste a-t-il une idée de l'heure du décès ?

Elle tira un carnet de sa poche, griffonna quelques notes.

— Le gosse a été tué ici même, moins de vingt-quatre heures avant que je tombe sur le cadavre.

La nausée le reprit, et il se demanda s'il parviendrait jamais à chasser de son esprit l'image de l'enfant assassiné, de ses grands yeux innocents qui fixaient les étoiles.

— Quand la victime a-t-elle disparu ?

— Dimanche, en début de matinée. Nous avons retrouvé son vélo calé contre une barrière, avec sa sacoche pleine de journaux. Il n'avait pas encore commencé sa distribution.

— L'assassin l'a donc gardé pendant au moins trois jours.

— Seigneur Dieu ! marmonna Nick.

Il n'avait pas réfléchi à ce détail. Convaincu, comme les autres, que l'enfant avait été enlevé par son père, il l'avait cru en sûreté et n'y avait plus repensé depuis. Atterré à l'idée de ce qu'avait dû endurer le garçon, il préféra changer de sujet.

— S'il n'y a pas eu de lutte, expliquez-moi comment la chaîne de la médaille s'est rompue.

— Au juste, je n'en sais rien. Peut-être que l'assassin l'aura arrachée. C'était une croix en argent, non ?

Il acquiesça de la tête, impressionné par sa mémoire, sa minutie ; elle avait étudié le rapport par le menu.

Raisonnant à haute voix, elle poursuivit :

— Peut-être que l'assassin préférait ne pas la voir. Qu'elle l'empêchait de faire ce qu'il voulait tant qu'elle était au cou de la victime. D'un point de vue religieux, cette croix est une protection. L'assassin est peut-être suffisamment imprégné de religion pour le savoir et se sentir mal à l'aise.

— Un assassin croyant ? Il ne manquait plus que ça.

— Vous disposez d'autres traces ?

— Des traces ?

— Oui, des indices, des objets, des lambeaux de tissu, des restes de corde ? Le FBI a-t-il réussi à relever des empreintes de pneus ?

Les pneus, encore eux. Combien de fois viendrait-on lui rappeler cette bourde ?

— Nous avons relevé une empreinte de pied.

Elle le dévisagea, une lueur d'irritation dans le regard.

— De pied ? Je vais vous paraître sceptique, mais je vois mal comment vous avez pu isoler une empreinte. Des douzaines de personnes ont piétiné la boue, cela saute aux yeux. Rien ne prouve que votre empreinte ne soit pas celle d'un de vos hommes, ou d'un agent du FBI.

— A ma connaissance, aucun de nous ne marchait pieds nus.

Sans attendre sa réaction, il s'approcha de la rivière, glissa et se raccrocha à une branche. Lorsqu'il releva les yeux, elle était derrière lui.

— Là, dit-il en montrant du doigt des empreintes d'orteils aux reflets métalliques.

Pour tenter d'en tirer d'éventuels renseignements, on les avait enduites de poudre d'aluminium.

— Rien ne prouve que ce soit le pied de l'assassin.

— Qui d'autre serait assez fou pour s'aventurer ici sans chaussures ?

Elle agrippa la branche à son tour, se laissa glisser près de lui.

— Vous voulez bien m'aider ? s'enquit-elle.

Il prit la main qu'elle lui tendait — une main petite et douce, mais à la poigne de fer. Alors elle se pencha de tout son long au-dessus des empreintes — sans glisser. Les pans de sa veste s'écartèrent dans l'effort, et Nick s'obligea à regarder ailleurs. Décidément, elle était bien trop femme pour un expert du FBI !

Après quelques instants, elle se redressa, relâcha aussitôt la main de Nick. De retour sur la terre ferme, elle ressortit son carnet pour prendre des notes tandis qu'il levait les yeux vers le ciel menaçant. Soudain, il en avait assez. Il aurait préféré être n'importe où ailleurs. Les dernières quarante-huit heures l'avaient épuisé. Ses mollets lui faisaient mal après les dix kilomètres qu'il s'était obligé à courir ce matin. Pour couronner le tout, il se sentait de nouveau incompétent, et la nausée le reprenait au souvenir du corps livide de Danny Alvarez, de ses yeux grands ouverts sur les étoiles. Un vol d'oies passa au-dessus d'eux en cacardant, et Nick se prit à se demander ce que Danny avait vu au moment de mourir, à espérer que c'étaient des oies, une vision familière, rassurante.

Reportant son attention sur O'Dell, il déclara au prix d'un effort :

— Les poinçons et les découpes sur le thorax de l'enfant étaient identiques à ceux laissés par Jeffreys. Par quel biais l'assassin était-il au courant ?

— L'exécution date de juillet, je crois.

— Exact.

— Il n'est pas rare que les journaux locaux publient des articles au moment d'une exécution. N'importe qui peut y glaner une foule de détails.

— Braves médias, grommela Nick.

Il lui cuisait encore que sa sœur l'ait épinglé dans son journal.

— On peut aussi lire les comptes rendus d'audiences. Ils deviennent accessibles à tous dès que le procès est terminé.

— Vous pensez que nous avons affaire à un copieur ?

— Oui. Il y a là trop de coïncidences pour que ce soit le fruit du hasard.

— Pourquoi imiter de tels crimes ? Pour le plaisir ?

O'Dell rangea son carnet et daigna enfin lever les yeux sur lui.

— Cela, je l'ignore. Mais ce que je peux vous dire, c'est que ce type va recommencer. Et probablement sans tarder.

# 12.

La morgue de l'hôpital se trouvait en sous-sol, dans un dédale de couloirs aux murs carrelés de blanc qui renvoyaient l'écho du moindre bruit. Les canalisations d'eau cognaient, un ventilateur asthmatique sifflait. Derrière eux, les portes de l'ascenseur se refermèrent. La cabine s'ébranla pour remonter dans un grincement de câbles tendus.

Le shérif Morrelli avançait presque sur la pointe des pieds pour éviter que les talons de ses bottes claquent contre le sol. Tout en marchant à son côté, Maggie l'observait à la dérobée. Il jouait les aguerris, comme si c'était là son quotidien, mais ce masque d'impassibilité ne trompait personne. Près de la rivière, elle l'avait surpris à grimacer douloureusement une ou deux fois.

Il avait cependant insisté pour l'accompagner ici lorsqu'il avait appris que le médecin légiste était parti à la chasse et ne pouvait être joint de toute la journée. Etrange passe-temps pour un médecin légiste. Après avoir examiné plus que sa part de cadavres, Maggie n'imaginait pas qu'on se détende en traquant et tuant de pauvres bêtes innocentes.

Elle demeura en arrière tandis que Morrelli s'escrimait à trouver la bonne clé dans un énorme trousseau... pour s'apercevoir finalement que la porte de la morgue n'était pas verrouillée. Il poussa le lourd battant, s'y plaqua pour le maintenir ouvert et la laisser passer. Qu'il l'eût fait sciemment ou non, c'était la troisième fois de la journée qu'il s'arrangeait pour la frôler vaguement.

D'ordinaire, sa calme autorité suffisait à décourager les avances les plus déterminées, mais Morrelli semblait imperméable. Sans doute traitait-il chaque femme qu'il rencontrait comme une aventure potentielle d'un soir. Elle connaissait le genre et savait également que son charme viril, ses flatteries et son physique d'athlète devaient lui obtenir ce qu'il désirait d'elles. C'était certes agaçant, mais bien inoffensif.

Elle avait affronté pire, était rompue aux commentaires salaces et vulgaires d'hommes que cela gênait de collaborer avec des femmes. Le harcèlement sexuel, du flirt le plus léger aux attouchements sournois et même aux claques sur les fesses, figurait en bonne place dans son expérience. Ce qui lui avait appris à se protéger derrière une façade d'indifférence.

Morrelli pressa le commutateur et, comme des dominos tombant l'un après l'autre, les néons clignotèrent, s'allumèrent à la chaîne. La salle était plus grande que Maggie ne l'avait imaginée. A peine était-elle entrée qu'une odeur d'ammoniaque lui piquait les narines et lui brûlait la gorge. Tout était d'une propreté immaculée. Une table d'acier occupait le centre de la pièce carrelée. Le long d'un mur, un vaste double évier jouxtait un long comptoir sur lequel étaient disposés toutes sortes d'instruments — petites scies de chirurgien, microscopes, flacons et éprouvettes, prêts à l'emploi. Le mur d'en face abritait cinq compartiments réfrigérés, et Maggie de se demander si l'hôpital local avait jamais utilisé les cinq à la fois.

Elle ôta sa veste, la déposa soigneusement sur un tabouret, et se mit en devoir de remonter ses manches tout en cherchant des yeux une blouse de laboratoire ou bien un tablier de travail. Le délicat et coûteux corsage de soie qu'elle portait ce jour-là était un cadeau de Greg et, si elle y faisait une tache indélébile,

Greg ne manquerait pas de remarquer qu'elle ne le mettait plus. Il l'accuserait alors de négligence, lui reprocherait sa légèreté, tout comme il l'avait fait pour son alliance, désormais sur le fond boueux de Charles River. Bah, à la guerre comme à la guerre. Elle acheva de remonter ses manches.

Elle avait pris soin d'emporter le petit sac noir qui contenait son nécessaire. Elle l'ouvrit et entreprit d'en disposer le contenu sur le comptoir. D'abord, le pot de Vicks VapoRub, qu'elle déboucha pour s'en enduire les narines. Elle avait appris à ses débuts que, même réfrigérés, les cadavres dégageaient une odeur qu'il était préférable d'éviter. Après avoir refermé le pot, elle se tourna vers Morrelli qui l'observait depuis la porte et le lui lança.

— Si vous comptez rester, je vous conseille de faire comme moi.

Il examina le pot, méfiant, puis, sans grand enthousiasme, il suivit son exemple.

Elle sortit ensuite des gants de chirurgiens, lui en tendit une paire, mais il déclina l'offre d'un signe de la tête.

— Rien ne vous oblige à rester, shérif.

Il avait de nouveau pâli — alors qu'ils n'avaient pas encore sorti le cadavre.

— Si, si, j'y tiens. C'est seulement que... Je ne voudrais pas vous gêner.

Pourquoi insistait-il ainsi malgré son évident malaise ? Par sens du devoir, ou par simple souci machiste de sauver sa réputation d'homme fort ? Elle aurait préféré se livrer seule à cet examen, mais elle avait conscience d'être sur le terrain de Morrelli. C'était lui le responsable de l'enquête, qu'il assume le rôle ou non.

Elle procéda donc comme s'il n'était pas là. Ayant sorti un petit magnétophone, elle vérifia que la cassette était en place et déclencha l'activation vocale. Elle prit ensuite un appareil photo Polaroïd et s'assura qu'il était chargé. Puis elle se tourna vers les compartiments réfrigérés, poings sur les hanches, prête à l'action.

— Quel tiroir ? s'enquit-elle.

Silence. Elle coula un regard à Morrelli qui fixait le mur de casiers, comme surpris qu'il leur faille sortir le corps. Puis, lentement, d'un pas hésitant, il alla déverrouiller celui du milieu. Dans un grincement métallique, le tiroir s'ouvrit.

D'un coup de pied, Maggie débloqua les freins de la table d'acier et la fit rouler sous le tiroir. Ensemble, ils dégagèrent le plateau de ce dernier, l'ajustèrent sur la table avec son chargement, puis ils poussèrent la table au centre de la pièce, sous les lampes d'examen. Tandis que Morrelli allait refermer le tiroir, Maggie bloquait les freins. Dès qu'elle entreprit d'ouvrir le sac funéraire, Morrelli se retira dans un coin.

Le corps de l'enfant semblait fragile, minuscule, ce qui accentuait encore l'importance de ses plaies. Elle se surprit à penser que c'était un bien joli petit garçon, avec ses boucles cuivrées, ses taches de rousseur sur les joues et le nez — touches de couleur contre sa peau livide. D'importantes ecchymoses couvraient son cou, où l'on voyait la trace de la corde, juste au-dessus de la profonde entaille à la gorge.

Elle prit des photos — des plans rapprochés — des poinçons, du grand X sur la poitrine, puis des marques bleues et violettes aux poignets, de la gorge tranchée. Après chaque Polaroïd, elle attendait que l'image se développe, vérifiait que la lumière était bonne, l'angle suffisamment parlant. Et elle enregistrait ses commentaires, décrivait avec précision ce qu'elle voyait :

— La victime porte des marques autour du cou, apparemment faites par une corde. Peut-être nouée. Il y a des signes d'abrasion juste sous l'oreille gauche. Peut-être le frottement du nœud.

Précautionneusement, elle souleva la tête de l'enfant pour observer sa nuque. Une tête si légère qu'elle pesait à peine.

— Oui, les marques de la corde font bien le tour du cou. Ce qui laisse supposer que la victime a été étranglée avant d'être égorgée. L'entaille à la gorge est profonde, longue, va d'une oreille à l'autre. Les meurtrissures des poignets et des chevilles sont identiques à celles du cou. Peut-être causées par la même corde.

Les mains de l'enfant semblaient bien petites dans les siennes. Elle les tenait délicatement, avec une sorte de respect, pour les examiner.

— Il y a des traces d'ongles profondes dans les paumes. Ce qui implique que la victime était encore en vie pendant qu'on lui infligeait certaines de ces blessures. Les ongles eux-mêmes sont propres... Vraiment très propres.

Elle replaça les mains le long du corps puis s'intéressa aux plaies.

— Il y a huit... non, neuf poinçons à la cage thoracique.

De sa main gantée, elle palpa, tâta, jaugea la profondeur. Son index entier disparaissait presque dans certaines blessures.

— Ces poinçons semblent avoir été pratiqués à l'aide d'un couteau à simple tranchant. Trois sont superficiels. Les six autres, profonds. Certains atteignent sans doute l'os. Il est possible que l'un d'eux ait touché le cœur. Pourtant, il y a très peu de... non, il n'y a pas de sang. Du tout. Shérif Morrelli ? Est-ce qu'il a plu pendant que le corps était exposé aux intempéries ?

Pas de réponse. Elle se tourna vers lui, vit qu'il s'appuyait au mur, hypnotisé par le petit corps étendu sur la table.

— Shérif Morrelli ?

Cette fois, il réagit, se redressa soudain, presque au garde-à-vous.

— Pardon ? Vous disiez ?

La voix était à peine audible, comme s'il craignait de réveiller l'enfant.

— Vous vous souvenez s'il a plu pendant que le corps était dehors ?

— Non. Pas la moindre averse. Il avait plu beaucoup la semaine précédente.

— Le médecin légiste a-t-il lavé le corps ?

— Nous avons demandé à George de ne rien entreprendre avant votre arrivée. Pourquoi ?

Maggie examina une dernière fois le cadavre, puis elle ôta un gant, remonta ses cheveux derrière ses oreilles. Décidément, il devait y avoir une anomalie.

— Certaines de ces plaies sont profondes. Même faites après la mort de la victime, elles auraient saigné. Si ma mémoire est bonne, vous avez retrouvé du sang sur les lieux du crime. Beaucoup de sang.

— Beaucoup. J'ai eu un mal de chien à l'ôter de mes vêtements.

De nouveau, elle souleva une petite main. Les ongles étaient d'une propreté étrange. Pas la moindre trace de terre, de boue, ni même de sang — alors que le garçon avait planté ses ongles dans ses paumes qui en portaient la marque. Les pieds étaient propres aussi. Si l'enfant n'avait pu se débattre, entravé comme il l'était, il avait tout de même dû être en contact avec le sol à un moment ou l'autre.

— C'est à croire qu'on a fait sa toilette, remarqua Maggie pour elle-même.

Lorsqu'elle releva les yeux, Morrelli était auprès d'elle.

— Vous voulez dire que le tueur aurait lavé le corps quand il a eu fini ?

— Regardez la croix sur sa poitrine.

Elle renfila son gant, suivit l'entaille du doigt.

— Il a utilisé un autre couteau pour ça. Avec une lame à fines dents de scie. Vous voyez comme la peau est déchirée ? Hm. Il devrait y avoir du sang. Il a dû y en avoir. Au moins initialement. Ces poinçons sont profonds.

Elle mit l'index dans l'un d'eux pour lui prouver ce qu'elle avançait.

— Quand on fait un trou pareil, ça saigne. Abondamment. Je suis presque sûre qu'ici, le couteau a atteint le cœur. Une artère sectionnée, ça pisse le sang. Et je ne vous parle pas de la gorge... Shérif Morrelli ?

Il s'était effondré contre la table d'acier qui grinçait sous son poids, blanc comme un linge, les traits décomposés. Maggie n'eut que le temps de le rattraper par la taille avant de glisser à terre avec lui.

— Hé, Morrelli ? Ça va ? Vous tenez le coup ?

Elle se dégagea, le cala contre le pied de la table. Il ne s'était pas évanoui mais il avait le regard vitreux. Maggie regarda autour d'elle. Pas de serviette en vue qu'elle puisse mouiller pour lui bassiner les tempes. Bien équipé, le labo manquait cruellement de certaines commodités — pas de blouses, pas de tablier, pas de serviettes, pas le moindre linge. Elle se souvint d'avoir remarqué un distributeur de boissons près des ascenseurs. Fouillant son sac en quête de pièces, elle y fila et revint avant que Morrelli eût seulement bougé.

Ses jambes étaient tordues sous lui, et sa tête reposait contre la table. Du moins ses yeux étaient-ils redevenus normaux. Elle s'accroupit à son côté, lui tendit une boîte de Pepsi.

— Merci. C'est gentil, mais je n'ai pas soif.

— Ce n'est pas pour boire, mais pour rafraîchir votre nuque.

Elle glissa une main derrière sa tête, qu'elle ramena en avant, puis elle positionna la boîte glacée.

— Là. Comme ça.

Il se laissa aller contre sa poitrine. Mais il pensait à autre chose, luttait contre ses propres démons. A l'évidence, le machisme avait ses revers, et le macho ses faiblesses…

Au moment où elle se retirait, Morrelli leva le bras, encercla doucement son poignet de ses doigts.

— Merci, murmura-t-il, gêné.

Mais ses yeux bleu ciel avaient recouvré leur éclat. Tout ébranlé qu'il était, il trouvait le moyen de flirter !

Elle répondit en se dégageant prestement. Trop vite. Plus brutalement qu'il n'était nécessaire. Puis, ayant rétabli une distance confortable entre eux, elle lui tendit le Pepsi.

— J'ai failli me trouver mal, j'en suis confus.

— Ne vous inquiétez donc pas, c'est tout à fait normal. Avant de m'habituer à ce genre d'exercice, j'ai passé pas mal de temps sur le carreau.

— Comment peut-on jamais s'y habituer ?

Il scrutait son regard, incrédule.

— Au juste, je n'en sais rien. Je crois qu'on débranche. On regarde les choses de loin, de manière désincarnée.

Elle se détourna, se releva, embarrassée qu'il la scrute de la sorte, comme s'il cherchait à lire en elle. Sans doute n'était-ce là qu'un numéro de charme, un truc de séducteur, mais elle craignait qu'il ne découvre en elle quelque faille soigneusement cachée. Quelques mois plus tôt, elle n'aurait pas eu cette peur ; Albert Stucky l'avait rendue vulnérable. Et il lui en coûtait que cette faiblesse demeure en surface, potentiellement visible de tout un chacun.

Morrelli déplia soudain ses longues jambes, les étira, puis se remit debout sans effort. Bien qu'il eût été au bord de l'évanouissement, le shérif avait le geste sûr, une grâce de félin.

Il sourit, posa la boîte humide et fraîche contre son front.

— Cela vous ennuie de me rejoindre à la cafétéria quand vous en aurez terminé ?

— Bien sûr que non. Ce ne sera plus très long.

— Je crois que je vais faire une pause Pepsi.

Il leva la boîte comme pour porter un toast, jeta un dernier regard au corps de l'enfant, puis il se retira.

L'estomac de Maggie grondait. Elle regrettait de ne pas avoir pris de petit déjeuner dans l'avion, mais les turbulences lui avaient coupé l'appétit. A présent, elle se sentait faible. La pièce était fraîche, mais son aventure avec le jeune shérif l'avait échauffée et elle transpirait. Elle ôta un gant, passa la main sur son front moite. Ce faisant, elle reporta son attention sur celui du garçon. Vu sous cet angle, il luisait, comme enduit d'une substance grasse.

Elle se pencha au-dessus de la table, examina la tache luisante au milieu du front, la frotta du bout de l'index, qu'elle porta à son nez. Si le corps avait été lavé, on avait appliqué ce liquide huileux après la toilette. D'instinct, Maggie jeta un coup d'œil sur les lèvres bleues de l'enfant. Huileuses, elles aussi. Avant même de vérifier, elle savait qu'elle trouverait une autre trace huileuse sur le thorax, juste au-dessus du cœur. Ses années de catéchisme trouvaient leur récompense. Sans cet enseignement, elle ne se serait sans doute pas aperçue que quelqu'un — peut-être l'assassin lui-même — avait donné l'extrême-onction à l'enfant.

# 13.

Depuis les tribunes, Christine Hamilton s'efforçait de réviser l'article qu'elle avait griffonné sur son bloc tout en feignant de suivre le match de football qui se déroulait en bas, sur le terrain. Le banc de bois était affreusement inconfortable. Elle avait beau changer de position, rien n'y faisait. De plus, elle avait envie d'une cigarette et devait se contenter de mâchouiller le capuchon de son stylo.

De soudains applaudissements, des cris et des sifflets lui firent lever le nez à temps pour voir les garçons de dix ans en tenue rouge sauter de joie en levant le pouce. Elle avait raté le point, mais quand le gamin roux leva les yeux vers elle depuis l'agitation d'en bas, elle lui sourit, leva le pouce à son tour comme si elle n'avait rien manqué de l'exploit.

Il était de beaucoup plus petit que ses coéquipiers et pourtant, il lui semblait grandir à une allure folle. De plus, il ressemblait chaque jour davantage à son père, ce qui n'arrangeait rien.

Elle remonta ses lunettes noires sur sa tête pour tenir ses cheveux qu'ébouriffait le vent. Le soleil disparaissait derrière la ligne des arbres qui bordaient le parc. Dieu merci, les nuages s'étaient dissipés sans crever. Il avait assez plu, et ce match amical suffisait à son malheur pour un dimanche soir.

Elle s'était mise à l'écart des parents, ne souhaitant pas s'associer à ces obsessionnels du football en maillots de supporters qui injuriaient l'entraîneur à grands cris. Tout à l'heure, les mêmes lui taperaient dans le dos en le félicitant pour cette nouvelle victoire.

Sur le point de reprendre son travail de révision, elle remarqua trois autres mères divorcées qui faisaient des messes basses au lieu de suivre le match en se montrant quelque chose ou quelqu'un. Christine suivit la direction indiquée et comprit aussitôt la cause de leur distraction. L'homme qui s'avançait en remontant le terrain était le type même du grand et beau ténébreux des clichés. Avec son jean et son T-shirt au logo des Nebraska Cornhuskers, on aurait dit le double monté en graine de l'ailier qu'il avait été autrefois. Christine le savait conscient de l'attention qu'il s'attirait dans les tribunes. Lorsque enfin il daigna lever les yeux, elle lui fit signe de la main, ravie de susciter la jalousie des autres lorsqu'il lui sourit avant de remonter les gradins pour venir la rejoindre.

— Quel est le score ? s'enquit Nick en s'asseyant près d'elle.

— Je crois que c'est cinq à trois. Tu te rends compte que toutes les mamans divorcées des tribunes bavent d'envie de te voir avec moi ?

— Et pour me récompenser de ce que je fais pour toi, il faut que tu me tapes dessus.

— Tu exagères, petit frère. Je ne t'ai jamais frappé. Ou alors, pas bien fort.

— Ce n'est pas ce que j'entendais, et tu le sais parfaitement.

Voyant qu'il ne plaisantait pas, elle se redressa, prête à se défendre malgré le sentiment coupable qui l'habitait. D'accord, elle aurait dû l'appeler pour le prévenir avant de remettre son article. Mais s'il lui avait interdit de le publier ? Ce papier lui avait permis de franchir la porte, de sorte qu'à présent, au lieu de stagner sur sa rubrique domestique, elle passait en première page — deux articles en deux jours, avec sa signature.

— Pour me racheter, je te propose de dîner à la maison demain soir. Je te préparerai des spaghettis bolognaise avec la sauce tomate secrète de maman.

Il jeta un coup d'œil sur son bloc.

— Tu ne comprends vraiment pas, hein ?

— Nick, je t'en prie. Depuis le temps que je cherche à sortir de « La vie au quotidien » ! Si je n'avais pas passé cet article, un autre l'aurait fait.

— Ah oui ? Et il aurait cité les confidences d'un officier de police, cet autre ?

— Cela n'avait rien de confidentiel. Si Gillick t'a raconté ça, il t'a menti.

— J'ignorais qu'il s'agissait d'Eddie. Ma petite Christine, tu viens de trahir ta source anonyme.

Prise en faute, elle s'empourpra violemment.

— Zut à la fin, Nick. Tu sais bien que je me donne du mal. Je suis peut-être un peu rouillée, mais j'ai un vrai talent de reporter.

— Pour le moment, tu fais surtout preuve d'irresponsabilité.

— Nicky, tu es injuste. Que ce que j'ai écrit ne te plaise pas est une chose. Mais cela ne fait pas de moi une journaliste irresponsable.

— Et les manchettes, alors ? gronda-t-il entre ses dents serrées.

Il y avait bien longtemps qu'elle ne l'avait pas vu aussi exaspéré. Il évitait son regard, suivait les actions des gosses sur le terrain.

— Tu comptes arrêter dc comparer ce crime à ceux de Jeffreys ?

— Les points communs ne manquent pas.

— Jeffreys est mort, souffla-t-il tout en s'assurant qu'on ne les épiait pas.

Il croisa les mains sur un genou, se mit à taper du pied sur le banc de devant — un tic nerveux qui remontait à l'enfance.

— Réveille-toi, Nick. N'importe quel imbécile ferait la comparaison avec Jeffreys. Je me suis contentée de retranscrire ce que tout le monde pense. Et tu prétends que je déraille ?

— Je ne prétends rien. J'aimerais juste qu'on évite de paniquer les foules. Je me passerais bien de parents hystériques, fous à l'idée que leurs gamins courent un danger comme au temps de l'affaire Jeffreys.

Les poings crispés de colère, il croisa les bras — par prudence, pour se contenir.

— Avec tes papiers, tu me fais passer pour un abruti complet, Christine.

— Ah, c'était donc ça ! La panique, l'hystérie, tu t'en fiches en réalité. Tu t'inquiètes surtout de ton image, de ce qu'on va penser de toi. Rien de nouveau sous le soleil, pas vrai ?

Il la foudroya du regard, parut sur le point de réagir, y renonça cependant pour reporter son attention sur le match. Elle avait horreur qu'il encaisse ainsi les coups sans se défendre. Même jeune, il n'avait jamais su répondre à ses insultes, arme secrète dont elle usait et abusait. Sans doute vieillissait-elle car, aujourd'hui, elle regrettait de l'avoir vexé.

Elle s'irritait malgré tout de l'attitude de son frère envers la vie. Il choisissait toujours la voie la plus facile, évitait tout conflit. Et pourquoi pas, puisque tout lui était offert sur un plateau — les emplois, les femmes, tout. Il se laissait porter, sans honte et sans effort. Quand leur père avait pris sa retraite, il avait insisté pour que Nick se présente au poste de shérif. Sans hésiter, Nick avait quitté son poste de professeur à l'université. S'il aimait la vie du campus, l'admiration inconditionnelle de ses jeunes étudiantes, son regret ne s'était pas vraiment manifesté. D'autant qu'il avait été élu shérif du comté haut la main — tout en étant conscient de bénéficier de la réputation de leur père. Mais cela ne le gênait pas. Il prenait les choses comme elles venaient.

Christine, elle, avait l'impression de lutter bec et ongles pour obtenir ce qu'elle désirait, surtout depuis le départ de Bruce. Pour une fois que la chance frappait à sa porte, elle aurait eu bien tort de ne pas en profiter. Et du diable si elle s'excuserait !

— Mais s'il s'agit d'un imitateur, tu ne penses pas qu'il vaut mieux en avertir les gens ?

Sincère par le ton, elle n'éprouvait cependant ni le désir, ni le besoin de se justifier. En tant que journaliste, elle faisait de l'information, jouait son rôle en connaissance de cause. Les lecteurs avaient le droit de savoir.

Nick ne répondit pas. Il se pencha en avant, calant les coudes sur ses genoux, le menton sur ses poings fermés. Tous deux restèrent silencieux au milieu d'une tempête de cris et de hourrah. Christine réfléchissait. Son frère avait changé, semblait différent, et elle s'en trouvait déconcertée.

Au bout d'un long moment, il se décida enfin et, sans cesser de fixer le terrain d'un œil absent, il déclara d'une voix posée :

— Danny Alvarez n'avait qu'un an de plus que Timmy.

Christine regarda son fils qui courait sur la pelouse, se faufilant parmi les autres joueurs qui le dépassaient d'une tête. Il était vif, agile, utilisait sa petite taille à son avantage. Mais effectivement, la ressemblance ne lui avait pas échappé quand elle avait vu la photo scolaire de Danny dans le journal. Mêmes cheveux d'un blond cuivré, mêmes yeux bleus, mêmes taches de rousseur. Comme Timmy, Danny était petit pour son âge…

— J'ai passé l'après-midi à la morgue.

La phrase ramena Christine à la réalité.

— Ah bon. En quel honneur ? s'enquit-elle d'un ton faussement détaché.

Feignant de suivre le match, elle observait Nick du coin de l'œil. Jamais elle ne l'avait vu aussi grave.

— Bob Weston a demandé un expert pour nous aider à dresser le profil de l'assassin. L'agent spécial Maggie O'Dell de Quantico est arrivée ce matin, tout feu tout flamme, brûlant de s'y mettre sur-le-champ.

Il coula un regard à sa sœur, s'aperçut qu'elle griffonnait sur son bloc.

— Bon sang, Christine, gronda-t-il, on ne peut donc plus rien te dire sans prendre le risque d'être cité ?

— Si tu tenais à ce que cela reste confidentiel, il fallait prévenir.

Il se frotta la mâchoire comme s'il venait de prendre un coup.

— D'une manière ou d'une autre, tout le monde sera au courant dès demain, dès que ton agent O'Dell va commencer à poser des questions. De quoi tu as peur, Nicky ? Appeler un expert à la rescousse est une bonne chose.

— Tu crois ? Et je vais passer pour quoi dans cette affaire ? Pour un incompétent et un abruti. Je t'interdis de publier ce renseignement.

— Du calme, petit frère, je ne suis pas ton ennemie.

En bas, les garçons se livraient à leur danse de victoire et serraient les mains de leurs adversaires selon la coutume. Le match avait pris fin ; la nuit tombait et les lumières du parc venaient de s'allumer.

— Tu sais, Nick, papa ne craignait pas de travailler avec les médias.

— Peut-être, mais je ne suis pas papa.

Cette fois, elle était allée trop loin, l'avait mis en colère. En temps normal, elle évitait cette comparaison qui avait le don de le fâcher. Mais la mesure était comble. Elle en avait assez de s'entendre rabrouer, comme si elle tirait sur l'ambulance. Et puis, s'il n'aimait pas qu'on le compare à son père, il n'avait qu'à ne pas prendre sa suite.

— Je voulais seulement dire que papa savait utiliser la presse pour qu'elle l'aide.

— Pour qu'elle l'aide ! s'écria Nick, incrédule.

Des têtes se tournèrent dans leur direction. Conscient d'avoir parlé trop fort, il baissa le ton, se pencha vers sa sœur.

— Papa se servait des médias parce qu'il adorait jouer les vedettes. Il y a eu tellement de fuites que je m'étonne encore qu'ils aient pu prendre Jeffreys.

— Des fuites ? Voilà autre chose. Tu veux bien m'expliquer ?

— Laisse tomber, grommela-t-il.

Voyant qu'il fixait son bloc-notes, elle leva les yeux au ciel. Cherchait-il l'affrontement ? Ce serait nouveau.

— N'empêche. Papa a mené l'enquête à terme et ils ont arrêté Jeffreys.

— Mouais. Ils l'ont arrêté, et notre bon vieux papa est devenu un héros.

— Tu t'imagines toujours devoir prendre la place de papa, Nicky, mais tu te fais des idées, personne ne te le demande.

Aïe. Une pique. Lâchée innocemment, mais pique tout de même. Elle observa ses traits, attendit qu'il proteste et fut quitte pour une surprise. Il se contenta d'agiter la tête et un sourire frustré naquit au coin de ses lèvres, comme si elle était incapable de comprendre.

— Tu ne t'es jamais posé de questions…

Il hésita, les yeux fixés sur la pelouse, perdu dans ses pensées. Pause. Puis il reprit :

— Tu n'as jamais pensé que l'affaire avait été bouclée un peu vite. Que tout était trop facile, trop parfait, trop commode ?

— De quoi tu parles, Nicky ?

Une fois de plus, il l'étonnait. Ne réagissait pas comme elle l'escomptait. L'air se faisait froid, et elle frissonna, se frotta les bras pour se réchauffer tout en scrutant le profil de son frère. Il l'inquiétait un peu, avec sa colère, son air grave et ses sous-entendus. D'ordinaire, il plaisantait de tout, ne prenait rien au sérieux, pas même leurs escarmouches. Qu'est-ce qui avait bien pu mettre son macho de petit frère dans cet étrange état ?

— Qu'est-ce que tu veux dire, Nick ? reprit-elle.

— Laisse tomber.

Sur ces mots, il se leva et s'étira, mettant un terme à la conversation.

— Oncle Nick ! Oncle Nick ! Tu m'as vu marquer le point ? criait Timmy en se précipitant vers eux.

— Je veux, oui ! mentit Nick.

Christine observait la métamorphose. Détendu et souriant, son frère prit Timmy dans ses bras et le souleva de terre.

N'empêche, il lui cachait quelque chose et, foi de journaliste, elle découvrirait quoi.

# 14.

Au volant de sa voiture, il fit un nouveau tour de parc, au ralenti. Le match était enfin terminé. Il se gara sur le parking, à l'écart des autres voitures, coupa ses phares et resta là, à regarder, à écouter la musique en attendant que les violons de Vivaldi calment le martèlement de ses tempes.

Cela recommençait. Beaucoup plus vite qu'il ne l'aurait cru. Trop vite. Et il n'y pouvait rien. Ne contrôlait plus rien. Pire, il n'en éprouvait pas même l'envie. Il était las, épuisé. Ne savait plus quand il avait dormi une nuit entière au lieu de faire les cent pas et d'arpenter les rues. Il se frotta les yeux comme pour en chasser la fatigue. S'interrompit soudain. Ses doigts tremblaient, d'un tremblement irrépressible.

— Mon Dieu, faites que cela cesse, murmura-t-il en se tirant les cheveux.

Pourquoi cela ne passait pas ? Ce bruit, ces battements à ses tempes lui donnaient la migraine.

Il observa le groupe de garçons dans leur tenue de football maculée de taches d'herbe. Ils paraissaient joyeux, heureux de leur victoire toute fraîche, se tenaient par les épaules, se tapaient dans le dos. Ils se touchaient avec un tel naturel, une telle innocence… Leurs voix chantantes se rapprochaient, noyant les accents de Vivaldi sous un flot de paroles sans suite.

Le souvenir lui revint avec la violence d'un raz-de-marée, le cloua contre le siège de cuir. Il avait onze ans quand son beau-père l'avait obligé à entrer dans l'équipe scolaire, avait forcé la main de l'entraîneur afin de ne pas l'avoir dans les jambes le samedi matin. Mais il savait pourquoi : parce que son beau-père voulait baiser sa mère et la baiser encore tant qu'il n'était pas là.

Le samedi précédent, il les avait surpris par inadvertance — pour la simple raison qu'il n'y avait plus de lait. Malgré les années écoulées, le souvenir demeurait si vif, si précis, qu'il s'accrocha d'instinct à son volant pour supporter le choc.

Sur le seuil de la chambre, il était resté là, paralysé à la vue de sa mère nue, de sa peau blanche et de la croix d'argent qui se balançait entre ses seins lourds. Des seins qui bougeaient en tous sens. Elle était à quatre pattes, et son beau-père la montait ainsi, la labourait tel un chien en rut.

C'est ce dernier qui s'était aperçu le premier de sa présence. Haletant et furieux, il lui avait crié dessus entre deux coups de boutoir tandis que sa pauvre mère écarquillait les yeux, horrifiée. Se tordant pour se dégager, elle avait roulé du lit, arraché le drap pour s'en couvrir. Alors seulement, il était parti en courant sur ses jambes flageolantes, trébuchant dans le couloir jusqu'à tomber une fois avant d'atteindre sa chambre. Il n'avait pas refermé la porte que son beau-père entrait en trombe — nu comme un ver — et tirait le verrou.

C'était la première fois qu'il voyait un pénis d'homme adulte — une chose horrible, énorme, gonflée et tendue, qui semblait prendre racine dans une touffe de poils noirs. Son beau-père l'avait empoigné par la peau du cou et plaqué face contre le mur.

— Alors ça t'intéresse de mater. Tu en veux aussi, c'est ça ?

Il entendait encore cette voix rocailleuse, hideuse et haletante tout contre son oreille. Pétrifié de terreur, incapable de respirer, il ne bougeait plus. Du tout. Les doigts de son beau-père lui serraient le cou presque à l'étrangler tandis que de sa main libre, il lui arrachait son pantalon de pyjama. Dehors, sa mère hurlait, tambourinait contre la porte close. Et puis il le sentit, sentit la pression intense, la douleur déchirante, à vous couper le souffle. Il crut qu'il explosait mais il se tint coi et réprima ses cris. Sa joue frottait contre le mur râpeux. Et il fixait le crucifix accroché juste devant lui, attendant que cela cesse, que son beau-père arrête d'écarteler son corps d'enfant.

Un coup de Klaxon retentit. Il sursauta, les mains crispées sur le volant. Il avait les paumes moites. Ses doigts tremblaient toujours. Il regarda les garçons monter dans les voitures de leurs parents. Combien d'entre eux cachaient des secrets comme le sien ? Cachaient leurs bleus et leurs cicatrices ? Combien d'entre eux attendaient une délivrance ? Souhaitaient qu'on les arrache à leur douleur, à leur tourment, qu'on leur apporte le salut ?

Puis il vit le garçon faire au revoir aux autres avant de s'éloigner à pied. D'autres se joindraient-ils à lui ? Ou rentrerait-il seul ce soir comme tous les autres soirs ?

La nuit était presque tombée. Les réverbères s'allumaient. Il écouta le gravier crisser sous les pneus des véhicules qui quittaient un à un le parking. Les phares l'aveuglaient par intermittence. Mais personne ne l'avait remarqué. Personne ne prenait le temps de regarder de son côté. Ceux qui le reconnaissaient lui souriaient et le saluaient de la main. Rien d'extraordinaire à ce qu'il s'intéresse au football scolaire.

A un pâté de maisons de là, le garçon marchait toujours seul, lançait son ballon de foot d'une main dans l'autre. Maigre, chétif, flottant dans sa tenue trop grande, il faisait pitié. Pourtant, il avançait d'une démarche sautillante, ne semblait pas se soucier que personne ne soit venu le voir jouer. Peut-être s'était-il habitué à la solitude.

La dernière voiture avait quitté le parking. Il fit taire Vivaldi et ses *Quatre Saisons* au milieu de *L'Automne*. Ses doigts trouvèrent d'eux-mêmes l'ampoule de verre dans la boîte à gants. D'une main experte, il en cassa les bouts et en laissa le contenu se répandre sur le mouchoir d'un blanc immaculé. Il aurait préféré se dispenser de cette dernière précaution, mais elle était hélas nécessaire. Il avait pris des risques avec Danny. Trop de risques. S'étant saisi du passe-montagne noir, il sortit de voiture, referma la portière sans bruit. Ses mains ne tremblaient plus à présent. Il était de nouveau maître de lui tandis qu'à pas de loup, il longeait le trottoir.

# 15.

*Lundi 27 octobre*

Maggie vida le reste de la mignonnette de scotch dans le gobelet de plastique. Les glaçons se craquelèrent, crépitant et tintant les uns contre les autres. Elle but une gorgée, ferma les yeux pour accueillir la délicieuse chaleur de l'alcool dans sa gorge. Ces temps derniers, elle s'inquiétait un peu, se demandait si elle n'avait pas acquis le goût de sa mère pour les boissons fortes ou, pire encore, sa dépendance, ce besoin physique de l'agréable sensation de flottement que procurait la potion magique.

Elle se frotta les yeux, consulta l'écran digital du petit réveil radio sur la table de chevet. Plus de 2 heures du matin, et elle ne dormait pas. La lampe de bureau à la lumière trop faible lui donnait la migraine. Probablement un effet de l'alcool, mais elle réclamerait une ampoule plus forte à la réceptionniste.

La table minuscule était couverte des clichés Polaroïd qu'elle avait pris dans la journée. Elle tenta de les ranger par ordre chronologique — mains liées, gorge étranglée puis égorgée, poinçons au couteau. Méthodique, ce fou. Il prenait son temps. Il entaillait, soulevait et repoussait la peau avec une précision démente. Jusqu'au grand X dont les deux diagonales partaient des épaules pour arriver exactement à la hauteur du nombril.

Elle étala devant elle le contenu de deux chemises remplies de rapports de police et de coupures de presse. Il y avait là une foule de détails sanglants à donner le cauchemar toute une vie durant. Mais elle n'en aurait pas puisqu'elle ne dormait plus.

Cherchant une position plus confortable, elle replia ses jambes nues sous la chaise de bois. Son pull préféré au logo des Green Bay Packers s'était étiré au fil de trop nombreux lavages. Presque informe, il lui couvrait à peine les cuisses, mais restait sa chemise de nuit la plus douillette. C'était devenu une sorte de fétiche rassurant, équivalent adulte du « doudou » des enfants qui lui donnait le sentiment d'être chez elle où qu'elle se trouve. Malgré les protestations répétées de Greg, elle refusait de s'en séparer.

Nouveau coup d'œil au réveil. Greg. Elle aurait dû l'appeler dès son retour à l'hôtel. A présent, il était trop tard. Bien. Cela valait peut-être mieux ainsi. Tous deux avaient besoin de temps, besoin de se calmer.

Elle parcourut les rapports, étudia ses notes — plusieurs pages de détails, d'observations minutieuses dont certaines n'évoqueraient sans doute rien à quelqu'un d'autre. Petit à petit, elle en tirerait le sens, les recouperait pour obtenir un profil du tueur. Ayant effectué ce travail à maintes reprises, elle était souvent capable de donner un portrait précis de l'assassin — sa taille, sa couleur de cheveux, allant une fois jusqu'à deviner la marque de sa lotion après-rasage. Cette fois cependant, la tâche se révélait plus difficile. D'abord parce que le suspect numéro un avait été exécuté. Ensuite, parce qu'il n'était pas évident de se couler dans l'esprit malsain et immonde d'un tueur d'enfant.

Sur le coin du bureau, elle prit la chaînette à la croix d'argent, presque identique à celle que portait Danny Alvarez — un cadeau de son père pour sa Première Communion.

— Aussi longtemps que tu la porteras, Dieu te protégera du mal, lui avait-il dit alors.

Sa croix à lui ne l'avait pourtant pas sauvé des flammes, et elle se demandait s'il était entré ce soir-là dans le brasier en toute confiance, convaincu que Dieu veillait sur lui.

Jusqu'au mois dernier, elle avait fidèlement porté cette médaille, peut-être par habitude, en souvenir de son père plus que par conviction religieuse. Elle avait cessé de prier le jour où, sous ses yeux d'enfant de douze ans, on avait descendu le cercueil de son père dans la terre glacée du cimetière. Ce jour-là, tout le catéchisme qu'on lui avait appris n'aurait pu expliquer pourquoi Dieu éprouvait le besoin de lui prendre son père.

De fait, elle avait mis un trait sur le catholicisme, du moins jusqu'à son entrée à Quantico huit ans plus tôt. Là, les illustrations grossières de son vieux livre de catéchisme avec ses démons cornus aux yeux rouges avaient pris tout leur sens. Le mal existait pour de bon. Elle l'avait vu dans le regard des tueurs. Dans les yeux d'Albert Stucky. Paradoxalement, ce mal avait contribué à la rapprocher de Dieu, à lui rendre un peu de la foi qu'elle avait perdue. Mais ce même Albert Stucky l'avait ébranlée au point qu'elle se demandait en même temps si Dieu avait renoncé à se soucier des humains. La nuit où, devant elle, le monstre avait sauvagement assassiné deux femmes, elle avait ôté la croix de son cou à son retour chez elle. Incapable désormais de la porter ostensiblement, elle ne s'en séparait cependant jamais et la gardait toujours dans une poche.

Du doigt, elle effleura la surface d'argent lisse et fraîche en s'interrogeant sur les dernières pensées de Danny Alvarez. Qu'avait-il ressenti quand le tueur fou lui avait arraché ce symbole de protection dans lequel son âme d'enfant plaçait peut-être son dernier espoir de salut ? Danny avait-il, comme son père à elle, mis son dernier souffle de foi dans un pauvre morceau de métal ?

Elle referma le poing sur la croix, levait le bras pour la jeter de rage à l'autre bout de la pièce quand on frappa à sa porte. Un coup léger, à peine audible. Par réflexe, Maggie se leva et tira son Smith & Wesson calibre .38 de son étui. Pieds nus, elle alla sans bruit jusqu'au judas. Vêtue de sa chemise de nuit informe et de son slip, elle se sentait fragile, serrait la crosse du revolver pour y puiser de la force. Puis elle regarda par l'œilleton. Le visiteur n'était autre que le shérif Morrelli. Elle entrouvrit le battant.

— Que se passe-t-il, shérif ?

— Désolé de débarquer sans prévenir. J'ai tenté de vous appeler mais la réceptionniste de nuit est au téléphone depuis plus d'une heure.

Avec ses yeux gonflés et injectés de sang, sa barbe de deux jours et ses cheveux en bataille, il semblait épuisé. On apercevait sous sa veste les pans de sa chemise qui dépassaient. Son col était de travers, dégrafé — non, des boutons manquaient et laissaient entrevoir les boucles brunes de son torse. Elle détourna les yeux, coupable de s'attacher à ce dernier détail.

— Il y a un problème ?

Il déglutit avant d'articuler d'une voix défaite :

— Un second garçon a disparu.

— Ce n'est pas possible, dit-elle machinalement.

Mais elle savait d'expérience que si, c'était possible. Albert Stucky avait tué sa quatrième victime moins d'une heure après qu'on avait découvert la troisième. La ravissante jeune étudiante avait été découpée en morceaux — on en avait retrouvé certains, emballés dans des cartons de restauration rapide, jetés dans une benne à ordures derrière le restaurant où Stucky avait dîné ce soir-là.

— J'ai envoyé mes hommes faire le tour du quartier. Ils vont de porte en porte, fouillent les ruelles, les parcs et les champs.

Il se passa la main sur le front, gratta sa joue hirsute. La fatigue lui décolorait les yeux.

— Le gosse rentrait chez lui après un match de football. A cinq pâtés de maisons du stade.

Pour éviter le regard de Maggie, il jeta un coup d'œil au couloir désert. A cette heure tardive, on ne risquait pourtant guère de les épier.

— Entrez donc, proposa-t-elle.

Et elle lui ouvrit le battant. Après un temps d'hésitation, il pénétra lentement dans la pièce, resta près de la porte, examina les lieux. Puis il reporta son attention sur Maggie — sur ses jambes nues. Sous le choc de la nouvelle, elle avait oublié sa tenue par trop légère. Pris sur le fait, il se détourna, visiblement gêné. Morrelli le séducteur, gêné !

— Excusez-moi. Je vous ai tirée du lit ?

Leurs yeux se rencontrèrent et elle sentit le rouge lui monter aux joues.

— Non, je travaillais.

Feignant la nonchalance, elle alla jusqu'à la commode, rangea le revolver dans son étui, ouvrit un tiroir pour en sortir un jean et l'enfila tout en observant Morrelli qui tournait comme un ours dans l'espace réduit entre la table et le lit.

— Je vous ai dit que j'avais tenté de vous joindre ?

Levant les yeux sur le miroir, elle le surprit à la regarder.

— Oui. De toute façon, ce n'est pas grave. Vous ne me dérangez pas. Je revoyais mes notes.

— J'étais au match de foot.

— Quel match de foot ?

— Celui dont le gosse rentrait. Mon neveu y participait. Quand je pense que Timmy connaît ce pauvre môme…

Il arpentait toujours le petit espace disponible, semblait à lui seul occuper toute la pièce.

— Vous êtes sûr que ce garçon n'est pas allé chez un camarade ?

— Nous avons contacté tous les parents des joueurs. Ses copains se souviennent de l'avoir vu partir seul, à pied. Nous avons retrouvé son ballon — il porte les autographes de footballeurs célèbres. D'après sa mère, il y tient beaucoup trop pour l'avoir abandonné.

Il s'épongea le front de sa manche. A sa nervosité, Maggie le devinait en proie à la panique. Elle soupira, remonta ses cheveux derrière ses oreilles. C'était à elle qu'il incomberait de maintenir le shérif sur les rails, car il ignorait apparemment tout des situations de crise, se laissait déborder.

— Vous devriez peut-être vous asseoir.

— Bob Weston m'a suggéré d'établir une liste des pédophiles et criminels sexuels répertoriés. Est-ce qu'il faut que je les convoque pour interrogatoire ? Vous avez une idée du genre de type que je recherche ?

En passant devant la table, il jeta un coup d'œil aux documents étalés dessus.

— Shérif, asseyez-vous, je vous en prie !

— Merci, non. Ça va.

— J'insiste.

Et elle l'agrippa par les épaules pour le guider jusqu'à la chaise et l'y fit asseoir. A peine installé, il parut sur le point de se relever, se ravisa et étendit ses longues jambes pour les croiser aux chevilles.

— Vous aviez des suspects en vue quand le petit Alvarez a été enlevé ?

— Oui. Son père. C'était le seul suspect. Avec le divorce, il a perdu tout droit de garde et de visite, en raison de son alcoolisme et de sa violence. Nous n'avons pas réussi à le localiser. L'armée de l'air ignore où il se trouve. Il était major à la base, et il a disparu il y a deux mois de cela. Avec une gamine de seize ans qu'il a connue par Internet.

Tout en l'écoutant, elle arpentait la pièce. Elle avait commis une erreur en l'obligeant à s'asseoir. A présent qu'il lui accordait toute son attention, elle ne parvenait plus à se concentrer. Elle se frotta les yeux, épuisée elle aussi. Combien de temps tiendrait-elle avec si peu de sommeil ?

— Mais vous avez des pistes ? Vous continuez les recherches ?

— Non. Nous avons arrêté les recherches.

— Pardon ?

— Après la découverte du corps de Danny, Weston a décidé qu'elles étaient inutiles. Que le coupable n'était pas le père. Parce qu'un père ne ferait pas cela à son propre fils.

— Son opinion n'engage que lui. J'ai vu ce dont un père était capable au cours d'une enquête il y a trois… non, quatre ans. Il avait enfermé son fils de six ans dans une malle. Creusé un trou dans son jardin, ne laissant qu'une minuscule arrivée d'air par un morceau de tuyau d'arrosage. Je ne me rappelle pas ce que le gamin avait fait comme bêtise, mais c'était censé être une punition. Après plusieurs jours de pluie, il n'a plus retrouvé le bout de tuyau. Mais plutôt que de retourner son jardin, il a déposé plainte pour rapt. Avec l'accord de sa femme pardessus le marché. Elle craignait sans doute de finir dans une malle, elle aussi. Vous devriez peut-être continuer à chercher M. Alvarez. Vous disiez qu'il était violent, non ?

— Ouais. Une vraie brute. Il battait sa femme comme plâtre. Le petit Danny aussi, même après le divorce. Elle a déposé une bonne douzaine de plaintes contre lui. Mais je doute qu'il y ait un lien avec cette nouvelle disparition. Je ne suis même pas certain que Matthew Tanner connaissait Danny Alvarez.

— Rien ne prouve que les deux cas soient liés, en effet. Nous ne savons pas si ce gosse a été enlevé. Peut-être qu'il reparaîtra, qu'il a passé la nuit chez un copain. Peut-être qu'il a fugué.

— Mouais…, marmonna-t-il sans conviction.

Il soupira, se laissa glisser sur son siège pour caler la tête contre le dossier.

— … Mais vous n'y croyez pas, à cette thèse de la fugue, hein ?

Elle scruta son regard. Malgré sa confusion et sa panique, il voulait la vérité. Une fort bonne chose.

— Non, je n'y crois pas vraiment. Je me doutais bien que le tueur frapperait de nouveau, mais je n'imaginais pas qu'il recommencerait si vite.

— Alors, dites-moi ce que je dois faire. Vous avez eu le temps de vous faire une idée sur notre bonhomme ?

Elle contourna la table, les yeux rivés sur l'assemblage de clichés, de rapports et de notes.

— Il est méticuleux, maître de lui ; il prend son temps, pas seulement pour tuer, mais pour nettoyer derrière lui. Ce nettoyage ne vise pas spécialement à effacer les indices. C'est une part du rituel. Pour moi, il n'en est pas à son premier crime.

Elle feuilleta ses notes tout en poursuivant :

— Il s'agit d'un adulte, d'une personne mûre. Tout est soigneusement pensé. Il n'y a pas de trace de lutte sur le lieu du meurtre, la victime était donc attachée au préalable. D'où je déduis que notre type ne manque pas de force. Il doit pouvoir porter un gamin de trente-cinq à quarante kilos sur trois à cinq cents mètres. Je dirais qu'il a dans les trente ans, mesure un bon mètre quatre-vingts pour quatre-vingt-dix kilos. Il est blanc, instruit et intelligent.

Pendant qu'elle parlait, Morrelli s'était redressé sur sa chaise pour s'intéresser au fouillis dans lequel elle puisait ses informations.

— Vous vous rappelez qu'après avoir examiné le petit Alvarez à la morgue, je vous ai dit que le tueur lui avait peut-être administré l'extrême-onction ? Cela ferait de notre tueur un catholique. Pas nécessairement pratiquant, mais imprégné au point de se sentir coupable, au point d'être troublé par une médaille en forme de croix qu'il n'a pu s'empêcher d'arracher. Peut-être qu'il administre l'extrême-onction à ses victimes pour se laver de son propre péché. Vous pourriez commencer par vérifier si cet autre garçon — Matthew Tanner, c'est cela ? — appartenait à la même paroisse que le petit Alvarez.

— A priori, non. Danny Alvarez allait à l'école et à l'église près de la base aérienne. Les Tanner habitent à deux pas de l'église Ste Margaret. Et ne sont peut-être pas catholiques.

— Il est possible que le tueur ne connaisse pas ces enfants.

Elle reprit sa marche.

— Il cherche peut-être des proies faciles, des garçons seuls dans des lieux déserts. Je pense toutefois qu'il est lié à l'église catholique. Probablement attaché à une paroisse de la région. Aussi curieux que cela paraisse, ces individus-là s'éloignent rarement de leur environnement habituel.

— En tout cas, celui-là m'a l'air bien atteint. Euh... vous disiez tout à l'heure qu'il n'en était pas à son coup d'essai. Vous croyez qu'il a un casier judiciaire ? Pour violences à enfants ou crimes sexuels, par exemple ?

— Vous êtes en train de suggérer qu'il s'agirait d'un homosexuel ou d'un pédophile ?

— Un homme adulte qui s'intéresse de cette manière à des petits garçons me semble entrer dans cette catégorie. L'hypothèse est valide, non ?

— Non, pas du tout. Peut-être que cette question le tracasse, peut-être même qu'il craint d'avoir des tendances homosexuelles mais, pour parler franc, je ne le crois ni homosexuel ni pédophile.

— Vous déduisez tout cela des indices que nous avons trouvés ?

— Non. Je le devine à ceux que nous n'avons pas trouvés. La victime ne porte aucune trace de violence sexuelle. Il n'y a pas de sperme dans la bouche ou le rectum — encore que la toilette en aurait débarrassé le corps. Mais il n'y a aucun signe de pénétration ou de stimulation sexuelle. Même parmi les victimes de Jeffreys, un seul des garçons, Bobby Wilson je crois…

Elle consulta ses notes.

— … Oui, c'est cela, Bobby Wilson était le seul à présenter des signes de violence sexuelle. Des signes évidents – pénétrations multiples, chairs déchirées, hématomes…

— Attendez. Si ce type se contente d'imiter Jeffreys, qui nous dit que ce qu'il fait correspond à sa personnalité profonde ?

— Les copieurs choisissent des modèles qui correspondent à leurs fantasmes. Parfois, ils ajoutent à leur crime une touche personnelle. Je n'ai vu écrit nulle part que Jeffreys administrait l'extrême-onction à ses victimes. Encore que ce détail ait pu passer inaperçu.

— Je sais qu'il a réclamé un prêtre pour se confesser avant l'exécution.

— D'où tenez-vous cela ?

Elle baissa les yeux sur lui, s'aperçut qu'elle s'était assise sans s'en rendre compte sur l'accoudoir du siège, que sa cuisse frôlait le bras de Morrelli. Elle se leva aussitôt. Un peu hâtivement, mais il ne parut pas le remarquer.

— Souvenez-vous que mon père était shérif à l'époque. C'est lui qui a arrêté Jeffreys, et il avait une place au premier rang lors de l'exécution.

— Serait-il possible de lui poser quelques questions ?

— Maman et lui ont acheté un camion aménagé et, depuis quelques années, ils passent leur temps à voyager. Ponctuellement, ils me donnent de leurs nouvelles, mais je ne sais jamais où les joindre. Dès qu'ils auront vent de ce qui se passe ici, ils me contacteront, j'en suis sûr. Mais cela risque de prendre un moment.

— Je me demande si nous pourrions retrouver ce prêtre.

— Sans problème. Le père Francis est toujours à Ste Margaret. Je doute cependant qu'il puisse nous aider. Secret de la confession oblige, il ne trahira pas Jeffreys.

— J'aimerais tout de même lui parler. Et il faudra aussi passer voir les Tanner. Vous les avez déjà rencontrés, je présume ?

— La mère, oui. Les parents sont divorcés.

Maggie haussa un sourcil en inclinant la tête, puis elle se mit à fouiller parmi ses notes.

— Qu'est-ce qui vous arrive ? s'enquit Morrelli en se penchant vers la table.

— Les trois victimes de Jeffreys venaient de famille monoparentales. Pas de père. Parents divorcés. Elevés tous les trois par leur seule mère.

— Et alors ?

— Alors, notre homme ne choisit pas ses victimes au hasard. Je me trompais en pensant qu'il guettait de jeunes garçons seuls. Il choisit chacun d'eux avec le plus grand soin. Vous disiez que Danny Alvarez avait laissé sa bicyclette et ses journaux contre une barrière ?

— Oui. Il n'avait pas encore commencé sa tournée.

— Et il n'y avait pas de trace de lutte à cet endroit ?

— Aucune. A croire qu'il a pris le temps de garer tranquillement son vélo avant de suivre ce type. D'où notre idée première qu'il le connaissait et nos soupçons sur le père. Même dans des bourgades de province comme celle-ci, les gosses se méfient, connaissent la règle. Danny Alvarez ne serait certainement pas monté en voiture avec n'importe qui.

— Sauf s'il pensait pouvoir faire confiance.

Morrelli devint soucieux. Sur son visage, elle lut l'inquiétude de celui qui découvre que l'assassin peut rôder au sein même de la communauté.

— Vous voulez dire par exemple que le type s'est présenté comme un ami de sa mère ?

— Possible. Ou alors, qu'il avait quelque chose d'officiel, portait un uniforme.

Le cas était fréquent. Maggie savait d'expérience qu'on s'interrogeait rarement sur une personne en uniforme.

— Un militaire comme son père, peut-être ?

— Ou quelqu'un en blouse blanche, ou encore en uniforme de police.

# 16.

Les yeux fixés sur la porte de la salle de bains, Timmy se laissa glisser contre le mur jusqu'à s'asseoir par terre. Il avait besoin de faire pipi, mais sa maman était en train de se maquiller. S'il frappait, elle lui dirait d'entrer, de faire ce qu'il avait à faire pendant qu'elle terminait. Mais il était trop vieux pour faire pipi devant sa mère.

Tout en l'écoutant chanter, il entreprit de renouer les lacets de ses tennis. L'entaille de sa semelle fendue s'était encore élargie. Bientôt, il allait devoir demander une nouvelle paire, alors qu'il savait sa mère dans l'incapacité de les lui payer. Il l'avait entendue parler avec son père au téléphone et savait que celui-ci n'envoyait pas l'argent que le tribunal avait promis chaque mois.

Un air de *La Petite Sirène*. Oui, c'était cela qu'elle chantait. Son accent antillais méritait d'être travaillé pour ressembler à l'original, et pourtant, elle avait vu et revu ce film presque aussi souvent qu'il avait regardé *La Guerre des Etoiles*. Le téléphone se mit à sonner. Plongée qu'elle était dans son univers sous-marin, elle ne l'entendrait pas. Il se leva donc pour aller répondre.

— Allô, oui ?

— Timmy ? Je suis Mme Calloway, la maman de Chad. Ta mère est là ?

Il faillit commencer par se justifier, dire que Chad l'avait frappé en premier, et que c'était un menteur s'il prétendait le contraire. Mais il se ravisa à temps.

— Ne quittez pas, je vais la chercher.

Chad Calloway était une brute, mais si Timmy avouait à sa mère que Chad lui infligeait intentionnellement tous ces bleus qu'il avait sur le corps, elle lui interdirait d'aller au foot — définitivement. De son côté, son tortionnaire avait sans doute menti sur l'origine de ses propres bleus.

Timmy frappa tout doucement à la porte de la salle de bains. Si sa mère n'entendait pas, il pourrait dire à Mme Calloway qu'elle n'était pas en mesure de répondre au téléphone… Mais le battant s'ouvrit, et ses espoirs s'effondrèrent.

— C'était bien le téléphone ?

— Oui. Mme Calloway.

— Qui ?

— Mme Calloway, la maman de Chad.

Elle plissa les yeux, attendant des explications.

— Je ne sais pas ce qu'elle te veut.

Il ponctua la remarque d'un haussement d'épaule, et s'engouffra dans le sillage parfumé de sa mère malgré une envie plus pressante que jamais de faire pipi.

— Christine Hamilton à l'appareil… Oui, bien sûr…

Elle se tourna vers Timmy et articula en silence « Calloway ».

— La mère de Chad, souffla-t-il en retour.

Elle n'écoutait jamais rien de ce qu'il disait.

— … Vous êtes la maman de Chad, répercuta-t-elle.

Impossible de deviner ce que lui racontait la dame au bout du fil. Sa mère marchait de long en large comme à l'accoutumée, hochait la tête pour l'interlocutrice qui n'en voyait rien, et ne répondait que par vagues monosyllabes.

Mais soudain, elle s'immobilisa, crispa les doigts sur le récepteur. Aïe. Il était temps de réfléchir à son histoire. Et puis zut, à la fin ! Il n'avait pas besoin de se trouver des excuses. Chad lui avait cherché des noises et flanqué une raclée. Sans le moindre prétexte. Juste parce qu'il aimait se battre avec plus faible que lui.

— Merci d'avoir appelé, madame Calloway.

Sa maman raccrocha, le regard fixé sur la fenêtre. Etait-elle en colère ou pas ? En tout cas, elle ne pouvait pas lui interdire le foot. Le moment de parler était venu — mais il n'avait pas ouvert la bouche qu'elle se retournait vers lui.

— Timmy, un de tes camarades de foot a disparu.

— Quoi ?

— Matthew Tanner n'est pas rentré chez lui après le match.

Ce coup de fil n'avait donc rien à voir avec Chad ?

— Les parents des joueurs se sont donné rendez-vous ce matin chez les Tanner pour les aider, ajouta sa mère.

— Matthew a des ennuis ? Pourquoi il n'est pas rentré hier ? s'enquit Timmy en s'efforçant de cacher son soulagement.

— Ecoute-moi bien, Timmy. Tu te souviens des articles que j'ai écrits sur le petit Danny Alvarez ?

S'il s'en souvenait ? Elle l'avait envoyé acheter cinq exemplaires du journal au kiosque alors qu'elle pouvait en prendre tant qu'elle voulait à la rédaction !

— Nous ne sommes encore certains de rien, il ne faut donc pas que tu t'inquiètes, mais l'homme qui a enlevé Danny a peut-être kidnappé Matthew.

Sa mère paraissait soucieuse à présent. De fines rides plissaient son front.

— File aux cabinets, et je vais te conduire à l'école. Pas question que tu te promènes à pied aujourd'hui.

— D'ac'.

Il courut jusqu'à la salle de bains en pensant au pauvre Matthew. Dommage qu'on n'ait pas enlevé cette brute de Chad à sa place.

# 17.

Christine s'efforça de refréner son enthousiasme. Décidément, la chance lui souriait. Pendant que Timmy était occupé dans la salle de bains, elle avait appelé Taylor Corby, son nouveau chef de rubrique, le responsable éditorial de l'information. Au cours du week-end, ils s'étaient parlé plusieurs fois au téléphone mais ne s'étaient pas encore rencontrés, même si elle le connaissait de vue. Ses collègues de la rubrique « La vie au quotidien » le surnommaient « le zazou de l'info ». Il portait des lunettes rondes à monture métallique d'une autre époque, semblait ne posséder que des pantalons noirs et des chemises de coton blanc qu'il assortissait de cravates très colorées avec des personnages de dessins animés. Pire encore, il ne se déplaçait qu'à bicyclette. Pour le plaisir ! Alors qu'il avait largement les moyens de s'offrir une voiture.

Il l'avait écoutée relater ce qu'elle savait sur la disparition de Matthew Tanner, puis il avait déclaré :

— Eh bien, ma petite Christine, à vous de jouer maintenant.

A l'entendre, on comprenait pourquoi il avait choisi la presse plutôt que la radio ou la télévision. Il parlait d'une voix monocorde, dépourvue de toute émotion. Quoi qu'il dise, on ne savait jamais s'il était enthousiaste, blasé jusqu'à l'ennui, intéressé ou pas.

— Si vous nous remettez votre copie pour ce soir, nous aurons volé le scoop aux autres médias pour le troisième jour consécutif.

— Encore faut-il que je parvienne à obtenir un entretien de Mme Tanner.

— Avec ou sans entretien, vous disposez d'une matière suffisante pour nous pondre un papier champion. Veillez seulement à étayer ce que vous avancez.

— J'y veillerai.

Au volant de sa voiture, elle coula un regard à son fils qui s'inquiétait sans doute pour son camarade. Il avait accepté qu'elle le conduise à l'école sans broncher, n'avait pas prononcé deux mots de tout le trajet. Ayant tourné à droite dans la rue du groupe scolaire, elle dut piler brutalement derrière une longue file de véhicules qui n'avançaient pas. Les parents des élèves s'arrêtaient devant la grille, déposaient leurs enfants avant de repartir. D'où cet embouteillage. Sur le trottoir, des pères et des mères escortaient leurs petits.

Un coup de Klaxon retentit, l'arrachant à ses réflexions. Timmy sursauta lui aussi. Tandis qu'elle avançait d'une place, il demanda :

— Qu'est-ce qui se passe, maman ?

Il avait détaché sa ceinture pour se mettre à genoux sur le siège et avoir une meilleure vue.

— Les parents accompagnent leurs enfants pour s'assurer qu'ils sont bien à l'école.

Certains d'entre eux suaient l'anxiété, marchaient à pas pressés et regardaient nerveusement autour d'eux, une main posée sur l'épaule, le bras ou le dos d'un garçon ou d'une fillette, comme si ce contact avait valeur de protection supplémentaire.

— C'est à cause de Matthew ?

— Nous ignorons encore ce qui est arrivé à Matthew. Il a pu se fâcher et fuguer de chez lui.

Elle se reprocha d'avoir mentionné la disparition de Matthew à son fils. Lorsque Bruce les avait quittés, elle s'était promis d'être toujours franche avec son fils mais, dans le cas présent, elle aurait mieux fait de se taire. D'autant que très peu de gens étaient au courant. L'hystérie tenait à ses articles, au rapprochement avec l'affaire Jeffreys. Une peur identique hantait tous les parents à l'époque où Jeffreys rôdait dans les parages.

Christine reconnut Richard Melzer de la chaîne radiophonique KRAP. Il portait un imperméable, un attaché-case, et se hâtait le long de trottoir en tenant par la main une gamine aux boucles blondes – probablement sa fille. Hm. La concurrence ne tarderait pas à avoir vent de la nouvelle. Il lui fallait se rendre chez Michelle Tanner au plus vite.

La file avançait à une allure d'escargot. Et pas moyen de trouver une ouverture pour se faufiler. Elle pourrait certes déposer Timmy immédiatement et repartir. Lui ne s'en formaliserait pas, mais tout le monde le saurait, et elle passerait pour une mère indigne.

— Maman ?

— On va y arriver, Timmy, ne t'impatiente pas.

— Tu sais, maman, Matthew ne serait pas parti de chez lui comme ça, j'en suis sûr.

Elle jeta un coup d'œil à son fils qui, le nez collé à la vitre, observait cet étrange défilé. L'épi roux qu'elle s'était efforcé d'aplatir rebiquait de nouveau. Ses taches de son accentuaient encore la pâleur de sa peau. Depuis quand ce gamin était-il si sage, si avisé ? Elle aurait dû se sentir fière de lui mais, ce matin, elle éprouvait surtout de la tristesse à le voir perdre ainsi son innocence.

# 18.

Les personnages colorés des vitraux contemplaient le monde depuis leur perchoir céleste. Une odeur d'encens et de cire flottait dans l'air. Et Maggie de se demander pourquoi elle avait toujours l'impression d'avoir douze ans quand elle pénétrait dans une église catholique. Elle ne put s'empêcher de penser à ses sous-vêtements de dentelle noire trop frivoles, bien peu appropriés au lieu. La crosse de son revolver la gênait et, glissant la main sous sa veste, elle ajusta la lanière de l'étui. Avait-on le droit d'entrer armé à l'église ? Oui, bien sûr, décréta-t-elle. C'était ridicule de se poser tant de questions.

Elle jeta un regard par-dessus son épaule, s'attendant presque à voir un cercueil derrière. Elle entendait encore le grincement des roulettes, le bruit mat des semelles de cuir qui suivaient en cortège la dépouille de son père le long de l'allée centrale. Lorsqu'elle se reprit, Morrelli l'attendait près de l'autel en l'observant.

— Ça va ?

Il l'avait quittée à l'hôtel vers 5 heures du matin pour rentrer chez lui se doucher et se changer. Deux heures plus tard, quand il était revenu la chercher, elle l'avait à peine reconnu. Soigneusement coiffé, rasé de frais, il avait retrouvé toute sa séduction virile, qu'accentuait encore la cicatrice pâle de son menton. Il portait un blouson, une chemise blanche et une cravate noire, un jean et des bottes de cow-boy cirées, et cependant, sans l'aide de l'uniforme brun porté par ses collègues, il conservait quelque chose d'officiel, un air d'autorité — dû sans doute à sa taille, à son dos droit, à sa démarche pleine d'assurance.

— O'Dell, vous tenez le choc ? insista-t-il encore.

Elle examinait l'église — impressionnante pour une bourgade comme Platte City. On imaginait mal ces longues rangées de bancs et de prie-Dieu remplies.

— Ça va, dit-elle enfin, regrettant d'avoir tardé à lui répondre.

Visiblement, il s'inquiétait pour elle. Ses yeux encore bouffis par le manque de sommeil trahissaient sa fatigue malgré son apparente fraîcheur. Elle s'était efforcée de déguiser la sienne sous une touche de maquillage.

— Cela me paraît bien grand, ajouta-t-elle afin de justifier ce moment de distraction.

— Cette église est relativement récente. Avant, les gens du coin fréquentaient une petite chapelle de campagne à cinq kilomètres au sud de la ville. Mais la population de Platte City a pratiquement doublé en l'espace de dix ans. Les nouveaux venus sont principalement des déçus de la grande ville, et la plupart d'entre eux travaillent toujours à Omaha ou à Lincoln. Quand on pense que les gens quittent les métropoles dans l'idée d'échapper aux violences urbaines et pour que leurs enfants grandissent en sécurité…

Il agita la tête, mit les mains dans ses poches, et son regard se perdit au-delà de Maggie.

— Je peux vous être utile ?

Un homme venait d'écarter un rideau à l'arrière de l'autel.

— Nous cherchons le père Francis, déclara Morrelli sans plus d'explications.

L'homme les considéra d'un œil soupçonneux. Il tenait un balai, et arborait cependant un pantalon de costume au pli impeccable, une chemise blanche légèrement empesée, une cravate et un long cardigan brun. Malgré ses cheveux poivre et sel, il paraissait jeune. Tandis qu'il s'approchait, Maggie nota qu'il boitait légèrement et portait aux pieds des chaussures de tennis incongrues d'un blanc immaculé.

— Qu'est-ce que vous lui voulez, au père Francis ?

Morrelli consulta Maggie du regard, comme pour lui demander ce qu'elle l'autorisait à révéler. Mais avant même qu'il ne se décide, l'autre reprit d'un ton accusateur :

— Oh, mais je vous reconnais, vous. Ancien ailier des Nebraska Cornhuskers, c'est bien ça ? Vous êtes Morrelli, Nick Morrelli, saison 1982-1983.

— Vous êtes un supporter des Cornhuskers ? s'enquit le shérif, flatté.

Nick souriait, et Maggie remarqua ses fossettes. Ailier, tiens donc. Pas vraiment une surprise.

— Un vrai fan, oui ! Je m'appelle Ray… Ray Howard. Je ne suis revenu au pays que l'année dernière. Ils ne diffusaient pas beaucoup de matchs à la télé dans l'Est. C'était pénible. Vraiment pénible. J'ai joué un temps au foot, moi aussi, vous savez. Quand j'étais au lycée, à Omaha Central. Même que le Dr Tom est venu m'examiner. Et puis, je me suis fichu le genou en l'air. Pour notre dernier match. C'était contre Creighton Prep, une équipe de femmelettes s'il en est. Je me le suis déboîté sérieux. Plus jamais joué depuis.

— J'en suis désolé pour vous, commenta Nick.

— Ouais. Les voies du Seigneur sont impénétrables. Enfin bref, c'est votre dame qui est là avec vous ?

Enfin, il la remarquait. Elle sentit ses yeux qui détaillaient son corps, réprima une envie de boutonner sa veste.

— Non, nous ne sommes pas… euh, mariés, répondit Morrelli, gêné.

— Ah, c'est votre fiancée, alors. C'est pour ça que vous venez voir le père Francis, pas vrai ? Il en a marié des centaines comme vous.

— Non, ce n'est pas…

— Il s'agit d'une affaire officielle, coupa Maggie pour tirer le shérif d'embarras.

Et elle croisa les bras sur sa poitrine avec autorité afin de décourager les regards vagabonds de l'individu.

— Le père Francis est-il là ? ajouta-t-elle.

Howard se tourna vers Morrelli puis, voyant qu'il n'obtiendrait rien de plus, il reporta son attention sur Maggie.

— Je crois qu'il se change, là-bas derrière. Il a dit la messe ce matin.

L'homme ne donnait pas signe de vouloir se retirer.

— Cela vous ennuierait d'aller nous le chercher, Ray ? demanda Morrelli avec gentillesse.

— Bien sûr que non.

Il pivota, fit un pas et s'interrompit soudain.

— Qui dois-je lui annoncer ?

Il regardait Maggie, attendant sa réponse. Elle soupira, agacée. Morrelli, qui l'observait de biais, répondit à sa place.

— Dites que c'est Nick Morrelli, cela suffira, d'accord ?

— Pas de problème.

Howard disparut enfin derrière le rideau. Maggie leva les yeux au ciel et le shérif lui sourit.

— Ailier de foot, hein ?

— Il y a un bail de cela. Presque une éternité.

— Vous aviez des capacités ?

— On me proposait de jouer pour les Dolphins, mais mon père a insisté pour que j'entre en fac de droit.

— Vous avez toujours obéi à votre père ?

Elle plaisantait, bien sûr, mais il se hérissa et, dans son regard bleu, elle vit qu'il était chatouilleux sur ce chapitre. Mais il se détendit bientôt, lui sourit de nouveau.

— Apparemment, oui.

— Ah, Nicholas.

Un petit prêtre aux cheveux gris en longue soutane noire les rejoignit près de l'autel.

— M. Howard m'apprend que tu viens me voir pour une question officielle.

— Bonjour, mon père. Pardonnez-moi de ne pas avoir appelé pour annoncer ma visite.

— Il n'y a pas de mal. Tu es toujours le bienvenu.

— Père, permettez-moi de vous présenter l'agent Maggie O'Dell du FBI. Elle est là pour m'aider sur l'affaire du petit Alvarez.

Maggie offrit sa main au prêtre, qui la prit dans les deux siennes. Des veines bleues saillaient sur la peau parsemée de taches brunes. Il plongea dans ses yeux, et elle se sentit mise à nue, comme s'il lisait à même son âme. Un frisson lui parcourut le dos, mais elle soutint son regard.

— Enchanté de vous connaître.

Lorsqu'il eut relâché sa main, il s'appuya au pupitre pour se soutenir.

— Timmy, le fils de Christine, me fait penser à toi quand il sert la messe pour le père Keller.

Puis, à Maggie :

— Nicholas était un de mes enfants de chœur autrefois, à l'ancienne église Ste Margaret.

— Vraiment ?

Elle jeta un coup d'œil sur le shérif, curieuse de voir s'il était gêné. Derrière lui, elle surprit un mouvement. Le rideau de l'autel avait bougé. Il n'y avait pourtant ni vent, ni courant d'air. Puis elle aperçut les pointes de deux chaussures de tennis immaculées qui dépassaient sous le rideau. Plutôt que d'attirer son regard sur l'intrus, elle sourit à Morrelli. Embarrassé par les propos du prêtre, il cherchait une ouverture pour en venir au but de leur visite.

— Père Francis, nous nous demandions, ma collègue et moi, si vous répondriez à quelques questions.

— Naturellement. En quoi puis-je vous aider ?

Il se tourna vers Maggie tandis que Nick poursuivait :

— Vous avez entendu la dernière confession de Ronald Jeffreys, n'est-ce pas ?

— Certes, mais je ne suis pas autorisé à en discuter avec vous. J'espère que vous le comprenez, que vous ne m'en voudrez pas.

Sa voix semblait soudain très faible, comme si ce bref échange l'avait épuisé, vidé de toute énergie. Et Maggie songea qu'il souffrait peut-être de quelque maladie fatale qui expliquerait son teint plombé. Il parlait de manière hachée et, lorsqu'il respirait, un léger sifflement soulevait ses maigres épaules à intervalles irréguliers.

— Bien sûr que nous comprenons, mentit-elle poliment. Toutefois, si quelque chose pouvait nous éclairer dans notre enquête sur le petit Alvarez, je pense que vous n'hésiteriez pas à nous en informer.

— O'Dell. C'est un nom de catholique irlandais, n'est-ce pas ?

Désarçonnée autant qu'agacée par la distraction du prêtre, Maggie répondit avec une pointe d'irritation :

— C'est exact.

Le père Francis poursuivit cependant dans la même veine :

— Et Maggie, c'est le diminutif de notre bonne sainte Margaret.

— Sans doute. Mon père, vous êtes conscient que, si Ronald Jeffreys vous a confessé quoi que ce soit qui puisse nous aider à retrouver l'assassin de Danny Alvarez, il faut nous le dire.

— Le secret de la confession est sacré et doit être gardé, même s'il s'agit de condamnés à mort, agent O'Dell.

Maggie soupira, regarda Morrelli qui semblait lui aussi s'impatienter.

— Mon père, il y a un autre point sur lequel vous pourriez nous éclairer. En dehors du prêtre, qui est autorisé à administrer les derniers sacrements ?

Le vieux prêtre parut surpris par ce brusque changement de sujet.

— Le sacrement de l'extrême-onction doit être administré par un prêtre. Mais en effet, dans les cas graves, ce n'est pas une obligation.

— Qui d'autre qu'un prêtre saurait comment procéder ?

— Avant Vatican II, le rituel figurait dans le catéchisme de Baltimore. Vous êtes probablement trop jeunes tous les deux pour vous en souvenir. A présent, je crois que ce n'est enseigné qu'au séminaire. Mais peut-être l'enseigne-t-on aussi aux futurs diacres.

— Quelles conditions faut-il remplir pour devenir diacre ? s'enquit Maggie, qui redoutait maintenant de voir s'allonger la liste des suspects.

— Les critères sont très stricts. D'abord, il convient d'être bon chrétien, respecté et actif à l'église. Et seuls les hommes, malheureusement, peuvent devenir diacres. Mais je ne vois pas le rapport entre ces questions et Ronald Jeffreys.

— Je suis désolé, mon père. Le secret professionnel nous interdit de vous en faire part.

Morrelli ponctua la remarque d'un sourire, puis ajouta :

— Nous avons nos secrets, nous aussi. Même s'ils ne sont pas sacrés comme les vôtres.

Il consulta Maggie du regard puis, voyant qu'elle n'avait pas d'autre question, il conclut :

— Je vous remercie de votre aide, père Francis.

Au lieu de prendre congé, Maggie fixait le prêtre, scrutait ses yeux qui ne quittaient pas les siens, qui semblaient attendre qu'elle lise en eux ce qu'elle cherchait. Et le vieil ecclésiastique lui souriait tout en hochant la tête.

Morrelli tapota l'épaule de la jeune femme pour l'arracher à sa transe et, brusquement, elle pivota sur les talons, lui emboîta le pas sans un mot de plus. Sur le parvis de l'église, elle s'arrêta soudain. Morrelli avait déjà atteint le bas des marches quand il se rendit compte qu'elle ne le suivait plus. Il se retourna vers elle.

— Qu'est-ce qui ne va pas ?

— Il sait quelque chose. Quelque chose sur Jeffreys qu'il ne nous a pas dit.

— Qu'il ne *peut pas* nous dire.

Comme une flèche, elle repartit dans l'autre sens.

— O'Dell ! Qu'est-ce qui vous prend ? lança-t-il à son dos.

Elle poussa la lourde porte et enfila l'allée centrale à pas précipités tandis que le vieux prêtre disparaissait derrière le rideau.

— Père Francis ! Attendez ! lui cria-t-elle.

L'écho de ses paroles lui donna le sentiment d'avoir commis une faute. Mais le père Francis revint jusqu'à l'autel alors qu'elle remontait le reste de la nef, bientôt rejointe par Morrelli.

— Père Francis, si vous savez quelque chose... Si Jeffreys vous a confessé quoi que ce soit qui puisse empêcher un autre meurtre... Réfléchissez, mon père. Ne vaut-il pas mieux briser le secret de la confession que laisser assassiner un enfant innocent ?

Encore essoufflée par sa course, elle attendait, scrutait ses yeux qui semblaient en savoir tellement plus qu'ils n'en révélaient.

— Ce que je peux vous confier, c'est que Ronald Jeffreys n'a dit que la vérité et toute la vérité.

— Pardon ?

— Du jour où il a reconnu son crime jusqu'à son exécution, Ronald Jeffreys n'a jamais dit que la vérité.

Son regard s'attarda un moment sur Maggie, mais elle ne déchiffra rien de plus dans ses prunelles.

— Et maintenant, si vous voulez bien m'excuser.

Sur ces mots, le prêtre se retira et disparut derrière le rideau.

— Ça alors ! s'exclama Morrelli à voix basse. Je ne comprends rien. Qu'est-ce qu'il a bien pu vouloir dire ?

— Une chose est claire. Pour tenter de le savoir, il va nous falloir lire les aveux complets de Jeffreys.

Et elle se dirigea vers la sortie, en prenant soin cette fois de ne pas faire de bruit avec ses talons.

# 19.

Il quitta le parking de l'église sur les chapeaux de roues. Le sac de provisions bascula sur le siège, répandant une partie de son contenu. Des oranges roulèrent sous ses pieds alors qu'il accélérait.

Il lui fallait se calmer. Bref coup d'œil au rétroviseur. Personne ne le suivait. Ils étaient venus à l'église se renseigner. Poser des questions sur Jeffreys. Pas de crainte à avoir, cependant. Ils ne savaient rien de concret. Ni les uns, ni les autres. Pas même cette journaliste qui, dans ses articles, insinuait que le tueur de Danny n'était qu'un copieur. Un imitateur de Jeffreys. Aucun d'eux n'avait seulement eu l'idée que le copieur c'était Jeffreys. Tueur de sang-froid, lui aussi, Jeffreys avait fait un bouc émissaire idéal.

Aux abords de l'école, les parents marchaient à pas pressés, filaient tels des rats affolés, chaperonnant leur progéniture, se regroupaient en troupeau aux carrefours, regardaient leurs petits gravir le perron de l'école jusqu'à ce qu'ils soient en sûreté à l'intérieur. D'ordinaire, ils ne se souciaient guère de leurs enfants, les laissaient seuls pendant des heures, négligeaient plaies et bosses au risque d'entraîner des cicatrices à vie. A présent, la leçon commençait à porter. Il leur rendait à tous un fier service.

La bise glacée qui fouettait jupes et vestes annonçait l'arrivée de la neige. Bientôt, il faudrait se couvrir. Ce qui lui rappela la couverture, roulée dans le coffre de la voiture. Portait-elle encore des traces de sang ? Il s'efforça de rassembler ses souvenirs tout en observant le manège des rats le long des trottoirs et au carrefour. Au feu, il s'arrêta. Un flot de rats traversa la rue. L'un d'eux le reconnut et lui fit bonjour de la main. Il sourit et salua en retour.

Non. Il ne restait plus de sang sur la couverture. Il l'avait soigneusement lavée, l'eau de Javel avait accompli des prodiges. Elle serait bien chaude si l'hiver venait en avance.

En s'éloignant de la ville, il remarqua dans le ciel un vol d'oies en formation, qui lui rappela les figures des avions militaires de la base. Il baissa sa vitre pour écouter les oiseaux. Leurs cris déchiraient la fraîche quiétude du matin. Oui, cette fois, les gros nuages lourds apporteraient la neige, et non la pluie. Il le sentait, jusque dans ses os.

Il détestait le froid, haïssait la neige. Cela lui rappelait Noël, et les quelques cadeaux déposés en cachette par sa mère sous le sapin, cadeaux qu'il ouvrait seul, en silence, de très bonne heure selon la consigne. Pendant ce temps, elle occupait son beau-père — il les entendait dans la chambre.

Son beau-père ne s'était jamais douté de rien, trop heureux de profiter du Noël qu'elle lui offrait à son réveil. S'il avait découvert leur secret, il les aurait battus comme plâtre pour avoir gaspillé en vaines frivolités l'argent qu'il gagnait à la sueur de son front. Leur rituel des cadeaux secrets était d'ailleurs né d'une première correction de Noël administrée à chacun d'eux, à elle comme à lui.

Tournant dans Old Church Road, il longea la rivière. Les berges ruisselaient d'ors et de rouges. Les têtes brunes des joncs se balançaient par centaines au-dessus de l'herbe couleur de miel. La neige gâcherait tout cela, recouvrirait le chatoiement de la vie sous son linceul blanc.

Presque parvenu à destination, il se souvint brusquement des cartes de base-ball. Les avait-il sur lui ? Pris de panique, il tâta ses poches à la hâte tout en conduisant d'une main. La voiture fit une embardée et les roues s'enfoncèrent dans une ornière. Il redressa de justesse, évita de verser. Ah. Elles étaient là, les fameuses cartes. Dans la poche arrière de son jean.

Puis il quitta la route, se gara à l'abri d'un bosquet de pruniers. Les branches et les feuilles cachaient son véhicule à la vue des curieux. Il fourra ses provisions éparses dans un sac et le prit sous son bras. Puis il retira du coffre l'épaisse couverture de laine, roulée et attachée en ballot par une corde. Quand il referma le coffre, le fracas métallique se répercuta à travers tout le paysage. Hormis le murmure du vent parmi les branches, il n'y avait pas un bruit, tout était calme. L'air froid venu de la rivière apportait avec lui une riche odeur musquée d'eau, de boue et de décomposition. Il s'arrêta un instant pour contempler les vaguelettes qui léchaient la rive, le courant qui emportait branches et feuilles mortes. Tout cela était vivant, animé d'une puissance dangereuse, destructrice. Vivant et rédempteur, animé de pouvoirs guérisseurs et purificateurs.

Le tapis de feuilles masquait si bien la porte de bois qu'il eut lui-même du mal à la retrouver. Il la dégagea, tira dessus des deux mains. Elle s'ouvrit en grinçant. Un rai de lumière éclairait faiblement les marches qui descendaient dans les entrailles de la terre. Les relents d'humidité et de moisi lui emplirent aussitôt les poumons.

Au bas des marches, il déposa son chargement. De sa poche de veste, il sortit un masque de caoutchouc. C'était moins effrayant que le passe-montagne porté en cagoule, et plus approprié à la saison. Ce fichu masque lui faisait horreur, mais pas autant que le souvenir du regard de Danny lorsqu'il l'avait reconnu — regard plein de confiance d'abord, puis d'animal piégé, trahi. Si seulement Danny avait pu comprendre... Mais ce regard, et cette satanée croix qu'il portait au cou, l'avaient troublé au point qu'il en avait perdu ses moyens. Non. Il ne devait plus prendre de risques. Il enfila le masque. Quelques instants plus tard, il transpirait dessous.

Tel un zombie, les bras tendus devant lui, il avança à pas prudents jusqu'à toucher les étagères de bois. Ses doigts trouvèrent les allumettes et la lampe. Du poil de bête frotta contre sa main. Il la retira prestement, lâchant la lampe, qu'il rattrapa de justesse.

— Satanés rats !

En tâtonnant, il souleva le verre, craqua une allumette et enflamma la mèche qui prit du premier coup. Aussitôt, l'obscurité s'éclaira d'une lumière jaune. La paroi s'effritait par endroits, et des morceaux de terre lui tombèrent dessus. Il évita de lever les yeux vers les poutres d'où lui parvenaient les grattements des créatures de l'ombre. Quelques secondes de patience, et les bêtes se seraient mises à couvert.

Quand le silence fut revenu, il poussa du dos le lourd battant couvert d'étagères, qui s'ébranla puis pivota lentement en grinçant et en raclant contre le sol. L'effort le mit en nage. Le masque lui tenait affreusement chaud. Il étouffait, là-dessous, et son visage baignait dans une sorte de vapeur irrespirable.

Enfin, le passage secret apparut tout entier. Il se glissa dans le trou noir, et tira à lui la couverture et le sac de provisions.

Il espérait que les cartes de base-ball feraient plaisir à Matthew.

# 20.

La demeure des Tanner, en bordure de la ville, occupait le coin d'un pâté de maisons. Derrière, s'étendait un champ immense où de gigantesques machines jaunes grignotaient le paysage, monstres aux dents d'acier avalant un arbre après l'autre. Pour Nick, c'était là le pire aspect de la croissance rapide de Platte City. La campagne alentour, naguère recouverte de roses sauvages, de larges prairies où les hautes herbes se balançaient au vent, était désormais organisée en routes droites et grises, en pavillons rectilignes, flanqués de pelouses tondues et de balancelles.

— Zut, ça promet ! marmonna-t-il en voyant la file de voitures garées autour de la maison des Tanner.

— Vous avez des hommes sur place pour maintenir l'ordre ?

Nick coula un regard irrité à l'agent O'Dell.

— Ce n'est qu'une question, Morrelli, pas un reproche.

Effectivement. Le ton était posé, amical. Il devait se souvenir qu'elle était de son côté. Il lui exposa donc les mesures qu'il avait prises puisqu'ils n'avaient pas eu le temps d'en parler plus tôt.

La nuit précédente, tirant les leçons apprises de Bob Weston sur l'affaire Alvarez, il avait installé avec Hal Langston une cellule de crise improvisée au domicile de Michelle Tanner.

Quelques minutes après l'appel de la mère désespérée au commissariat, Nick avait envoyé Philip Van Dorn poser des écoutes sur ses téléphones et demandé qu'on monte la garde autour de la maison. Peu avant minuit, Lucy Burton convertissait la salle de réunion du commissariat en état-major de campagne, avec des cartes de la région, des photos de Matthew épinglées au mur, et une ligne ouverte pour les appels d'éventuels témoins.

Sans attendre, cette fois, Nick avait alerté les chefs de police des comtés voisins et réclamé des renforts pour les recherches. Ses propres policiers avaient fait le tour des maisons pour poser des questions, en veillant à leur formulation afin d'éviter toute réaction de panique — dans la mesure du possible. Hélas, à en juger par l'attitude des parents ce matin aux abords de l'école, l'hystérie s'était emparée des esprits. Très largement grâce aux articles de sa sœur. Dieu seul savait comment tourneraient les choses quand la disparition de Matthew serait rendue publique.

Par la porte d'entrée ouverte, le bruit des conversations se répandait dans le jardin. O'Dell frappa contre le battant moustiquaire et attendit patiemment. Nick, lui, serait entré, mais il se tint sans broncher juste derrière elle, la dominant d'une bonne tête et se penchant un peu pour respirer le parfum de ses cheveux. Une brise légère souleva quelques mèches qui frôlèrent son menton, caresse délicieuse. Elle les remit en place, les cala derrière son oreille, révélant une peau délicate et laiteuse que mettait en valeur la teinte bordeaux sombre de son tailleur pantalon.

Les gonds grincèrent, et le battant grillagé s'entrouvrit sur un homme que Nick n'avait jamais vu. Il les examina d'un œil soupçonneux avant de demander sans grande courtoisie :

— Qui vous êtes, tous les deux ?

— Ils sont autorisés, dit Hal qui l'avait rejoint.

D'un geste, il écarta l'inconnu et acheva d'ouvrir le battant. L'autre s'éloigna à regret, mais sans protester. Il est vrai qu'Hal Langston pouvait impressionner par son physique. Autrefois, il jouait au football avec Nick dans l'équipe du lycée, et s'il avait pris un peu d'embonpoint avec le temps, il gardait sa vigueur et sa souplesse.

— C'est le mariage, vieux, se défendait-il quand Nick le taquinait. Tu devrais essayer, je te promets que ce n'est pas mal.

A sa décharge, il fallait reconnaître qu'il avait ferré la plus belle prise de la ville.

Tess Langston était arrivée à Platte City dix ans plus tôt pour enseigner l'histoire au collège. Aussi intelligente qu'elle était jolie, elle intimidait tous les célibataires que sa seule présence réduisait à l'état de gelée. Sauf Hal qu'elle ne démontait pas. Pendant près de trois semaines, il avait téléphoné chaque soir à Nick qui, exilé dans l'Est pour ses études de droit, l'aidait à planifier les étapes de sa conquête entre la législation sur les ruptures de contrat et le droit criminel.

Il rédigeait de brefs poèmes, le conseillait sur le choix des fleurs, et même sur les caresses admissibles — de petits coups de langue discrets derrière l'oreille, oui, mais pas de grosses paluches sur la poitrine, vulgaire. Il se prenait au jeu, avait le sentiment de faire cette cour lui-même, au point que, quand Hal cessa de l'appeler, il se trouva déboussolé. Par la suite, il comprit que, par le truchement de l'amitié, il était tombé amoureux de cette femme qu'il n'avait vue qu'une fois, et qu'elle lui manquait plus que sa complicité avec Hal.

Le couple s'était marié dans les six mois et, aujourd'hui encore, Nick éprouvait une tendresse pour Tess qu'il eût été bien en peine d'expliquer. Il ignorait au juste si Hal avait confié leur secret à son épouse, mais à la manière dont elle le regardait parfois, il était certain qu'elle savait et lui en était reconnaissante.

Le salon des Tanner grouillait de policiers, parmi lesquels ses hommes, et puis des inconnus venus des environs. Certains se délassaient en buvant du café, d'autres faisaient le point, penchés sur des cartes, sur des notes. Tout en cherchant Michelle Tanner dans cette foule, Nick se demandait s'il la reconnaîtrait. La nuit dernière, dans son peignoir rose de velours côtelé, avec ses yeux bouffis et rougis par les larmes, elle semblait hagarde, comme ivre. Des mèches rousses échappées de son chignon à demi défait flottaient autour de sa tête tels les serpents de la Méduse cependant qu'elle s'agitait, arpentait la pièce en gesticulant.

La cuisine était aussi encombrée que le salon.

— Mais bon sang, Hal, d'où ils sortent, tous ces gens ?

Nick se retourna et heurta de plein fouet son collègue et ami qui marchait dans son sillage. O'Dell était allée parler avec Van Dorn.

— C'est une idée de Michelle. Elle a appelé quelques voisins, sa mère, les parents des coéquipiers de son fils.

— Toute la putain d'équipe ! Je rêve !

— N'exagère pas, juste une poignée de parents.

Nick se fraya un chemin parmi la foule et se mit à jouer des coudes lorsqu'il reconnut la femme assise à table avec Michelle Tanner devant une tasse de café.

— Qu'est-ce que tu fiches ici ? hurla-t-il.

Et un silence de mort tomba sur la pièce.

# 21.

Avant même que Christine ait eu le temps de répondre, son frère déboulait au pas de charge, renversant au passage le café d'Emily Fulton et manquant envoyer Paul Calloway à terre. Tous les regards étaient braqués sur lui tandis que, pointant un index accusateur sur elle, il aboyait, furieux, à l'adresse de Michelle Tanner :

— Madame Tanner, cette femme est journaliste, au cas où vous ne le sauriez pas !

Michelle Tanner était une petite femme menue et fragile, très impressionnable comme Christine avait pu le constater. Elle pâlit soudain, et ses grands yeux noisette s'écarquillèrent, lui mangeant le visage. Elle regarda Christine, tritura sa tasse, puis, surprise de l'entendre cliqueter sur sa soucoupe dans le silence, elle baissa les paupières pour l'examiner. Enfin, elle reporta son attention sur Nick.

— Je sais que Christine est journaliste, shérif Morrelli.

Elle croisa les mains sur la table, s'aperçut qu'elles tremblaient et les fit disparaître sous la table avant de reprendre en fixant son café :

— Nous pensons qu'il serait bon de mettre quelque chose dans le journal de ce soir… à propos de Matthew.

La voix de Michelle s'était brisée, et Christine nota que Nick s'était radouci. Son grand macho de frère ne supportait pas de voir une femme pleurer, faiblesse dont elle avait usé et abusé pour le manipuler. Cela étant, les larmes de Michelle Tanner n'avaient rien de feint.

— Madame Tanner, je regrette, publier un article n'est pas une bonne idée.

— Non, elle n'est pas bonne. Elle est excellente.

Christine se tourna sur sa chaise pour mieux voir la femme qui venait de surgir à côté de Nick. Avec sa peau de lait, ses pommettes hautes, ses lèvres charnues, sensuelles, et ses courts cheveux bruns, elle aurait pu être mannequin. Son ensemble pantalon habillait un corps mince et vigoureux, avec suffisamment de courbes pour retenir les regards de tous les messieurs de la pièce. Sa voix et sa posture révélaient toutefois qu'elle n'était pas consciente de sa féminité. Elle se tenait droite, avec une assurance et une autorité surprenantes. A l'évidence, il en fallait bien plus pour l'intimider qu'une foule d'inconnus qui se demandaient ce qu'elle fabriquait là. D'emblée, Christine la trouva sympathique.

— Pardon ? fit Nick avec humeur.

— Je crois que l'idée d'impliquer les médias immédiatement est excellente.

Gêné qu'on le contredise publiquement, Nick jeta un regard embarrassé autour de lui.

— J'ai deux mots à vous dire. En privé. Venez.

Il prit la femme par le bras, mais elle se dégagea aussitôt d'une secousse. Elle pivota cependant pour le suivre sans broncher, et la foule s'écarta pour leur laisser le passage.

Christine s'excusa auprès de Michelle en lui tapotant affectueusement la main et se saisit de son bloc. Quitte à encourir les foudres de son frère déjà crispé, il lui fallait rencontrer sur-le-champ cette femme qui l'avait remis à sa place. Il s'agissait sans doute de l'expert envoyé par le FBI – l'agent spécial O'Dell. Avec un peu de chance, l'agent O'Dell lui apporterait peut-être quelques renseignements contrairement à son frère qui se fermait comme une huître à la moindre question dans le seul but de protéger sa précieuse réputation.

Nick et l'agent O'Dell s'étaient mis à l'écart dans un coin du salon, près d'une baie vitrée qui donnait sur le jardin. Plusieurs policiers les dévisageaient, mais les hommes de Nick qui le savaient chatouilleux faisaient mine de s'affairer autour d'une carte.

— Je t'avais prévenue qu'il se mettrait en boule s'il te trouvait ici.

Christine jeta un coup d'œil par-dessus son épaule. Hal lui souriait.

— Certes, lui dit-elle. Mais j'ai comme l'impression que quelqu'un va se charger de le faire changer d'avis.

— Mouais. C'est une dure à cuire, celle-là. M'est avis que le coup du charme, ça ne prendra pas sur elle. Tu viens ? Je sortais fumer une cigarette.

— Merci, tu es gentil, mais j'essaie d'arrêter.

— A ta guise.

Il se dirigea vers la porte. Le battant grillagé grinça puis claqua. Nick et l'agent O'Dell n'en remarquèrent rien. Nick parlait à voix basse, confinant sa colère à sa mâchoire crispée. Parfaitement calme, l'agent O'Dell n'en paraissait nullement affectée.

— Excusez-moi de vous interrompre, commença Christine.

Son frère la foudroya du regard, mais elle se détourna pour s'intéresser à sa seule compagne.

— Vous devez être l'agent spécial O'Dell. Je suis Christine Hamilton.

Elle lui offrit sa main, que la dame du FBI prit sans hésitation.

— Enchantée, mademoiselle Hamilton.

— Dans sa fureur, Nicky ne vous a peut-être pas dit que je suis sa sœur.

O'Dell se tourna vers lui, et Christine crut apercevoir une ébauche de sourire sur le visage impassible de la jeune femme.

— Je me demandais aussi s'il n'y avait pas un lien de parenté entre vous.

— Il m'en veut mais, quoi qu'il en pense, je ne demande qu'à l'aider.

— Je n'en doute pas.

— En ce cas, je peux vous poser quelques questions ?

— Je regrette, mademoiselle Hamilton…

— Appelez-moi Christine.

— Eh bien, Christine, quelles que soient mes opinions, ce n'est pas moi qui dirige l'enquête. Mon rôle se limite à établir le profil de l'assassin.

Sans qu'il lui soit besoin de le vérifier, Christine savait déjà que son frère jubilait.

— Vous voulez dire que la presse sera mise sur la touche, comme pour le petit Alvarez ? Nicky, réfléchis, je t'en prie. Cela n'arrangera pas les choses.

— Pour ne rien vous cacher, Christine, je pense que le shérif Morrelli a changé d'avis sur la question, déclara O'Dell en fixant l'intéressé dont le sourire réjoui se mua en un rictus.

Les yeux de Christine allaient de l'un à l'autre. La tension entre eux était presque palpable, pénible, difficilement soutenable. Au point qu'elle recula d'un pas.

Enfin, Nick parut se décider. Il toussota, puis déclara d'une voix encore enrouée :

— Nous donnerons une conférence de presse dans le hall du tribunal demain matin à 8 h 30.

— Je peux publier ça dans le journal de ce soir ?

— Naturellement, répondit-il à contrecœur.

— Vous auriez autre chose pour alimenter mon article ?

— Non.

— Shérif Morrelli, vous déclariez, je crois, avoir fait tirer la photo du garçon à des centaines d'exemplaires.

Le ton était posé, neutre, sans intention particulière.

— Si Christine la passait dans le journal en illustration de son article, cela éveillerait peut-être des souvenirs chez certains. Nous avons besoin de témoins.

Il enfonça les mains dans ses poches avec rage — sans doute pour ne pas les étrangler toutes les deux.

— Tu feras un saut au tribunal. Je t'en déposerai une à la réception. *A la réception*, Christine, c'est compris ? Je ne veux pas te trouver à fouiner dans les bureaux.

— Du calme, Nicky. Je ne suis pas ton ennemie.

Elle fit quelques pas en direction de la porte, s'interrompit et se retourna vers eux.

— Tu viens toujours dîner ce soir, j'espère ?

— Je serai peut-être trop occupé.

— Agent O'Dell ? Vous accepteriez de vous joindre à nous ? C'est sans chichi, je comptais faire des spaghetti, mais il y aura du chianti en abondance.

— Cela me paraît sympathique.

Christine manqua pouffer devant l'air sidéré de son frère.

— Alors, je vous attends tous les deux vers 19 heures. Nicky connaît l'adresse.

# 22.

A peine entré dans le commissariat en compagnie d'O'Dell, Nick sentit vibrer dans l'air un courant de vive nervosité. Il craignait que la panique s'empare de la ville, comme elle régnait déjà dans son service.

Les téléphones sonnaient sans discontinuer, les machines émettaient des bip, les Fax bourdonnaient, les claviers cliquetaient, les radios grésillaient, des voix hurlaient d'un bout à l'autre de la pièce, et des gens se pressaient dans tous les sens — sans jamais se heurter, ce qui tenait du miracle.

De nouveau, il repéra parmi les policiers des visages inconnus. Certains équipements étaient apparus dont il ignorait la fonction. Il comptait sur des étrangers pour gérer une crise qui le dépassait, ce qui le mettait fort mal à l'aise.

Lucy parut soulagée de le voir. Elle sourit et lui fit signe de la main — puis elle adressa un regard de mépris à sa compagne. O'Dell l'ignora superbement.

— Nick, on a passé toute la ville au peigne fin, déclara Lloyd Benjamin d'une voix enrouée par la fatigue.

Il s'épongea le front, se frotta les yeux. En moins de vingt-quatre heures, ses rides s'étaient creusées. Doyen de l'équipe, Lloyd était le plus fiable de ses hommes après Hal.

— Les flics de Richfield continuent leurs recherches le long de la rivière, à proximité de l'endroit où le corps du petit

Alvarez a été retrouvé. J'ai envoyé ceux de Staton au nord de la ville pour qu'ils examinent de près la carrière de gravier de Northton Lake.

— Excellent travail, Lloyd.

Mais il n'avait pas tout dit, il hésitait, se grattait la barbe en regardant O'Dell.

— On a causé entre nous, reprit-il finalement d'un ton de confidence. Stan Lubrick croit se souvenir qu'à l'époque de son arrestation, Jeffreys avait un pote… enfin… un amant, quoi. Je me rappelle vaguement qu'on a convoqué ce type pour l'interroger, mais je ne pense pas qu'il ait témoigné au procès.

Il consulta ses notes, puis ajouta :

— Mark Rydell, il s'appelait. On pensait que ce serait bien de le contacter. S'il est encore dans le coin.

Tous deux fixaient O'Dell, visiblement distraite par la confusion ambiante. Nick doutait qu'elle eût entendu la remarque. Ses yeux erraient de droite à gauche, suivait les mouvements des hommes. S'apercevant soudain qu'ils attendaient une réponse, elle reporta son attention sur eux.

— J'ignorais que Jeffreys était homosexuel. Vous êtes certain de ce que vous affirmez ? s'enquit-elle d'un ton égal, sans trace de condescendance.

Lloyd desserra sa cravate, gêné.

— Eh bien… euh… ils vivaient ensemble.

— Ce qui faisait d'eux des colocataires faute d'autres précisions.

O'Dell était aussi impitoyable qu'elle était belle, et Nick éprouvait quelque soulagement à ne pas être soumis à ses questions. Lloyd lui lança du regard un appel au secours auquel il répondit d'un haussement d'épaules.

— Serait-il possible de vérifier si Rydell est resté en contact avec Jeffreys après sa condamnation ? demanda alors l'agent du FBI.

— Ils le savent sans doute à la prison.

— En ce cas, renseignez-vous, voyez si Jeffreys a reçu des visites, s'il avait des contacts avec l'extérieur, s'il s'est lié d'amitié avec d'autres prisonniers, ou même des gardiens. Dans les cellules de la mort, ce serait surprenant, mais il ne faut négliger aucune hypothèse.

Nick aimait sa vivacité d'esprit, sa logique implacable, son attention au détail. Elle envisageait d'emblée les ramifications pouvant conduire à une piste là où lui ne voyait qu'une idée saugrenue menant droit à l'impasse. Issu d'une génération fière de tenir les femmes à leur place, Lloyd lui-même semblait satisfait. Tandis qu'elle parlait, il avait griffonné d'autres notes illisibles sur son carnet. Lorsqu'il eut terminé, il prit congé d'un hochement de la tête et se mit en quête d'un téléphone libre.

Impressionné, Nick observait O'Dell. Elle surprit son regard et lui sourit.

De derrière son bureau, le récepteur calé sous le menton, Eddie Gillick interpella le shérif :

— Hé, Nick ! J'ai eu encore un coup de fil de cette bonne femme.

— Agent O'Dell ? Tenez. Un fax de Quantico pour vous, dit Adam Preston en tendant un rouleau de papier à Maggie.

— Quelle « bonne femme » ? s'enquit Nick.

— Sophie Krichek. Tu te souviens ? Celle qui prétend avoir vu un vieux pick-up bleu le matin où le petit Alvarez a été enlevé.

— Laisse-moi deviner. Elle a revu ce pick-up, et un môme qui, comme par hasard, ressemblait à Matthew Tanner, c'est ça ?

— Une minute, intervint O'Dell en levant le nez de son fax. Cette femme est peut-être sérieuse.

— Elle n'arrête pas d'appeler, expliqua Nick.

Lucy s'approcha d'eux avec une pile de feuillets roses.

— Tes messages, Nick.

Et elle attendit des consignes, plantée devant lui sur ses talons aiguilles, vêtue de l'habituelle minijupe assortie d'un pull moulant. Diable ! Il serait plus facile de la mettre au pas si elle était moins aguicheuse.

— Alors, si je comprends bien, vous ne poursuivrez pas cette piste, sous prétexte que la dame en question téléphone trop souvent ?

L'œil ironique de l'agent spécial donnait à Nick le sentiment d'être jugé incompétent. Etait-ce dû au fait que la poitrine voluptueuse de Lucy l'avait distrait ?

— Il y a trois semaines elle nous appelait pour dire qu'elle avait vu Jésus pousser une petite fille sur une balançoire dans son jardin. Elle n'a pas de jardin et habite en appartement dans un bloc d'immeubles donnant sur un parking. Lucy ? Les minutes du procès et des aveux de Jeffreys sont arrivées ?

— Max dit qu'elle apportera tout ça elle-même dès que possible. Elle a demandé qu'ils photocopient le lot. Max ne laisse pas sortir un seul original ; pas un ne franchit la porte de son secrétariat.

Elle changea de position, ondoya des hanches à l'intention de Nick et reprit :

— Oh, agent O'Dell, j'oubliais. Un Gregory Steward a appelé pour vous trois ou quatre fois. Apparemment, c'est urgent, mais il dit que vous savez où le joindre.

— Votre patron vous surveille ? plaisanta Nick en souriant.

O'Dell s'était crispée et paraissait anxieuse.

— Non. Il s'agit de mon mari. Il y a un téléphone libre dont je puisse me servir ?

Le sourire de Nick avait disparu. Il s'assura discrètement qu'elle ne portait pas d'alliance. Non. Elle n'en portait pas. Il avait sans doute déjà vérifié ce détail par habitude… Mais elle attendait sa réponse.

— Dans mon bureau. Au fond du couloir, à droite.

Dès qu'elle se fut retirée, Eddie Gillick, qui rôdait dans les parages, souffla au shérif :

— Eh bien quoi ? Ça t'étonne ? Un beau brin de fille comme ça, je comprends qu'elle soit mariée.

Décidément, il perdait l'esprit. Ce matin, chez Michelle Tanner, il l'aurait volontiers étranglée tant elle l'exaspérait, et voilà que maintenant, il était tout secoué d'apprendre qu'elle n'était pas libre. Allez comprendre.

# 23.

Etroite et sobre, la pièce contenait un bureau de métal gris, des classeurs de rangement assortis, et des étagères sur lesquelles était disposée une collection de coupes et de trophées sportifs — sans doute des récompenses gagnées au football. Sur le mur du fond, derrière le bureau, il y avait aussi des photos. Maggie se laissa tomber dans le confortable fauteuil de cuir, seul luxe de ce lieu quasi monacal.

Elle prit le téléphone tout en examinant ces clichés de jeunes gens en maillot de foot rayé rouge et blanc. Sur l'un d'eux, on voyait le jeune Morrelli, maculé de boue, les cheveux collés par la sueur, posant fièrement avec un monsieur d'un certain âge, sans doute l'entraîneur Osborne à en juger par l'autographe.

Dans un coin, à demi cachés derrière un classeur, deux diplômes encadrés amassaient la poussière. Le premier venait de l'université du Nebraska. L'autre couronnait des études de droit à… Ça alors ! De surprise, Maggie manqua lâcher le téléphone. A Harvard, rien moins. Elle se leva pour y regarder de plus près, puis se rassit, honteuse d'avoir cru qu'il s'agissait d'un faux, d'une plaisanterie de potache. Le diplôme était tout ce qu'il y a d'authentique.

Elle examina de nouveau les photos de football. Décidément, le shérif Nicholas Morrelli était un homme bien étonnant. Plus elle en apprenait sur lui, plus il piquait sa curiosité. Et la tension qui pulsait entre eux, comme si le fait d'être ensemble générait de l'électricité, n'arrangeait rien. Le magnétisme de Morrelli la troublait, la dérangeait. Au point qu'elle trouvait cela malsain. Ses propres réactions allaient contre sa nature et cela l'irritait.

Ses rapports avec Greg avaient toujours été sereins et confortables. Il n'y avait entre eux rien de torride, de trop physique, même dans les débuts. C'étaient l'amitié et des objectifs communs qui les avaient réunis. Objectifs qui avaient changé au fil des ans. Tenue pour acquise, l'amitié s'était quelque peu délitée, au point qu'aujourd'hui, ils ne prenaient même plus la peine de se montrer courtois l'un envers l'autre. Ces temps derniers, elle se demandait parfois s'ils ne s'étaient pas perdus, éloignés en route. S'ils avaient jamais été proches.

Détail d'ailleurs sans importance. Le mariage était pour elle un engagement sérieux qui exigeait des efforts, qu'on entretenait pour qu'il dure malgré les changements. Sans cette conviction, elle n'aurait pas tenu jusque-là. Du moins, cette fois, Greg avait-il appelé, fait le premier pas vers la réconciliation. Cela ne pouvait être que bon signe.

Elle composa le numéro de son bureau et attendit trois… quatre… six sonneries.

— Brackman, Harvey & Lowe, j'écoute ?

— Je souhaiterais parler à Greg Stewart.

— M. Stewart est en réunion. Je peux prendre un message ?

— Voyez plutôt s'il serait possible de le déranger un moment. Je suis son épouse. Il a cherché à me contacter toute la matinée.

Il y eut une pause au bout de la ligne. La standardiste s'interrogeait sans doute sur la légitimité de cette demande. Enfin, elle se décida.

— Patientez une seconde, je vous prie.

La seconde s'éternisa puis, au bout de cinq minutes, la voix de Greg se fit entendre.

— Maggie, Dieu merci, je t'ai en ligne.

Il y avait une note d'urgence dans ses paroles, mais aucune trace de remords. Elle en fut si déçue qu'elle ne songea même pas à s'inquiéter.

— Pourquoi as-tu coupé ton portable ?

Des reproches, à présent. Cela n'augurait rien de bon.

— Les piles sont à plat, j'ai oublié de le recharger. Il fonctionnera de nouveau dès ce soir.

— Peu importe. C'est à propos de ta mère.

Les doigts de Maggie se crispèrent sur l'accoudoir de cuir. Mauvaise nouvelle en perspective.

— Elle est à l'hôpital.

— De quoi s'agit-il, cette fois ?

— Je crois que ça devient sérieux, Maggie. Elle est passée aux lames de rasoir.

# 24.

Maggie raccrocha et se massa les tempes. Elle avait un début de migraine, la nuque et les épaules tendues. Vingt minutes passées à argumenter avec le médecin qu'on avait assigné à sa mère ! Un crétin arrogant, sorti premier de sa promotion et qui s'en vantait pour la rassurer. Aucune expérience pratique, et il prétendait tout savoir, le bougre. Seulement, il ne connaissait pas sa mère. N'avait pas pris la peine de regarder son dossier pour se mettre au courant. Lorsque, finalement, elle lui avait conseillé de contacter le psychanalyste de la patiente, il avait paru soulagé, presque reconnaissant. Il avait eu de la chance. Les gens capables de donner de mémoire le numéro de téléphone du psy de leur mère ne devaient pas courir les rues.

D'un autre côté, tout le monde était d'accord sur le fait que Maggie ne devait pas prendre le premier vol pour Richmond. Sa mère voulait qu'on s'occupe d'elle, réclamait de l'attention à cor et à cri, mais l'expérience des cinq derniers « suicides » prouvait que, si Maggie laissait tout en plan pour se précipiter à son chevet, son état empirerait au lieu de s'améliorer. Un jour, hélas, elle finirait par réussir à se tuer, ne serait-ce que par accident. Greg n'avait pas tort de penser qu'en venir aux lames dc rasoir révélait une triste évolution dans sa manière de se suicider, mais, toujours d'après son mari, elle s'était entaillé les poignets dans le mauvais sens.

Maggie cala sa tête douloureuse contre le cuir du fauteuil et ferma les yeux. Elle veillait sur sa mère depuis l'âge de douze ans. Franchement. Une gamine de cet âge qui vient de perdre son père est-elle en mesure de veiller sur qui que ce soit ? Parfois, elle se sentait coupable, pensait avoir échoué dans cette tâche, puis elle se souvenait qu'en réalité, c'était sa mère qui l'avait lâchement abandonnée au profit de l'alcool.

On frappa doucement contre le verre dépoli de la porte qui s'entrouvrit bientôt sur Morrelli.

— O'Dell ? Il n'y a rien de cassé ?

Elle était comme tétanisée, affalée dans le fauteuil, incapable du moindre mouvement.

— Ça va, articula-t-elle faiblement.

Il ne s'y trompa pas. Son front plissé et ses yeux bleus inquiets en témoignaient. Il hésita un moment au seuil de la porte, puis il entra, prudemment, déposa devant elle une canette de Pepsi basses calories glacée, ruisselante de condensation. Et elle se demanda combien de temps il était resté dans le couloir avant de trouver le courage de frapper.

— Merci.

Elle n'esquissait toujours pas un geste, ce qui visiblement le mettait mal à l'aise. Il croisa les bras, les décroisa, mit les mains dans ses poches.

— Vous avez une sale tête, dit-il, finalement.

— Merci du compliment, Morrelli.

Mais elle souriait.

— Soyez gentille, appelez-moi Nick. Quand vous m'appelez Morrelli, ou shérif Morrelli, j'ai toujours l'impression que vous parlez à mon père.

— D'accord. J'essaierai.

Ses membres pesaient des tonnes. Ses paupières étaient lourdes. Si elle fermait les yeux maintenant, dormirait-elle enfin ?

— Lucy va commander le déjeuner chez Wanda. Qu'est-ce que je vous prends ? L'offre spéciale du lundi, c'est le hachis parmentier, mais je recommande le sandwich de poulet frit.

— Je n'ai pas très faim.

— Je vous ai quittée à 2 heures du matin, et vous n'avez rien mangé depuis. Il faut manger, O'Dell, prendre des forces. Je ne voudrais pas qu'on m'accuse de laisser dépérir un joli petit brin…

Il s'interrompit, mais trop tard, s'empourpra aussitôt.

— Je vais vous prendre un sandwich jambon-fromage, décréta-t-il.

Et il se retourna pour partir.

— Sur du pain de seigle ?

Il jeta un coup d'œil par-dessus son épaule.

— D'accord.

— Et avec de la moutarde forte.

Cette fois, il souriait, et des fossettes creusaient ses joues.

— Vous savez que vous êtes pénible, O'Dell ?

Nouvelle tentative de départ.

— Hé, Nick !

— Quoi encore ?

— Appelez-moi Maggie.

# 25.

— Elles te plaisent, mes cartes de base-ball ?

Le masque assourdissait sa voix de manière étrange, comme s'il était sous l'eau. Il transpirait tant que c'était presque le cas.

Matthew le dévisageait depuis le petit lit, rencogné contre le mur, serrant l'oreiller contre lui. Il avait les yeux rouges, les paupières gonflées, les cheveux en désordre. Sa tenue de football était toute froissée. Il n'avait pas même ôté ses chaussures pour dormir, la nuit dernière.

De la lumière filtrait entre les planches disjointes qui obturaient la fenêtre. Le vent entrait aussi, remuant au passage des morceaux de vitres brisés, sifflant, hurlant, et gémissant comme un fantôme, soulevant le coin des posters qui cachaient les murs lézardés. C'était là le seul bruit de la pièce. Le garçon n'avait pas dit un mot de la matinée.

— Tu es bien ? Tu n'as pas froid ?

Comme le masque s'approchait, l'enfant se serra encore contre le plâtre friable. La chaîne qui reliait sa cheville au pied du lit tinta. Elle était assez longue pour qu'il puisse atteindre le centre de la pièce. Pourtant, il n'avait touché ni au cheeseburger ni aux frites, restés sur le plateau métallique de la petite table, là où il les avait déposés pour lui la veille au soir. Le milkshake au chocolat était encore intact, lui aussi.

— Ton dîner ne t'a pas plu ? Tu préfères les hot dogs ? Les saucisses au piment, peut-être ? Je t'apporterai tout ce que tu voudras.

— Je voudrais rentrer chez moi, murmura Matthew en tassant l'oreiller contre lui pour pouvoir se ronger les ongles.

Certains étaient déjà rongés à vif. Du sang séché tachait la taie d'oreiller blanche. La nettoyer ne serait pas une mince affaire.

— Tu aimerais peut-être mieux des illustrés, des bandes dessinées que des cartes de base-ball. Je dois avoir de vieux Flash Gordon qui t'amuseraient. Je te les apporterai la prochaine fois.

Il acheva de vider son sac de provisions : trois oranges, un paquet de chips au bacon, deux Snickers, un lot de six canettes de soda Hires, deux boîtes de spaghettis à la tomate, et une barquette dessert de Jell-O avec du chocolat. Il s'était efforcé de trouver tout ce que Matthew aimait le mieux.

— Il risque de faire froid, ce soir, dit-il en déroulant l'épaisse couverture de laine sur le lit. Je regrette de ne pouvoir te laisser de lumière. Est-ce que tu voudrais autre chose ?

— Je voudrais rentrer, murmura de nouveau le garçon.

— Ta mère n'a pas le temps de s'occuper de toi, Matthew.

— Je voudrais ma mère.

— Elle n'est jamais à la maison. Et je parie qu'elle ramène des hommes le soir, depuis qu'elle a mis ton père à la porte.

Il s'appliquait à parler d'une voix douce, calme, rassurante.

— S'il vous plaît, je veux rentrer.

— Elle te laisse toujours seul. Elle travaille tard. Elle travaille même le week-end.

— Mais je veux rentrer chez moi.

Le garçon se mit à pleurer, étouffant ses sanglots contre l'oreiller.

— Et tu ne peux pas vivre chez ton père.

Rester calme, posé. Il devait rester maître de lui alors que, déjà, il sentait la colère monter en lui.

— Ton père te bat, n'est-ce pas, Matthew ?

— Je veux rentrer, gémit l'enfant.

— Je vais t'aider, Matthew. Je vais te sauver. Mais tu dois être patient. Regarde, je t'ai apporté tout ce que tu préfères.

Rien à faire. Le gosse pleurait toujours, émettait une plainte aiguë qui lui vrillait les tympans. Il allait exploser s'il ne se contenait pas. Calme. Rester calme. Pourquoi était-ce donc si difficile ? Oui. Calme. Posé.

— Je veux rentrer !

Le cri était de trop.

— Mais bon sang ! Tu vas la boucler, espèce de pleurnichard ?

# 26.

L'article de Christine parut dans l'édition du soir, distribuée en kiosque à Omaha dès 15 h 30. Une demi-heure plus tard, les livreurs de journaux déposaient l'*Omaha Journal* devant les portes de Platte City et, à partir de 16 h 10, les téléphones se mirent à sonner sans discontinuer au commissariat.

Nick chargea Philip Van Dorn d'ouvrir de nouvelles lignes afin de fournir à la demande ; dépassé par les événements, il proposa également de réquisitionner le secrétariat de la mairie. L'hystérie collective qu'il souhaitait éviter s'était emparée de la population, et il ne savait plus où donner de la tête.

Des citoyens furieux appelaient pour demander quelles mesures on avait prises pour assurer leur sécurité. La mairie voulait connaître le prix des moyens mis en œuvre et s'inquiétait de voir dilapider l'argent des contribuables. Les reporters exigeaient des entretiens, se refusant à attendre la conférence de presse du lendemain. Certains d'entre eux occupaient déjà le hall du tribunal, tenus en respect par des forces de l'ordre qui auraient été mieux employées à patrouiller dans les rues.

En contrepartie, des pistes se matérialisaient. Maggie avait vu juste. La photo de Matthew diffusée dans la presse réveillait des souvenirs. Tout le problème consistait à faire le tri entre les renseignements sérieux et ceux d'apparence fantaisiste — que Maggie préférait ne pas rejeter d'emblée, ce qui ne simplifiait rien. Au point que Nick avait décidé d'envoyer dès le lendemain un de ses hommes interroger Sophie Krichek sur le vieux pick-up bleu qu'elle avait aperçu. Il demeurait convaincu qu'attacher de l'importance au témoignage d'une vieille femme solitaire représentait une perte de temps, mais il tenait à se montrer irréprochable, en particulier aux yeux de Maggie. Si cette piste ne menait à rien, il aurait fait le nécessaire.

Lucy l'arrêta dans le couloir et déclara avec une pointe d'agacement :

— Angie Clark a appelé quatre fois pour toi.

— La prochaine fois, excuse-moi auprès d'elle et dis-lui que je suis trop occupé pour lui parler.

La nouvelle parut la réjouir ; elle s'éloigna de quelques pas, laissant Nick poursuivre son chemin. Puis elle se ravisa et se retourna.

— Oh, j'allais oublier, Max arrive avec les minutes du procès et les aveux de Jeffreys.

— Super. Sois gentille de prévenir l'agent O'Dell.

— Où dois-je les déposer ?

— Pourquoi ne pas les confier à O'Dell ?

— Les cinq cartons ?

— Cinq cartons ? Tu plaisantes !

Surpris, il s'arrêta net et, comme elle le suivait, elle le heurta de plein fouet, vacilla un moment sur ses talons aiguilles. Il la retint par le coude.

— Tu connais Max et son souci du détail. Tout est rangé, trié, étiqueté. Elle a inclus dans le lot les doubles concernant les pièces à conviction, ainsi que ceux des déclarations des témoins qui n'ont pas été appelés à la barre.

— Cinq cartons, mince alors ! commenta-t-il en agitant la tête. Eh bien, fais-les porter dans mon bureau.

— Je préviens toujours l'agent O'Dell ?

— Naturellement.

— Et puis, encore une chose, le maire attend que tu le prennes sur la ligne trois.

— Lucy, on ne garde personne en ligne tant que la crise dure. On prend le message…

— Oui, je sais. Mais il a insisté. Je ne pouvais tout de même pas lui raccrocher au nez.

Certes. Pas question de raccrocher au nez du maire. Et on pouvait compter sur Brian Routledge pour pousser l'avantage jusqu'au bout. Dieu, qu'il était pénible !

Nick se retira dans son bureau où, sitôt la porte fermée, il s'affala en soupirant dans son fauteuil, desserra sa cravate et ouvrit son col de chemise. Epuisé, il se frotta les yeux. Il n'avait pas dormi son compte depuis vendredi. Enfin, il se décida, décrocha le téléphone et pressa le bouton de la trois.

— Allô, Brian. Nick à l'appareil.

— Mais qu'est-ce qui se passe chez vous, à la fin ? Voilà plus de vingt minutes que je poireaute au bout du fil !

— Je suis désolé de ce contretemps, Brian, mais nous sommes sur les dents avec la crise actuelle.

— Eh bien, j'ai moi aussi une crise sur les bras, Nick. Le conseil municipal pense que nous devrions annuler Halloween. Je vais passer pour le Grinch avec ça.

— Hm. Le Grinch, je crois que c'est plutôt à Noël, non ?

— Nick, ce n'est pas drôle.

— Mais je ne ris pas, Brian. Et j'ai des soucis autrement plus sérieux que la fête des citrouilles.

Lucy passa la tête dans l'entrebâillement de la porte. De la main, il lui fit signe d'entrer. Elle ouvrit grand le battant, et quatre hommes la suivirent à l'intérieur pour venir déposer les cartons près de la fenêtre.

— Halloween, c'est sérieux aussi, Nick. Imagine que ce dingue refasse un mauvais coup pendant que les mômes sont dehors à jouer au fantôme dans le noir ?

La voix grinçante et métallique du maire avait le don d'irriter Nick. Ce qui ne l'empêcha pas de sourire en articulant un « merci » silencieux à Maxine qui fermait la marche, portant le dernier des cartons. Malgré l'effort et l'heure tardive, son tailleur bleu roi n'affichait pas le moindre faux pli. Elle sourit en retour, salua Nick de la tête, et se retira comme elle était venue.

— Qu'est-ce que tu veux, au juste, Brian ?

— Savoir où vous en êtes. C'est grave, votre histoire ? Vous avez des suspects ? Vous comptez procéder à des arrestations ?

— Un gosse est mort, un autre a disparu. J'ignore ce que tu en penses, mais cela me paraît grave. Pour ce qui est de l'enquête, nous y travaillons et je n'ai pas de comptes à te rendre. Maintenant, je te saurais gré de ne plus téléphoner. Nous avons besoin de toutes nos lignes disponibles.

Sur ce, il raccrocha, et remarqua alors l'agent O'Dell qui l'observait depuis la porte. Elle semblait gênée. Par deux fois aujourd'hui, elle l'avait vu céder à la colère et devait le croire fou — ou bien incompétent.

— Excusez-moi.

— Lucy m'a avertie que les documents du procès étaient arrivés.

— C'est exact. Entrez. Et refermez derrière vous.

Elle hésita, craignant sans doute quelque nouvel éclat.

— C'est le maire que j'avais en ligne, expliqua Nick. Il veut apparemment que j'aie arrêté le coupable d'ici à vendredi afin de pouvoir maintenir la soirée de Halloween.

— Que lui avez-vous répondu ?

— En gros, ce que vous venez d'entendre. Les cartons sont sous la fenêtre.

Il fit rouler son fauteuil dans la direction indiquée et resta un moment à regarder par la vitre. Il en avait assez des nuages, de la pluie incessante. Le comté de Sharpy, comme pris sous un globe de verre dans lequel tournaient toujours les mêmes nuages, lui rappelait ces boules remplies de neige artificielle qu'on peut agiter indéfiniment.

A genoux près des cartons, O'Dell en étalait déjà le contenu sur le sol.

— Vous désirez une chaise ?

— Non, merci. Ce sera plus facile comme ça.

Elle semblait avoir trouvé ce qu'elle cherchait, ouvrit un dossier et le feuilleta, lisant en diagonale. Soudain, ses traits se figèrent. Elle relut une page, se redressa pour s'asseoir sur ses talons.

— De quoi s'agit-il ? s'enquit Nick en se penchant pour voir ce qui avait retenu son attention.

— Ce sont les aveux de Jeffreys, immédiatement après son arrestation. Tous les détails y sont, depuis le type de bande adhésive qu'il a utilisée pour lier les mains et les pieds de la victime, jusqu'aux motifs sur le manche de son couteau de chasse, déclara-t-elle d'un ton égal sans interrompre sa lecture.

— Bon. Et le père Francis affirme qu'il n'a pas menti. Ces détails sont donc exacts. Il y a autre chose ?

Elle feuilleta le document, parcourut quelques pages.

— Vous savez que Jeffreys n'a jamais avoué qu'un seul meurtre ? Celui du petit Bobby Wilson ? Il a farouchement protesté de son innocence en ce qui concerne les deux autres.

— Je ne me rappelle pas en avoir entendu parler. Mais on aura sans doute cru qu'il mentait.

Elle leva vers lui son regard brun, hanté par un mystère sans rapport avec le dossier qu'elle tenait en main.

— Et s'il ne mentait pas ?

— S'il ne mentait pas, s'il y a deux meurtres dont il n'est pas coupable…

Nick s'interrompit, pris d'un soudain malaise, et Maggie termina la phrase à sa place :

— Alors le vrai tueur a pu s'échapper, et il est de retour.

# 27.

Lorsque Nick appela pour annuler le dîner, Christine s'efforça au mieux de déguiser son soulagement. Si sa nouvelle piste se révélait productive, elle devrait travailler tard pour s'offrir une première page de plus dans l'édition du lendemain matin.

— Cela t'ennuierait de reporter à demain soir ? s'enquit-il, vaguement penaud.

— Non, pas de problème. Il y a du mouvement chez vous ce soir ? La chasse à l'homme a commencé ?

— Christine, tes récents succès te montent à la tête, tu deviens moche.

Sa voix était lasse. Il semblait épuisé, à bout d'énergie.

— Moche ou pas, je trouve ça super.

— Dis-moi, ce numéro de téléphone qu'on m'a donné au journal, cela ressemble à un portable, non ?

— Exact. Avantage en nature de ces succès qui me rendent moche.

Il était temps de changer de sujet avant qu'il ne lui pose trop de questions sur ses activités.

— Ecoute, Nicky, tu pourrais me rendre service et apporter ton sac de couchage demain soir quand vous viendrez dîner ? Tu te souviens que Timmy part en camping, non ?

— Il va camper pour Halloween ?

— Ils seront de retour vendredi soir avant la fête. Le père Keller dit la messe de la Toussaint. N'oublie pas, s'il te plaît.

— D'accord.

— Et viens avec l'agent O'Dell, hein ?

— C'est promis.

Elle s'engagea sur le parking, coupa la communication, replia son portable pour le ranger dans son sac. Nick serait furieux s'il savait ce qu'elle faisait...

Le bâtiment de trois étages était décrépi, sinistre avec ses briques usées par les intempéries, ses générateurs d'air conditionné rouillés qui s'accrochaient aux fenêtres sur leurs supports branlants. Il paraissait déplacé dans ce quartier ancien aux petits pavillons de bois et aux jardins proprets meublés de balançoires, de bacs à sable ombragés par de vieux érables dans lesquels fleurissaient des cabanes d'enfants.

L'air sentait bon le feu de bois, des cheminées fumaient. Un chien jappait au bout de la rue, et la brise agitait un carillon qui tintait doucement. C'était là le quartier où vivait Danny Alvarez — Danny dont la bicyclette rouge toute neuve avait été retrouvée calée contre une barrière, frontière entre le parking de l'immeuble miteux et les maisons voisines. C'était là qu'avait commencé le cauchemar de ses derniers jours sur terre, dans ce quartier familier qu'il croyait sûr.

Dans le hall de la résidence, une énorme poubelle de métal tenait la porte de secours ouverte. Elle débordait de mégots, de papiers gras qui jonchaient le sol. Christine la contourna précautionneusement.

La cabine de l'ascenseur empestait le tabac froid et l'urine de chien. La moquette élimée qui en couvrait le sol était d'ailleurs tachée. Elle pressa le bouton du troisième étage. Une fois, dcux fois. Au quatrième essai, il s'alluma enfin et les portes coulissèrent en grinçant. La cabine s'ébranla, poussive, asthmatique, dans un gémissement de câbles et de poulies.

Elle avait une sainte horreur des ascenseurs. Des espaces étroits et clos. Elle aurait mieux fait de monter par l'escalier. Des yeux, elle chercha un téléphone d'urgence, un bouton pour appeler un gardien en cas de problème. Rien. Après de longues secondes, presque une éternité, la barre lumineuse au-dessus de la porte lui apprit qu'elle avait atteint le premier étage. Dans l'espoir d'écourter l'épreuve, elle appuya sur le bouton du deuxième qui tomba en morceaux. Ayant ramassé les plus gros, elle tenta de les remettre dans leur case à la façon d'un puzzle. Deux restèrent en place, les autres retombèrent. Finalement, la cabine s'arrêta dans une secousse, et les battants grincèrent de nouveau. Christine se coula hors de l'ascenseur sans attendre l'ouverture complète des portes.

Sitôt dans le couloir, elle s'adossa au mur crasseux pour reprendre son souffle. La lumière était faible. La moquette, là aussi, était couverte de taches. L'odeur d'urine persistait, mêlée à celles de moisi et de nourriture brûlée. Comment pouvait-on vivre dans un trou pareil ?

L'appartement 410 se trouvait au fond du couloir. Un paillasson tressé d'une impeccable propreté était posé devant la porte dont la peinture s'écaillait.

Christine frappa. Bientôt, plusieurs verrous cliquetèrent, et le battant s'entrouvrit sur des yeux bleus aux paupières fripées, qui la scrutaient derrière d'épaisses lunettes.

— Madame Krichek ? s'enquit-elle poliment.

— Vous êtes la journaliste ?

— Oui, je m'appelle Christine Hamilton.

Cette fois, le battant s'ouvrit, et elle attendit que la vieille dame s'écarte avec son déambulateur pour la laisser entrer.

— Vous êtes une parente de Ned Hamilton, le gérant du Quick Mart au coin de la rue ?

— Non. Hamilton est le nom de mon ex-mari et il n'est pas d'ici.

— Je vois, dit la vieille en manœuvrant lentement.

Sitôt à l'intérieur, Christine fut accostée par trois énormes chats tigrés qui vinrent se frotter à ses jambes.

— Je viens de préparer du chocolat chaud, vous en voulez une tasse ?

Elle s'apprêtait à répondre oui quand elle aperçut, sur une table basse, le pot fumant dont un quatrième chat léchait consciencieusement le bord. Elle déclina l'offre en s'efforçant de ne rien laisser paraître de son dégoût.

En dehors des chats et des effluves de leur plateau, l'appartement sentait presque le propre. Des châles et des plaids colorés drapaient le rocking-chair et le canapé. Des plantes vertes habillaient les fenêtres, des napperons au crochet étaient disposés sur un antique bahut et sur le secrétaire. Sur ces deux meubles trônaient des photos encadrées en noir et blanc — des militaires, un couple devant une vieille Buick —, et trois instantanés en couleur d'une fillette à différents âges.

— Asseyez-vous, dit la vieille.

Elle recula pour se positionner, s'installa dans le rocking-chair, et se frictionna l'épaule.

— Ce que je peux avoir mal, ce n'est pas humain. On ne souhaiterait pas ça à son pire ennemi.

— J'en suis désolée pour vous.

Elle semblait effectivement fragile, maigre et osseuse. Ses genoux cagneux dépassaient sous sa blouse de Nylon. Ses traits étaient tordus en une grimace permanente, et ses yeux bleu vif démesurément grossis par des verres épais cerclés d'acier. Elle avait les cheveux blancs, soigneusement noués en un chignon que retenaient de beaux peignes de turquoise.

— C'est dur de vieillir, mon petit. S'il n'y avait pas les chats, je crois que je laisserais tomber.

Christine fixait sa jupe bleu marine couverte de poils. Deux des matous tournaient encore autour de ses jambes ; un troisième avait sauté sur le dossier du canapé pour la regarder de plus près.

— Rummy, descends de là ! ordonna la vieille en agitant inutilement sa main décharnée.

— Il ne me dérange pas, madame Krichek. Si vous le voulez bien, j'aimerais que nous commencions, que vous me racontiez ce que vous avez vu le matin où Danny Alvarez a disparu. Cela ne vous ennuie pas ?

— Pas du tout, au contraire. Je suis heureuse que quelqu'un s'intéresse enfin à mon histoire.

— La police n'est donc pas venue vous interroger ?

— Non. Je les ai encore appelés deux fois, ce matin, avant même de lire votre article. Ils prétendent que j'ai la berlue, que j'ai inventé tout ça, mais c'est leur affaire. Moi, j'ai vu ce que j'ai vu.

— Vous pourriez préciser, madame Krichek ? Me dire exactement ce que vous avez vu ?

— J'ai vu le gosse garer son vélo pour monter dans un vieux pick-up.

— Et vous êtes certaine qu'il s'agissait bien du petit Alvarez ?

— Bien sûr, puisque je le connaissais — un brave petit livreur de journaux. Lui, il me l'apportait jusqu'à ma porte et le déposait gentiment sur mon paillasson. Pas comme le garnement que nous avons maintenant. C'est tout juste s'il sort de l'ascenseur. Il vous jette ça depuis le bout du couloir. Ça arrive, ou ça n'arrive pas. Avec mon déambulateur, vous savez, il ne m'est pas facile de sortir. Votre journal devrait veiller à ce que ces gamins fassent leur travail correctement.

— Je transmettrai le message, madame Krichek. Maintenant, parlez-moi un peu de ce pick-up. Vous avez vu qui le conduisait ?

— Non. Le jour n'était pas encore levé. J'étais à la fenêtre, là-bas. Il s'est garé sur le parking et je ne voyais que la portière côté passager. Il a dû dire quelque chose au gosse, parce que Danny a posé son vélo contre la barrière pour monter avec lui.

— Danny est monté dans le pick-up ? Vous êtes sûre qu'on ne l'a pas tiré de force à l'intérieur.

— Oh non, tout s'est passé très amicalement, sinon, j'aurais appelé le shérif plus tôt, vous pensez bien. Mais quand j'ai appris que le petit Alvarez avait disparu, naturellement, j'ai fait le rapprochement.

Christine n'en croyait pas ses oreilles. Ainsi, personne n'avait songé à prendre le témoignage de la vieille. Pourquoi, grand Dieu ? Elle n'avait pourtant rien d'une folle. Son récit se tenait. Par précaution, elle se leva, alla jusqu'à la fenêtre que lui avait indiquée Mme Krichek. De là, on distinguait parfaitement le parking et la barrière — même avec des yeux fatigués.

— À quoi ressemblait ce pick-up ? Vous pourriez me le décrire ?

— Oh, je ne m'y connais pas beaucoup en voitures.

La vieille se mit debout en s'aidant de son déambulateur puis, de son pas traînant, elle rejoignit Christine.

— C'était un vieux pick-up bleu à la peinture écaillée. Il y avait de la rouille en bas. Et un marchepied. Je m'en souviens parce que Danny est grimpé dessus avant d'entrer dans la cabine. Et puis, à l'arrière, il y avait aussi des porte-bagages de bois, de ceux que les fermiers bricolent eux-mêmes pour transporter des trucs. Ah oui, et un des phares ne fonctionnait pas.

Si cette femme était sénile, elle ne manquait pas d'imagination. Christine nota tous les détails sur son bloc.

— Vous avez pu lire la plaque d'immatriculation ?

— Non. Ma vue n'est pas assez bonne.

Une porte à moustiquaire claqua en bas. Dans un jardin, de l'autre côté de la barrière, une fillette courut jusqu'à une balançoire et appela le monsieur qui la suivait pour qu'il la pousse. Il avait de longs cheveux blonds, une barbe, et portait une tunique par-dessus son jean.

— Ils ont emménagé le mois dernier, expliqua Mme Krichek. La première fois que je les ai vus, j'ai bien cru que c'était Notre Seigneur en personne. Vous ne trouvez pas qu'il ressemble à Jésus ?

Christine sourit à la vieille et acquiesça d'un hochement de tête.

# 28.

Maggie regarda Nick contourner les dossiers qu'elle avait étalés sur le sol de son bureau, puis faire de la place pour déposer la pizza fumante et le Pepsi glacé avant de s'asseoir par terre, lui aussi, en déployant ses longues jambes. L'un de ses pieds touchait presque sa cuisse. Tout au long de la journée, il l'avait troublée par sa présence physique. Et elle s'étonnait que, malgré la fatigue, son corps trouve encore la force de réagir dès qu'il l'effleurait accidentellement.

Elle avait ôté ses souliers depuis des lustres, était demeurée assise en tailleur jusqu'à l'engourdissement. A présent, elle se massait les jambes tout en lisant les rapports d'autopsie d'Aaron Harper et d'Eric Paltrow, les deux jeunes garçons dont les meurtres avaient peut-être été attribués à Jeffreys par erreur.

Erreur ou pas, la pizza sentait bon. Elle releva les yeux de ses papiers et surprit Nick à l'observer. Il se détourna aussitôt comme un gamin pris en faute. Puis il déboucha une canette de Pepsi et la lui tendit.

— Merci.

Cette fois, elle avait faim. Le sandwich jambon-fromage de Wanda était resté presque intact sur son assiette — jusqu'à ce que le jeune adjoint Preston l'en débarrasse. Il y avait de cela des heures. A présent, la nuit était tombée. Les téléphones du service s'étaient tus et la foule des policiers clairsemée.

Certains étaient rentrés chez eux ; d'autres avaient été envoyés à la recherche de l'enfant disparu.

Nick souleva une part de pizza et la déposa sur une assiette en carton avant de l'offrir à Maggie. L'odeur des poivrons verts, de la coppa et de la mozzarella fondue lui mit l'eau à la bouche. Elle entama la pizza avec trop d'appétit. Répandit du fromage et de la sauce tomate sur son menton.

— O'Dell, je rêve ! Vous êtes toute barbouillée !

Elle lécha le coin de sa bouche tandis qu'il l'observait.

— De l'autre côté. Et sur votre menton.

Part de pizza d'une main, rapports d'autopsie de l'autre, elle lécha au hasard tout en cherchant des yeux un endroit où poser ce qui l'encombrait.

— Plus haut… Non, attendez, je vais vous aider.

Dès que son pouce effleura sa peau, leurs regards se croisèrent. Il lui essuya le menton, s'attarda sans nécessité sur ses lèvres. A la lueur qui brillait dans ses prunelles, elle comprit que lui aussi sentait passer l'étrange courant électrique. Ses doigts caressèrent sa joue ; il prenait son temps, ne semblait guère pressé d'en finir. Surprise par sa propre réaction à ce contact, elle recula pour lui échapper.

— Merci, murmura-t-elle en évitant son regard.

Elle déposa pizza et papiers à la hâte, agrippa une serviette en papier et acheva de se frotter avec une vigueur excessive, comme pour se débarrasser de la sensation importune.

— Je crois que nous aurons besoin d'un supplément de soda et de serviettes, marmonna Nick en se relevant.

Il paraissait confus, troublé. Dans le petit réfrigérateur du bureau, il prit deux canettes de Pepsi, ajouta une poignée de serviettes en papier à celles qui se trouvaient déjà sur le sol, puis il se rassit, à bonne distance cette fois. Elle nota que, depuis qu'il la savait mariée, il avait mis son numéro de charme en veilleuse et ne flirtait plus. Cette caresse spontanée l'avait surpris lui-même et décontenancé.

Elle agita la tête, s'efforçant de rassembler ses esprits.

— Il y a trop de divergences. Je ne comprends pas comment ils ont pu croire que Jeffreys les avait tués tous les trois.

— Il doit bien arriver que des tueurs en série changent de routine, non ?

— Parfois, certains ajoutent des détails, se livrent à des expériences. Jeffrey Dalmer a essayé plusieurs techniques pour prolonger la vie de ses victimes. Il leur perçait le crâne de façon à les handicaper sans les achever.

— Rien ne prouve que Jeffreys ne se livrait pas à des expériences.

— Certes, mais curieusement, les meurtres de Harper et Paltrow sont pratiquement identiques. Tous deux avaient les mains liées par une corde derrière le dos. Ils ont été étranglés, puis on leur a tranché la gorge. Les plaies au thorax sont les mêmes, jusqu'au nombre de poinçons. Le même couteau a été employé pour graver les X. De plus, ni l'un ni l'autre ne porte la moindre trace de brutalités sexuelles. Les corps ont été retrouvés dans des lieux reculés en bordure de la rivière.

Elle se référait à divers documents étalés devant elle, se penchait précautionneusement de manière à ne pas les souiller en mangeant. Depuis environ une heure, elle sentait la fatigue. Sa vision se brouillait tandis qu'elle relisait les pattes de mouches du médecin légiste. George Tillie n'avait pas été aussi précis qu'il l'aurait dû. Seul le rapport d'autopsie de Palmer mentionnait la propreté surprenante du cadavre lavé de son sang. Et aucun ne signalait la présence de traces huileuses sur le front, les lèvres, ou ailleurs.

Maggie reporta son attention sur Nick qui se massait les tempes, affalé contre un des classeurs de métal. Il avait les cheveux hirsutes à force d'y passer les doigts. Ses manches étaient roulées sur ses bras musclés, sa cravate égarée quelque part et son col de chemise ouvert. Un instant distraite par les boucles de sa poitrine, elle se hâta de reporter le regard sur ses papiers.

— En revanche, le petit Wilson…

— Je sais, coupa Nick en se redressant. Il avait les mains liées avec du Chatterton et pas avec une corde. Il a été poignardé à diverses reprises et ne présente aucun signe de strangulation. Il n'a pas été égorgé. L'arme du crime était un couteau de chasse et il était lardé de coups…

— Vingt-deux en tout.

— Vingt-deux coups de couteau, mais pas d'entaille en X sur le thorax.

— Le petit Wilson a également été sodomisé plusieurs fois.

— Et le corps a été retrouvé dans une benne à ordures du parc, et non pas le long de la rivière. Merde, ça me flanque la nausée.

Il écarta la pizza, prit sa boîte de Pepsi et la vida, puis il s'essuya la bouche du revers de la main.

— Bon, d'accord, il y a des différences, mais Jeffreys a bien pu changer de technique. La sodomie, par exemple, ne peut-on pas envisager cela comme une forme d'escalade ?

— C'est envisageable, en effet. Mais l'ordre chronologique, c'est Harper, Wilson, et Paltrow. Qu'un tueur en série commence dans un système, expérimente sur le mode de l'escalade pour revenir ensuite au format d'origine serait très inhabituel. Il emploie un couteau à lame fine — un couteau à lever les filets ou bien à désosser. Et puis il passe au couteau de chasse pour revenir au premier. Les styles des meurtres eux-mêmes ne se ressemblent guère. Les meurtres de Harper et Paltrow sont soignés, méticuleux. Ces garçons ont été tués par un homme qui prenait son temps, qui aime faire souffrir. Comme dans le cas de Danny Alvarez. En revanche, le meurtre de Bobby Wilson semble avoir été commis dans un moment d'exaltation — avec trop d'émotion, de frénésie, pour que l'assassin s'attarde sur des détails.

— A vrai dire, j'ai toujours eu un doute, remarqua Nick. Tout s'est mis en place trop facilement. Au point que je me demande si, dans son engouement pour le cirque médiatique, mon père n'a pas été un peu vite en besogne.

— Qu'entendez-vous par là ?

— Vous savez ce qu'on lit dans la presse sur les indices qui passent inaperçus dans le feu de l'action, sur les décisions hâtives... Mon père a toujours adoré qu'on s'intéresse à lui. L'année où j'ai commencé comme ailier à UNL, il insistait pour venir me voir dans les vestiaires, à tous les matches. Rien à faire pour l'en empêcher. De l'avis de ma mère, c'est parce qu'il était fier de moi ; seulement, il se chargeait trop souvent d'accueillir les caméras de télévision sans même remarquer que j'existais.

Maggie l'écouta patiemment, laissa le silence se prolonger. A l'évidence, Nick entretenait avec son père des rapports difficiles dont il n'aimait guère parler. Mais sa demi-confidence touchait à un point important concernant l'affaire Jeffreys. Croyait-il sincèrement que son père avait bâclé le travail ?

Enfin, il releva les yeux sur elle et, comme s'il devinait ses pensées, il ajouta :

— Attention. Je ne veux pas dire que mon père aurait sciemment orienté l'enquête sur une fausse piste pour en finir. C'était un shérif respecté, et il l'est encore. D'ailleurs, jamais je n'aurais été élu à ce poste si je n'avais pas été le fils d'Antonio Morrelli. Cela étant, la manière dont il a coincé Jeffreys m'a toujours paru trop facile. Un beau jour, il y a eu cette source anonyme et, le lendemain, Jeffreys passait aux aveux.

— Quelle source anonyme ?

— Je crois me souvenir qu'il s'agissait d'un coup de fil, mais je n'en jurerais pas. Je n'étais pas sur place à l'époque. J'enseignais à UNL. Je ne sais donc que ce qu'on m'a rapporté. Vous avez des détails à ce sujet dans les rapports ?

Maggie consulta rapidement plusieurs dossiers. Elle avait parcouru l'ensemble et ne se rappelait pas y avoir vu mention d'un appel anonyme. D'ailleurs, elle n'avait vu aucune liste d'appels. Pas même au numéro de la cellule de crise chargée de recueillir les témoignages pouvant conduire à l'assassin.

— Je n'ai rien trouvé sur votre source anonyme.

Elle lui tendit un classeur portant l'inscription « Affaire Jeffreys – Arrestation », puis ajouta :

— Voyons de quoi vous vous souvenez.

Il parut désarçonné. Elle n'aurait su dire s'il doutait de sa mémoire ou de son père. Elle le regarda passer en revue les rapports signés d'Antonio Morrelli.

— Les procès-verbaux de votre père sont extrêmement détaillés et donnent un compte rendu très précis de l'arrestation. Il a même fait la liste des pièces à convictions découvertes dans la voiture de Jeffreys.

Elle consulta ses notes avant de poursuivre :

— Une Chevrolet Impala dont le coffre contenait un rouleau de Chatterton, un couteau de chasse, une corde… tiens, c'est curieux…

Elle s'interrompit le temps de vérifier qu'elle avait recopié la liste sans erreur et reprit :

— Un slip de garçonnet qui a par la suite été identifié comme appartenant…

Elle leva les yeux sur Nick qui lisait l'original de la liste et conclut :

— … À Eric Paltrow.

Sur ce, elle reprit le rapport d'autopsie pour s'assurer que la fatigue ne lui jouait pas de tour. Non. Sa mémoire ne l'avait pas trompée.

— Et le même Eric Paltrow portait encore son slip lorsqu'on a retrouvé son corps.

Nick agita la tête, incrédule.

— Je parie que Jeffreys lui-même n'en est pas revenu.

Ils se regardaient tous deux sans oser dire tout haut le fond de leur pensée. Ils venaient de tomber par hasard sur la preuve qu'on avait monté le coup et arrêté Jeffreys pour deux meurtres qu'il n'avait pas commis. Et il y avait de fortes probabilités pour qu'un agent de la police ait trempé dans l'affaire.

# 29.

*Mardi 28 octobre*

Mauvaise journée, songea Nick. Après deux heures de sommeil dans le fauteuil de son bureau, le contraire eût été surprenant. Vers 3 heures du matin, Maggie était rentrée à son hôtel pour s'y reposer, se doucher et se changer. Au lieu de prendre sa voiture pour regagner sa maison de campagne à quelques miles de la ville, Nick s'était endormi à sa table. Depuis, sa nuque n'avait cessé de lui rappeler qu'il était à quatre ans seulement de la quarantaine.

Il se fatiguait plus vite qu'autrefois, et son corps n'avait plus les mêmes capacités de récupération. Toutefois, grâce à l'agent O'Dell, il ne s'interrogeait plus sur sa virilité. Le contact de ses lèvres sous ses doigts hier soir et le désir perçu dans son regard l'avaient mis en émoi. Dieu merci, les douches du commissariat ne disposaient que d'eau froide. Car il avait pour règle de ne jamais se commettre avec des femmes mariées.

Pour l'heure, ce qui le tracassait était d'un autre ordre. Dans l'atmosphère de folie des derniers jours, il avait épuisé les vêtements de rechange qu'il conservait par précaution dans son bureau. De sorte qu'il avait dû se contenter de son uniforme brun réglementaire — un choix approprié pour une conférence de presse. Non que cela ait joué en sa faveur. Au bout de quelques minutes, il était en butte aux critiques et attaques des journalistes, particulièrement échauffés par l'article de Christine paru le matin même. En première page, s'il vous plaît. Et avec, en manchette, «Affaire Alvarez : la police ignore une piste ». Charmante sœur.

Depuis le premier appel de la vieille Mme Krichek, Eddie avait eu tout le temps de vérifier où elle habitait. Comment diable ne s'était-il pas rendu compte que, depuis ses fenêtres, elle avait vue sur le parking où Danny Alvarez avait été enlevé ? La peste soit du bougre ! Nick l'avait sermonné et menacé d'un blâme, mais il méritait pire — méritait pour ses peines d'être livré en pâture à la meute enragée des médias.

Le moment était hélas mal choisi pour se mettre ses hommes à dos. Il avait besoin de tout son effectif sur l'enquête. Et mieux à faire que de s'énerver à en perdre la tête... ce qui avait bien failli se produire pendant cette damnée conférence quand les questions étaient devenues hargneuses. Fort heureusement, O'Dell avait redressé la balance avec sa calme autorité. Défiant les médias de contribuer à l'enquête en retrouvant la trace du mystérieux pick-up bleu, elle les avait impliqués dans la traque du tueur — non sans laisser entendre que c'était là une conduite autrement productive et responsable que de critiquer la police. Comment s'en tirerait-il sans elle ? Mystère dont il n'était guère pressé d'avoir la clé.

Il tourna dans la rue de Christine au moment où le soleil pointait entre les nuages pour disparaître lentement derrière une rangée d'arbres. Le temps avait fraîchi et un vent glacial soufflait, promettant une nouvelle baisse de température.

Assise près de lui dans la jeep, Maggie avait examiné le dossier Alvarez pendant tout le trajet, documents et photos étalés sur ses genoux. Elle travaillait sans relâche, obsédée par le besoin de terminer son profil, comme si la vie de Matthew

Tanner en dépendait. Après avoir perdu l'après-midi à vérifier des pistes contradictoires et entendre des témoignages sans intérêt, Nick se demandait s'il n'était pas trop tard pour sauver le garçon. Depuis sa disparition, cent soixante-quinze officiers de police et enquêteurs avaient fouillé partout sans trouver le moindre indice. Au bout du compte, tout portait à croire que quelqu'un s'était arrêté près de Matthew et l'avait convaincu de monter en voiture comme le prétendait Sophie Krichek à propos du petit Alvarez.

Si tel était le cas, il y avait de grandes chances pour que les victimes connaissent le tueur et lui fassent confiance. Moche. Nick aurait préféré que les gosses s'évanouissent dans la nature plutôt que d'être torturés et sauvagement assassinés par une personne familière. Un membre de la communauté que lui-même connaissait sans doute.

Distrait par ses pensées, il tourna dans l'allée de gravier et freina brusquement. Photos et documents se répandirent sur le siège, sur le sol.

— Oh, pardon.

Il passa au point mort, effleurant au passage la cuisse de Maggie et retira sa main comme s'il s'était brûlé. Puis il se pencha pour ramasser les documents épars. Leurs bras se croisèrent, leurs fronts se touchèrent. Il lui tendit quelques photos, et elle le remercia sans le regarder. Depuis ce matin, ils marchaient sur des œufs l'un avec l'autre, semblaient se tourner autour sans jamais se rencontrer. Par crainte de discuter des meurtres probablement commis par un autre que Jeffreys, ou bien pour éviter tout contact physique ?

Devant la porte de Christine, le portable de Maggie se mit à sonner.

— Agent Maggie O'Dell, j'écoute ?

Christine leur fit signe d'entrer.

— J'étais sûre que tu annulerais, murmura-t-elle à son frère.

Et elle l'escorta dans le salon, laissant Maggie dans le hall poursuivre sa conversation en privé.

— A cause de ton article ?

Elle parut surprise, comme si cette idée ne l'avait pas effleurée.

— Non. Parce que tu es débordé. Tu ne m'en veux pas trop pour ce papier ?

— Krichek est folle comme un lapin. Je doute qu'elle ait vu quoi que ce soit.

— Je l'ai trouvée convaincante. Et pas sénile du tout. Vous devriez rechercher un vieux pick-up bleu.

Nick jeta un coup d'œil en direction de Maggie qui arpentait le hall. S'il regrettait de ne pas entendre ce qu'elle disait, il n'eut pas le loisir de le regretter longtemps. Soudain, un éclat de voix leur parvint dans le salon :

— J'en ai marre, Greg, ça suffit !

Sur quoi, elle coupa la ligne et rangea son portable dans son sac.

— Qui est Greg ? s'enquit Christine à voix basse.

— Son mari.

— Je ne savais pas qu'elle était mariée.

— Elle a le droit, non ? rétorqua Nick, un peu trop brutalement.

— Je comprends mieux que tu te conduises en gentleman avec elle.

— Qu'est-ce que tu insinues ?

— Au cas où tu ne l'aurais pas remarqué, petit frère, elle est à tomber raide.

— Elle est aussi agent du FBI. Nos rapports sont strictement professionnels, Christine.

— Que cela t'arrête, ce serait nouveau. Tu te souviens de la petite avocate au bureau du procureur ? C'était professionnel aussi, si ma mémoire ne me trompe pas.

— Elle n'était pas mariée.

Enfin, pas vraiment, puisqu'elle attendait que son divorce soit prononcé…

Maggie les rejoignit, la mine défaite, et s'adossa au chambranle de la porte.

— Je suis vraiment désolée, s'excusa-t-elle. Ces temps derniers, mon mari a une fâcheuse tendance à me mettre hors de moi.

Christine lui sourit.

— C'est bien pour ça que je me suis débarrassée du mien. Nicky, sois gentil, offre du vin à Maggie. Il faut que je m'occupe du dîner.

Et elle quitta la pièce cependant que Nick se penchait sur la table basse où étaient disposés une bouteille et des verres. Tout en versant le vin, il observait Maggie du coin de l'œil. Elle marchait de long en large, visiblement troublée, feignant de s'intéresser à la décoration. Enfin, elle s'arrêta près de la fenêtre pour regarder dehors. Lorsqu'il la rejoignit, lui apportant son verre, elle sursauta, surprise.

— Rien de cassé ? s'enquit-il.

— Vous avez déjà été marié, Nick ?

Elle lui prit le verre des mains, bizarrement absorbée dans la contemplation des ombres qui envahissaient peu à peu le jardin de Christine.

— Non. J'ai réussi à éviter le piège.

Ils restèrent ainsi, côte à côte, en silence. Lorsqu'elle leva le bras pour porter le verre à ses lèvres, son coude effleura Nick. Parfaitement immobile, il goûta la sensation que lui procurait ce contact, mais il ne dit rien, attendit qu'elle poursuive, curieux et désireux d'apprendre que son mariage battait de l'aile.

A peine formulée, il regretta cette pensée et brisa le charme — sans doute pour dissiper sa culpabilité.

— J'ai cru remarquer que vous ne portiez pas d'alliance.

Elle tendit la main, comme pour s'en assurer, puis elle l'enfouit dans sa poche de veste.

— Elle est au fond de la rivière Charles.

— Pardon ?

Ne voyant pas ses yeux, il se demanda si elle plaisantait.

— Je l'ai perdue il y a environ un an, alors que nous sortions un noyé de l'eau glacée.

Elle regardait toujours droit devant elle. Il l'imita. Avec la nuit tombante, il apercevait maintenant son reflet sur la vitre. Elle demeurait soucieuse, préoccupée par sa conversation avec son mari. A quoi ressemblait cet homme qui avait un jour pris le cœur de Maggie O'Dell ? Greg était-il de ces intellectuels prétentieux ? Regardait-il le foot à la télé ? Sans doute pas. Certainement pas les matches des Packers, en tout cas.

— Vous ne l'avez jamais remplacée ?

— L'alliance ? Non. Ce qu'elle symbolisait appartenait déjà au passé avant qu'elle ne tombe au fond de la rivière Charles. Et je devais le savoir inconsciemment.

— Oncle Nick ! s'exclama soudain Timmy.

De l'autre bout de la pièce, il se précipita pour lui sauter au cou. Nick n'eut que le temps de se retourner pour refermer les bras sur lui. Aussitôt, son dos malmené par la nuit de sommeil dans le fauteuil protesta. Malgré la douleur, il fit tourner l'enfant à travers la pièce, les jambes volantes de Timmy menaçant de faire tomber quelques bibelots au passage.

— Du calme, vous deux ! leur lança Christine depuis la porte de la cuisine.

Puis, à l'adresse de Maggie, elle ajouta :

— Quand ils sont ensemble, j'ai l'impression d'avoir deux gamins sur les bras.

Nick déposa Timmy à terre, sourit tout en serrant les dents pour se redresser. Dieu, qu'il avait mal. Et il avait horreur de ce rappel douloureux de son vieillissement.

— Maggie, voici mon fils. Timmy, dis bonsoir gentiment à l'agent Maggie O'Dell.

— Alors c'est vrai ? Vous êtes du FBI, comme l'agent Mulder et l'agent Scully des X-Files ?

— Sauf que moi, je ne traque pas les extraterrestres. Mais les gens que je traque font peur aussi.

Nick s'étonnait toujours de l'effet que produisaient les enfants sur les femmes. C'était attendrissant. Maggie remonta une mèche de cheveux derrière son oreille. Elle souriait, détendue, et son regard brillait.

— J'ai des posters des X-Files dans ma chambre. Vous voulez les voir ?

— Timmy, nous allons bientôt passer à table.

— Donnez-nous cinq minutes, proposa Maggie.

Timmy attendit le feu vert de sa mère, puis il prit la main de Maggie et l'entraîna dans le couloir.

Lorsqu'ils eurent disparu, Nick commenta :

— Il promet, ton fiston. Je constate qu'il tient de son oncle. Il fait même mieux. Le vieux stratagème du genre « Viens donc voir mes affiches des X-Files », je n'aurais pas osé.

Christine leva les yeux au ciel et lui lança un torchon.

— Au lieu de raconter des sottises, viens plutôt me donner un coup de main. Et apporte-moi un verre pendant que tu y es.

# 30.

Maggie dut reconnaître à sa grande honte qu'elle n'avait jamais vu un seul épisode des *X-Files.* Son travail ne lui en laissait guère le loisir, mais Timmy ne s'en formalisa pas. Dès qu'ils furent dans sa chambre, il lui montra tous ses trésors avec l'enthousiasme de la jeunesse, depuis ses maquettes du vaisseau spatial *Enterprise* jusqu'à sa collection de fossiles — et ce qu'il affirmait être une authentique dent de dinosaure.

La pièce se résumait à un merveilleux désordre. Un gant de base-ball était accroché au pied du lit. La couette au logo de *Jurassic Park* cachait mal une boule de vêtements que Maggie supposait être un pyjama assorti. Dans le coin, sur des étagères, un vieux microscope calait une rangée de livres, dont *Le Roi Arthur, La Galaxie des Etoiles,* et l'encyclopédie du collectionneur de cartes de base-ball. Les murs étaient entièrement recouverts d'un curieux assortiment de posters — les *X-Files,* les Nebraska Cornhuskers, *Star Trek, Jurassic Park* et *Batman.* Elle enregistrait tous ces détails, non pas comme un agent du FBI, mais comme une fillette de douze ans que les circonstances avaient privée de son enfance.

Et puis, elle se souvint de sa conversation avec Greg. Elle avait du mal à s'en remettre. Cette fois, il l'avait accusée de négliger sa propre mère. A quoi elle avait répondu qu'elle avait un diplôme de psychologie et pas lui. Sans effet. Il lui en voulait toujours d'avoir gâché leur anniversaire de mariage et entretenait sa rancœur pour lui faire payer cet affront. Comment diable en étaient-ils arrivés là ?

Timmy lui reprit la main pour la mener devant la commode et lui montrer une carapace de crabe.

— Grand-père me l'a rapportée de Floride. Grand-mère et lui voyagent beaucoup. Vous pouvez toucher si vous voulez.

En se penchant pour en effleurer l'intérieur, elle remarqua une photo à côté du crabe. Une vingtaine de garçons, en T-shirt et short identiques, alignés dans un canoë le long d'un appontement. Elle reconnut l'enfant qui se trouvait à l'avant, prit le cadre pour l'examiner de plus près. Son cœur s'accéléra. Oui, c'était bien Danny Alvarez.

— C'est quoi, cette photo, Timmy ?

— Le camp de vacances de l'église. Ma mère m'a inscrit de force. Je pensais que ce serait suant à mourir mais, finalement, je me suis bien amusé.

— Et ce garçon, ici, c'est Danny Alvarez, non ?

Timmy examina celui qu'elle désignait.

— Oui, c'est bien lui.

— Alors, tu le connaissais ?

— Pas vraiment. Il était au chalet des Bouvreuils, et moi, avec les Gentianes.

— Il allait à la même église que toi ?

— Non. Je crois qu'il allait à celle de la base aérienne. Vous voulez que je vous montre ma collection de cartes ?

Déjà, il fouillait dans le tiroir de sa table de chevet. Mais Maggie désirait en savoir davantage sur ce camp de vacances.

— Combien de garçons y avait-il avec toi en colonie ?

— Je ne sais pas. Beaucoup.

Il déposa une boîte sur le lit et entreprit d'en sortir des cartes tout en poursuivant :

— Ils venaient d'un peu partout, de différentes églises à travers le pays.

— Il n'y avait que des garçons ?

— Non, des filles aussi. Mais elles étaient de l'autre côté du lac. Quelque part là-dedans, j'ai Darryl Strawberry à ses débuts…

Il remuait les cartes qu'il avait étalées sur le lit cependant que Maggie étudiait la photo. Il y avait deux adultes avec les garçons. L'un d'eux n'était autre que Ray Howard, le costume au balai de Ste Margaret. L'autre était un grand et bel homme aux cheveux bruns bouclés et aux traits enfantins. Tous deux portaient des T-shirts gris sur lesquels on pouvait lire le nom de l'église : « Ste Margaret ».

— Timmy ? Qui est ce monsieur sur la photo ?

— Oh, c'est le père Keller. Il est super. Cette année, je fais partie de ses enfants de chœur. Peu de garçons décrochent cet honneur. Il est très difficile, vous savez.

— Difficile comment ? s'enquit Maggie, intéressée.

— Ben… Il veut des garçons sur lesquels on peut compter, qui font les trucs bien, quoi. Et il est gentil avec nous, il nous récompense quand on est de bons enfants de chœur.

— Qu'est-ce qu'il vous donne comme récompense ?

— Ça dépend. Par exemple, il va nous emmener camper jeudi et vendredi. Des fois, il joue même au foot avec nous. Oh, et il nous échange des cartes de base-ball. Un jour, je lui ai échangé Bob Gibson contre Joe DiMaggio.

Elle s'apprêtait à remettre la photo à sa place quand un autre visage retint son attention. Cette fois, elle manqua lâcher le cadre. Sur l'appontement, en partie caché par un garçon plus grand, on apercevait le petit visage criblé de taches de son de Matthew Tanner.

— Timmy ? Cela t'ennuie si je t'emprunte cette photo quelques jours ? Je te promets de te la rendre.

— D'accord. Vous avez un pistolet ?

— Oui, bien sûr.

Elle s'efforçait de parler d'une voix calme, mais ses doigts tremblaient tandis qu'elle dégageait le cliché de son cadre.

— Vous l'avez sur vous, là, maintenant ?

— Oui.

— Je pourrais le voir ?

Christine choisit ce moment pour les interrompre.

— Timmy, le dîner est prêt. Va te laver les mains avant de manger.

Et, tandis qu'il sortait, elle lui donna un petit coup de torchon sur les fesses. Profitant de ce qu'elle s'occupait de son fils, Maggie glissa discrètement la photo dans son sac.

# 31.

Après le dîner, Nick insista pour faire la vaisselle avec Timmy. Sans doute désirait-il impressionner Maggie, mais Christine ne protesta pas, fermement décidée à profiter de l'accès de générosité de son frère.

Les deux jeunes femmes se retirèrent dans le salon, échappant ainsi à une discussion animée sur le football dans le Nebraska. Tout en disposant les tasses à café sur la table au plateau de verre, Christine observait Maggie qui arpentait la pièce, incapable de se poser, de se détendre, de cesser d'être l'agent O'Dell. Elle était restée soucieuse tout au long du repas, l'air épuisée, mais animée d'une étrange énergie. Son maquillage cachait mal ses yeux cernés, bouffis, son attention était ailleurs...

— Venez donc vous asseoir, dit-elle finalement. Je croyais ne pas tenir en place, mais vous me valez vingt fois.

— Excusez-moi. J'ai dû vivre trop longtemps en compagnie des tueurs et des cadavres, mes manières s'en ressentent.

— Je pense plutôt que vous passez trop de temps avec Nicky et qu'il a une mauvaise influence sur vous.

Maggie lui sourit.

— En tout cas, je vous remercie pour ce dîner délicieux. Il y a longtemps que je n'avais pas goûté à la cuisine maison.

— Question d'habitude. J'ai de la pratique dans ce domaine, vous savez. J'étais femme au foyer jusqu'à ce que mon mari aille chercher une réceptionniste de vingt-trois ans.

Sitôt qu'elle les eut prononcées, Christine regretta ses paroles. Cette confidence trop personnelle mettait l'agent O'Dell mal à l'aise, et ce n'était pas le but visé.

Lorsque enfin Maggie prit un siège, elle s'installa dans un fauteuil plutôt que sur le canapé près de Christine. Il n'était pas bien difficile de voir qu'elle se protégeait, évitait toute forme d'intimité. Une stratégie que la sœur de Nick connaissait bien pour la pratiquer elle-même depuis que son époux l'avait quittée. Elle ne se livrait qu'à son fils.

— Vous comptez rester longtemps à Platte City ?

— Le temps nécessaire.

Laconique, la dame. Pas étonnant que son mariage batte de l'aile. Après une pause, elle reprit toutefois :

— Etablir le profil d'un tueur est hélas assez long. Il faut se rendre sur place, s'imprégner de l'ambiance, du milieu dans lequel il évolue.

— Vous ne m'en voudrez pas, j'espère, mais j'ai effectué quelques recherches sur vous. Joli parcours, vous m'impressionnez — licence de psychologie criminelle, prépa. médecine, maîtrise en psychologie du comportement et bourse d'étude en médecine légale à Quantico, chapeau bas. Huit ans au FBI, et vous êtes déjà parmi leurs meilleurs profilers de tueurs en série. Si je calcule bien, vous n'avez pas plus de trente-deux ans. Cela doit être satisfaisant d'avoir un tel bilan.

Le compliment resta sans effet sur Maggie dont le regard paraissait absent, comme hanté. Au cours de ses recherches, Christine avait également découvert la galerie d'inquiétants personnages que l'agent O'Dell avait contribué à mettre derrière les verrous. Sans doute payait-elle son succès au prix fort.

— Il y a de quoi être fier, je suppose, répondit celle-ci, évasive.

Christine attendit qu'elle poursuive, mais rien ne vint.

— Nicky ne l'admettra jamais, mais il apprécie votre aide. Tout cela est nouveau pour lui. Quand mon père l'a convaincu de se présenter au poste de shérif, il ne se doutait sûrement pas de ce qui l'attendait.

— C'est votre père qui l'y a poussé ?

— Il atteignait l'âge de la retraite. J'imagine qu'après avoir été shérif pendant de longues années, il tenait à ce qu'un Morrelli lui succède. Cela lui aurait déplu qu'un autre que son fils prenne sa place.

— Et Nick dans l'affaire ?

— Nick ? Il enseignait en fac de droit. Je crois qu'il aimait son travail.

Christine s'interrompit, incapable d'expliquer les rapports compliqués qu'entretenait son frère avec leur père.

— Votre père devait être un homme remarquable, commenta Maggie en toute simplicité.

Christine la considéra d'un œil soupçonneux. Nick s'était-il confié à elle ?

— Pourquoi dites-vous cela ?

— D'abord parce qu'il a capturé Ronald Jeffreys sans aucune aide.

— Certes. Il est presque passé pour un héros.

— Ensuite, il semble avoir une grande influence sur les décisions de Nick.

Elle savait quelque chose. Gênée, Christine se versa du café pour se donner une contenance. Elle prit tout son temps pour y ajouter du lait, le remuer.

— Je crois que papa souhaitait que Nick profite d'avantages que lui n'avait jamais eus.

— Et vous ?

— Moi ?

— Oui. Votre père désirait-il que vous jouissiez de ces mêmes avantages ?

Fine mouche, la dame du FBI. Tranquillement assise dans son fauteuil, elle buvait son café à petites gorgées et la sondait sans en avoir l'air.

— J'aime beaucoup mon père tout en sachant que c'est un machiste indécrottable. Il n'attendait rien de moi. J'étais une fille, vous comprenez. Ma moindre réussite l'impressionnait. Il était plus dur envers Nick, et leurs rapports plus… difficiles. Nick devait en permanence lui prouver sa valeur, faire des efforts qui lui coûtaient parfois. Je crois d'ailleurs qu'il m'en veut un peu d'avoir été privilégiée.

— Non, ce que je te reproche en général, c'est de mettre les pieds dans le plat, lança l'intéressé depuis la cuisine.

Près de lui, Timmy souriait avec cette expression béate d'un enfant sur le point d'accéder à un plaisir interdit en temps normal.

Soudain, le téléphone sonna. Soulagée d'échapper au sermon de son frère, Christine se leva pour décrocher.

— Allô ?

— Ici Hal, Christine. Ton frère est là ?

La ligne grésillait. En fond sonore, on entendait un bruit de moteur. Il appelait de sa voiture.

— Oui, tu as de la chance. Et tu viens de me sauver la mise.

Elle se tourna vers Nick et lui tira la langue, ce qui fit rire Timmy.

— Eh bien, j'en suis heureux. Au moins je n'aurai pas perdu ma journée.

Il plaisantait aimablement, mais sa voix était tendue. Elle le devinait inquiet.

— Il n'y a rien de cassé, Hal ? Que se passe-t-il ?

— J'ai besoin de parler à Nick.

Avant qu'elle ne réponde, son frère lui prit l'appareil des mains. Elle concéda le point, mais resta dans les parages dans l'espoir de glaner quelques renseignements, jusqu'à ce que son frère lui décoche un regard noir.

— C'est moi, Hal. Raconte.

Tournant le dos aux deux femmes, il écouta attentivement puis :

— Surtout, que personne ne touche à rien, d'accord ?

Sa voix avait monté d'un ton. Réagissant d'instinct à un sentiment d'urgence, Maggie se leva de son siège. De son côté, Christine prit son fils par les épaules.

— C'est l'heure d'aller te coucher, Timmy.

— Il est trop tôt, maman.

— J'ai dit au lit, et tout de suite.

Tête basse, à regret, l'enfant se dirigea vers sa chambre.

— Hal, je ne plaisante pas ! Vous me gardez le périmètre, et personne ne touche à rien. Je serai sur place avec l'agent O'Dell dans une vingtaine de minutes.

Dès qu'il eut raccroché, il se retourna, chercha les yeux de Maggie.

— Seigneur Jésus ! Je parie qu'ils ont retrouvé le corps de Matthew.

— Christine, ne t'avise pas de publier ça ou tu auras affaire à moi, s'emporta Nick.

— Les gens ont le droit de savoir, tout de même.

— Pas avant que sa mère soit prévenue. Aie donc un peu de décence, ne serait-ce que pour elle.

— A une condition…

— Non mais, écoute-toi ! Je rêve ! aboya-t-il.

Surprise par sa colère, elle recula d'un pas.

— Je te demande seulement de m'appeler pour me donner le feu vert. Ce n'est pas la mer à boire.

Ecœuré, il agita la tête sans daigner répondre.

Christine se tourna vers Maggie qui se tenait près de la porte, étrangère à leur querelle et ne voulant pas s'en mêler.

— Nicky, je t'en prie. Tu ne me laisserais pas camper devant chez Michelle Tanner, tout de même ?

Elle souriait pour souligner qu'elle plaisantait, mais la rage de son frère ne fit que croître et embellir.

— Je t'interdis de parler à qui que ce soit. Ou de publier une ligne sans avoir mon accord. Et que je ne te trouve pas chez Michelle Tanner.

Sur ces mots, il se dirigea vers la porte au pas de charge.

Christine attendit que les feux arrière de la jeep aient tourné le coin de la rue, puis elle décrocha le téléphone et composa le numéro de rappel du dernier correspondant.

— Adjoint Langston à l'appareil.

— Hal, bonsoir, ici Christine. Ecoute, Nick vient de se mettre en route avec Maggie. Il m'a demandé d'appeler Tillie et d'insister le temps qu'il faudra. Tu connais ce brave George, la Troisième Guerre mondiale ne le réveillerait pas.

— Et alors ?

Hm. Méfiant le collègue. Prudence.

— Alors, je ne me souviens plus de l'endroit précis. Pour y envoyer George.

Silence au bout du fil. Diable. Il se doutait de quelque chose. Il fallait ruser, y aller au culot.

— Je me rappelle que c'est quelque part du côté d'Old Church Road, mais où exactement…

— Okay. Dis à George de continuer sur un mile après le panneau qui signale la limite du parc naturel. Il n'aura qu'à laisser sa voiture dans le pré de Ron Woodson sur la colline. De là-haut, il verra les projo dans le bois. Nous serons près de la rivière.

Ouf ! Le poker avait payé.

— Je te remercie, Hal. Sans vouloir paraître insensible, j'espère pour Michelle que c'est un gosse qui a fugué et pas Matthew.

— Mouais, je te comprends. Hélas, c'est bien Matthew. Bon, il faut que je file. Dis à George de faire gaffe où il met les pieds.

Elle attendit qu'il raccroche, puis elle appela Taylor Corby à son domicile.

# 32.

Des flocons de neige dansaient dans la lumière des phares. Ils garèrent la jeep sur une pente en surplomb de la rivière. Des spots illuminaient le bosquet en contrebas, façonnant des ombres aux formes inquiétantes, des fantômes aux bras maigres et tordus qui s'agitaient au vent.

Et Maggie se souvint d'une nuit semblable, passée à la recherche d'un tueur dans les bois du Vermont. Sa mémoire emmagasinait des horreurs quand d'autres stockaient des images joyeuses — veillées de Noël, anniversaires, fêtes familiales.

Au cours des deux dernières heures, la température avait brutalement chuté. Le froid mordant traversait sa veste de lainage, et elle n'avait hélas pas emporté de manteau. Près d'elle Morrelli frissonnait dans son blouson de jean. En l'espace de quelques secondes, la neige s'accrochait à leurs cils, leurs cheveux, leurs vêtements, ajoutait une déplaisante sensation d'humidité à la morsure du froid. Pour ne rien arranger, ils avaient près de huit cents mètres à parcourir. Le lieu du crime ayant été contaminé par ses hommes la dernière fois, Morrelli se rattrapait ce soir, et péchait par excès de prudence. Il avait ordonné qu'on définisse un périmètre très large autour du cadavre — périmètre que ses agents avaient ordre de garder avec une discipline militaire.

Ils avançaient sur un sentier étroit qui serpentait à travers les arbres ; la boue qui avait gelé craquait sous leurs semelles. Nick marchait devant, écartant les branches les plus basses. Celles qui lui échappaient la fouettaient au visage, mais ses joues engourdies ne sentaient plus la douleur.

Des racines semaient leur parcours d'embûches. En buttant, elle manqua perdre l'équilibre. Suivit la pénible descente vers la rivière. La pente était si raide qu'elle dut se raccrocher à tout ce qui pouvait la soutenir. Une mince couche de neige rendait l'exercice plus périlleux encore. A un moment donné, Nick glissa et tomba sur son séant. Vexé, il déclina son aide d'un geste agacé et se releva tant bien que mal.

Le sentier débouchait sur la berge où des joncs et des herbes hautes séparaient la rivière des bois. Hal vint à leur rencontre. Son teint d'ordinaire fleuri était devenu cireux. L'œil humide, le visage grave, il les conduisit en silence vers le lieu du meurtre. Maggie connaissait cette attitude ; à maintes reprises, elle avait vu des hommes comme lui décomposés et comme frappés de mutisme devant le meurtre d'un enfant. Aux questions et remarques de Nick il répondait par des hochements de tête, sans dire un mot.

— Bob Weston nous envoie une équipe d'experts du FBI pour relever des indices. Personne ne franchit la bande jaune, c'est compris, Hal ?

Ce dernier s'arrêta brusquement, leur montra quelque chose du doigt. D'abord, Maggie ne distingua rien. Malgré la trentaine de policiers répartis dans les bois, tout était calme. Au loin, un train siffla, troublant la paix ambiante. Les flocons voletaient, telles des lucioles, sous la lumière brutale des spots. Enfin, elle l'aperçut, frêle corps blanc au collier de sang dans l'herbe mouchetée de neige. Un grand X entaillait son torse étroit depuis les épaules jusqu'à la taille. Ses bras reposaient le long de son corps, les poings serrés. Le tueur n'avait pas jugé utile de ligoter ce garçon trop chétif pour être dangereux.

Laissant les hommes en arrière, elle s'approcha lentement, avec respect. Oui, le corps avait été lavé. Elle s'en doutait déjà. Elle s'agenouilla, ôta délicatement la neige du front de l'enfant mort. Sans même se pencher, elle remarqua les traces huileuses, sur le front, sur les lèvres bleutées, et au creux de l'X, juste au-dessus du cœur.

Il semblait si fragile, si vulnérable, qu'elle avait envie de le couvrir, de le protéger contre la neige glacée qui tombait sur sa peau grisâtre, recouvrait peu à peu le rouge des plaies béantes.

Il gisait là depuis quelque temps. L'odeur de cadavre perçait malgré le froid. A l'intérieur de la cuisse gauche, elle remarqua des marques qui entamaient la chair, mais aucune trace de sang. La blessure avait été faite après la mort. Une morsure de bête, peut-être. De sa poche, elle tira une torche électrique. Effectivement, c'étaient des traces de dents — mais de dents humaines. Des morsures multiples qui se recouvraient. Ou bien le coupable avait été pris de frénésie, ou bien il cherchait sciemment à masquer les empreintes. Elles étaient proches de l'aine, mais le pénis était intact. Hm. Le tueur n'avait encore jamais fait cela. Il improvisait, ajoutait des détails à son rituel, avait franchi un cap, prenait de nouveaux risques. Et l'enfant n'avait disparu que depuis deux jours. Pourquoi ce changement, cette accélération ? Les articles de presse le déstabilisaient peut-être. En tout cas, cela n'augurait rien de bon.

Elle s'assit sur ses talons, brusquement prise de malaise. La tête lui tournait et la nausée lui soulevait le cœur. Depuis des années pourtant, elle ne vomissait plus à la vue d'un cadavre. Albert Stucky aurait-il entamé ses défenses, créé des failles dans son armure ? Ou était-ce le mal qu'il portait en lui qui l'avait rendue d'autant plus humaine, plus sensible ?

Le moment de vertige passa. Elle se redressait lorsqu'un détail retint son attention. Un morceau de papier déchiré dépassait entre les doigts crispés de l'enfant. Matthew Tanner serrait quelque chose dans son poing. Elle jeta un coup d'œil par-dessus son épaule. Nick et Hal n'avaient pas bougé. Ils lui tournaient le dos, regardant approcher des hommes du FBI vêtus de coupe-vent.

Précautionneusement, elle écarta les doigts raidis et dégagea l'objet, le coin déchiré d'une carte. Inutile de l'examiner pour en deviner la nature. Quelques heures plus tôt, elle en avait vu de semblables étalées sur le lit de Timmy Hamilton. Matthew Tanner était mort en serrant dans son poing le coin déchiré d'une carte de base-ball, et Maggie savait bien de qui il la tenait.

# 33.

Les hommes de l'institut médico-légal se hâtaient, menacés dans leur travail par un nouvel ennemi. La neige tombait dru à présent, en gros flocons humides qui s'accrochaient aux branches et aux feuilles, recouvraient l'herbe, le sol, et les précieux indices.

Les mains enfoncées dans ses poches, Maggie veillait à ne pas froisser la photo empruntée à Timmy. Elle et Nick s'étaient réfugiés près des arbres, à l'abri du vent glacial. En silence, elle observait la scène en attendant qu'Hal leur apporte des vestes, des couvertures, tout ce qu'il pourrait trouver pour leur tenir chaud. Ils étaient si près l'un de l'autre qu'ils se touchaient presque, si près qu'elle sentait son souffle tiède sur son cou — preuve rassurante qu'elle n'était pas complètement gelée.

— Nous devrions peut-être rentrer, suggéra-t-il enfin. Il n'y a rien que nous puissions faire ici.

Il se frictionnait les bras, dansait d'un pied sur l'autre. Et il claquait des dents.

— Vous voulez que je vous accompagne chez Michelle Tanner ?

Elle frissonna, remonta son col de veste. Sans effet. Le froid la pénétrait jusqu'aux os.

— Dites-moi sincèrement si vous pensez que je cherche à me défiler…

Après un temps d'hésitation, il reprit :

— Je préférerais attendre demain matin. Non par crainte de la réveiller, elle n'a pas dormi depuis dimanche. Mais elle voudra voir le corps, et il faudra encore un petit moment avant qu'on ne le transporte à la morgue. Malgré sa douleur, Laura Alvarez a insisté pour identifier Danny elle-même. Elle refusait de croire à sa mort tant qu'elle ne l'avait pas vu de ses yeux.

Des larmes roulèrent sur ses joues. A cause du vent, sans doute, mais aussi de ce pénible souvenir. Il les essuya vivement du revers de sa manche.

— Non, ce n'est pas se défiler. Cela me semble raisonnable. Demain matin, elle aura du monde autour d'elle pour la réconforter. Et, vous avez raison, le temps que les hommes terminent, le jour sera levé.

— Je vais les prévenir que nous partons.

Il se dirigeait vers l'équipe médico-légale quand Maggie le retint par le bras. Elle venait de remarquer, à quelques mètres d'eux, des empreintes de pieds nus dans la neige toute fraîche.

— Attendez, souffla-t-elle à voix basse. Il est là.

Son cœur s'accéléra, le sang battait à ses oreilles. Mais bien sûr, quelle sotte ! Pourquoi n'y avait-elle pas pensé ?

— Pardon ?

— Le tueur, Nick. Il est là.

Elle se cramponnait à son bras, tant pour l'immobiliser que pour se stabiliser elle-même, reprendre le contrôle de ses nerfs. Sans bouger par crainte de se trahir, elle scrutait le paysage alentour.

— Vous le voyez ? s'enquit Nick.

— Non. Mais il est ici. Restez calme et parlez bas. Il est peut-être en train de nous observer.

Il la dévisageait comme si elle était folle, mais il obéit aux consignes, et murmura :

— O'Dell, le froid ne vous vaut rien. Je crois qu'il vous engourdit le cerveau. Il y a au moins deux douzaines de flics qui surveillent le périmètre.

— Juste derrière vous, près du gros arbre au tronc noueux, il y a des traces de pas. De pieds nus dans la neige.

Elle lui lâcha le bras pour lui permettre de se retourner une fraction de seconde.

— Merde alors ! Avec ce qui tombe, ces traces sont toutes récentes. Quelques minutes au plus. Le salopard était peut-être même derrière nous. A votre avis, on fait quoi ?

— Restez ici, attendez Hal. Je vais remonter le sentier comme si je regagnais la voiture. Il doit se trouver encore dans le périmètre encerclé par vos hommes. A priori, il ne peut pas sortir sans être repéré par l'un d'eux. De là-haut, j'ai une chance de l'apercevoir.

— Je vous acompagne.

— Non. S'il nous regarde, il se doutera de quelque chose. Attendez Hal. Je veux pouvoir demander votre aide à tous deux en cas de besoin. Gardez votre calme, et essayez de ne pas trop vous retourner.

— Comment saurons-nous où vous êtes ?

— Je m'arrangerai pour vous le signaler. Je tirerai en l'air. Faites en sorte que vos hommes ne me prennent pas pour cible.

— Plus facile à dire qu'à faire.

— Je ne plaisante pas, Morrelli.

— Moi non plus.

Elle lui coula un regard de biais. Effectivement, il était tout à fait sérieux. Son inquiétude se comprenait, certes. Jouer à cache-cache dans des bois remplis de policiers armés jusqu'aux dents relevait de la folie pure. Mais si le tueur était encore dans les parages, il n'y avait pas à hésiter. Et il était là, à les observer, elle le sentait. Cela faisait partie de son rituel.

Sans plus attendre, elle enfila le sentier. Ses chaussures plates aux semelles couvertes de neige tassée rendaient la montée glissante. Elle s'accrochait aux branches, aux troncs, aux racines. En l'espace de quelques minutes, elle était hors d'haleine. L'adrénaline la dopait, poussait son corps frigorifié vers l'avant. Soudain, la branche qu'elle agrippait lui resta dans la main. Dérapant sur la neige, elle s'étala de tout son long, et sa hanche cogna contre une pierre. Elle se remit bravement à quatre pattes, se releva. Elle touchait au but, entendait claquer au vent la bande jaune qui délimitait le périmètre. Au-dessus d'elle, des voix s'élevaient.

Enfin, le sol se fit plus plat. Elle quitta le sentier pour s'enfoncer dans les broussailles. En contrebas, elle apercevait Nick, qui venait de longer la ligne des arbres. Hal le rejoignait. Entre eux et la rivière, l'équipe médico-légale s'activait autour du petit corps d'enfant, prélevait des échantillons. Derrière eux, au-delà des joncs, la rivière roulait ses eaux noires. Et là, il lui sembla déceler un mouvement parmi les arbres. Elle s'immobilisa, tendit l'oreille. Le bruit de son souffle la gênait. Le froid entravait sa respiration. Avait-elle rêvé ?

Un craquement de bois mort se fit entendre à une trentaine de mètres en dessous d'elle. Et puis, elle le vit. Il se pressait contre un tronc, se confondait avec l'écorce, ombre parmi les ombres. Elle ne s'était pas trompée. Il observait la scène, se penchait pour regarder l'équipe médico-légale. Puis il se déplaça, allant d'un arbre à l'autre, lent et souple, telle une bête à l'affût d'une proie. Il descendit la pente glissante avec aisance, contourna le lieu du crime. Il s'en allait.

En hâte, Maggie traversa le fourré, faisant craquer les branchages sous ses pas. Le bruit lui paraissait assourdissant, mais personne ne semblait l'entendre, pas même l'ombre silencieuse qui se dirigeait rapidement vers la berge.

Son cœur battait à se rompre, et sa main tremblait quand elle sortit son revolver. Ce devait être à cause du froid. Elle était calme, maîtresse d'elle-même — du moins, cherchait-elle à s'en convaincre.

Sans le quitter des yeux, elle le suivit. Des rameaux lui griffaient le visage, s'accrochaient à ses cheveux. Elle trébuchait sur des racines, manqua tomber de nouveau. Dès qu'il s'arrêtait, elle se plaquait contre un tronc dans l'espoir de rester invisible.

A présent, ils étaient en terrain plat, à la lisière du bois. L'équipe médico-légale se trouvait derrière eux. On entendait leurs voix qui s'interpellaient, se lançaient des consignes. Soudain, l'ombre qu'elle poursuivait s'arrêta de nouveau, regarda dans sa direction. Elle se tapit contre un arbre, retint son souffle. L'avait-il aperçue ? Son cœur battait à se rompre. Autour d'elle le vent gémissait comme une âme en peine. La rivière proche léchait la rive. Bruit de clapot, odeur de fange.

Elle osa un regard hors de son abri. L'homme avait disparu. De nouveau, elle tendit l'oreille, attentive au moindre craquement. En dehors des voix derrière elle, le silence était total. Le silence, et la nuit au-delà des projecteurs.

En quelques secondes, il n'avait pu s'éloigner. Sortant prudemment de sa cachette, elle scruta les ténèbres, perçut un mouvement et visa dans cette direction. C'était une branche agitée par le vent. Mais quelqu'un se cachait-il derrière ? Malgré le froid, ses paumes étaient moites. Elle avança lentement, prenant soin de rester près des arbres. La rivière était toute proche. Les joncs et les hautes herbes avaient eux aussi disparu. Rien ne séparait plus les bois de la berge escarpée creusée par la rivière. Un bon mètre plus bas, l'eau noire roulait son cours tumultueux, charriant des ombres aux formes étranges.

Soudain, une branche craqua. Elle l'entendit courir avant même de le voir. Pivotant aussitôt en direction du bruit, elle tira en l'air pour appeler les renforts au moment même où une masse noire, énorme, émergeait d'un buisson. Avant qu'elle ait le temps de presser la détente, il se jeta sur elle, et ils firent un vol plané dans la rivière.

L'eau glacée piquait comme des milliers d'aiguilles. Le poing crispé sur son pistolet, elle leva le bras pour tirer sur la forme sombre qui flottait à moins de deux mètres d'elle. Une violente douleur à l'épaule l'arrêta. Elle changea de position, fit une nouvelle tentative. Cette fois, elle sentit la morsure du métal qui s'enfonçait dans sa chair et comprit qu'elle avait atterri parmi des détritus accumulés qui l'empêchaient d'être emportée par le courant. Un objet pointu lui lacérait l'épaule. Elle tenta de se dégager, mais ses mouvements ne firent qu'aggraver les choses. Du sang coulait de sa manche, ruisselait sur sa main, sur son arme. En surplomb, des voix hurlaient, on aboyait des ordres. Bruit de course effrénée qui soudain s'arrrêta, et une douzaine de torches électriques l'aveuglèrent. Dans cette clartée soudaine, elle se contorsionna malgré la douleur pour tenter de retrouver l'ombre à la surface de l'eau. Rien, hélas. Il avait disparu.

# 34.

L'eau glacée le paralysait. Sa peau brûlait, ses muscles hurlaient de douleur, ses poumons menaçaient d'éclater. Retenant son souffle, il s'efforçait de rester sous la surface de l'eau. La rivière l'entraînait, le bousculait, mais il ne luttait pas contre cette force vive ; il se laissait porter, l'acceptait, la faisait sienne. Pour qu'elle le sauve cette fois encore.

Ils étaient proches. Si proches qu'il voyait la lumière de leurs torches danser sur le courant. A sa droite. A sa gauche. Juste au-dessus de sa tête. Là-haut, des voix criaient, en proie à la panique.

Personne ne plongea à sa poursuite. N'osa se risquer dans l'eau. Personne en dehors de l'agent spécial O'Dell qui n'irait pas bien loin. Elle était prise au piège du joli petit cadeau qu'il lui avait trouvé. Bien fait pour elle si elle croyait le coincer par cette ruse minable. Elle n'avait que ce qu'elle méritait.

Les lampes l'avaient retrouvée. Bientôt, les gens de la berge ne se préoccuperaient plus de lui. Il sortit discrètement la tête de l'eau pour respirer. La cagoule trempée lui collait au visage, mais il n'osait pas l'enlever.

La rivière l'emportait. Il regarda les hommes qui s'échinaient à descendre la berge escarpée, danse maladroite d'ombres dans la lumière des torches. Il sourit, satisfait. L'agent spécial O'Dell serait furieuse, vexée qu'on vienne la secourir. Prise au piège, puis secourue, le comble de la honte ! Serait-elle choquée d'apprendre ce qu'il savait sur elle, cette diablesse qui se prenait pour son destin ? Pensait-elle pouvoir sonder son psychisme sans qu'il lui rende la pareille ? Ah, il avait enfin un adversaire à sa mesure. D'une autre trempe que ces flics balourds, ces rustres de province.

Une petite chose noire flottait auprès de lui. Il eut un moment de terreur avant de s'apercevoir que ce n'était rien de vivant. Il se saisit de l'objet en plastique. Qui s'ouvrit et s'illumina. Un téléphone portable. Il l'enfourna dans sa poche de pantalon, puis il manœuvra pour se rapprocher du bord. Quelques instants plus tard, il trouva son repère, agrippa la branche tordue qui pendait au-dessus de l'eau. Elle grinça sous son poids, mais elle ne céda pas.

Le courant lui fouettait le corps. La force de la rivière méritait le respect. Cela, il le comprenait, l'acceptait et l'utilisait à son avantage.

Des picotements parcouraient ses doigts gourds qui crochetaient la branche. Un morceau d'écorce s'en détacha, et il faillit partir avec le courant. Les bras lui cuisaient, douloureux. Il se propulsait lentement — plus que quelques centimètres. Ses pieds touchèrent la terre ferme, glacée, couverte de neige, mais il ne sentait déjà plus ses pieds dont les plantes calleuses trouvaient le chemin pour lui. Il courait à travers l'herbe couverte de givre qui tintait et craquelait sur son passage. L'air lui manquait, mais il ne changea pas d'allure. Les flocons argentés flottaient dans la nuit noire, anges minuscules qui dansaient autour de lui, accompagnaient sa course.

Enfin, il atteignit sa cachette. Les branches des pruniers ployaient sous le poids de la neige. A l'abri du bosquet, dans ce silence épais, on se serait cru à l'intérieur d'une caverne. Soudain, un bruit strident le fit sursauter. Après un instant de panique, il se souvint du téléphone et le tira de sa poche. A la troisième sonnerie, il l'ouvrit ; l'écran s'éclaira de nouveau, et il pressa le bouton pour répondre. Au bout de la ligne, une voix hurlait :

— Allô ? Allô ? Il y a quelqu'un ?

— Allô oui ?

— C'est bien le portable de Maggie O'Dell ? aboya la voix.

L'homme était en colère. Il songea un instant à raccrocher. Se ravisa.

— Oui. Elle l'a laissé tomber.

— Je peux lui parler ?

— Je crains qu'elle ne soit coincée pour le moment, répondit-il en se retenant de rire.

— Eh bien, dites-lui que Greg, son mari, a appelé. Pour la prévenir que sa mère est au plus mal. Il faut absolument qu'elle contacte l'hôpital. Vous avez compris ?

— Parfaitement.

— N'oubliez pas de lui transmettre le message.

Et l'homme raccrocha sans plus de façon.

Le portable contre l'oreille, il souriait, écoutait la tonalité. Mais il avait trop froid pour se délecter longtemps de ce nouveau jouet. Il ôta son pantalon de survêtement noir, son sweat-shirt, sa cagoule, jeta le tout dans un grand sac poubelle sans même essorer les vêtements. Des cristaux de glace se formaient déjà sur les poils de ses bras, de ses jambes. Il s'essuya, se frictionna, et passa un jean sec et un gros pull de laine, puis il s'assit sur le marchepied pour enfiler et lacer ses tennis. S'il continuait à neiger, il lui faudrait songer à mettre des chaussures pour ce genre d'escapade… Non. Les chaussures le gêneraient pour manœuvrer dans la rivière. Et puis, il avait horreur de les salir.

Si seulement il pouvait se couler dans l'habitacle douillet et confortable de sa Lexus… Mais elle était restée garée à sa place habituelle afin que personne ne remarque son absence ce soir. Il monta donc dans la cabine du vieux pick-up. Le moteur toussa, se mit en marche, et il rentra chez lui en frissonnant, les yeux plissés pour voir la route tracée par le phare, seule source de lumière dans la nuit enneigée.

# 35.

Sur le moment, l'idée lui avait paru bonne. Il habitait à moins d'un mile de là, et elle était trempée jusqu'aux os, blessée. A présent, Nick s'interrogeait. Il avait peut-être eu tort de l'amener chez lui. Tout en étendant les vêtements de Maggie dans le cagibi, il ne put s'empêcher de caresser la fine dentelle de son soutien-gorge, de l'imaginer sur elle. Pensées parfaitement ridicules après les dernières heures qu'ils avaient vécues. Pourtant, la douce odeur de son parfum l'apaisait, calmait ses nerfs mis à rude épreuve — l'excitait aussi.

Il l'avait laissée à l'étage, dans la salle de bains attenante à la chambre maîtresse, s'était douché en bas et avait allumé un feu dans la cheminée. A en juger par le bruit des canalisations juste au-dessus de lui, elle était toujours sous la douche. Ne devrait-il pas monter prendre de ses nouvelles ? Malgré l'agaçante impassibilité qu'elle affichait en permanence, les événements de la nuit l'avaient ébranlée, qu'elle le reconnaisse ou non. De plus, elle souffrait de ses blessures. Le salopard l'avait poussée dans un amas de piquets de clôtures et de barbelés rouillés.

L'eau cessa de couler à l'étage. Nick prit une chemise propre sur le séchoir, l'enfila en hâte et se débattit avec les boutons. Plus troublé qu'un adolescent, il ne contrôlait plus ses réactions

Ce n'était pourtant pas la première fois qu'il avait une femme chez lui. Il y en avait même eu beaucoup.

L'armoire à pharmacie contenait un vaste assortiment de produits de toute sorte, laissés par sa mère qui avait une tendance à l'hypocondrie. Il y prit du coton, de l'alcool, de la gaze, de l'eau oxygénée, et un pot d'onguent cicatrisant qui datait sans doute du déluge. Il déposa le tout auprès de la cheminée, ainsi que des coussins et des couvertures. La chaudière cognait de nouveau. Il aurait dû la faire réparer. Le feu chargé de bûches remplissait la pièce d'une agréable chaleur et de lueurs dansantes. Un feu d'un tout autre ordre grondait aussi en lui mais, pour une fois, il ignorerait le tumulte de ses hormones en folie et se conduirait en gentleman. Rien de plus simple.

Lorsqu'il se retourna, elle descendait le long escalier à claire-voie, vêtue d'un vieux peignoir qu'il lui avait prêté ; beaucoup trop grand pour elle, il s'écartait à chaque pas, laissant apercevoir de jolies jambes et, parfois, un soupçon de cuisse. Non, à la réflexion, tenir ses bonnes résolutions ne serait pas si simple...

Ses cheveux luisaient encore d'humidité ; la douche trop chaude avait rosi ses joues. Elle avançait lentement, presque hésitante. Son armure protectrice avait fondu sous l'eau, et son beau regard brun avait quelque chose de vulnérable.

Dès qu'elle remarqua toute sa pharmacopée, elle agita la tête, balaya l'ensemble d'un geste de la main.

— J'ai déjà nettoyé mes plaies au savon. Vous pouvez ranger votre bazar.

— C'est ça, ou l'hôpital.

Elle fronça les sourcils.

— Allons, faites-moi plaisir, insista-t-il. Ces barbelés étaient rouillés. Quand avez-vous eu votre dernier rappel contre le tétanos ?

— Oh, je suis sûre qu'il est à jour. Le Bureau ne plaisante pas. Tous les trois ans, on a droit aux vaccins d'office. C'est très gentil à vous, Morrelli, et je vous remercie de cette attention touchante, mais ce ne sera pas nécessaire.

Il déboucha les flacons d'alcool et d'eau oxygénée, aligna des boules de coton, et lui désigna le sofa qui se trouvait devant lui.

— Asseyez-vous là.

Il s'attendait à un nouveau refus, mais elle obéit sans plus protester. Peut-être un effet de la fatigue. Une fois assise, elle dénoua la ceinture du peignoir, hésita une fraction de seconde, puis le laissa glisser de ses épaules tout en le serrant sur sa poitrine.

Nick fut aussitôt distrait par sa peau blanche, laiteuse et lisse, la courbe de son cou, l'odeur fraîche et propre de ses cheveux. Un léger vertige s'empara de lui. Et il avait une érection. S'il la touchait, il en voudrait davantage, bien sûr… Non. Pour une fois dans sa vie, il lui fallait se concentrer et ignorer les messages impérieux de son sexe.

Une demi-douzaine de plaies triangulaires entamaient sa peau de rêve, depuis le haut de l'épaule jusqu'à son bras. Certaines, plus profondes, saignaient encore. L'une d'elles se prolongeait par une estafilade. Il imprégna un coton d'alcool et l'appliqua sur la première blessure. Maggie eut un léger mouvement de recul, mais n'émit pas le moindre son.

— Ça va ? s'enquit-il.

— Je tiendrai le coup. Dépêchez-vous, qu'on en finisse.

Il s'efforça d'être doux pour ne pas qu'elle souffre, mais elle grimaçait au contact de l'alcool qui brûlait les chairs à vif. Le traitement un peu brutal limiterait cependant les risques d'infection. Ensuite, il pansa les plaies avec de la gaze et du sparadrap.

Lorsqu'il eut terminé, il effleura de la paume son épaule blessée, poursuivit sa caresse le long de son bras en regrettant que ses lèvres ne puissent suivre le même parcours. Il la sentit trembler imperceptiblement, puis se raidir, consciente du danger. Sa main s'attarda un moment encore sur cette peau satinée puis, lentement, à contrecœur, il remonta le peignoir sur ses épaules. Elle hésita, surprise, comme si elle en espérait davantage, mais elle se ressaisit bien vite, rassembla les pans du vêtement autour d'elle et noua la ceinture.

— Merci, dit-elle sans même le regarder.

— Il nous reste quelques heures avant que le jour se lève. D'ici là, nous pourrions nous reposer près du feu. Je peux vous offrir quelque chose ? Un chocolat chaud ? Du cognac ?

— Un cognac, merci.

Elle quitta le divan pour s'installer sur le tapis devant la cheminée, se cala contre une pile de coussins et recouvrit ses jambes du peignoir. Dommage.

— Vous désirez manger quelque chose ?

— Non, merci, je n'ai pas faim.

— Vous en êtes sûre ? Je pourrais réchauffer de la soupe, préparer des sandwichs.

— Pourquoi tenez-vous tellement à ce que je mange, Morrelli ?

— Peut-être par frustration. Pour compenser ce que je ne suis pas autorisé à faire.

Elle cessa de sourire, ses joues se colorèrent, mais elle soutint son regard. Foin de ses bonnes intentions, il se conduisait comme un goujat. Et cependant, il ne pouvait s'empêcher de se demander si elle brûlait du même désir que lui. Enfin, elle se détourna, et il battit en retraite vers la cuisine pendant qu'il en était encore temps.

# 36.

Maggie avait récupéré la photo froissée dans sa poche de veste. Les coins rebiquaient à mesure qu'elle séchait, et des traces de peluche collaient à sa surface brillante. Il lui faudrait en obtenir un double pour Timmy, elle le lui devait bien. Du moins ne l'avait-elle pas perdue avec son portable dans l'eau noire de la rivière. A croire que perdre des objets dans l'eau relevait pour elle d'un destin.

Nick s'éternisait dans la cuisine. Peut-être avait-il finalement décidé de préparer des sandwichs. Sa dernière remarque l'avait perturbée, troublée. Il se conduisait pourtant en parfait gentleman. Elle n'avait donc pas lieu de s'inquiéter — même calée contre ces coussins à la légère odeur d'après-rasage, à demi étendue devant le feu avec, pour tout vêtement, un vieux peignoir à lui.

Cependant qu'il désinfectait et pansait ses blessures, elle avait accueilli avec joie la brûlure de l'alcool, douleur qui l'empêchait de se concentrer sur le doux contact de sa main. Le traitement terminé, lorsqu'il avait caressé son bras de la paume, elle avait tressailli, surprise d'en vouloir davantage, d'attendre que la caresse se prolonge. A présent, elle imaginait cette même main tendre sur sa nuque, sur ses seins.

Mais Nick revenait dans la pièce. Au seul bruit de ses pas, honteuse, elle s'empourpra et se couvrit les joues — sans grande nécessité. La chaleur du feu suffisait à expliquer cette rougeur. Tandis qu'il approchait, elle s'efforça de se ressaisir, s'obligea à respirer lentement.

Il lui tendit un verre de cognac, puis il s'assit près d'elle et croisa les jambes en tailleur.

— C'est la fameuse photo dont vous m'avez parlé ? s'enquit-il avec un signe de la tête en direction de l'objet.

Puis il attrapa un plaid sur le sofa, les en couvrit tous deux, comme si c'était la chose la plus naturelle au monde. L'intimité de ce geste accentua encore le trouble de Maggie. Il dut s'en apercevoir. Soudain gêné, il lui expliqua :

— La chaudière ne fonctionne pas très bien. Il faut que je la fasse réparer. Je ne m'attendais pas à ce que le froid nous tombe dessus si tôt.

Elle lui tendit la photo, puis elle se concentra sur son verre, fit tourner le liquide ambré, en huma l'arôme puissant et en but une gorgée. Puis elle ferma les yeux et renversa la tête en arrière, sur les coussins, pour mieux savourer la chaleur bienfaisante de l'alcool. Encore deux ou trois gorgées, et son trouble disparaîtrait. Dans ces premiers moments d'euphorie, elle comprenait le choix de sa mère. L'alcool avait le pouvoir de dissoudre tensions et sentiments importuns. Plus de douleur, de chagrin ni d'angoisse. Anesthésié, on ne sentait plus rien. Mais Nick interrompit hélas sa lente descente dans l'oubli.

— Je suis d'accord avec vous. Cela fait beaucoup de coïncidences. Mais franchement, vous me voyez mettre Ray Howard en garde à vue pour un interrogatoire ?

Elle se redressa vivement.

— Il ne s'agit pas de Ray Howard, mais du père Keller.

— Quoi ? Vous n'y pensez pas ! Un prêtre catholique ne tuerait pas des enfants.

— J'ai besoin de renseignements complémentaires mais, en gros, il a le profil requis. Et, contrairement à vous, je n'affirmerais pas qu'un prêtre soit incapable de cela.

— Moi oui. Cela ne tient pas debout.

Il évita son regard, vida son verre de cognac.

— La communauté me pendrait par les pieds si je le faisais coffrer pour interrogatoire. Surtout lui. Le père Keller, c'est notre Superman en soutane. Vous déraillez complètement, O'Dell.

— Ecoutez-moi une minute, Nick. Vous avez reconnu vous-même que, selon toute apparence, Danny Alvarez était monté de plein gré dans la voiture de son assassin. Il connaissait le père Keller, avait toute confiance en lui. De son côté, le père Francis nous a affirmé que, depuis Vatican II, il était peu probable qu'un laïc sache administrer l'extrême-onction. Ce qui exclut toute personne non initiée en dessous de trente-cinq ans.

— Voyons, réfléchissez, ce type est un héros pour les gosses dont il s'occupe. Comment pourrait-il commettre ce genre de crime sans se trahir ?

— Ceux qui connaissaient Ted Buddy ne le soupçonnaient de rien. De plus, j'ai trouvé le coin d'une carte de base-ball déchirée dans la main de Matthew. Quand Timmy m'a montré sa chambre avant le dîner, il m'a dit que le père Keller leur échangeait ces cartes.

Nick écarta les mèches humides de son front. Il se cala contre les coussins, posa son verre vide sur la commode.

— Bon. D'accord. Vous faites votre petite enquête sur lui. Mais il me faut des éléments plus solides qu'une photo de groupe et un morceau de carte de base-ball pour le mettre en garde à vue. Moi, je vais me renseigner sur ce Ray Howard. Vous admettrez qu'il est bizarre. Qui donc aurait l'idée de balayer une église en costume-cravate ?

— Ce n'est pas un crime de porter des vêtements inappropriés. Sans vouloir être critique, vous seriez sous les verrous depuis belle lurette si c'était le cas.

Il lui coula un regard de reproche, mais ne put retenir un sourire spontané.

— Ecoutez, il est tard et nous sommes vannés. Je propose que nous essayions de dormir un peu.

Sur ses mots, il étendit ses jambes sous la couverture, attrapa une télécommande sur la desserte proche, en pressa le bouton, et la lumière baissa. Ce joujou bien pratique pour les aventures amoureuses près du feu amusa Maggie. Pourtant, il ne semblait pas se soucier de la séduire, et elle en était presque déçue.

— Je devrais rentrer à mon hôtel.

— Voyons, O'Dell, vos vêtements sont encore mouillés, et dans un état si lamentable que je n'oserais pas les mettre dans le séchoir. De plus, si c'est cela qui vous inquiète, je suis trop fatigué pour profiter de vos charmes.

Il s'installa dans une position plus confortable, tout près d'elle parmi les coussins.

— Non, ce n'est pas cela, murmura-t-elle.

Curieusement, la fatigue n'affectait en rien son désir, au contraire. Son corps semblait vibrer de le sentir si proche. Au point qu'elle n'était pas certaine de résister s'il tentait quelque chose. Elle n'aimait donc plus Greg ? Quel diable la possédait pour qu'elle perde ainsi tout sens du devoir ? Cela devenait pour le moins exaspérant…

— Le problème, c'est que je dors peu. Je risque de vous tenir éveillé, expliqua-t-elle, assez hypocritement.

— Qu'est-ce que vous me chantez là ?

— Eh bien, depuis un peu plus d'un mois, je n'arrive plus à dormir. Quand j'y parviens, j'ai des cauchemars.

Sans relever la tête, il souleva les paupières pour la regarder.

— Avec les horreurs que vous côtoyez en permanence, cela n'a rien d'étonnant. Vous aurez remarqué que je ne suis pas resté longtemps devant le cadavre de Matthew. Il y a une raison particulière à vos insomnies ? Il vous est arrivé quelque chose ?

Elle l'observait en silence. Lové près d'elle sous la couverture, serein et confiant, il avait quelque chose d'enfantin malgré la barbe naissante qui ombrait sa mâchoire. Puis il se redressa sur un coude, et le col ouvert de sa chemise révéla un coin de poitrine musclée ornée de boucles brunes. L'enfant disparut au profit de l'homme, et Maggie s'imagina en train de glisser la main dans cette échancrure pour le caresser. Ridicule. Il allait falloir que ces fantasmes cessent ! Soudain, elle s'aperçut qu'il attendait toujours sa réponse, qu'une lueur inquiète hantait son regard bleu.

— Il vous est arrivé quelque chose ? répéta-t-il.

— Rien dont j'aie envie de parler.

Il la dévisageait, comme s'il cherchait à voir en elle. Puis il se rassit.

— Ecoutez, je crois que j'ai un remède contre les cauchemars. Ça marche avec Timmy quand il passe la nuit chez moi.

— En ce cas, j'imagine que ce n'est pas du cognac.

Il lui sourit.

— Non, effectivement. Vous vous accrochez à quelqu'un le temps de vous endormir.

— Je regrette, Nick, l'idée me paraît très discutable.

Le sourire s'effaça de ses lèvres. Tout son visage se fit sérieux.

— Maggie, je vous promets que ce n'est pas une ruse pour profiter de vous. J'aimerais vous venir en aide. Me le permettrez-vous ? Au pire, cela ne changera rien et, au mieux, vous dormirez. Vous n'avez rien à perdre.

Comme elle ne répondait pas, il se rapprocha d'elle. Avec mille précautions, il l'enveloppa de son bras, attendit qu'elle proteste. Elle se taisait toujours. Alors, il l'attira doucement contre lui, de manière qu'elle ait la joue sur sa poitrine. Sous son oreille, elle entendait battre son cœur tandis que le sien s'accélérait. Merveilleuse sensation des boucles brunes sur sa peau. Tentation de les effleurer des doigts. Mais elle s'en retint. Il posa le menton sur le haut de son crâne, et, lorsqu'il parla, les vibrations de sa voix résonnèrent au plus profond d'elle-même.

— Maintenant, détendez-vous. Imaginez que rien ne peut vous atteindre sans me traverser d'abord. Et fermez bien les yeux, même si vous ne dormez pas.

Dormir ? Comment pourrait-elle dormir quand son corps en émoi s'embrasait au contact du sien ?

# 37.

Maggie s'éveilla la tête lourde, les membres gourds, crispés. Elle avait froid. Le feu s'était éteint, et Nick n'était plus auprès d'elle. Scrutant l'obscurité, elle aperçut l'arrière de sa tête au bout du canapé. Il dormait.

Un éclair de lumière attira son regard vers la fenêtre. Elle se redressa, s'assit. Cela recommençait. Dehors, une ombre munie d'une torche électrique passait devant la vitre. Son cœur s'accéléra. Les avait-il suivis ici depuis la rivière ?

— Nick ? murmura-t-elle.

Rien. Pas de réaction. Où diable avait-elle laissé son revolver ?

— Nick ?

Toujours rien.

L'ombre avait disparu. L'œil rivé sur la fenêtre, elle rampa jusqu'au pied de l'escalier. Seul un pâle rayon de lune éclairait la pièce. Réfléchir, se souvenir. Elle s'était débarrassée de son pistolet en arrivant, l'avait posé sur un tabouret près de l'escalier avant de monter. Mais plus trace du tabouret. Où l'avait-on déplacé ? Son cœur lui martelait douloureusement les côtes. Il faisait un froid de loup, si froid que ses mains tremblaient. Puis elle entendit jouer la poignée de la porte, chercha rapidement une arme de fortune, un objet lourd, pointu, n'importe quoi. La serrure cliquetait, mais elle tenait bon. La porte était verrouillée. Elle agrippa une lampe au pied de métal, en arracha l'abat-jour. Le souffle court, elle tendit l'oreille, rampa jusqu'au sofa en serrant la lampe contre elle.

— Nick ? Réveillez-vous, dit-elle dans un souffle en le secouant par l'épaule.

Et il roula vers elle pour glisser sur le sol. Elle baissa les yeux sur sa main tachée de sang. Et Nick qui ne bougeait pas. Oh, mon Dieu ! Elle se couvrit la bouche de sa main pleine de sang pour étouffer un cri, réprimer sa terreur. Le regard bleu de Nick la fixait sans la voir. Il y avait du sang sur sa chemise, sur son torse. On l'avait égorgé, et la plaie saignait.

Nouvel éclair de lumière. L'ombre était de nouveau à la fenêtre et regardait dedans — la regardait, elle, et souriait. Albert Stucky. Elle l'aurait reconnu entre mille.

Cette fois, elle s'éveilla pour de bon, agitant les bras en tous sens, donnant des coups de poing, des coups de pied. Nick lui agrippa les poignets pour l'immobiliser. Elle cherchait l'air, elle étouffait. Et tout son corps tremblait, saisi de spasmes incontrôlables.

— Maggie, tout va bien, vous êtes en sûreté.

La voix était douce, rassurante, mais anxieuse. Elle cessa de lutter, mais elle tremblait toujours. Les yeux de Nick plongeaient dans les siens, bleus, pleins de chaleur. Elle jeta un regard autour d'elle. Les flammes dansaient dans l'âtre, léchaient le tas de bûches que Nick y avait mis et éclairaient la pièce d'une chaude lumière dorée. A travers la vitre, elle voyait la neige qui brillait sous la lune. Pas de torche électrique, et pas d'Albert Stucky.

— Ça va, Maggie ? s'enquit-il encore.

Il maintenait ses poings tout contre sa poitrine et lui caressait tendrement les poignets. Soudain, elle se sentit très lasse.

— Votre truc n'a pas marché, balbutia-t-elle. Vous m'avez menti.

— Je le regrette. Vous avez pourtant dormi pendant un petit moment.

Il lui sourit, puis ajouta :

— C'est ma faute. Peut-être que je ne vous tenais pas assez fort.

Elle se détendit un peu et desserra les poings tandis qu'il continuait ses caresses, remontait le long de ses bras dans les manches du peignoir, et jusqu'à ses épaules avant de redescendre, lentement, lentement. Sur leur passage, ses mains ramenaient une sensation de chaleur bienvenue. Mais cela ne suffisait pas. Le froid qui la glaçait jusqu'aux os exigeait davantage. Elle se blottit contre lui, la joue contre le coton tiède de sa chemise. Plus, il en fallait plus pour la réchauffer, faire fondre la glace du cauchemar. Sans oser le regarder, elle dégrafa un à un les boutons. Il s'immobilisa, retint son souffle tandis qu'elle écartait les pans du vêtement.

Tentée un instant d'explorer les muscles de son torse, de glisser les doigts parmi les boucles brunes, elle s'abstint cependant. Se contenta de poser la tête sur son cœur, de l'écouter battre pour se rassurer, se réchauffer, en espérant qu'il comprendrait.

Tendu, il tressaillait, mais ce n'était pas de froid. Puis il se détendit, sa respiration se fit plus calme, plus profonde. Un effort de sa part, assurément. Enfin, il lui enveloppa la taille de ses bras et, sans se permettre la moindre caresse, la moindre exploration, il la tint contre lui en la serrant bien fort.

# 38.

Christine cliqua sur « Envoi » en retenant son souffle. Dans quelques instants, son article allait sortir de l'imprimante de la rédaction et, sitôt relu, il passerait sous presse. Les rotatives n'attendaient plus que ce papier pour se mettre en marche. Jamais, dans ses rêves les plus fous, elle n'aurait imaginé se trouver un jour dans cette position.

L'adrénaline avait maintenu son esprit en éveil tandis que ses doigts volaient sur le clavier. Elle ne sentait presque pas la fatigue. Essuyant ses mains moites de sueur sur son jean, elle éteignit son ordinateur portable, le referma et débrancha la prise du modem. Ah, la technologie ! Elle n'y comprenait goutte mais appréciait l'outil magique. Grâce à ses performances, son fils dormait paisiblement au fond du couloir pendant qu'elle rédigeait et tapait son cinquième article de première page. Avec un peu de chance, l'*Omaha Journal* atteindrait des records de ventes !

Elle consulta sa montre. Il y aurait peut-être du retard dans la distribution, mais Corby paraissait satisfait. Elle vida le reste de son café — froid. Exploit incroyable, elle était venue à bout de ce travail sans une seule cigarette !

Lorsqu'elle souleva le portable pour le ranger, une pile d'enveloppes tomba à terre. Le seul fait de les ramasser eut raison de sa joie. Il y avait là plusieurs rappels de factures qu'elle n'était pas en mesure de payer. Et elle n'avait même pas ouvert l'enveloppe à l'en-tête du département d'Etat du Nebraska qui contenait encore des formulaires en triple exemplaire avec du papier-carbone bleu à l'ancienne. Comment avoir confiance dans une administration aussi rétrograde ? Pouvait-elle réellement compter sur ce dinosaure pour retrouver la trace de son ex-mari et l'obliger à verser les pensions alimentaires ? Que Bruce lui ait joué un sale tour, passe encore, mais qu'il abandonne son fils, cela dépassait l'entendement. Elle en souffrait pour Timmy, mais elle ne disposait d'aucune adresse pour contacter son ex-mari.

Elle cala la pile d'enveloppes entre le mur et la lampe de bureau. Elles attendraient des temps meilleurs. Ses récents succès ne lui avaient valu qu'une maigre augmentation de salaire, et il faudrait des mois avant que la différence devienne sensible.

Bien sûr, elle pouvait revendre sa maison. Elle se laissa tomber sur le sofa, examina le salon qu'elle avait tapissé de ses mains. Des heures de travail ingrat pour poser le papier peint. Et puis, d'autres heures pour arracher la vieille moquette, pour poncer, cirer, briquer le plancher. Sans parler du jardin qu'elle connaissait par cœur pour en avoir planté chaque recoin. Elle avait remplacé un fouillis de buissons par d'élégants rosiers, créé de toutes pièces et posé une allée de briques rouges. Ce jardinet était son refuge, son réconfort. Comment renoncer à cela ? C'était ce qu'elle avait de plus cher après Timmy ?

Nick ne comprenait pas. Ne pouvait pas comprendre. Si elle voulait tant réussir comme journaliste, ce n'était pas pour le mettre en fâcheuse posture mais pour se sauver, elle. Pour une fois dans sa vie, elle accomplissait quelque chose par elle-même. Non pas en tant que fille d'Antonio Morrelli, épouse de Bruce Hamilton ou maman de Timmy, mais en tant que Christine Hamilton. Et ça faisait du bien.

Elle regrettait toutes ces années perdues à faire bonne figure devant la famille, les amis. Elle avait joué le rôle de l'épouse dévouée, de la mère modèle, s'était donné pour tâche de rendre Bruce heureux. Pendant plus d'un an, elle avait fermé les yeux sur sa liaison, sans être dupe une seconde. Les relevés de carte de crédit arrivaient, avec des notes d'hôtels dans lesquels elle n'avait jamais mis les pieds, des notes de fleuristes pour des bouquets qu'elle n'avait jamais reçus. Pourtant, elle avait redoublé d'efforts. Si son mari la trompait, qu'il allait chercher ailleurs ce qu'il ne trouvait pas chez lui, c'était sa faute à elle.

A présent, elle éprouvait de la honte au souvenir de la lingerie coûteuse qu'elle avait achetée pour le reconquérir. Leur sexualité — qui n'avait jamais été bien brillante — s'était encore détériorée, muée en brefs accouplements sans fioritures. Il la prenait à la hussarde, la labourait comme pour la punir de ses propres péchés, puis, l'affaire conclue, il roulait sur le côté et s'endormait comme une masse. Combien de nuits avait-elle passées à attendre ses ronflements pour quitter le lit sans bruit, pour ôter ses caracos, ses guêpières souillées et parfois déchirées, et pleurer sous la douche. Même l'eau chaude, lénifiante, ne parvenait plus à calmer sa frustration, sa rage. Et si l'amour avait fui leur couple, c'était sa faute à elle aussi.

Christine se lova dans le canapé, tira une couverture de mohair sur son corps frissonnant et ferma les yeux. Aujourd'hui, elle n'était plus cette épouse faible et obsessionnelle, rongée par une culpabilité inexplicable. Elle réussissait dans son métier de journaliste. Voilà vers quoi tendraient tous ses efforts, dorénavant : la réussite. Après tant d'échecs, elle en avait le droit.

# 39.

*Mercredi 29 octobre*

Maggie proposa à Nick de l'accompagner chez Michelle Tanner, mais il tenait à s'y rendre seul et l'avait déposée en route à son hôtel. Une séparation temporaire bienvenue, car leur étrange intimité de la nuit l'avait troublée, et elle regrettait de s'être ainsi dévoilée. Vexée et furieuse contre elle-même, elle opposa un silence obstiné durant tout le trajet qui les ramenait en ville.

En tant qu'agent du FBI il lui fallait se concentrer sur sa tâche pour mener à bien sa mission. Elle devait donc se protéger, garder ses distances — avec lui comme avec l'ensemble de la communauté. Toute implication personnelle risquait d'entamer son objectivité, de l'entraver dans son enquête. De plus, Nick Morrelli était par trop dangereux, avec ses pièges romanesques de séducteur impénitent. En tant que femme, elle devait se méfier. D'autant qu'elle était mariée — heureuse ou non, peu importait. Du moins cherchait-elle par ce raisonnement à justifier sa soudaine froideur et à alléger ses remords.

Ses vêtements humides, encore imprégnés d'une odeur de boue et de sang, lui collaient à la peau. Les manches déchirées de sa veste et de son corsage exposaient son épaule blessée.

Lorsqu'elle pénétra dans le hall de l'hôtel, le sourire du réceptionniste boutonneux s'effaça pour céder la place à une expression horrifiée.

— Mon Dieu, agent O'Dell, que vous est-il arrivé ? Vous n'avez rien de cassé ?

— Ça va. Il y a des messages pour moi ?

Le garçon se retourna avec la maladresse d'un adolescent monté en graine. Encombré de ses membres trop grands, il manqua renverser son café, une pâle imitation de cappuccino sortie de quelque distributeur, mais dont l'arôme avait un effet revigorant sur Maggie, transie de froid. Accumulée dehors en une couche épaisse, la neige qui tombait toujours s'accrochait à l'étoffe de son pantalon et s'infiltrait dans ses chaussures. Avec l'empressement de la jeunesse, le réceptionniste lui tendit une douzaine de feuillets roses, ainsi qu'une enveloppe cachetée sur laquelle on avait soigneusement écrit à l'encre bleue « AGENT SPECIAL O'DELL » en lettres majuscules.

— D'où vient ce pli ? s'enquit-elle en examinant l'objet.

— Je n'en sais rien. Quelqu'un l'a glissé sous la porte pendant la nuit. Je l'ai trouvé par terre en arrivant.

Affectant l'indifférence, elle changea de sujet :

— Il y a un endroit ici où je pourrais acheter un manteau et des bottes ?

— Pas vraiment. Il y a bien la quincaillerie John Deere juste en dehors de la ville, mais ils ne vendent que des vêtements de travail pour hommes.

— Vous pourriez me rendre un service ?

Elle tira un billet de cinq dollars humide de l'étui où elle rangeait son badge — badge qui semblait intéresser le garçon bien davantage que l'argent.

— J'aimerais que vous les appeliez pour leur demander de me livrer une veste ou un blouson chaud de petite taille.

— Et pour les bottes ?

— S'ils ont un modèle en 37 ou 38. Peu importe le style, j'ai besoin de me déplacer dans la neige.

Le garçon nota ses instructions sur un bloc couvert de griffonnages.

— Je crains qu'ils n'ouvrent pas avant 8 h 30 ou 9 heures.

— Pas de problème, je serai dans ma chambre toute la matinée. Prévenez-moi dès que le livreur sera là, et je descendrai régler la note.

— Autre chose ?

— Vous avez un service en chambre ?

— Non, mais je peux passer commande chez Wanda. Ils livrent gratuitement, et la facture sera portée sur votre compte.

— Excellent. J'aimerais un petit déjeuner complet — des œufs brouillés, des saucisses, des toasts, du jus d'orange, et un cappuccino.

— C'est comme si c'était fait, déclara le garçon, aussi fier que si le FBI lui confiait une mission.

Elle s'éloigna de quelques pas, s'interrompit et se retourna soudain.

— Au fait, quel est votre nom ?

— Calvin, répondit-il, surpris et vaguement inquiet. Calvin Tate.

— Eh bien, Calvin, je vous remercie.

Sitôt dans sa chambre, elle ôta ses souliers trempés et son pantalon, monta le thermostat à 22°, puis se débarrassa de sa veste et de son corsage. Des mollets à la nuque, tout son corps était raide, douloureux. Lentement, elle roula des épaules pour les détendre un peu, puis elle passa dans la salle de bains et mit la douche à couler. En attendant que l'eau devienne chaude, elle entreprit de consulter ses fiches roses, assise sur le rebord de la baignoire.

La première signalait un appel de Cunningham à 11 heures — du matin ou du soir ? Mystère. Et pas de message, bien sûr

Pourquoi diable n'avait-on pas tenté de la joindre sur son portable ? Ah oui, elle l'avait perdu au cours de la course-poursuite avec le tueur. Il lui fallait maintenant déclarer cette perte et demander qu'on lui en fournisse un autre. Zut.

Les trois appels suivants provenaient de Darcy McManus de la 5e chaîne télévisée. Apparemment impressionné d'avoir affaire à une célébrité, le réceptionniste de jour avait soigneusement noté tous les détails : l'heure exacte de chaque coup de fil, le message qui demandait de rappeler et tous les numéros de la présentatrice vedette — numéro de bureau, de portable, de domicile, jusqu'à l'adresse électronique.

Il y avait également deux appels tardifs du Dr Avery, l'analyste de sa mère, qui lui demandait de le contacter dès que possible.

Quant à l'enveloppe mystérieuse, elle venait très probablement de la persévérante dame McManus.

Des volutes de buée filtraient sous le rideau de douche, envahissant progressivement la pièce. Maggie se leva pour ajuster la température de l'eau et s'arrêta devant son reflet dans le miroir, qui s'estompait rapidement sous un film de vapeur. De la paume, elle essuya la glace afin d'examiner son épaule blessée, couverte de petites plaies triangulaires, rouges, à vif, tranchant sur sa peau blanche. Elle arracha le pansement pour découvrir une entaille encore sanguinolente de quatre ou cinq centimètres. Elle en garderait la marque. Charmant. Une cicatrice de plus pour sa collection.

Juste en dessous de son sein gauche, une cicatrice récente descendait sur quinze centimètres vers son abdomen — un cadeau d'Albert Stucky.

— Tu as de la chance que je ne t'étripe pas, lui avait-il déclaré tandis que la lame entamait sa peau.

Sur le moment, elle n'avait rien senti, trop lasse, trop sonnée, et peut-être résignée à mourir.

— Tu seras encore en vie quand je commencerai à dévorer tes intestins, lui avait-il promis.

Elle n'en avait même pas été choquée ; à ce moment-là rien ne la choquait plus. Sous ses yeux, il venait de travailler deux femmes au couteau, coupant, taillant, prélevant à vif mamelons et clitoris malgré leurs cris épouvantables. Puis il les avait étripées avant de leur broyer le crâne. Non, il n'avait plus le pouvoir de la choquer après cela. Alors, il l'avait gratifiée d'une entaille, souvenir de lui qui ne la quitterait plus.

Non seulement sa mémoire emmagasinait des images d'horreur, mais il fallait encore que son corps porte la marque de ces atrocités, album de souvenirs macabres dont elle se serait volontiers passée.

Sans cesser de fixer son reflet, elle se frotta le visage de ses paumes, remonta ses cheveux, surprise de se voir si petite, fragile et vulnérable. Pourtant, rien n'avait changé. Elle était toujours la femme résolue et courageuse entrée dans la carrière huit ans plus tôt. Un peu bousculée par la vie, certes, mais la même farouche détermination brillait dans son regard — malgré le voile de buée, malgré toutes les horreurs dont elle avait été témoin. Albert Stucky n'était qu'un obstacle en travers de sa route, une épreuve qu'elle devait surmonter, qu'elle surmonterait.

Elle dégrafa son soutien-gorge, le laissa glisser à terre, s'apprêta à ôter son slip quand elle se rappela l'enveloppe non décachetée, posée avec les messages près du lavabo. Elle s'en saisit, l'ouvrit, et en tira un bristol. Devant le texte en lettres d'imprimerie, son cœur s'accéléra dangereusement. La tête lui tournait. Elle tenta de s'accrocher au rebord du lavabo pour se soutenir, y renonça et se laissa tomber sur le carrelage humide. Non. Pas une nouvelle fois. Cela ne pouvait pas recommencer. Elle ne le permettrait pas. Recroquevillée en boule, elle serrait ses genoux contre sa poitrine, s'efforçait d'étouffer un début de panique.

Puis elle relut le message :

VOTRE MÈRE AURA-T-ELLE BIENTÔT BESOIN QU'ON LUI ADMINISTRE LES DERNIERS SACREMENTS ?

# 40.

Il était encore tôt. En l'absence de toute circulation, Nick laissa sa jeep déraper et trouver son chemin dans la neige. Les réverbères luisaient dans la pénombre, et de gros nuages lourds empêchaient le soleil de percer. De nouveau, le pare-brise était couvert de glace. Malgré la chaleur étouffante de la cabine, il poussa le dégivrage à fond, puis il chercha une station de radio convenable, se rabattit sur KRAP, « La chaîne d'information en continu ».

Angoissé à l'idée d'annoncer la pénible nouvelle à Michelle Tanner, hanté par les images de Matthew et de Danny, il redoutait de craquer lui-même, de n'être d'aucun secours à la malheureuse mère. Afin de conjurer ces visions d'horreur, il concentra ses pensées sur Maggie. Jamais, de toute sa longue expérience avec les femmes, il ne s'était trouvé en pareille posture — une posture délicieusement inconfortable. Elle l'avait bouleversé, retourné comme un gant. Chose qu'il croyait jusque-là impossible. Et leur étrange intimité de la nuit passée le troublait d'autant plus que la jeune femme n'avait eu aucune arrière-pensée sensuelle. Il ne parvenait pas à oublier la sensation de sa joue pressée contre sa poitrine, de son souffle léger sur sa peau, et il s'en délectait, repassait le film en boucle pour en goûter les plus infimes détails, ramener à sa conscience l'odeur de ses cheveux, le rythme régulier des battements de son cœur. Hélas, par une cruelle ironie du sort, cette femme qui lui rendait la vie ne serait jamais sienne.

Il tourna tant bien que mal dans la rue de Michelle Tanner au moment où le présentateur annonçait à l'antenne que le maire annulait les festivités d'Halloween en raison de la neige qui tomberait encore toute la journée selon les prévisions de la météo.

— Eh bien, mon vieux Routledge, tu as une veine de cocu, commenta Nick en souriant pour lui-même.

Dans l'allée des Tanner, il gara sa jeep et manqua emboutir une camionnette à cause du verglas. En arrivant devant la porte, il remarqua le logo de KRAP partiellement recouvert de neige sur le capot du véhicule et la panique s'empara de lui. Il était encore bien tôt pour que ces gens viennent aux nouvelles...

Il frappa contre le battant à moustiquaire. N'obtenant pas de réponse, il le poussa pour cogner à la porte d'entrée, qui s'ouvrit presque aussitôt sur une petite femme aux cheveux gris. Elle le dirigea vers le salon, et se hâta d'aller reprendre sa place auprès de Michelle Tanner sur le canapé. En face d'elles, un grand homme au crâne chauve surveillait un magnétophone. Un colosse aux bras musclés et aux cheveux en brosse barrait l'accès dans la cuisine. Nick lui trouva l'air familier, et un rapide coup d'œil autour de la pièce où des photos de famille prises en des temps meilleurs trônaient sur tous les meubles confirma ses soupçons : il s'agissait du père de Matthew, l'ex-époux de Michelle.

Derrière lui, on entendait des voix, des bruits de casseroles. Une odeur de café fraîchement passé se mêlait à celle de la cire fondue. Sur le manteau de la cheminée, une rangée de chandelles brûlaient près d'un portrait de Matthew et d'un crucifix.

Michelle Tanner leva vers Nick ses yeux rougis par les larmes.

— Alors, c'est vrai ? Vous avez retrouvé un corps hier soir ?

Tous le dévisageaient à présent. Dieu, qu'il faisait chaud dans cette maison ! Mal à l'aise, Nick desserra sa cravate.

— D'où tenez-vous cela ?

— Qu'est-ce que ça peut te foutre ? gronda le père.

— Douglas, je t'en prie, le réprimanda la vieille dame aux cheveux gris. M. Melzer ici présent affirme que la nouvelle était dans la première édition de l'*Omaha Journal*.

Aussitôt, l'homme au magnétophone déplia le journal pour le leur montrer. A la une, en lettres immenses, on pouvait lire : « La police découvre un second cadavre d'enfant. » Nick devinait déjà qui était l'auteur de l'article. Christine avait encore frappé. La colère, la panique et l'amertume lui nouaient la gorge. Il déglutit péniblement et déclara, penaud :

— Oui, c'est exact. Je suis désolé de ne pas vous avoir contactée plus tôt.

— Vous arrivez toujours avec un train de retard, n'est-ce pas, shérif ?

— Douglas, je t'en prie, répéta la vieille.

— C'est lui ? s'enquit la mère dont le regard suppliant se teintait d'une lueur d'espoir.

La réponse s'imposait d'elle-même, mais elle avait besoin de se l'entendre confirmer de source autorisée. La mort dans l'âme, Nick enfonça les mains dans ses poches de jean, rassembla son courage et plongea dans les yeux de Michelle Tanner.

— Oui. C'était Matthew.

Bien qu'attendue, sa plainte douloureuse le surprit cependant. Michelle s'effondra entre les bras de la vieille femme qui se mit à la bercer sur sa poitrine. Deux autres femmes sortirent de la cuisine et fondirent en larmes en la voyant pleurer. Melzer qui observait la scène jeta un bref coup d'œil en direction du shérif, puis il rangea son matériel et s'éclipsa discrètement. Nick l'aurait volontiers suivi tant la situation le mettait mal à l'aise.

Calé contre le mur, Douglas Tanner le fixait, hargneux, rouge de colère, les poings crispés. Et soudain, en trois pas, il se jeta sur lui, lui assena un crochet au menton, l'envoyant contre les étagères sous une pluie de livres qui tombèrent au sol. Il n'avait pas repris son équilibre que l'autre le frappait de nouveau à l'estomac. Cherchant son souffle, Nick chancela, s'effondra à genoux cependant que la vieille hurlait contre l'agresseur. Le bruit avait fait taire les gémissements des femmes médusées.

Sonné, Nick agita la tête et entreprit de se relever. A peine était-il debout que son assaillant s'apprêtait à lui assener un nouveau coup. Agrippant le bras de Douglas, il le repoussa en arrière. Il ne se battrait pas. D'ailleurs, il méritait sans doute cette correction...

Hélas, Tanner furieux revenait à la charge. Nick eut juste le temps d'apercevoir l'éclat métallique d'une lame d'acier et d'esquiver l'attaque en bondissant de côté. En un clin d'œil, il dégainait son revolver. Tanner s'immobilisa, le regard meurtrier, tenant un couteau de chasse dans sa main gauche.

Alors, la vieille femme se leva, s'avança en silence vers Douglas Tanner, lui confisqua le couteau et le gifla sans plus de façon à la surprise générale.

— Merde, maman ! Qu'est-ce qui te prend ? protesta le colosse désarmé.

— J'en ai par-dessus la tête de te voir cogner les gens. Ce ne sont pas des manières. On ne frappe ni sa famille, ni des étrangers. Et tu vas t'excuser tout de suite auprès du shérif Morrelli.

— Il peut rêver, oui ! Si cet abruti avait fait son boulot, Matthew serait encore en vie.

Nick se frotta les yeux, mais sa vision demeurait floue. Sa lèvre fendue saignait. Il s'essuya du revers de la manche, rengaina son pistolet et s'adossa contre les étagères pour se soutenir.

— Douglas, excuse-toi, insista la vieille. Tu veux peut-être qu'on t'arrête pour insultes et violences à agent ?

— Je le dispense de ses excuses, coupa Nick.

Il attendit que la pièce cesse de tourner, que ses jambes acceptent de le porter, puis il quitta son appui, chercha les yeux de la mère éplorée et déclara :

— Madame Tanner, je suis sincèrement désolé. Je compatis à votre douleur et regrette d'avoir tardé à vous porter la triste nouvelle. Par égard pour vous, j'ai préféré attendre que vous soyez entourée de vos proches plutôt que de venir cogner à votre porte en pleine nuit. Mais je vous promets que nous retrouverons l'homme qui vous a pris Matthew.

— Je n'en doute pas, shérif, gronda Douglas Tanner derrière lui. Mais combien d'enfants seront assassinés avant que vous ne dénichiez une piste ?

# 41.

Personne n'avait besoin de le lui dire, Timmy le savait d'instinct. Matthew était mort. Comme Danny Alvarez. C'était à cause de cela que son oncle Nick et l'agent O'Dell étaient partis précipitamment hier soir, pour cela que sa mère l'avait envoyé au lit sur-le-champ. Pour cela aussi qu'elle était restée presque toute la nuit à écrire sur son ordinateur portable flambant neuf.

Il s'était levé de bonne heure pour écouter le bulletin météo et la liste des écoles fermées pour cause de mauvais temps. Dehors, il y avait presque vingt centimètres de neige, et elle tombait toujours. Une neige idéale pour faire de la glisse sur chambre à air, mais sa mère le lui interdisait. Elle insistait pour qu'il utilise sa luge ridicule en plastique orange, plus criarde qu'une balise de détresse.

Elle dormait encore, roulée en boule sur le canapé, enveloppée dans la couverture de grand-mère Morrelli, les poings fermés sous le menton. Elle devait être épuisée. Pour ne pas la réveiller, il alla jusqu'à la cuisine sur la pointe des pieds, alluma la radio en sourdine et changea de chaîne pour prendre les nouvelles. Le présentateur était en train d'énumérer la liste des écoles fermées.

Timmy monta le volume pour pouvoir entendre la suite tout en préparant son déjeuner. Plutôt que de traîner une chaise jusqu'au placard, il grimpa sur le deuxième tiroir pour atteindre les bols. Il en avait assez d'être petit. Dans sa classe, tous les garçons étaient plus grands que lui. Il y avait même des filles qui le dépassaient. Son oncle Nick lui répétait souvent que la croissance viendrait d'un coup et qu'il les rattraperait en quelques mois, mais cela n'en prenait pas le chemin.

Parmi les céréales, il s'étonna de trouver une boîte encore scellée de Cap'n Crunch. Ou bien l'article était en solde, ou sa mère l'avait pris par inadvertance. Elle ne lui achetait jamais rien de bon. Ravi de l'aubaine, il s'en empara, l'ouvrit et en remplit son bol à ras bord. Il en croqua une partie pour pouvoir y ajouter du lait et commençait tout juste à le verser quand le présentateur annonça la fermeture de l'école primaire et du collège de Platte City.

— Chouette ! murmura Timmy en posant le carton.

Le lendemain et le vendredi, les enseignants assistaient à un colloque. Ce qui faisait en tout cinq jours de vacances. Cinq jours entiers pour jouer, sans leçons ni devoirs... Ah, mais il y avait le camping. L'enthousiasme de Timmy retomba aussitôt. Le père Keller annulerait-il l'excursion à cause de la neige ? Ce serait vraiment dommage...

— Timmy ?

Drapée dans la couverture de grand-mère, sa maman venait d'entrer dans la cuisine. Elle avait l'air toute drôle avec ses cheveux en désordre et son visage encore ensommeillé.

— Ils ont fermé l'école ?

— Oui. Pas de classes pendant cinq jours.

Il s'installa à table pour manger, attaqua le Cap'n Crunch avant qu'elle ne s'aperçoive du contenu du bol et demanda la bouche pleine :

— Tu crois que nous pourrons quand même aller camper ?

Sans le reprendre sur ses mauvaises manières, elle remplit la machine à café.

— Je l'ignore, Timmy. Nous ne sommes encore qu'en octobre. D'ici à demain, la neige aura peut-être fondu. Tu as entendu les prévisions météo ?

— Non. J'ai pris la radio au milieu de la liste des écoles fermées. Remarque, ça me plairait bien de camper dans la neige.

— Par ce froid ? Ce serait ridicule.

— Tu n'as pas le sens de l'aventure, maman.

— Si l'aventure s'accompagne d'une pneumonie, je n'y tiens pas. Tu es assez souvent malade sans qu'on prenne des risques particuliers.

Il lui aurait bien rappelé qu'il n'avait pas été malade depuis plus d'un an, mais elle en profiterait pour ramener la discussion sur les bleus qu'il collectionnait au football.

— J'aimerais bien faire de la luge avec les copains. Tu es d'accord ?

— Si tu t'habilles chaudement. Et pas de chambre à air. Tu prendras ton traîneau.

La liste des écoles se termina enfin et le présentateur donna les titres des nouvelles. Sa mère monta le son au moment où l'homme annonçait :

— Selon l'*Omaha Journal* de ce matin, un second cadavre d'enfant a été découvert dans la nuit près de la rivière Platte. La police a officiellement confirmé qu'il s'agissait de Matthew Tanner, le jeune garçon disparu...

Sa mère coupa la radio. Silence. Elle lui tournait le dos, regardait par la fenêtre. Le percolateur se mit à gargouiller. La cuillère de Timmy cliquetait contre le bol. Le café sentait bon, emplissait la cuisine de son arôme familier, rassurant. Sans l'odeur de café, ce n'était pas le matin...

— Timmy...

Elle se retourna pour venir s'asseoir face à lui.

— Le monsieur de la radio a raison, Timmy. Ils ont retrouvé le corps de Matthew hier soir.

— Je sais, répondit-il sans cesser de manger.

Mais ses céréales préférées avaient soudain perdu leur goût.

— Comment cela, tu le sais ?

— C'est pour ça qu'oncle Nick et l'agent O'Dell sont partis si vite hier soir. Et toi, tu as travaillé toute la nuit.

Elle tendit la main en travers de la table pour lui caresser les cheveux.

— Dieu, que tu grandis vite, murmura-t-elle.

La caresse se prolongea sur sa joue. En public, il se serait dégagé, mais là, entre eux, cela ne le gênait pas, au contraire.

— Dis-moi, où as-tu trouvé ce Cap'n Crunch ?

— Dans le placard, avec les autres céréales.

Il remplit de nouveau son bol de crainte qu'elle ne range le paquet.

— J'ai dû en acheter par erreur.

Le café était prêt. Elle se leva pour se servir, laissant la couverture drapée sur le dos de sa chaise et le paquet de Cap'n Crunch sur la table.

— Maman ? C'est comment quand on est mort ?

Elle renversa du café sur le comptoir, se saisit d'une éponge pour limiter le désastre. Comprenant que sa question était la cause de cette maladresse, Timmy plongea le nez dans son bol. Bizarres, les adultes. Il suffisait d'un rien pour leur faire perdre contenance.

Le silence se prolongeait.

— Excuse-moi, maman, bredouilla-t-il, penaud.

— Sincèrement, Timmy, je ne saurais pas te répondre. Tu devrais demander cela au père Keller.

# 42.

Le petit déjeuner que Maggie avait commandé chez Wanda était resté intact sur la table. Il était arrivé sous emballage hermétique, servi sur une authentique assiette — le tout recouvert d'une cloche en inox que le réceptionniste avait soulevée fièrement, comme s'il avait préparé le plat lui-même.

Sans avoir mis le pied dans le restaurant, elle était devenue une habituée de la cuisine de Wanda. Les œufs dorés, cuits à point, les toasts ruisselant de beurre et les saucisses grillées sentaient fort bon, mais elle avait perdu tout appétit. L'avait laissé sur le carrelage de la salle de bains dans sa lutte contre les angoisses. Elle n'avait touché qu'au cappuccino mousseux — breuvage revigorant pour lequel elle remerciait Wanda et l'inventeur de la machine.

Son ordinateur portable occupait l'autre côté de la table, plus proche du mur et de la prise téléphonique toute neuve qui permettait désormais à l'hôtel d'accueillir hommes d'affaires et autres commerciaux. Elle arpentait la pièce en attendant que son modem désespérément lent se connecte à la base de données principale de Quantico. Les renseignements classés secrets lui demeuraient inaccessibles, car le FBI, en proie aux attaques répétées des hackers, se méfiait de l'Internet mal sécurisé.

A plusieurs reprises déjà, elle avait tenté de joindre le Dr Avery. L'antique téléphone fixe sur la table de chevet la confinait au lit. Elle s'étendit sur le matelas trop ferme. Après s'être douchée, elle avait enfilé son vieux pull informe au sigle des Packers. Elle se sentait vidée de toute énergie, avait usé ses forces à regagner le contrôle de ses nerfs. Que deux lignes sur un bristol suscitent en elle une telle panique l'inquiétait un peu. Ce n'était pourtant pas la première fois qu'elle recevait un billet d'un tueur en série. Cela faisait partie du métier — d'une joute psychologique, d'une sorte de rituel sans réel danger.

Sauf en ce qui concernait Albert Stucky, dont les messages n'avaient hélas rien d'un jeu. Il lui fallait se reprendre en main, laisser cette affaire derrière elle et aller de l'avant. Stucky était sous les verrous et il y resterait jusqu'à son exécution. Elle n'avait rien à craindre de lui. Du moins ce dernier bristol n'était-il pas accompagné d'une pointe de sein ou d'un doigt coupé. Et, à présent, il était sous enveloppe, en route pour les laboratoires de Quantico par courrier express. Peut-être l'imbécile lui avait-il livré un moyen de l'arrêter avec ses empreintes ou des traces de salive.

Ce soir, elle prendrait l'avion pour rentrer chez elle, et le salopard ne tuerait plus. Elle avait rempli sa mission, dépassé le cadre de ce qu'on attendait d'elle. Alors, pourquoi avait-elle le sentiment de fuir ? Parce qu'elle fuyait, bien sûr. Il lui fallait quitter Platte City au plus vite, avant que l'assassin n'ait raison de ses nerfs rudement éprouvés par l'affaire précédente. Tout à l'heure, dans la salle de bains, elle avait touché du doigt sa propre fragilité.

Oui, il lui fallait partir. Aujourd'hui même. Pendant qu'elle était encore maîtresse d'elle-même. Quelques dernières vérifications, et elle bouclerait son profil. Après quoi, elle filerait sans demander son reste. Pendant qu'elle en avait encore la force. Avant de craquer aux coutures.

En attendant que le modem fasse la connexion sur l'autre ligne, elle décida de passer un bref coup de fil. Elle trouva le numéro qu'elle cherchait dans l'annuaire et, au bout de quatre sonneries, on décrocha.

— Le presbytère de Ste Margaret, j'écoute ?

— Je souhaiterais parler au père Francis, s'il vous plaît.

— De la part de qui ?

— De l'agent spécial Maggie O'Dell. Vous êtes monsieur Howard ?

Il y eut un silence puis, au lieu de répondre à sa question, la voix qu'elle n'avait pas identifiée reprit :

— Un moment, je vous prie.

Elle dut patienter quelques minutes, en profita pour surveiller l'ordinateur enfin connecté au serveur de Quantico.

— Maggie O'Dell, quel plaisir de vous entendre.

La voix flûtée du père Francis chantonnait presque à son oreille.

— Bonjour, mon père. J'aimerais vous poser encore quelques questions. Vous n'y voyez pas d'objection ?

— Non, bien sûr.

Il y eut un léger déclic sur la ligne.

— Père Francis ? Vous êtes toujours là ?

— Mais certainement.

Quelqu'un les épiait donc depuis un autre poste. Tant pis. Elle poserait ses questions. Que l'espion tremble dans ses chaussures !

— Vous pourriez me renseigner sur les camps de vacances de l'église ?

— Les camps de vacances ? C'est le domaine du père Keller. Vous devriez en parler avec lui.

— Je n'y manquerai pas. En attendant, j'aimerais savoir s'il s'agit là d'une tradition de Ste Margaret ou si l'idée est venue de lui.

— Le père Keller a lancé le premier camp dès sa première année ici. Je crois que c'était en 1990. Le succès a été immédiat et ne s'est pas démenti. Il faut avouer qu'il avait de l'expérience puisqu'il organisait des séjours semblables dans sa précédente paroisse.

— Vraiment ? Vous sauriez où elle se trouvait ?

— Quelque part dans le Maine... voyons voir... en général, j'ai plutôt bonne mémoire. Wood... Wood... Wood... Ça y est, j'y suis. Wood River, dans le Maine. Nous avons eu beaucoup de chance de tomber sur lui.

— Je n'en doute pas. J'aurai plaisir à m'entretenir avec lui. Merci, mon père, pour ce renseignement.

Elle s'apprêtait à raccrocher, mais il la retint.

— Agent O'Dell ? Vous n'aviez rien d'autre à me demander ?

— Non. Mais vous m'êtes d'une aide précieuse.

— En fait, je suis curieux de savoir si vous avez trouvé la réponse à vos autres interrogations. Vous vous souvenez ? Concernant Ronald Jeffreys.

Elle hésita. Pas question de se répandre en détails alors qu'on les écoutait, mais elle ne voulait pas non plus se montrer trop laconique.

— C'est gentil à vous de vous en inquiéter. Oui, je pense que nous avons trouvé ce que nous cherchions. Et merci encore pour votre aide.

— Agent O'Dell...

Il y avait une nuance d'inquiétude dans sa voix qui ne chantonnait plus. Le point retint l'attention de Maggie.

— Oui ?

— J'aurais peut-être d'autres informations à vous transmettre. J'ignore si elles peuvent vous être utiles mais...

Elle l'interrompit avant qu'il n'en dise trop :

— Je suis désolée, mon père, je ne suis pas en mesure de m'attarder avec vous car j'attends un appel urgent. Pourquoi ne pas nous rencontrer plus tard ?

— Excellente idée. Je suis pris ce matin par mes confessions, et ensuite, je vais voir mes malades à l'hôpital… Je ne serai donc pas libre avant 16 heures. Si cela vous convient…

— Eh bien, je serai moi-même à l'hôpital dans l'après-midi. Donnons-nous rendez-vous à la cafétéria vers 16 h 15.

— D'accord. Et au plaisir de vous revoir, Maggie O'Dell.

Elle attendit qu'il raccroche. Quelques secondes plus tard, il y eut un second déclic, avant que la tonalité prenne le relais. Aucun doute possible. On les avait épiés.

# 43.

Nick pénétra en trombe dans le commissariat, claquant la porte si fort que la vitre en trembla. Tous s'immobilisèrent pour le dévisager comme s'il devenait fou — ce qui, de son point de vue, n'était pas impossible.

— Tout le monde ici, et on écoute ! aboya-t-il.

Quelques agents sortirent de la salle de réunion, un gobelet de café à la main. Il attendit patiemment le calme avant de poursuivre :

— S'il y a une nouvelle fuite dans ce service, je me charge personnellement de botter le derrière au coupable, et je vous promets qu'il ne travaillera plus jamais dans la police.

Ses oreilles sonnaient encore, au point qu'il s'entendait à peine. Sa mâchoire le faisait souffrir ; le bout de sa langue rencontra le bord coupant d'une dent ébréchée et sa lèvre fendue saignait de nouveau. Il s'essuya la bouche du revers de sa manche.

— Lloyd, je veux que tu envoies des hommes fouiller toutes les cabanes abandonnées dans un rayon de dix miles autour de Old Church Road. Le tueur garde les gosses prisonniers quelque part, à vous de me trouver où. Hal, tu vas me dénicher tous les renseignements possibles sur Ray Howard, le concierge de l'église. Et pas seulement la pitoyable histoire de son enfance malheureuse. J'ai besoin de savoir la taille de ses chaussures et s'il collectionne les cartes de base-ball. Eddie, tu vas aller interroger Sophie Krichek.

— Nick, c'est ridicule, elle est complètement dingue.

— Je ne plaisante pas.

Eddie haussa les épaules. Un sourire moqueur retroussait sa moustache, sourire que Nick aurait volontiers effacé d'un coup de poing.

— Tu t'en occupes dès ce matin, Eddie. Et tu traites ce travail comme si ta place en dépendait, c'est compris ?

Il marqua une pause, s'attendant à de nouvelles objections. Rien ne vint, et il reprit :

— Adam, appelle George Tillie, et dis-lui que l'agent O'Dell l'assistera pour l'autopsie de Matthew cet après-midi. Ensuite, tu téléphoneras à l'agent Weston en vue de récupérer les données recueillies sur les lieux du crime par son équipe médico-légale. Je veux tout sur mon bureau à 13 heures — les photos, les rapports, les analyses. Lucy ? Trouve-moi tous les renseignements sur les camps de vacances qu'organise l'église Ste Margaret. Ensuite, tu te mettras en rapport avec Max pour voir si Eric Paltrow et Aaron Harper ont eu des liens quelconques avec ces camps.

Elle nota, puis releva le nez de son bloc.

— Pas Bobby Wilson ?

Dans le silence qui suivit, Nick observa ses hommes, cherchant sur leurs visages une réaction qui lui permettrait de déceler le traître — s'il était encore parmi eux. Six ans plus tôt, quelqu'un s'était arrangé pour que Ronald Jeffreys porte le chapeau pour les trois meurtres. Cette personne avait subtilisé le slip d'Eric Paltrow à la morgue pour le mettre dans le coffre de Jeffreys avec d'autres pièces à conviction. Il s'agissait peut-être d'un policier et, s'il exerçait toujours, autant qu'il se sache démasqué et qu'il tremble. Ce qui l'amènerait peut-être à commettre une erreur.

— Si jamais un mot de ceci paraît dans le journal de demain, je vous flanque tous à la porte. Il se peut que Ronald Jeffreys n'ait tué que le seul Bobby Wilson, et que l'assassin de Danny et Matthew soit également celui d'Aaron et d'Eric.

Tout en parlant, il scruta les traits des anciens qui avaient travaillé pour son père et fêté avec lui la capture de Jeffreys.

— Qu'est-ce que tu nous chantes là, Nick ? s'enquit Lloyd, le front plissé et l'œil hargneux. Tu veux dire qu'on s'est fourvoyés la dernière fois ? Qu'on a fait du mauvais boulot ?

— Non, Lloyd. Vous avez pris Jeffreys qui était un assassin. Mais il semblerait bien qu'il n'ait pas tué les trois garçons.

— C'est une idée à toi, Nick ? Ou c'est l'agent O'Dell qui te l'a soufflée ? persifla Eddie, la moustache ironique.

Nick refréna un accès de colère. Inutile de s'emporter. Ou de défendre ses relations avec Maggie, qu'il n'aurait su démêler de ses sentiments personnels. Inutile également de révéler les détails qu'ils avaient découverts sur l'affaire Jeffreys alors qu'il commençait à douter de ses hommes.

— C'est une hypothèse. Qu'elle soit vraie ou fausse, arrangeons-nous pour éviter que le salopard s'échappe, peut-être pour la seconde fois.

Sur ces mots, il enfila le couloir, bousculant Eddie au passage. Lloyd le rattrapa devant la porte de son bureau.

— Nick, attends. Je n'insinuais rien contre toi tout à l'heure. Et je suis certain qu'Eddie ne pensait pas à mal non plus.

— Ne te bile donc pas, Lloyd.

— Maintenant, pour les cabanes abandonnées, on les a déjà vérifiées l'autre jour. Il n'y a pas grand-chose. Une vieille grange en ruine à côté de la ferme des Woodston et un appentis démantibulé. Reste l'ancienne église, mais elle est barricadée à mort, plus impénétrable qu'une vierge un jour de messe.

Nick lui jeta un regard lourd de reproche.

— Bon, bon, je n'ai rien dit, excuse-moi, vieux. C'est fou ce que tu deviens chatouilleux ces temps-ci. Même quand O'Dell n'est pas là.

— Retourne voir l'église, Lloyd. Cherche des vitres brisées, des traces de pas, une preuve que quelqu'un y est entré ces derniers jours.

— Merde, avec ce qui tombe, on ne risque pas de trouver beaucoup d'empreintes.

— Vérifie tout de même, Lloyd.

Agacé, irritable, Nick se retira dans son bureau. Il se sentait déjà épuisé, et la journée avait à peine commencé. Il n'était pas assis qu'on frappait à sa vitre. Il s'effondra contre le dossier de son siège et cria à l'intrus d'entrer. Lucy apparut, hésitante, dans l'entrebâillement de la porte. Il lui fit signe d'approcher. Elle portait une tasse de café et une poche de glace.

— Que diable t'est-il arrivé, Nick ?

— Ne me demande rien, je t'en prie.

A présent, elle n'hésitait plus, vint se caler contre le coin de sa table, ce qui eut pour effet de remonter sa jupe sur ses cuisses. Nick le remarqua, naturellement, mais elle ne fit aucun effort pour se couvrir. Au lieu de cela, elle lui prit le menton, déposa la poche de glace contre sa mâchoire enflée. Il s'écarta avec un juron, recula sa chaise pour être hors de portée.

— Mon pauvre Nick, je sais que c'est douloureux, roucoula-t-elle d'une voix sensuelle.

Ce matin, elle portait un pull moulant rose pâle, si tendu qu'on entrevoyait son soutien-gorge noir à travers les mailles étirées. Elle contourna la table pour s'approcher de lui, mais il bondit de son siège.

— Ecoute, tu es gentille, mais je n'ai pas de temps à perdre en soins et compresses glacées.

Elle eut une moue dépitée.

— Bien. Je vais laisser la poche au frigo, au cas où tu aurais des regrets.

Elle traversa la pièce sur ses longues jambes fuselées, se pencha au-dessus du minuscule réfrigérateur, lui offrant une vue imprenable sur ce que sa minijupe ne pouvait plus cacher, et mit la poche de glace au frais. Puis elle se redressa, se retourna le temps d'un sourire, et quitta le bureau d'une démarche chaloupée.

— Doux Jésus ! grommela Nick.

Le commissariat n'était certes plus ce qu'il était du temps de son père. Au fond, l'époux furieux de Michelle Tanner n'avait peut-être pas tort. A ce rythme, il n'était pas près de retrouver l'assassin.

# 44.

Le père Francis rassembla les coupures de presse et les glissa dans un porte-documents de cuir. Puis il marqua une pause, contempla sa main couverte de taches brunes et aux veines saillantes. Elle tremblait, il s'y était habitué.

Trois mois avaient passé depuis l'exécution de Ronald Jeffreys. Trois mois écoulés depuis qu'il avait entendu la confession du véritable tueur. Il lui fallait parler. Il ne pouvait plus garder le secret. Cela ne servirait peut-être à rien, mais le devoir le lui imposait, il en était à présent convaincu.

D'une démarche traînante, il suivit le couloir pour se rendre à l'église. Les murs majestueux renvoyaient l'écho de ses pas dans la nef déserte. Pas de pécheur en quête d'absolution. La matinée s'annonçait calme. Il prit cependant sa place dans le confessionnal.

Quelques instants plus tard, il s'étonna d'entendre quelqu'un entrer de l'autre côté. Il n'avait vu personne en arrivant. Peu importait, du reste. Il se redressa, cala les coudes sur la tablette et se rapprocha de l'étroite fenêtre grillagée qui permettait la communication entre les deux cellules.

— Pardonnez-moi, mon père, car j'ai tué de nouveau.

Dieu du ciel ! Cela recommençait ! Sous l'effet de la panique, l'air lui manquait soudain. Les parois de bois lui semblèrent se resserrer sur lui. Il avait chaud, il étouffait ; le sang battait à ses oreilles. Il avait beau s'efforcer de distinguer l'homme à travers le fin grillage, il n'apercevait qu'une masse sombre, sans visage, tassée sur elle-même.

— J'ai tué Danny Alvarez et Matthew Tanner. Je me repens sincèrement de ces péchés et demande pardon.

La voix à peine audible, déguisée, lui parvenait comme à travers un masque. Il tendit l'oreille en quête d'un détail, d'une intonation familière qui lui permettrait de l'identifier.

— Quelle est ma pénitence ? demanda la voix, impatiente.

Serait-il seulement capable de parler alors qu'il respirait à peine ?

— Comment absoudre...

Difficile d'articuler avec la gorge sèche, nouée, avec cette douleur dans la poitrine...

— Comment pourrais-je vous absoudre pour ces péchés... ces péchés infâmes... si vous ne renoncez pas à les commettre ?

— Non. Vous ne comprenez pas. Je leur apporte la paix, la délivrance, protesta l'homme.

Visiblement, il ne s'attendait pas à tant de difficultés. Le père Francis en éprouva une certaine satisfaction.

— Je ne puis vous donner l'absolution si vous persistez dans la voie du péché, déclara-t-il avec une fermeté qui le surprit lui-même.

— Il le faut pourtant. Il le faut.

— Une fois déjà, je vous ai donné l'absolution, mais vos actes prouvent que votre repentir n'était pas sincère. Vous avez, depuis, commis le même péché deux fois, tourné le sacrement en dérision par votre conduite.

— Je me repens sincèrement de mes péchés et je demande pardon à Dieu, récita l'inconnu à la manière d'un enfant répétant une leçon.

— Il faut prouver votre remords, dit le père Francis, inflexible.

Il se sentait puissant, espérait soudain influencer l'homme noir, le mettre face à ses démons pour qu'il cesse de tuer.

— A l'avenir, votre conduite doit témoigner de votre repentir.

— Oui. Oui, bien sûr. Quelle est ma pénitence ?

— Allez, et ne péchez plus. Prouvez votre repentir et revenez dans un mois.

Il y eut une pause, puis :

— Vous ne me donnez pas l'absolution ?

— Revenez dans un mois.

Silence. L'ombre ne semblait pas vouloir se retirer. Le père Francis se rapprocha encore de l'étroite ouverture, scrutant l'obscurité. Il y eut un bruit de bouche, puis un jet de salive l'atteignit au visage à travers le grillage.

— Je vous retrouverai en enfer, mon père.

La voix rauque, gutturale, lui donna le frisson. Ebranlé, il s'appuya à la mince tablette, serrant sa Bible entre ses mains crispées. La salive lui dégoulinait sur le menton, mais il ne fit pas un geste pour l'essuyer. Lorsqu'il entendit la porte s'ouvrir sur l'ombre qui sortait, il demeura figé sur place, comme tétanisé, ne risqua pas même un coup d'œil dehors.

Longtemps, il demeura immobile, incapable du moindre mouvement. Fort heureusement, personne d'autre ne vint. La neige retenait sans doute les pécheurs chez eux. Personne n'avait donc vu l'homme noir quitter le confessionnal.

Enfin, son cœur retrouva un rythme normal. Son souffle s'apaisa. Il tira son mouchoir de sa poche et s'essuya le visage d'une main qui tremblait plus que de coutume. En s'aidant des parois de l'étroite cellule, il se leva sur ses jambes flageolantes, prit sa Bible, son porte-documents. L'église était déserte, silencieuse. Dehors, il entendit les rires des enfants qui traversaient sans doute le parking pour aller faire de la luge sur les pentes de Cutty's Hill. Du moins se déplaçaient-ils en groupe.

Se tenant aux prie-Dieu pour se stabiliser, il remonta l'allée centrale. Ces instants de terreur l'avaient épuisé, vidé de toute énergie. Il raconterait l'étrange visite à Maggie O'Dell. Rasséréné par cette saine décision, il recouvra un peu de force, sentit le poids de la culpabilité le quitter. Oui, il lui fallait parler. C'était là une chose bonne et juste. Lorsqu'il enfila le couloir qui conduisait au presbytère, il marchait d'un pas plus léger. La douleur qui étreignait tout à l'heure sa poitrine s'était atténuée, et le malaise était à présent supportable.

Sur le chemin de son bureau, il remarqua qu'on avait laissé la porte de la cave ouverte. Il s'arrêta en haut des marches, scruta l'obscurité. Une odeur de moisi, d'humidité, montait à ses narines. Un courant d'air le fit frissonner. Il lui sembla apercevoir une ombre, tapie dans un coin, au fond de la cave.

Il agrippa la rampe, posa le pied sur la première marche. Y avait-il quelqu'un entre les caisses de vin et le mur de béton ? Rêvait-il ?

Pour en avoir le cœur net, il se pencha davantage, ne vit pas la silhouette surgir, derrière lui. Une brusque poussée l'envoya voler la tête la première jusqu'au pied de l'escalier. Son corps frêle heurta le mur dans sa chute avant de s'écraser au sol. Il était encore conscient lorsque les marches de bois craquèrent l'une après l'autre. Lente descente qui le terrorisa malgré la souffrance de sa chair mise à mal. Il ouvrit la bouche pour crier, mais ne laissa échapper qu'une faible plainte. Incapable de bouger, il ne pouvait pas fuir. Sa jambe droite, tordue sous lui, était en feu.

La dernière marche craqua, juste au-dessus de lui. Il souleva la tête au moment où une toile d'un blanc immaculé s'abattait sur lui. Et puis ce fut le noir.

# 45.

Christine s'offrit le luxe d'un petit repas chez Wanda : soupe de poulet maison et petits pains tièdes. Corby lui avait accordé sa matinée, mais elle avait emporté son bloc au restaurant et notait quelques idées pour l'article du lendemain. Il était encore tôt. La clientèle du déjeuner commençait tout juste à arriver, de sorte qu'elle disposait d'une table en alcôve pour elle seule au fond de la petite salle. Installée près de la fenêtre, elle observait les rares passants qui se risquaient sur la neige.

Timmy l'avait appelée pour demander l'autorisation de manger au presbytère avec ses camarades et le père Keller. Le prêtre les avait rejoints pour une partie de luge à Cutty's Hill et, pour compenser l'excursion en camping qu'on avait annulée en raison du temps, il avait invité les garçons à un repas de hot dogs et de guimauves grillées autour de la grande cheminée du presbytère.

— Super, tes articles, lui dit Angie Clark en remplissant sa tasse de café fumant.

Prise au dépourvu, Christine déglutit en hâte et s'essuya les lèvres en souriant.

— Je te remercie. Les petits pains de ta mère sont toujours aussi bons.

— Je me tue à lui répéter qu'elle devrait vendre ses viennoiseries au comptoir, mais elle est convaincue que si les gens ont la possibilité d'acheter au comptoir, ils ne viendront plus au restaurant.

Angie était la tête pensante de l'affaire. Comme il était impossible d'agrandir la salle, elle avait eu l'idée de livrer les repas à domicile. En six mois, elles avaient engagé un cuisinier supplémentaire, leurs deux livreurs ne chômaient pas, et la clientèle régulière continuait d'emplir la salle.

Christine se demandait parfois pourquoi Angie restait à Platte City. A l'évidence, elle avait le sens du commerce, et un corps de reine qui retenait l'attention. Pourtant, après deux ans à l'université et une aventure avortée avec un sénateur marié, elle était rentrée au pays pour travailler avec sa mère veuve.

— Et Nick ? Comment va-t-il ? s'enquit-elle en feignant de remettre les couverts en place à une table voisine.

— A l'heure qu'il est, il doit m'en vouloir à mort. Mes articles ne lui plaisent pas.

Ce n'était pas là ce qu'Angie souhaitait entendre, mais Christine avait appris depuis longtemps à ne pas se mêler de la vie amoureuse de son frère.

— Quand tu le verras, salue-le de ma part.

Pauvre Angie. Nick ne l'avait sans doute pas appelée depuis le début de ces horreurs. D'autant que la ravissante Maggie O'Dell lui occupait l'esprit, même s'il s'en défendait. Compte tenu de tous les cœurs qu'il avait brisés, il paraissait juste qu'il ait à son tour des chagrins d'amour.

Elle regarda Angie accueillir deux fiers gaillards, des maçons apparemment, qui, sitôt entrés, ôtèrent leur veste, leur chapeau, et leur combinaison de travail. Pourquoi les femmes s'entichaient-elles toutes de Nick ? Que lui trouvaient-elles donc de si séduisant ? Il passait de l'une à l'autre sans explication, leur revenait parfois sans crier gare, et il y avait fort à parier qu'après des semaines — des mois — sans nouvelles, Angie elle-même l'accueillerait à bras ouverts.

Christine but une gorgée de café brûlant, puis elle écrivit sur son bloc « rapport d'autopsie ». George Tillie était un vieil ami de la famille. Des années durant, il avait été le compagnon de chasse de leur père. Peut-être lui communiquerait-il certains renseignements. Car, selon toute vraisemblance, l'enquête piétinait.

Brusquement, le son de la télévision emplit la salle. Elle releva les yeux et vit Angie Clark qui lui faisait signe.

— Ecoute ça, Christine.

Bernard Shaw de CNN venait de mentionner Platte City, Nebraska, qu'un point rouge permettait de localiser sur une carte géographique. Le journaliste évoqua la série de meurtres, puis les premières pages de Christine défilèrent à l'écran, avec ses manchettes en gros plan, cependant que Bernard Shaw rappelait les crimes de Jeffreys six ans plus tôt.

— D'après une source bien informée, la police n'a aucune piste et son seul suspect est un tueur en série exécuté il y a trois mois.

Le sarcasme tira une grimace douloureuse à Christine qui, pour la première fois, eut pitié de son frère. Les autres clients du restaurant se mirent à applaudir, et certains levèrent le pouce dans sa direction, visiblement satisfaits. Ils ne se souciaient que d'une chose : on parlait d'eux, de leur communauté, sur une chaîne nationale. Qu'on s'y gausse publiquement de la police de province ne les atteignait guère.

Après cette séquence, on baissa le volume, et Christine se replongea dans ses notes. Bientôt, la sonnerie de son téléphone portable retentit et elle dut, pour récupérer l'appareil, vider le contenu de son sac sur la table, sortant pêle-mêle un portefeuille, une brosse à cheveux, un bâton de rouge à lèvres tandis que tous les regards se concentraient sur elle. Enfin, elle brandit fièrement l'engin devant l'assistance avant de presser sur la touche de prise de ligne.

— Christine Hamilton, j'écoute ?

— Madame Hamilton, je suis William Ramsey de KLTV, chaîne 5. J'espère que je ne vous dérange pas. On m'a communiqué ce numéro à votre journal.

— J'étais en train de déjeuner, monsieur Ramsey. En quoi puis-je vous être utile ?

Depuis quelques jours, les chaînes télévisées s'appuyaient sur ses articles pour alimenter leur information sur les meurtres. En dehors de quelques interviews avec des voisins ou parents des victimes, il manquait à leurs séquences le piquant propre à faire monter l'audience.

— J'espérais que nous pourrions nous rencontrer demain pour un petit déjeuner ou un brunch.

— Mon emploi du temps est chargé, monsieur Ramsey.

— Oui, je m'en doute. En ce cas, je me permettrai d'aller droit au but.

— Faites, je vous prie.

— J'aimerais que vous veniez travailler pour la 5 en tant que reporter et coprésentatrice des journaux du week-end.

Christine manqua s'étrangler.

— Pardon ?

— Vos brillants reportages sur ces crimes correspondent précisément à ce que nous recherchons pour la chaîne.

— Monsieur Ramsey, je suis dans la presse écrite, je ne...

— Votre style rédactionnel passerait bien à l'antenne. Naturellement, nous vous assurerions une formation en matière d'animation télé. Je crois savoir que vous avez un physique agréable.

Le compliment lui allait droit au cœur. Toutefois, Corby lui avait donné sa chance. Elle ne pouvait se permettre de le trahir.

— Vous me flattez, monsieur Ramsey, mais je crains que ce ne soit pas possible.

— Je vous propose une rémunération annuelle de soixante mille dollars si vous commencez immédiatement.

Christine en laissa tomber sa cuillère dans son bol, ce qui ne manqua pas de l'éclabousser de soupe.

— Pardon ?

Son interlocuteur dut interpréter sa surprise comme un second refus, car il s'empressa d'ajouter :

— D'accord. J'accepte de monter jusqu'à soixante-cinq. Et je vous accorde un bonus de deux mille dollars si vous commencez ce week-end.

Soixante-cinq mille dollars. Plus du double de ce qu'elle gagnait avec sa misérable augmentation ! De quoi payer ses dettes et ne plus se soucier de courir après les pensions alimentaires.

— Je peux vous rappeler, monsieur Ramsey ? J'aimerais y réfléchir.

— Bien sûr. Je comprends parfaitement. La nuit porte conseil. Rappelez-moi demain matin.

— Je n'y manquerai pas.

Elle n'était pas remise de ses émotions qu'Eddie Gillick se glissait près d'elle sur la banquette, la coinçant contre la fenêtre.

— Qu'est-ce qui vous prend ? protesta-t-elle.

— Non seulement vous me manipulez pour obtenir de moi une phrase pour votre article, mais voilà que votre petit frère me file les tâches ingrates au bureau, d'où je déduis que vous avez donné votre source.

— Ecoutez, adjoint Gillick...

— Hé, c'est Eddie pour vous. Hm ?

Il s'empara de son café, y ajouta une copieuse dose de sucre et l'avala d'un trait sans se brûler. L'homme avait les manières d'un porc, et il empestait l'eau de toilette à vingt pas.

— Je n'ai rien dit de précis à Nick. C'est lui qui...

— Aucune importance. De mon point de vue à moi, vous me devez une fleur et nous sommes quittes.

Elle sentit une main se poser sur son genou tandis qu'il la fixait d'un regard méprisant. La main remonta vers sa cuisse, s'infiltra sournoisement sous sa jupe. Le coin de sa moustache se retroussa en un sourire, et elle s'empourpra.

— Je vous sers quelque chose, Eddie ? s'enquit Angie.

Elle s'était aperçue de son manège, Dieu soit loué, et n'avait nullement l'intention de quitter leur table.

— Non merci, chère Angie.

Puis, sans détacher son regard de Christine, il ajouta :

— Là, je suis pressé. Mais nous nous retrouverons plus tard.

Il s'extirpa de l'alcôve, lissa ses cheveux noirs gominés et remit son chapeau, avant de se diriger vers la sortie d'un pas guilleret.

— Ça va ? Tu tiens le coup ?

— Evidemment, répondit Christine dont les mains tremblaient sous la table.

# 46.

Comme il ouvrait la porte, Nick eut juste le temps de voir Maggie retourner en hâte vers son ordinateur à l'autre bout de la pièce.

— Entrez, lui lança-t-elle tout en pianotant sur le clavier. Je suis sur la base de donnée de Quantico, c'est passionnant.

Nick pénétra prudemment dans l'étroite chambre d'hôtel, passa devant la salle de bains où flottait une troublante odeur de shampooing et de parfum. Elle était vêtue d'un jean, de ce même pull informe et sexy au logo des Packers dont le col trop large laissait entrevoir une épaule. A l'évidence, elle ne portait rien en dessous, et Nick dont le sang s'échauffait s'efforça de penser à autre chose.

Relevant le nez de son écran, elle se tourna vers lui.

— Qu'est-ce qui vous est arrivé ? Vous avez pris des coups ?

— Christine n'a pas attendu mon feu vert. Il y avait un article dans le journal de ce matin.

— Et Michelle Tanner l'a lu avant votre visite ?

— Plus ou moins. Quelqu'un l'a mise au courant.

— Et elle vous a frappé ?

— Non. C'est son ex, le père de Matthew, qui m'a un peu agressé.

— Voyons, Morrelli ! Vous ne savez donc pas esquiver ?

Il se raidit, crispa les poings, et elle ajouta vivement :
— Excusez-moi. Vous devriez mettre de la glace dessus.
Et, contrairement à Lucy, elle s'arrêta là, reportant aussitôt son attention sur l'ordinateur.
— Votre épaule, ça va ? s'enquit-il.
Elle la remua, comme pour tester.
— Ça va. J'ai encore un peu mal.
Avec le mouvement, son pull avait glissé, révélant plus de peau, une peau nacrée, terriblement tentante. Nick en était comme fou. Il éprouvait un besoin intense de la toucher, de la caresser, et le lit défait tout proche ajoutait encore à son désir. Il lui fallait meubler le silence.
— Alors, comme ça, vous êtes une fan des Packers ?
— En fait, mon père a grandi à Green Bay.
Tout en parlant, elle parcourait rapidement les informations affichées à l'écran.
— Mon mari ne cesse d'insister pour que je me débarrasse de ce pull, mais c'est l'un des derniers souvenirs qui me restent de mon père. Il le portait quand nous regardions les matchs ensemble.
— Il y a longtemps de cela ?
Elle ne répondit pas immédiatement, mais Nick devina qu'il avait touché un point sensible. Comme toujours quand elle était dans le doute, elle remonta ses cheveux derrière ses oreilles, une sorte de tic qu'il avait remarqué.
— Il est mort quand j'avais douze ans, dit-elle enfin.
— J'en suis désolé pour vous. Il travaillait au FBI, lui aussi ?
Elle s'interrompit dans sa lecture, s'étira longuement. Pour gagner du temps, sans doute. L'évocation de son père devait raviver des souvenirs douloureux.
— Non. Il était pompier. Il est mort en héros.
Elle ponctua ces mots d'un sourire.

— Nous partageons le privilège d'avoir eu des pères héroïques, à ceci près que le vôtre a su rester en vie.

— Il n'était pas seul. Il avait ses hommes pour l'aider.

Pause. Les yeux de Maggie cherchaient les siens, et il se détourna de peur de se trahir.

— Vous ne croyez quand même pas qu'il était d'accord pour mettre les trois meurtres sur le dos de Jeffreys, si ?

Il vint se placer derrière elle, fit mine d'examiner le texte à l'écran de manière à éviter son regard scrutateur.

— C'est lui qui a retiré le bénéfice et la gloire de l'affaire Jeffreys. Je ne sais plus ce que je crois.

— Ah, ce que j'attendais !

Un article de presse s'afficha sur le portable. Il se pencha pour lire :

— *Wood River Gazette,* novembre 1989. De quoi s'agit-il, et où se trouve Wood River ?

— Dans le Maine.

Elle actionna la barre de défilement, s'arrêta sur un titre et le lui montra.

— « Un cadavre d'enfant mutilé retrouvé en bordure de rivière », cela me rappelle quelque chose, commenta-t-il avant de s'intéresser à l'article qui s'étendait sur trois colonnes.

— Devinez qui était le jeune prêtre en place à l'église Ste Mary de Wood River, dit Maggie.

Il s'interrompit dans sa lecture, se frotta la mâchoire.

— Vous n'avez aucune preuve tangible. Ce ne sont que des suppositions. Pourquoi cette affaire n'a-t-elle pas resurgi pendant le procès de Jeffreys ?

— Le lien ne sautait pas aux yeux, répondit-elle. D'après mes informations, un vagabond de passage a été condamné. Il était employé par l'église pour de menus travaux.

— Il était peut-être coupable. D'où tenez-vous la piste de Wood River ?

— Simple intuition de ma part. Ce matin, quand j'ai parlé au père Francis, il m'a dit que le père Keller avait organisé des camps de vacances dans son ancienne paroisse de Wood River.

— Et vous avez recherché des meurtres d'enfants dans la région ?

— Je n'ai pas cherché longtemps. De plus, celui-ci ressemble à s'y méprendre aux nôtres. Jusqu'à la croix en X sur le thorax. Suppositions ou pas, le père Keller doit être mis au rang des suspects.

Elle quitta le programme puis éteignit l'ordinateur.

— J'ai rendez-vous avec George dans une heure, après quoi, je dois rejoindre le père Francis.

Déjà, elle s'affairait, sortait ses vêtements du placard pour les étaler sur le lit.

— Il faut que je rentre à Richmond ce soir. Ma mère a été hospitalisée, murmura-t-elle en évitant ses yeux.

— Rien de trop grave, j'espère ?

— Oh, elle s'en tirera. J'aurai des renseignements sur disquette à vous transmettre. Vous pouvez lire les fichiers MS Word ?

— Oui... enfin, j'imagine.

Décontenancé par la brusquerie de la jeune femme, Nick se demanda ce qui lui arrivait. Mais peut-être s'inquiétait-elle pour sa mère...

— Je laisserai mon rapport d'autopsie à George. Si j'apprends quelque chose du père Francis, je vous appellerai.

— Vous ne comptez pas revenir, c'est cela ?

La perspective de son départ définitif eut sur Nick l'effet d'un coup au plexus. La question dut la surprendre, car elle s'interrompit dans sa tâche pour se tourner vers lui. Ses yeux allaient des siens à l'écran noir du portable, puis aux vêtements sur le lit. Elle n'avait pourtant jamais eu de difficulté à le regarder en face.

— Techniquement j'ai terminé le travail qu'on m'avait demandé. Vous disposez maintenant d'un profil, et peut-être d'un suspect. En théorie, rien ne m'oblige à assister à cette seconde autopsie.

— Alors, c'est fini.

Il enfonça les mains dans ses poches, effondré à l'idée de ne plus la revoir.

— Le FBI vous enverra sans doute quelqu'un pour vous aider dans votre enquête.

— Mais ce ne sera pas vous.

Il crut apercevoir une lueur de regret dans ses prunelles, mais il n'eut guère le temps de les scruter. Déjà, elle lui tournait le dos pour ranger ses affaires dans sa valise.

— C'est à cause de ce qui s'est passé la nuit dernière ?

— Il ne s'est rien passé, la nuit dernière, rétorqua-t-elle, le dos toujours tourné. Si ma conduite vous a laissé croire le contraire, je m'en excuse, Nick.

Enfin, elle jeta un coup d'œil par-dessus son épaule.

— Vous auriez tort de me prendre pour une ingrate.

Certes, elle ne l'avait pas bercé d'illusions. Il s'en était chargé tout seul. Mais le magnétisme entre eux, ce courant électrique qui les traversait au moindre contact, il ne l'avait tout de même pas rêvé !

— Vous allez me manquer, dit-il.

La phrase lui avait échappé, le surprit autant qu'elle. Brusquement, elle se redressa, leva vers lui son beau regard brun et profond. Il se sentit faiblir comme un adolescent à son premier rendez-vous. Diable, elle avait sur lui un effet bien inhabituel !

— Vous êtes pénible, O'Dell, mais je vais regretter que vous ne soyez plus là pour me bousculer.

Là. Il avait rectifié le tir.

Elle lui sourit, replaça une mèche derrière son oreille — preuve qu'elle était troublée, elle aussi.

— Vous voulez que je vous conduise à l'aéroport ?

— Ce ne sera pas nécessaire. J'ai une voiture de location à ramener à l'agence.

— En ce cas, bon retour.

Dieu, que c'était froid et plat. Minable, en vérité. Alors qu'il brûlait de l'envelopper de ses bras pour la convaincre de rester. Au lieu de cela, il se dirigea, tête basse, vers la porte.

— Nick ?

Il s'interrompit, la main sur la poignée, lui coula un regard par-dessus son épaule. Il y eut un silence. Une pause pendant laquelle elle se ravisa. Il ne saurait jamais ce qu'elle avait failli dire.

— Bonne chance, murmura-t-elle simplement.

Il acquiesça d'un hochement de tête et sortit. Ses jambes étaient de plomb, et son souffle semblait bloqué dans sa poitrine soudain douloureuse.

# 47.

Maggie regarda le battant se refermer en triturant nerveusement un chemisier de soie.

Pourquoi n'avait-elle pas parlé à Nick du message ? Rien dit d'Albert Stucky ? Il avait compris ses cauchemars, peut-être aurait-il également compris qu'elle ne pouvait se permettre de laisser de nouveau un fou l'aiguillonner, jouer avec son psychisme. En tout cas, pas maintenant. Pas dans l'état de fragilité où elle se trouvait. Pas quand un simple bristol la réduisait à l'état de loque sur un carrelage de salle de bains. Les risques étaient trop grands d'y laisser son discernement.

Peut-être avait-elle déjà perdu de son instinct. La nuit précédente, dans les bois, quand le tueur s'était jeté sur elle, elle l'avait vu trop tard. Il aurait pu l'abattre s'il l'avait voulu. Mais, comme Albert Stucky, il la voulait vivante et, curieusement, cela l'effrayait plus que tout. Avouer cette faiblesse à un tiers la rendrait plus vulnérable encore. Mieux valait finalement que Nick et les autres croient que la santé de sa mère était la cause de son départ.

Elle bourra son sac de vêtements sales et le ferma. Cunningham avait raison, elle avait besoin de vacances. Un séjour au soleil avec Greg, dans un lieu où la nuit ne tombait pas à 18 heures, lui serait des plus salutaires.

La sonnerie du téléphone la fit sursauter. Elle avait déjà eu une longue conversation avec le Dr Avery. Sa mère avait franchi le cap critique et se remettait doucement. A en croire le médecin, elle avait surmonté ses envies suicidaires. Comme à son habitude, elle s'était comportée en patiente modèle pour mieux profiter de l'attention qu'on lui accordait...

— Allô oui ? Agent spécial O'Dell à l'appareil.

— Maggie, je croyais que tu rentrais, et tu es encore là-bas !

Une immense lassitude s'empara d'elle, et elle s'assit au bord du lit.

— Ah, c'est toi, Greg, bonjour.

Au bout de la ligne, il remuait des papiers. Elle attendit sa réponse qui ne vint pas.

— Je prends l'avion ce soir.

— Bien. Alors, cet abruti t'a transmis mon message.

— Quel abruti ?

— Celui qui a décroché ton portable hier soir quand je t'ai appelée. Il m'a dit que tu avais dû le laisser tomber, que tu étais occupée ailleurs.

Les doigts de Maggie se crispèrent sur le récepteur. Son pouls s'accéléra.

— Quelle heure était-il ?

— Tard. Je ne sais plus. Minuit passé. Pourquoi ?

— Qu'est-ce que tu lui as raconté ?

— Ce n'est pas vrai ! Ce crétin ne t'a donc pas transmis le message ?

— Greg, pour l'amour du ciel, dis-moi ce que tu lui as raconté.

— Eh bien, bravo ! Tu travailles avec une belle bande d'imbéciles !

— Greg, je t'en prie...

Elle s'efforça de ravaler sa rage, sa frustration et son angoisse, lutta pour conserver son calme.

— Ecoute, j'ai perdu mon portable hier soir, alors que je poursuivais l'assassin. Il y a de fortes chances pour qu'il l'ait ramassé. Que ce soit lui qui t'ait répondu.

Silence au bout du fil. Il en avait cessé de remuer ses papiers.

— Franchement, Maggie, comment voulais-tu que je le devine ?

— Je ne te reproche rien, Greg. Mais essaie de te souvenir de ce que tu lui as dit, c'est important.

— Oh, pas grand-chose... que ta mère était souffrante, qu'il fallait que tu me rappelles.

Elle ferma les yeux, s'abandonna contre les oreillers.

— Maggie, nous avons besoin de mettre les choses à plat dès ton retour.

Oui. Ils s'expliqueraient longuement, tranquillement, sur une plage. En buvant des cocktails de fruits glacés. De ceux dans lesquels on pique une ombrelle de couleur. Et ils ranimeraient la flamme de leur amour perdu, redécouvriraient les objectifs communs qui les avaient rapprochés, retrouveraient leur chaleureuse complicité d'antan...

— Maggie ? Tu m'entends ? Je veux que tu quittes le FBI.

Cette phrase la ramena à la réalité. Il n'y aurait plus jamais de paradis ensoleillé pour eux.

# 48.

La neige volait autour de lui cependant qu'il se frayait un chemin à travers les congères. Elle s'accrochait aux jambes de son pantalon, s'insinuait dans ses chaussures et lui gelait les pieds. Mû par une force extérieure, son corps indifférent aux branchages le propulsait vers le bas de la colline à une vitesse vertigineuse ; la chute le guettait.

Puis il les entendit crier joyeusement. Il s'arrêta au milieu d'une glissade, heurta un buisson couvert de givre qui stoppa sa descente, l'éloignant de leur trajectoire. Tandis que les enfants filaient sur leurs luges improvisées, il se tapit dans la neige, cette mort blanche qui absorbait sa chaleur, s'efforça de reprendre son souffle, de le contrôler.

Ils auraient dû rentrer chez eux avant que le martèlement ne reprenne dans sa tête. Pourquoi n'étaient-ils pas rentrés ? Bientôt, la nuit tomberait. Seraient-ils accueillis par un bon repas chaud ? Ou bien par un message et un plat surgelé à réchauffer au micro-ondes ? Leurs parents seraient-ils là pour veiller à ce qu'ils ôtent leurs vêtements trempés ? Y aurait-il quelqu'un pour les border dans le lit, leur lire des histoires ?

Les souvenirs l'assaillaient. Il ne tentait même plus d'en endiguer le flot. Dans l'espoir que le martèlement cesserait, il posa le front sur la neige. Il se revoyait à douze ans, avec sa veste militaire verte dont la mince doublure protégeait mal du froid. Son jean rapiécé, usé jusqu'à la corde, laissait filtrer l'air glacé qui lui léchait les jambes. Il n'avait jamais eu de bottes. Ensevelie sous trente centimètres de neige, la ville était comme morte. Son beau-père n'avait nulle part où aller et ne quittait plus la chambre de sa mère. Il lui avait ordonné de sortir jouer dehors avec ses camarades. Mais des camarades, il n'en avait pas. Les autres ne s'intéressaient à lui que pour se moquer de sa taille chétive et de ses vêtements en loques.

Après avoir passé plusieurs heures dans la cour glaciale à regarder les enfants glisser sur leurs luges, il avait regagné la maison et trouvé la porte verrouillée. A travers le mur de bois du baraquement, il avait écouté les râles et les plaintes de sa mère — cris de douleur, ou plaisir ? Le sexe faisait mal. Jamais il n'aimerait cela. Mais — coupable pensée qui mêlait de honte son soulagement —, tant que son beau-père s'affairait à violenter sa mère, il ne violenterait pas son petit corps fragile.

C'est là, assis sur le sol blanc de neige, transi de froid, qu'il avait imaginé un plan. Il lui suffirait pour cela d'une pelote de ficelle. Le lendemain matin, quand son beau-père se retirerait dans son atelier au sous-sol, il en remonterait sur une civière. Ensuite, sa mère et lui ne connaîtraient plus la honte ni la peur. Comment pouvait-il deviner qu'elle serait la première à descendre ce matin-là ? Ce matin-là, sa vie avait pris fin. Un méchant petit garçon avait tué sa mère.

Soudain, il sentit une présence au-dessus de lui, entendit renifler. Lentement, il leva la tête, se trouva nez à nez avec un gros chien noir. La bête montra les crocs et gronda. Sans crier gare, il tendit les mains vers la gorge du chien, le grondement se mua en une plainte, en un gargouillis étouffé, puis ce fut le silence.

Il regarda encore les garçons engoncés dans leurs parkas molletonnés qui couraient, glissaient, bondissaient et jouaient.

Enfin, ils reprirent leurs luges de fortune et se dirent au revoir. L'un d'eux appela son chien à plusieurs reprises, puis renonça à l'attendre pour rejoindre ses camarades. Trois partirent dans un sens, deux dans un autre, et un seul traversa le parking de l'église.

Le ciel avait viré au gris ardoise, les réverbères s'allumaient un à un. Le bruit strident d'un avion à réaction troubla la paix crépusculaire. Il n'y avait ni voiture ni piéton quand il monta à bord de son propre véhicule. Malgré la sueur qui perlait à son front, il enfila sa cagoule de ski. Sur le siège voisin, il déplia un mouchoir propre avec un soin méticuleux — comme pour une cérémonie. Il tira une ampoule de sa poche, en brisa les extrémités, et en versa le contenu sur le mouchoir. Puis, tous phares éteints, il démarra au ralenti, et suivit le garçon qui tirait derrière lui un traîneau de plastique orange.

# 49.

Quand Nick regagna le commissariat, il trouva quatre des cinq voitures de police garées devant. La colère s'empara de lui. Malgré la gravité de la situation, ses hommes se moquaient ouvertement de ses consignes. S'ils ne lui obéissaient pas en temps de crise, jamais il n'obtiendrait rien d'eux.

C'était hélas sa faute. Il avait pris son rôle de shérif à la légère — comme tout ce qu'il avait fait jusqu'ici. Mais c'en était fini de cette joyeuse insouciance depuis qu'il était tombé dans le sang de Danny Alvarez, près de la rivière. Et aujourd'hui il se demandait si un shérif digne de ce nom aurait réussi à sauver Matthew Tanner. A Platte City, le shérif n'était malheureusement qu'un coureur de jupons diplômé en droit, sans expérience aucune, et dont le badge ne tenait qu'à la réputation de son père. Depuis les séances de tir obligatoires auxquelles il s'était soumis deux ans plus tôt en vue de se qualifier pour cet emploi, il ne s'était jamais plus servi de son arme.

Correction méritée, le direct à la mâchoire que lui avait assené l'ex-mari de Michelle Tanner lui avait rendu le sens des responsabilités. Dommage qu'il ait fallu en passer par là pour qu'il se ressaisisse. Seulement, il n'était pas au bout de ses peines. A présent que Maggie s'en allait, tout reposait sur ses épaules, et il ne savait pas par quel bout commencer.

A peine entré dans le hall du tribunal, il se sentit pris d'une furieuse envie de fuir. Le marbre renvoyait l'écho des voix des journalistes ; le sol était encombré de câbles électriques ; les spots et les flashes l'aveuglaient ; on l'assaillait de questions en lui braquant des micros sous le nez.

La longue et mince silhouette de Darcy McManus, une ex-reine de beauté devenue présentatrice, barrait l'accès de l'escalier. Vêtue de son éternelle minijupe, elle révélait des jambes propres à tourner la tête à n'importe quel homme. Ignorant son invitation à la rejoindre devant les caméras de la 5, Nick enfila les marches en gardant ses distances dans l'espoir de lui échapper. En d'autres temps, il aurait joué les jolis cœurs et peut-être obtenu son numéro de téléphone personnel…

— Shérif, vous avez des suspects en vue ?

De près, elle semblait plus âgée qu'à l'écran ; l'épaisse couche de fond de teint était plus sèche aux commissures des lèvres, aux coins des yeux.

— Je n'ai rien à dire pour le moment.

— Est-il exact que le corps de Matthew Tanner était décapité ?

— Où diable êtes-vous allée pêcher cela ?

— Alors, c'est vrai ?

— Absolument pas.

D'autres les rejoignirent, entourèrent Nick, qui dut jouer des coudes pour tenter de se dégager.

— Shérif, le bruit court que vous avez demandé l'exhumation de Ronald Jeffreys. Vous pensez qu'un quidam aurait été exécuté à sa place ?

— La victime a-t-elle subi des sévices sexuels ?

— Avez-vous retrouvé le pick-up bleu ?

— Shérif Morrelli, dites-nous au moins si ce garçon a été tué comme le précédent, si nous avons affaire à un tueur en série.

— Dans quel état était le corps de Matthew Tanner ?

— On se calme ! Ça suffit ! aboya Nick en agitant les mains pour couper court au flot de questions.

La bousculade cessa. Le silence se fit. Les vautours attendaient. Déboussolé par ce brusque changement, Nick jeta un coup d'œil anxieux autour de lui, monta une marche à reculons. La sueur ruisselait le long de son dos. D'une main tremblante, il remonta quelques mèches folles.

Qu'était-il donc censé leur raconter ? La dernière fois qu'il avait affronté la meute des curieux professionnels, Maggie l'avait tiré d'embarras. Sans elle, il se sentait affreusement seul et vulnérable. Mal à l'aise, il agrippa la rampe pour se stabiliser, se hissa au niveau de Darcy McManus qui, ravie, entreprit de lisser ses cheveux pour les caméras. Sans s'attarder sur elle, Nick considéra la foule massée dans le hall. Tous les yeux le fixaient. Magnétophones, caméras et stylos étaient au garde-à-vous. Fuir. Les laisser tous à ce silence. En prenant les marches quatre à quatre, il serait à l'abri dans son bureau avant que les chiens n'aient le temps de dire ouf. Il ne leur devait pas d'explications. D'autant que la couverture médiatique ne lui livrerait pas l'assassin… Encore que.

— Vous savez tous que je ne suis pas autorisé à donner des détails sur l'état des victimes. Mais, de grâce, par respect pour les Tanner, je vous répète que Matthew n'a pas été décapité. Que ce soit clair une fois pour toutes. Et nous avons affaire à un désaxé.

— Est-ce un tueur en série, shérif ? Les gens ont le droit d'être informés afin de protéger leurs enfants.

— Les premières constatations semblent indiquer que Danny Alvarez et Matthew Tanner ont été victimes d'un même assassin.

— Vous avez des suspects ?

— Est-il exact que vous n'avez aucune piste ?

Nick recula d'une marche. Il n'était pas en mesure de les satisfaire. La foule lui donnait le tournis ; les spots l'aveuglaient. Accablé de chaleur, incommodé, il ouvrit sa veste, desserra sa cravate.

— Nous avons deux ou trois suspects potentiels dont l'identité reste confidentielle pour les besoins de l'enquête.

Sur ces mots, il se retourna, et une nouvelle vague de questions l'assaillit dans le dos.

— Quand pourrez-vous révéler leur identité ?

— Ce sont des gens d'ici ?

— Votre père va-t-il reprendre l'enquête en main ?

— Vous avez retrouvé le pick-up bleu ?

Nick pivota si brusquement qu'il manqua perdre l'équilibre.

— Qu'est-ce que mon père vient faire là-dedans ?

Tous les yeux étaient braqués sur l'homme au costume trois- pièces qui avait lancé la question. Nick remarqua ses cheveux impeccablement coiffés — à l'évidence par un professionnel —, son bouc poivre et sel minutieusement taillé en pointe, ses souliers de cuir chic qui le distinguaient du lot. Par sa mise, comme par son impatience hautaine, ce monsieur donnait l'impression d'avoir mieux à faire que de fournir des explications à un minable shérif de province. Nick se retint à deux mains de l'empoigner par son col de chemise brodé à ses initiales pour le secouer un brin. Il attendit quelques instants en se balançant sur les talons, tandis que la neige tassée fondait sous ses bottes, formant deux petites mares sur le marbre à ses pieds.

— Pourquoi diantre mon père se chargerait-il de l'enquête ?

— C'est lui qui a réussi à arrêter Jeffreys, commenta Darcy McManus pour la caméra de la 5.

Alors seulement Nick se rendit compte que la télévision filmait ce terrible fiasco. Evitant l'œil sournois de la caméra, il concentra son attention sur le monsieur bien mis.

— Lorsque votre père s'est adressé à nous, il a laissé entendre…

— Parce qu'il est ici ? coupa Nick, médusé.

— Oui. Et il nous a laissé entendre qu'il était revenu pour que l'enquête avance. J'ai ici les termes exacts de sa déclaration…

Le monsieur tourna sans hâte les pages de son bloc pour consulter ses notes et reprit, satisfait :

— Les voici : « J'ai l'expérience. Je sais ce qu'il faut rechercher. Et vous pouvez être sûr que ce type ne m'échappera pas. »

Les autres journalistes hochèrent la tête pour confirmer ses dires. Gêné, Nick les regardait tour à tour. Son col l'étranglait. La sueur trempait son dos sous sa veste d'uniforme. Ils attendaient. Chacune de ses paroles serait soupesée, chacun de ses gestes analysé. Ce soir, dans les foyers, on rembobinerait la cassette du journal pour le plaisir de le voir redescendre l'escalier à reculons, mais tant pis. Pivotant sur lui-même, il gravit les marches quatre à quatre en priant le ciel de lui épargner une chute qui le ramènerait à son point de départ.

A l'étage, il se précipita dans les bureaux du commissariat, ouvrant les portes vitrées à la volée. L'une d'elles cogna si violemment contre le mur que la vitre se fissura, mais personne n'y prêta attention. Surpris par cette entrée fracassante, tous les visages s'étaient détournés de l'homme aux cheveux blancs, debout au centre de la pièce.

Ces mêmes policiers qui traînaient les pieds et geignaient lorsque Nick les envoyait vérifier une piste étaient tous assemblés autour du personnage distingué et légèrement bedonnant dont les sourcils froncés marquaient l'indignation.

— Doucement, fiston. Tu viens de détériorer le matériel de l'Etat, remarqua Antonio Morrelli en montrant le verre fêlé.

Penaud malgré sa rage et sa frustration, Nick baissa le nez vers ses bottes. Naturellement, il lui faudrait payer la vitre de sa poche…

# 50.

Assise à une table en coin, Maggie sirotait un whisky tout en cherchant à distinguer les passagers en voyage d'affaires des vacanciers. Les vols étaient retardés pour cause de mauvais temps, de sorte que tous s'entassaient dans la salle d'attente minuscule au bar en forme de L, s'agglutinaient autour des quelques petites tables au-dessus desquelles planaient des maquettes d'avions suspendues au plafond. Un juke-box diffusait de vieux tubes de circonstance comme *Leaving on a Jet Plane.*

Afin de dissuader les importuns, elle avait étalé la grosse veste sport verte du magasin John Deere sur la chaise voisine, et mis son ordinateur portable dessous, à l'abri des regards. Le reste de ses bagages était enregistré. Pour tromper son attente, elle songea à rappeler l'église Ste Margaret. Elle s'inquiétait un peu de ne pas avoir vu le père Francis à l'hôpital. Pourquoi lui aurait-il fait faux bond alors qu'il tenait à lui parler ? Il avait dû se passer quelque chose car, depuis, le presbytère ne répondait pas.

Elle voulut appeler Nick, alla jusqu'à composer le numéro, puis raccrocha. Les pistes qu'elle lui avait fournies suffisaient largement à l'occuper. D'ailleurs, elle n'avait plus de monnaie pour la cabine téléphonique. Son dernier billet de dix dollars avait payé ce whisky et les deux précédents. Piètre substitut au dîner mais, après avoir passé la journée sur l'autopsie du jeune Matthew Tanner, elle avait besoin d'un remontant.

Les marques que l'enfant portait à l'intérieur de la cuisse étaient bel et bien des traces de dents humaines. Le malheureux George Tillie s'était creusé la tête pour trouver d'autres hypothèses avant d'admettre que l'assassin avait mordu Matthew de manière répétée à cet endroit — ce qui rendait impossible tout relevé d'empreintes. Pire encore, et passablement étrange, ces morsures avaient été infligées plusieurs heures après la mort du garçon.

Le tueur ne revenait pas sur le lieu du crime dans le seul but d'observer la police. Fasciné jusqu'à l'obsession par le corps de sa jeune victime, il perdait tout contrôle, sortait de son rituel soigneusement établi. Quelle qu'en soit la cause, cette frénésie nouvelle le poussait à prendre des risques, et il pourrait bientôt commettre une erreur, laisser des indices propres à l'identifier.

Au cours de l'examen, pensant que le tueur s'était peut-être masturbé en mordant le garçon, Maggie avait suggéré à George de rechercher des résidus de sperme. Le pauvre homme avait viré pivoine en marmonnant qu'il préférait travailler seul.

Ce qu'elle comprenait fort bien. A l'évidence, il se sentait gêné en sa présence. Il avait sa méthode et les gestes d'un prêtre, ne parlait qu'à voix basse et touchait le corps avec révérence, comme s'il craignait de déranger l'âme de l'enfant mort.

D'une précision toute clinique, Maggie commentait l'autopsie d'une voix ferme et claire sur son magnétophone. Un cadavre était un cadavre, une enveloppe vide. Ce qui animait la chair s'en était échappé depuis longtemps. Force lui était cependant de reconnaître que découper un corps d'enfant, entamer la peau souple, le muscle encore tendre, avait quelque chose de sacrilège — tout comme la mort d'un être qui n'avait pas encore vraiment vécu. Mais le whisky était là pour dissiper le malaise, pour lui apporter un bienfaisant oubli quand plus rien ne semblait avoir de sens.

Le serveur la tira de ses ruminations.

— Excusez-moi, madame. Je vous apporte un verre de la part du monsieur qui se trouve au bout du bar. Il m'a également prié de vous remettre ce pli.

Un coup d'œil sur l'enveloppe, et Maggie reconnut l'écriture carrée en lettres majuscules. Son cœur s'accéléra. Elle se leva d'un bond.

— Quel monsieur ? Où est-il ?

Sur la pointe des pieds, elle s'efforçait de voir par-dessus la foule. Le serveur l'imita puis haussa les épaules.

— Je ne sais pas. Il a dû s'en aller.

— A quoi ressemblait-il ?

Machinalement, elle tâta sa veste, chercha le contact rassurant de son revolver.

— Eh bien… euh… Il était grand, brun… vingt-huit, trente ans par là… Désolé, je n'ai pas fait très attention. S'il y a un problème…

Sans le laisser finir, elle fendit la foule pour se précipiter dans le hall, scrutant les passagers qui allaient et venaient. Le sang battait à ses tempes et sa vision se brouillait — un effet néfaste du whisky.

L'allée éclairée de néons s'étendait à droite et à gauche. Elle vit une famille avec trois enfants, plusieurs hommes d'affaires portant attaché-case, un employé de l'aéroport poussant un chariot, deux femmes aux cheveux gris et un groupe de Noirs, hommes et femmes, aux tenues de couleurs vives. Pas l'ombre d'un grand brun sans bagage.

Il n'avait pas pu disparaître aussi vite. Bousculant les voyageurs dans sa hâte, elle courut jusqu'à l'escalier mécanique au bout du hall, se heurta contre un chariot à bagages abandonné. Plutôt que de descendre, elle préféra monter, puis se pencha par-dessus la rambarde pour regarder en bas. Toujours pas de grand brun sans bagage. Il s'était évaporé, lui échappait une fois de plus.

En regagnant le bar, elle se souvint d'avoir laissé son ordinateur portable et sa veste, ainsi que l'enveloppe, sans surveillance. Fort heureusement, malgré la foule, personne n'avait touché à rien. Elle reprit sa place, vida le reste de son scotch et entama le verre plein. La tête lui tournait, mais elle n'en avait cure. Ne plus penser, ne plus sentir.

Enfin, elle prit l'enveloppe par le coin, l'ouvrit délicatement et fit glisser la carte bristol sur la table sans la toucher. Malgré l'alcool, le message en grosses lettres carrées la frappa de terreur et lui noua le ventre. Il était rédigé ainsi :

DÉSOLÉ DE VOUS VOIR PARTIR SI VITE. PEUT-ÊTRE VOUS RENDRAI-JE VISITE À VOTRE DOMICILE LA PROCHAINE FOIS QUE JE SERAI DANS LA RÉGION DE CREST RIDGE. DITES BONJOUR À GREG DE MA PART.

# 51.

D'en bas, sur le trottoir, il apercevait Maggie O'Dell qui grimpait l'escalier mécanique à toute allure. Belle athlète, à n'en pas douter ; elle déplaçait de l'air, et ses jambes élancées devaient être bien jolies en short cycliste moulant… Encore que cette image le laissât indifférent.

Il poussa son chariot sur le côté, ôta la casquette et la veste empruntées à un employé de l'aéroport assoupi sur un banc, les roula en boule et les jeta dans une poubelle.

Sa Lexus l'attendait dans l'aire réservée aux livraisons. Par précaution, il avait laissé la radio allumée et monté le volume au maximum, pour le cas où Timmy s'éveillerait plus tôt que prévu. Le bruit de la musique, ajouté à celui des moteurs d'avion, suffirait à couvrir ses cris. Et le coffre hermétique achèverait d'étouffer les sons. Du reste, mieux valait ne pas trop tarder, car le garçon risquait de manquer d'air.

Il prit le volant au moment où un contractuel approchait de la voiture, carnet à la main. Après un démarrage sur les chapeaux de roues, il fila entre les camions qui déchargeaient. Le temps d'installer Timmy dans son nouveau logis, il ferait nuit noire, mais il avait tenu à voir la tête effarée de l'agent spécial O'Dell et ne le regrettait pas.

Le vent avait forci. Les tourbillons de neige promettaient des congères pour le lendemain matin. Le sac de couchage, la lampe et le petit poêle à mazout qu'il avait mis sur le siège arrière en prévision du camping lui seraient finalement utiles. Peut-être qu'en chemin, il s'arrêterait au MacDo. Timmy adorait les Big Mac, et il serait bientôt l'heure de dîner.

Après avoir remercié du geste la dame rousse à la Mazda qui le laissait passer, il se coula dans le flot de la circulation. Une excellente journée, en somme. Il n'avait pas perdu son temps. Sans se soucier des pneus qui dérapaient sur le verglas, il passa la troisième. Il était de nouveau maître de lui.

# 52.

— Ce type se paie ta tête et tu passes pour un abruti !

Très à l'aise derrière le bureau de Nick, confortablement installé dans le fauteuil de cuir qui avait été le sien, Antonio Morrelli sermonnait son fils sans ménagement.

— … Il faut que tu parles aux gens de la télé, que tu leur consacres du temps, que tu leur montres que tu sais où tu vas. Hier soir, à entendre la présentation de Peter Jennings, tu avais l'air d'un bouseux incapable de trouver une vache dans un couloir ! Pour l'amour du ciel, Nick ! Peter Jennings, ce n'est pas rien !

Perché sur le rebord de la fenêtre, Nick regardait dehors, loin au-delà des rues enneigées, éclairées par les réverbères, perçait un rayon de soleil au milieu des nuages lourds.

— Maman est avec toi ? s'enquit-il sans se retourner.

Ils rejouaient la même scène depuis toujours. Son père l'agonissait d'insultes qu'il ignorait, lui lançait des consignes tandis qu'il se taisait, n'écoutant que d'une oreille. En règle générale, il obéissait aux ordres. Par inertie. Parce que c'était plus simple que de se rebeller.

— Elle est restée chez ta tante Minnie à Houston avec le camping-car. Ne change pas de sujet, s'il te plaît. Je veux que tu me coffres des suspects. Tu me les ramasses dans la rue parmi la racaille, tu me les boucles pour interrogatoire, et tu t'arranges pour avoir l'air de maîtriser la situation.

— J'ai une paire de suspects, coupa brusquement Nick.

— Excellent. On va les mettre en garde à vue. Le juge Murphy devrait pouvoir nous fournir un mandat de perquisition pour demain matin. Qui tu as dans le collimateur ?

Nick se demanda si l'affaire Jeffreys avait été conclue ainsi, en trois coups de cuillère à pot — un mandat de perquisition nocturne et la fouille ensuite, une fois les pièces à conviction placées dans le coffre du malfaiteur.

— Tes suspects, fiston ? Qui sont-ils ?

S'il avait eu deux sous de bon sens, il aurait tenu sa langue, mais quelque démon l'incitait à choquer son père. Il se tourna vers lui pour observer sa réaction et déclara :

— Le père Michael Keller, pour commencer.

Antonio Morrelli cessa sur-le-champ de pivoter sur son siège.

— Bon sang de bonsoir, Nick, tu te fiches du monde ! Un prêtre, maintenant ! J'aurais tout entendu ! Mais les médias vont te crucifier, bougre d'imbécile ! C'est une idée à toi ? Ça ne vient pas par hasard de la jolie petite dame du FBI dont les gars m'ont parlé ?

*Les gars.* Ses hommes, son équipe de policiers. Nick les imaginait se racontant des blagues sur lui et Maggie. Il était la risée du commissariat.

— Le père Keller correspond au profil établi par l'agent O'Dell.

— Tu vas comprendre un jour que ton sexe ne doit pas régir ta vie ?

— Il n'est pas question de sexe, rétorqua Nick.

Il se tourna vers la vitre, feignit de s'intéresser à ce qui se passait dehors, mais la rage l'aveuglait

— O'Dell est convaincante, reprit son père. Et je parie qu'elle mitonne des omelettes d'enfer pour le petit déjeuner après une nuit au pieu. Mais ce n'est pas une raison pour la croire sur parole.

Nick se frotta la mâchoire, prit le temps de ravaler sa colère avant de faire de nouveau face à son père.

— Il s'agit de mon enquête. C'est à moi de décider. Et je compte mettre le père Keller en garde à vue pour interrogatoire.

— Très bien. Puisque tu tiens à te ridiculiser, continue. Et pendant que tu cafouilles, je vais voir de ce pas si Gillick et Benjamin peuvent me dénicher des suspects dignes de ce nom.

Sur ces mots, il se leva, se dirigea vers la porte. Nick attendit qu'il ait disparu dans le couloir avant de frapper du poing contre le mur. La douleur remonta jusque dans sa poitrine. La violence du choc entama la peau jusqu'au sang. Frustré, humilié et furieux, il s'efforça de contrôler son souffle puis, machinalement, il essuya sa main blessée sur sa manche de chemise. En plus des frais de remplacement de la vitre, il n'était pas question de faire repeindre le bureau. Il n'en avait pas les moyens.

# 53.

Lorsque Christine se gara dans l'allée, la maison n'était pas éclairée. Elle posa le carton de pizza par-dessus son ordinateur portable et songea qu'elle la mangerait seule. Apparemment, Timmy était resté chez un camarade. Il rentrerait plus tard, avec des histoires fabuleuses de pot au feu, de poulet à la purée, de hachis Parmentier ou autre met royal ne sortant ni d'une boîte de conserve, ni d'une barquette. Comme s'il avait oublié le temps où elle cuisinait pour toute la famille rassemblée chaque soir autour du repas. Elle se demandait parfois s'il regrettait cette vie, s'il ne payait pas le prix de sa nouvelle indépendance.

Dans le hall sombre, elle chercha le commutateur à tâtons. Le silence lui donnait la chair de poule. Peut-être à cause du vent. Du pied, elle referma la porte puis se dirigea vers la cuisine où elle s'arrêta devant le répondeur. Le témoin lumineux ne clignotait pas. Timmy ne comprendrait jamais qu'il lui fallait appeler et laisser un message ? Ce n'était pourtant pas faute de le lui répéter ! Il avait d'autant moins d'excuses qu'elle disposait à présent d'un mobile — mobile dont elle n'avait pas encore mémorisé le numéro, certes.

Elle déposa l'ordinateur et son sac sur une chaise, drapa son manteau sur le dossier. La pizza sentait bon. Dieu, qu'elle avait faim ! La visite d'Eddie Gillick chez Wanda lui avait gâché le déjeuner et coupé l'appétit.

Après s'être versé un verre de vin, elle roula le journal sous son bras, prit une part de pizza sur une serviette en papier puis, ainsi chargée, elle ôta ses escarpins et gagna pieds nus le canapé du salon — son refuge. En temps normal, il était interdit de manger dans le salon, en particulier sur le canapé. Timmy rentrerait sans doute d'un instant à l'autre et la surprendrait en flagrant délit de transgression. Tant pis.

Sitôt installée parmi les coussins, elle déplia le journal. La manchette de première page était la même que celle du matin : « La police découvre un second cadavre d'enfant. » Mais, en sous-titre, elle précisait cette fois qu'il s'agissait bien de Matthew Tanner. L'article de ce soir comportait une citation de George Tillie. Elle chercha le passage et relut les paroles du médecin légiste sous sa plume. Puisque Nick s'y refusait, elle laissait à George le soin de confirmer que les meurtres étaient l'œuvre d'un tueur en série.

L'article s'achevait sur un extrait de l'interview de Michelle Tanner, datant de lundi. La maman paniquée suppliait qu'on lui rende son fils sain et sauf. Et Christiane de commenter : « Le cri déchirant d'une mère éplorée n'aura, une fois de plus, pas été entendu. » A la relecture, cela semblait excessif. Elle en faisait trop, sombrait dans le mélo. Mais Corby adorait.

Elle feuilleta le journal, parcourut le courrier des lecteurs pour voir s'ils parlaient d'elle. Puis, se souvenant soudain qu'il était l'heure des informations, elle se précipita sur la télécommande pour allumer le poste de télévision avant de zapper sur la 5.

Comme toujours, Darcy McManus était tirée à quatre épingles, sidérante de beauté dans son ensemble violet foncé, assorti d'un chemisier cerise. Christine examina son visage en détail, ses cheveux noirs soyeux, ses grands yeux bruns qu'agrandissait encore un savant maquillage, ses lèvres du même rouge que le chemisier. Franchement, elle avait du mal à s'imaginer à la place de la présentatrice. Pour commencer, il lui faudrait renouveler toute sa garde-robe — mais il est vrai qu'avec le salaire que Ramsay lui proposait, elle en aurait largement les moyens.

En réalité, l'idée de travailler pour la télévision, de passer à l'antenne, la séduisait. L'affilié du réseau ABC à Omaha jouissait d'une large audience — près d'un million de personnes sur l'est du Nebraska. Elle deviendrait célèbre et couvrirait peut-être des événements nationaux. De fait, sa décision était prise, même si elle avait affirmé à Ramsay qu'il lui fallait y réfléchir. Refuser autant d'argent était inconcevable. D'autant qu'avec ses dettes, elle risquait de perdre la maison. Au diable les principes, elle accepterait l'offre dès le lendemain matin — après en avoir averti Corby, naturellement.

Elle but le reste de son vin, fut un moment tentée par une seconde part de pizza, puis y renonça. Elle se sentait trop lasse pour bouger. Elle s'autorisa une pause d'un quart d'heure et ferma les yeux en pensant à tout ce qu'elle ferait avec Timmy grâce à son nouveau salaire. Quelques minutes plus tard, elle dormait comme une souche.

# 54.

— Pourquoi tu ne manges pas ton Big Mac ? disait l'homme au masque.

Timmy se rencogna au bout du lit, dont les ressorts grinçaient à chaque mouvement. Ses yeux parcouraient nerveusement l'étroite pièce faiblement éclairée. Les ombres inquiétantes projetées par la lampe à pétrole sur les murs fissurés le terrorisaient. Des tremblements irrépressibles agitaient ses membres, tout comme l'hiver dernier, quand il était malade et que sa mère avait dû l'emmener aux urgences. D'ailleurs, il avait mal à l'estomac. Mais ce n'était pas pareil. Cette fois, il tremblait parce qu'il avait peur. Parce qu'il se trouvait dans un lieu inconnu et ne savait pas comment il y était arrivé.

Jusqu'ici, le grand monsieur au masque avait été gentil. Lorsqu'il l'avait arrêté près de l'église pour lui demander son chemin, il portait une cagoule de ski noire, comme les voleurs dans les films. Mais il faisait froid dehors, et le monsieur semblait perdu, anxieux. Il n'avait rien d'effrayant. Timmy n'avait pas eu peur. Pas même quand l'homme était sorti de sa voiture pour lui montrer une carte routière. Et là, brusquement, il l'avait attrapé, lui avait appliqué un mouchoir blanc sur le nez et la bouche.

Après cela, Timmy ne se souvenait plus de rien jusqu'à son réveil dans cette pièce.

Le vent hurlait à travers les lattes moisies qui obturaient les fenêtres, mais il faisait chaud à l'intérieur. Dans un coin, Timmy remarqua un petit poêle à mazout comme celui que son père emportait lorsqu'ils allaient camper. Il y avait bien longtemps de cela, bien longtemps que son père ne se souciait plus de lui.

— Tu as tort de ne pas manger. Je sais que tu n'as rien avalé depuis le déjeuner.

Timmy dévisageait le monsieur. Il avait l'air plus ridicule qu'effrayant avec ce masque, son jean et son pull noir, ses Nike d'un blanc immaculé. Si blanches qu'elles semblaient neuves — au détail près qu'il y avait un nœud à l'un des lacets. Il avait dû casser. Près de la porte, une paire de bottes en caoutchouc noir gigantesques dégoulinaient sur un sac en papier. Timmy trouva bizarre que des Nike toutes neuves aient déjà un lacet abîmé. S'il avait eu des Nike comme celles-ci, il en aurait pris le plus grand soin.

A travers le masque, la voix de l'homme lui parvenait étouffée. Elle lui rappelait quelque chose, mais il n'aurait su dire quoi. Il tenta de se souvenir du nom du président mort que représentait le masque. Celui avec un gros nez qui avait été contraint de démissionner. Comment s'appelait-il, déjà ? L'année passée, on leur avait pourtant fait apprendre par cœur les noms de tous les présidents à l'école.

Il aurait aimé ne plus trembler, ne plus claquer des dents, mais il était trop douloureux de se retenir.

— Tu as froid ? Tu as besoin de quelque chose ?

Timmy fit non de la tête.

— Demain, je t'apporterai des cartes de base-ball et des illustrés.

L'homme se leva pour partir et prit la lampe sur la caisse de bois où elle était posée.

— Je pourrais garder la lampe ?

La question avait fusé spontanément, et Timmy s'étonna d'entendre sa propre voix, si claire, si ferme, alors qu'il tremblait comme une feuille.

L'homme se retourna vers lui. Sous le masque, dans les trous des yeux, ses prunelles brillaient, comme s'il souriait.

— Bien sûr, Timmy. Je vais te la laisser.

Il savait son prénom ? Bizarre. Timmy ne se souvenait pas de le lui avoir donné. Connaissait-il cet homme ?

L'homme au masque remit la lampe en place, enfila ses grosses bottes de caoutchouc et sortit en verrouillant la porte du dehors. Timmy ne bougea pas. Il tendit l'oreille, cherchant à déceler les pas de l'homme malgré les battements bruyants et frénétiques de son cœur. En silence, il compta deux minutes et, lorsqu'il fut certain que son geôlier ne reviendrait pas, il entreprit d'examiner sérieusement la pièce. Les planches pourries qui obturaient les fenêtres lui permettraient peut-être de s'échapper.

Il quitta le lit, buta contre son traîneau, se redressa. Mais il ne put aller bien loin. Une sorte de bracelet lui enserrait la cheville, relié à une épaisse chaîne de métal qu'on avait attachée au montant du lit avec un cadenas. Il tira de toutes ses forces, mais le lit ne bougeait pas. Il se mit à genoux, s'acharna sur le bracelet, jusqu'à en avoir mal aux doigts et la jambe presque à vif. Alors, il renonça à lutter. Regarda de nouveau autour de lui.

Et soudain, il comprit. C'est ici qu'on avait amené Danny et Matthew.

Il rampa jusqu'à son traîneau de plastique orange et s'y pelotonna en une boule compacte avant de prier à voix haute :

— Oh, mon Dieu, s'il vous plaît, faites que je ne devienne pas mort comme Danny et Matthew.

Ensuite, pour penser à autre chose, il entreprit de réciter la liste de tous les présidents, comme à l'école :

— Washington, Adams, Jefferson…

# 55.

Occuper la demeure familiale n'était pas sans poser quelques menus problèmes. Il avait notamment le devoir d'héberger ses parents en visite. En conséquence de quoi, Nick résolut de ne pas rentrer chez lui où, tôt ou tard, il se retrouverait en présence de son père. Il l'avait assez vu pour la journée. Voulant occuper son temps utilement, il appela le presbytère à plusieurs reprises sans obtenir de réponse et décida de s'y rendre.

Relié à l'église par une allée couverte, le bâtiment ressemblait à une ferme locale. Ce soir, il était éclairé a giorno, comme pour une réception. Nick dut pourtant attendre un bon moment avant qu'on vienne lui ouvrir.

Vêtu d'une longue robe d'intérieur noire, le père Keller apparut dans l'encadrement de la porte et le salua aimablement, sans la moindre trace de surprise.

— Ah, shérif. Excusez-moi si j'ai tardé à vous répondre. J'étais sous la douche.

— J'ai essayé d'appeler pour vous prévenir.

— Vraiment ? Je n'ai pourtant pas bougé d'ici. Mais on n'entend pas grand-chose dans la salle de bains. Entrez donc.

Un feu nourri brûlait dans l'immense cheminée, pôle d'attraction de la pièce. Devant l'âtre s'étalait un tapis d'Orient aux couleurs chatoyantes, entouré de plusieurs fauteuils. Près de l'un d'eux, sur une petite table, des livres d'art étaient empilés

— Monet, Degas, la peinture de la Renaissance. Nick se jugea bien sot d'avoir cru que les prêtres lisaient exclusivement des ouvrages religieux et philosophiques. Pourquoi n'auraient-ils pas des intérêts, des hobbies, des passions comme le commun des mortels ?

Le père Keller l'invita courtoisement à s'asseoir. Nick ne le connaissait que pour avoir assisté quelques fois à la messe du dimanche mais, au premier abord, l'homme était sympathique. En plus de son physique d'athlète, de son visage agréable au sourire enfantin, il possédait un calme, une aisance spontanée qui vous mettaient immédiatement en confiance. Nick regarda ses mains impeccablement propres aux longs doigts souples, aux ongles soigneusement manucurés. Assurément, ce n'étaient pas là les mains d'un étrangleur d'enfants, Maggie se trompait sur toute la ligne. Il serait mieux avisé de cuisiner Ray Howard.

— Je peux vous offrir un café ? s'enquit le prêtre, visiblement soucieux de traiter son invité comme il se doit.

— Non, merci. Je n'en ai pas pour longtemps.

Nick ouvrit sa veste, tira un carnet et un stylo de sa poche intérieure. Sa main blessée lui faisait mal, et le sang perçait à travers son pansement de fortune. Il la rentra sous sa manche pour éviter d'attirer l'attention de Keller.

— Je crains de ne pas avoir grand-chose à vous apprendre, shérif. Je présume qu'il a été foudroyé par une crise cardiaque, tout simplement.

— Pardon ?

— C'est bien au sujet du père Francis que vous venez me rendre visite ?

— Le père Francis ? Comment cela ?

— Aïe. Pardonnez-moi. Je vous croyais au courant. Il est tombé dans l'escalier de la cave ce matin. Nous pensons qu'il a fait un malaise cardiaque.

— Il est remis, au moins ?

— Hélas non, il est mort. Dieu ait son âme.

Le père Keller ôta un fil de son peignoir. Il évitait les yeux de Nick.

— Mince alors. Je l'ignorais. C'est une triste nouvelle.

— Je comprends que cela vous affecte. Ici, nous sommes encore sous le choc. Vous étiez l'un de ses enfants de chœur autrefois, n'est-ce pas ? Du temps de l'ancienne église Ste Margaret, je crois ?

— Oui. Il y a bien longtemps.

Nick fixait les flammes en songeant au vieux prêtre maigre et fragile qu'il était venu interroger avec Maggie.

— Veuillez m'excuser, shérif, mais si vous n'êtes pas là à cause du père Francis, en quoi puis-je vous être utile ?

La question ramena Nick au présent. Il se secoua, se souvenant du but de sa visite. Effectivement, le père Keller correspondait physiquement au profil établi par Maggie. Jusqu'à la taille de ses pieds nus. Mais, comme ses mains, ils semblaient trop soignés pour avoir marché dans la neige et la boue à travers la caillasse, les broussailles…

— Shérif Morrelli, vous vous sentez bien ?

— Ça va. En fait, je souhaitais vous demander des précisions sur… sur les camps de vacances que vous organisez.

— Les camps de vacances de l'église ?

Il paraissait surpris. Peut-être vaguement inquiet, Nick n'aurait su le dire.

— Danny Alvarez et Matthew Tanner y participaient tous deux l'été dernier.

— Vraiment ?

— Vous l'ignoriez ?

— Nous avions plus de deux cents garçons en colonie. Je regrette de ne pouvoir les connaître tous. Hélas, le temps me manque pour des contacts plus personnels.

— Vous prenez des photos avec les enfants ?

— Pardon ?

— Mon neveu, Timmy Hamilton, a une photo sur laquelle on voit quinze à vingt garçons avec vous et M. Howard.

— Ah oui, c'est vrai.

Le père Keller passa la main dans ses épais cheveux bruns, et Nick s'avisa avec un peu de retard qu'ils n'étaient pas mouillés.

— Les photos de la course de canoë. Je me souviens à présent. Tous les enfants ne sont pas qualifiés pour la course, mais, l'an dernier, nous avons fait des photos de l'équipe retenue. M. Howard participe au projet en tant que conseiller bénévole. J'essaie d'impliquer Ray dans toutes les activités de l'église depuis qu'il a quitté le séminaire pour se joindre à nous.

Ainsi, Howard avait suivi l'enseignement du séminaire. Intéressant. Nick attendit la suite.

— Je suis ravi d'apprendre que Timmy Hamilton est votre neveu. C'est un gentil garçon.

— Certes.

Curieux d'en savoir davantage, Nick hésitait cependant à poursuivre la discussion sur Ray Howard, craignant que le père Keller ne cherche à le détourner sciemment de son objectif. Pourquoi diable avait-il mentionné le séminaire quand on ne lui demandait rien ? Il consulta son bloc, feignit de relire des notes et reprit :

— Vous organisiez, je crois, des camps de vacances semblables dans votre précédente paroisse. A Wood River dans le Maine, si mes renseignements sont bons.

Du coin de l'œil, il observait le prêtre, guettait une réaction qui ne vint pas.

— C'est exact.

— Pourquoi avez-vous quitté Wood River ?

— On m'a proposé une place de prêtre assistant ici. Une promotion, en quelque sorte.

— Vous saviez qu'un jeune garçon avait été assassiné dans la région de Wood River peu de temps avant votre départ ?

— J'en ai vaguement entendu parler. Mais je ne suis pas sûr de suivre votre raisonnement, shérif. Vous me soupçonnez de connaître des détails sur ces crimes ?

La voix était posée, sereine, sans trace d'inquiétude.

— Je ne fais que mon métier, je vérifie toutes les pistes.

Nick se sentait gêné, affreusement ridicule. Il fallait que Maggie l'eût ensorcelé pour le convaincre qu'un prêtre catholique était capable de meurtre… Encore que. Le bougre savait bien des choses, et c'en était troublant.

— Père Keller, d'où tenez-vous que j'ai autrefois servi la messe pour le père Francis dans l'ancienne église ?

— Au juste, je l'ignore. Il m'en aura parlé, je suppose.

Une fois de plus, le prêtre évitait son regard. C'est alors que des coups frappés à la porte vinrent les interrompre. Le père Keller se leva. Trop brusquement. Comme s'il avait hâte de s'échapper.

— Je ne suis pas en tenue pour recevoir des visiteurs, remarqua-t-il en souriant.

Et il resserra les pans de son peignoir, en renoua la ceinture. Tandis que le père Keller allait ouvrir, Nick s'éloigna du feu trop chaud pour arpenter la vaste pièce. Tout un mur était occupé par une grande bibliothèque. En face, une jardinière débordant de plantes vertes trônait devant une baie vitrée. Il y avait aussi quelques objets d'ornement — un crucifix de bois sombre qui se terminait curieusement en pointe et évoquait presque un poignard ; des toiles d'artistes inconnus aux couleurs vives, tout en mouvement. Et soudain, il remarqua au coin de la cheminée les bottes de caoutchouc noir encore couvertes de neige sur un vieux paillasson. Le père Keller avait-il menti ?

Etait-il sorti au cours de la soirée ? A moins, bien sûr, que les bottes n'appartiennent à Ray Howard.

Dans le hall, le ton montait. La voix sèche du prêtre agacé répondait aux accusations véhémentes d'une femme. Nick se précipita vers la porte. Là, le père Keller luttait pour conserver son calme sous le feu nourri des questions de Maggie O'Dell.

# 56.

Nick eut quelque peine à reconnaître la voix de Maggie. Criarde, aiguë, agressive. Voilà qui était surprenant chez une femme d'ordinaire si maîtresse d'elle-même.

— Je veux voir le père Francis immédiatement !

Et elle bouscula le père Keller pour passer, sans lui laisser le temps de s'expliquer. Dans sa précipitation, elle manqua heurter Nick, s'arrêta net, recula d'un pas. Leurs regards se rencontrèrent. Ses yeux brillaient, animés d'une flamme sauvage qui faisait écho à l'hystérie de sa voix.

— Nick ? Qu'est-ce que vous fabriquez ici ?

— Je pourrais vous retourner la question. Je croyais que vous aviez un avion à prendre ?

Elle paraissait minuscule dans sa lourde veste verte trop grande. Sans fard, les cheveux ébouriffés par le vent, elle aurait pu passer pour une jeune étudiante.

— Tous les vols sont retardés.

— A qui ai-je l'honneur ? interrompit le prêtre resté sur la touche.

— Ah, pardon, j'oubliais. Vous ne vous êtes jamais rencontrés. Maggie, le père Michael Keller. Mon père, je vous présente l'agent spécial O'Dell.

— Alors, c'est vous Keller ? Qu'avez-vous fait du père Francis ?

De nouveau, le ton était accusateur. D'où lui venait cette agressivité ? S'agissait-il d'une nouvelle stratégie ? Nick ne comprenait plus rien.

— J'ai déjà essayé de vous expliquer..., commença le prêtre.

— Eh bien, je les attends, vos explications. Le père Francis devait me rejoindre à l'hôpital dans l'après-midi, et il n'est jamais venu.

Elle se tourna vers Nick, et ajouta :

— J'ai passé la journée et une bonne partie de la soirée à appeler ici sans que personne décroche.

— Maggie, je vous en prie, ne restez pas sur le pas de la porte. Entrez et calmez-vous.

— Je ne me calmerai pas avant d'avoir des réponses. Je veux savoir ce qui se trafique ici.

Comme elle ne laissait pas le père Keller parler, Nick se chargea de la mise au point pour lui.

— Le père Francis a eu un accident ce matin, Maggie. Il a fait une chute mortelle dans l'escalier de la cave.

Elle resta un moment silencieuse, comme frappée d'immobilité. Puis elle se tourna vers le prêtre.

— Un accident, hein ? Vous êtes sûr qu'il s'agit bien d'un accident, Nick ?

— Voyons, Maggie.

— Qui vous prouve que personne ne l'a poussé ? A-t-on examiné le corps ? Je pratiquerai l'autopsie moi-même si nécessaire.

— L'autopsie ? répéta le père Keller.

— Maggie, il était âgé, fragile.

— Justement. Il n'avait rien à faire dans une cave.

— C'est là que nous gardons notre vin, précisa le prêtre.

Maggie le foudroyait du regard, les poings crispés. Nick s'attendait presque à ce qu'elle lui décoche un coup. Quel jeu jouait-elle donc ? Si c'était la vieille stratégie du méchant flic et du gentil, il aurait aimé qu'elle lui donne un signal.

— Qu'est-ce que vous entendez par là, Keller ? s'enquit-elle finalement.

— Mais… je ne sous-entends rien, rien du tout.

— Maggie, venez. Nous devrions partir, dit Nick en lui prenant le bras.

Elle se dégagea d'une secousse avec un coup d'œil mauvais, avant de reporter son attention sur le prêtre. Et soudain, sans prévenir, elle pivota sur les talons et se dirigea au pas de charge vers la sortie.

Nick se tourna vers un père Keller aussi médusé que lui, puis, haussant les épaules, sans un mot de plus, il suivit Maggie qu'il rattrapa dehors. Il hésita à la retenir par la manche pour qu'elle ralentisse, se ravisa et pressa le pas pour rester à sa hauteur.

— A quoi rimait cette scène ? Je n'ai rien compris.

— Il ment. Je jurerais que ce n'était pas un accident.

— Le père Francis était âgé, Maggie.

— Il avait quelque chose d'important à me confier. Quand nous avons parlé au téléphone ce matin, j'ai entendu des déclics sur la ligne. Quelqu'un nous écoutait. Je suis sûre que c'était Keller.

Elle s'arrêta, se retourna vers lui.

— C'est pourtant clair, Nick. Celui qui nous épiait a décidé d'empêcher définitivement le père Francis de dire ce qu'il avait à dire. L'autopsie permettra de vérifier s'il a été poussé ou non. Je la ferais moi-même si…

— Maggie, il n'y aura pas d'autopsie. Keller n'a poussé personne, et je doute fort qu'il soit impliqué dans les meurtres. Cela ne tient pas debout. Il faut que nous trouvions des suspects sérieux, que nous…

Il s'interrompit brusquement. Elle était devenue pâle comme un linge, semblait au bord du malaise.

— Maggie ? Vous êtes souffrante ?

Sans prendre le temps de répondre, elle quitta le trottoir pour filer dans la neige à l'arrière du presbytère. Là, à l'abri du vent, loin des réverbères et d'éventuels passants, accrochée à un arbre, elle se mit à vomir. Nick resta à bonne distance. A présent, il comprenait mieux son agressivité, l'hystérie et les accusations. Maggie O'Dell avait bu, elle était soûle.

Il attendit patiemment qu'elle se soit soulagée, montant la garde dans l'ombre en lui tournant le dos, au cas où elle serait assez lucide pour avoir honte.

Quelques instants plus tard, elle l'appela à voix basse. Le temps qu'il se retourne, elle s'éloignait en direction d'un bosquet qui séparait le jardin de l'église de Cutty's Hill.

— Nick, venez voir, dit-elle encore en montrant quelque chose du doigt.

Sans doute délirait-elle mais, à tout hasard, il regarda dans la direction indiquée. Pour le coup, il se frotta les yeux, craignant d'avoir lui aussi la berlue. Non, il ne rêvait pas A demi caché sous les arbres, il y avait un vieux pick-up bleu avec des râteliers de bois sur les côtés.

# 57.

Ils arrivaient devant la chambre d'hôtel de Maggie, et Nick expliquait encore :

— … demain matin, à la première heure, je demanderai un mandat de perquisition au juge Murphy.

Si seulement il pouvait se taire ! Elle avait la migraine et mal à l'estomac. Qu'est-ce qui lui avait pris de boire tant de whisky alors qu'elle n'avait rien mangé de la journée ?

Elle jeta son sac et son ordinateur portable sur le lit, puis s'étendit sans plus de façons. Elle avait eu de la chance de récupérer sa chambre. Avec la tempête et la neige, de nombreux automobilistes se trouvaient empêchés de poursuivre leur route.

Nick restait planté dans l'encadrement de la porte, visiblement très mal à l'aise. Mais il ne semblait pas disposé à partir.

— Mince, j'étais surpris de vous voir agresser Keller comme une furie. Vous étiez déchaînée. Un moment, j'ai bien cru que vous alliez le frapper.

Elle reporta son attention sur lui sans prendre la peine de se redresser. Trop douloureux.

— Je sais que vous ne me croyez pas, mais ce Keller n'est pas innocent, j'en suis sûre. Et ne restez pas là avec la porte ouverte. Entrez ou sortez, mais décidez-vous.

Il sourit et ferma le battant. Une fois à l'intérieur, il se mit à arpenter la pièce de long en large puis, voyant qu'elle fronçait les sourcils, il tira une chaise près du lit pour s'asseoir auprès d'elle.

— Qu'est-ce qui vous a pris ? Vous avez décidé de fêter votre départ ?

— Sur le moment, cela semblait être une bonne idée.

— Vous risquez de rater votre avion.

— C'est sans doute déjà fait.

— Et votre mère ?

— Je l'appellerai demain matin.

— Alors, vous êtes revenue pour le seul plaisir de laminer Keller ?

Elle se hissa sur un coude, fouilla ses poches de veste et lui tendit une enveloppe avant de s'étendre de nouveau.

— Qu'est-ce que c'est ?

— J'étais au bar de l'aéroport quand le garçon m'a apporté ce pli en disant qu'un type l'avait prié de me le remettre. Seulement, le type en question avait filé entre-temps.

Elle observa Nick tandis qu'il lisait le message. Il semblait perturbé, et elle se souvint qu'elle ne lui avait pas parlé de la première missive.

— Ce billet vient de notre tueur.

— Comment se fait-il qu'il sache où vous habitez et connaisse le nom de votre mari ?

— Il mène son enquête, fouine dans mon passé pour me rendre la pareille.

— Mince alors !

— Les aléas de la profession. C'est assez courant.

Elle referma les yeux, massa ses tempes douloureuses.

— Au presbytère, personne n'a répondu au téléphone pendant des heures. Il a eu tout le temps de se rendre à l'aéroport et de rentrer.

Lorsqu'elle souleva de nouveau les paupières, Nick l'examinait. Elle se sentait comme nue sous son regard inquiet. Sa chaise était toute proche du lit, leurs genoux se touchaient presque. Gênée, elle s'assit brusquement, et la pièce se mit à tourner, au point qu'elle s'attendait à voir les meubles glisser sur le sol en pente.

— Maggie, vous êtes souffrante ?

Elle plongea dans le bleu de ses prunelles tandis qu'il effleurait sa joue de la paume. Le vertige dû à l'alcool était décuplé par le délicieux frisson. Elle s'abandonnait déjà quand elle se leva d'un bond, comme sous l'effet d'une décharge électrique. Pliée en deux, prenant appui sur la commode, elle cherchait son souffle. Lorsqu'elle trouva la force de se redresser, de relever les yeux, elle le vit approcher dans le miroir. Leurs regards se croisèrent et ce qu'elle lut dans le sien lui fit tourner la tête, mais pour d'autres raisons. A présent, il était juste derrière elle, se penchait sur son épaule dénudée par le pull informe des Packers. Elle vit ses lèvres se poser sur sa peau nue, remonter lentement, délibérément le long de son cou, redescendre vers son dos et remonter encore.

— Nick, vous êtes fou, haleta-t-elle, surprise par la violence de sa propre réaction au contact de ses lèvres sur sa peau.

— Il y a des jours que j'en meurs d'envie, souffla-t-il en lui léchant l'oreille.

Ses genoux ne la soutenaient plus. Redoutant de tomber, elle s'adossa à lui et protesta dans un murmure :

— Ce n'est pas une bonne idée.

La voix manquait de fermeté, et elle, de conviction. Il lui enlaça la taille, la plaqua contre son corps et son trouble s'accrut.

— Nick… non…

Elle frissonnait de plaisir, ne pouvait plus parler, plus respirer. Les lèvres de Nick lui brûlaient la peau tandis que ses mains expertes glissaient en une longue caresse jusqu'à sa poitrine. Elle remarqua que l'une d'elles était pansée, voulut lui demander quand il s'était blessé, mais le souffle lui manquait. Fascinée, elle regarda dans le miroir les grandes paumes de Nick recouvrir ses seins. C'en était trop, elle allait défaillir. Il lui fallait se reprendre, trouver la force de se ressaisir. Au prix d'un effort, elle se retourna, prenant appui sur lui pour le repousser. Mais ses propres mains la trahirent, s'employèrent à dégrafer la chemise de Nick pour explorer son torse.

Il tremblait lorsque enfin il posséda sa bouche. Elle hésitait encore, surprise par l'intensité même de son désir, par les plaintes qui s'échappaient de sa gorge. Et puis, n'y tenant plus, elle répondit à son baiser avec une ardeur sauvage. Au point qu'elle haletait quand il quitta ses lèvres pour glisser le long de son cou, puis plus bas, pour mordiller les pointes de ses seins à travers le coton de son pull, répandant des frissons à travers tout son corps. Torture délicieuse, insoutenable.

— Oh, Nick… Oh, mon Dieu…

Il fallait que cela cesse, mais elle n'avait plus de volonté. Elle se liquéfiait sous ses caresses, se tenait à la commode. La pièce tournait autour d'elle. Ses oreilles bourdonnaient, le sang battait à ses tempes et son cœur martelait ses côtes. Et ce bruit, mon Dieu, ce bruit ! Cette sonnerie persistante qui lui vrillait la tête…

Le téléphone ! C'était le téléphone. Aussitôt, la réalité prit le pas sur le vertige.

— Nick, le téléphone, articula-t-elle faiblement.

Agenouillé à ses pieds, les mains autour de sa taille, il releva sur elle un regard lourd de désir. Comment diable avait-elle pu laisser les choses en arriver là ? L'alcool bien sûr. L'alcool lui avait embrumé l'esprit, anéantissant sa raison. Et les lèvres, les caresses de Nick avaient fait le reste. Il était temps de réagir, s'admonesta-t-elle. Et elle se dégagea pour courir répondre.

— Allô oui ? Maggie O'Dell à l'appareil.

Elle était encore essoufflée, mais sa voix ne tremblait pas. Une bonne chose. Par prudence, elle tourna le dos à Nick de peur que le trouble ne la reprenne.

— Ah, Maggie. Dieu merci, vous êtes là. Ici Christine Hamilton. Je suis très inquiète. Je regrette de vous déranger si tard. J'ai essayé de joindre Nicky mais personne ne sait où il est. C'est affreux…

— Calmez-vous, Christine.

Elle coula un regard à Nick qui reboutonnait sa chemise en hâte, comme si sa sœur venait d'entrer en personne dans la pièce et l'avait surpris en pleine débauche. Remontant ses cheveux derrière ses oreilles, elle reporta toute son attention sur la conversation.

— Que se passe-t-il, Christine ? Racontez-moi.

— C'est Timmy. Il n'était pas à la maison quand je suis rentrée ce soir. Je pensais qu'il était resté chez un camarade, mais j'ai appelé partout et personne ne l'a revu depuis cet après-midi. Il était allé faire de la luge avec ses copains à Cutty's Hill. Les autres disent l'avoir vu rentrer à pied, mais il n'est toujours pas là. Oh, mon Dieu, Maggie, je ne sais plus quoi faire. Il y a cinq heures de cela, et il n'est pas rentré. J'ai peur. C'est terrible.

Maggie couvrit le récepteur de sa paume et s'assit sur le lit avant que ses jambes ne cèdent.

— C'est Timmy. Il a disparu, dit-elle à voix basse.

Le ton ferme démentait la panique qui lui nouait le ventre et dont elle vit l'image dans le regard de Nick.

— Doux Jésus, non, pas cela, murmura-t-il.

En un instant, tout avait basculé, et la terreur avait remplacé le désir.

# 58.

Christine se rongeait les ongles — une habitude qui remontait à l'enfance et que ressuscitait la présence de son père dans son salon. Lorsqu'il avait décroché le téléphone chez Nick, elle en avait été surprise, puis soulagée. Hélas, à présent qu'il arpentait la pièce en aboyant des ordres aux policiers massés dans la maison et le jardin, elle se sentait plus démunie et inquiète que jamais, redevenait la fillette invisible d'autrefois dont personne n'attendait rien.

— Va te coucher, ma chérie. Essaie de te reposer, lui dit-il en passant près d'elle.

Incapable d'articuler une parole, elle secoua la tête en signe de refus. Ne sachant que lui proposer d'autre, il prit le parti de l'ignorer.

Lorsque Nick et Maggie arrivèrent enfin dans la pièce encombrée, Christine se leva d'un bond, prête à sauter au cou de son frère. Mais elle réprima son élan et demeura plantée devant le canapé sur ses jambes flageolantes. La peur qui l'habitait ne justifiait pas un tel débordement affectif. Devinant son désarroi, Nick s'approcha d'elle puis, après une légère hésitation, il l'enveloppa de ses bras, la serra contre lui sans un mot. Jusque-là, elle avait tenu bon en brave petit soldat comme le souhaitait son père mais, dans l'étreinte rassurante de Nick, elle lâcha prise. Les larmes débordèrent de ses yeux et, secouée par les sanglots, elle s'accrocha à lui, étouffant ses hoquets contre le tissu de sa veste.

Nick s'assit avec elle sur le canapé, la laissa pleurer librement sur son épaule en la réconfortant de ses caresses. Lorsque, finalement, elle releva les yeux, Maggie qui se tenait devant eux lui tendit un verre d'eau. Elle le prit de ses mains tremblantes, eut quelque peine à boire sans en renverser, puis, rafraîchie, elle chercha son père du regard en espérant qu'il ne l'avait pas vue dans cet état. Il n'apprécierait pas sa honteuse faiblesse.

— Tu es sûre d'avoir appelé tout le monde ?

— Sûre et certaine. J'ai téléphoné partout.

Son nez bouché déformait sa voix et l'empêchait de respirer. Maggie lui tendit une poignée de Kleenex pour qu'elle se mouche. Après quoi, elle put reprendre le fil de ses explications :

— Ils m'ont tous dit qu'après la séance de luge, Timmy avait repris le chemin de la maison.

— Il a pu s'arrêter en route, suggéra Maggie.

— C'est peu probable. Entre Cutty's Hill et ici, il n'y a guère que l'église et quelques familles sans enfants. J'ai bien essayé de contacter le presbytère, mais personne ne répondait.

Nick et Maggie échangèrent un regard qui éveilla ses soupçons.

— Quoi ? Qu'est-ce qu'il y a ?

— Rien, dit Nick.

— Toi, tu me caches quelque chose.

— Non. C'est juste que Maggie et moi sommes passés au presbytère dans la soirée. Bon, eh bien, je vais voir ce que papa fabrique avec mes hommes, et je reviens.

Maggie ôta sa veste et s'assit à son tour auprès de Christine. L'impeccable agent O'Dell portait ce soir un vieux pull de football informe sur un jean. Elle avait le visage en feu, les cheveux en désordre.

— Je vous ai tirée du lit ?

Curieusement, Maggie parut gênée.

— Non, je ne dormais pas.

Elle remonta une mèche folle, la lissa derrière son oreille, puis elle baissa les yeux sur sa tenue inhabituelle.

— Pour ne rien vous cacher, je devais rentrer chez moi, en Virginie. Mon vol avait du retard pour cause d'intempéries. J'avais enregistré mes bagages...

Elle s'interrompit, consulta sa montre.

— ... A l'heure qu'il est, ils doivent survoler Chicago sans moi.

— Je peux vous prêter des vêtements si vous le souhaitez.

Maggie hésita un moment, puis elle se décida et s'enquit contre toute attente :

— Vraiment ? Cela ne vous ennuie pas ?

— Pas le moins du monde. Venez.

Christine conduisit Maggie dans sa chambre, ravie de pouvoir enfin se rendre utile. Malgré la porte close, on entendait encore les voix des hommes, en bas. Devant la penderie ouverte, elle songea qu'elle était plus grande que Maggie — plus plate aussi. Mais elle lui trouverait sans doute une tenue à sa taille.

— Allez-y, servez-vous.

Et elle s'assit au bord du lit cependant que Maggie examinait sa garde-robe pour arrêter son choix sur un col roulé rouge.

— Je pourrais vous emprunter un soutien-gorge ?

— Dans le tiroir du haut, à gauche. Les miens risquent d'être trop petits pour vous. Prenez un modèle sport. Ils ont l'avantage d'être élastiques.

Elle devinait la gêne de Maggie. Elle-même n'était pas très à l'aise. Il y avait bien longtemps qu'elle ne partageait plus ce genre d'intimité avec des amies. Elle songea à quitter la pièce, mais déjà Maggie ôtait son pull informe pour enfiler un soutien-gorge gris. Elle se débattit avec, tira dessus pour y installer son opulente poitrine. Avant de détourner les yeux, Christine ne put s'empêcher de remarquer la trace laissée par une entaille sur l'abdomen.

— Excusez mon indiscrétion, mais cela ne ressemble guère à une cicatrice de chirurgie.

— Ce n'en est pas une.

Du doigt, elle effleura la marque rouge irrégulière et reprit d'un ton grave, presque révérencieux :

— C'est un cadeau. Un souvenir laissé par un assassin que j'ai fait mettre sous les verrous.

— Je n'ose pas imaginer les horreurs que vous affrontez.

— La profession ne me donne pas le choix. Vous n'auriez pas un caraco ou un sous-pull ? Ce truc me serre.

— Tiroir du bas, à gauche. Comment supportez-vous cette vie sans en être affectée ?

— Je n'ai jamais dit que cela ne m'affectait pas. Mais je m'efforce de ne pas y penser.

Elle ôta le soutien-gorge trop petit, passa un caraco couleur crème à la place puis, satisfaite, elle le rentra dans son jean avant d'enfiler le col roulé rouge par-dessus. Un peu juste, lui aussi, mais il ferait l'affaire.

— Me voici présentable, je vous remercie, conclut-elle en se retournant vers Christine.

Pause.

— Les corps de Danny et de Matthew étaient lardés de coups de couteau, n'est-ce pas ?

La question n'était plus celle d'une journaliste en quête de détails pour nourrir ses articles et appâter le lecteur, mais celle d'une mère anxieuse qui avait besoin de savoir.

L'imperturbable Maggie O'Dell en parut quelque peu décontenancée.

— Nous retrouverons Timmy, dit-elle finalement. Nick a déjà appelé le juge Murphy pour demander un mandat de perquisition, et nous tenons un suspect.

La journaliste aurait cherché à pousser l'avantage pour obtenir des précisions sur l'identité du suspect, le but de la perquisition, mais la mère ne pouvait chasser de son esprit l'image de son fils tremblant de peur dans quelque recoin obscur et reculé. Parviendraient-ils à le retrouver avant qu'il soit trop tard ? Avant que son frêle corps d'enfant ne soit couvert d'entailles sanglantes ?

— Il est tellement fragile, vous savez...

De nouveau, les larmes lui montaient aux yeux ; la panique lui nouait le ventre. Maggie l'observait en silence, ce dont elle lui fut reconnaissante. Elle ne craquerait pas. Pas maintenant. Pas devant cette femme qu'un fou avait marquée à vie de son empreinte, cette femme devenue insensible aux émotions qu'elle transformait en force par quelque secrète alchimie. Il lui fallait la prendre pour modèle, ne pas gaspiller son énergie en vaines larmes. Pleurer ne sauverait pas Timmy.

Elle s'essuya les yeux du revers de la main et se leva, ferme malgré la peur qui la taraudait.

— Maggie, dites-moi ce que je peux faire pour vous aider.

# 59.

*Jeudi 30 octobre*

Timmy fut réveillé par la lumière du soleil qui filtrait entre les planches pourries. Désorienté, il se demanda d'abord où il était. L'odeur de moisi, mêlée à celle du poêle à mazout, eut tôt fait de le lui rappeler. La chaîne métallique tinta lorsqu'il s'assit. Il était courbatu d'avoir dormi lové dans son traîneau de plastique. La peur lui rongeait le ventre, et son estomac vide criait famine. Il lui fallait vaincre la panique avant que les tremblements le reprennent.

— Pense à des choses agréables, s'admonesta-t-il tout haut.

Il regarda autour de lui, remarqua les affiches qui couvraient en partie les murs dont le plâtre s'écaillait. Il y avait deux posters des Nebraska Cornhuskers, deux de Starwars, et une de Batman — presque comme dans sa chambre.

Tendant l'oreille, il guetta des bruits de circulation. Silence. Il entendait juste le vent qui sifflait à travers les lattes et secouait les vitres brisées.

Si seulement il parvenait à atteindre la fenêtre, il arracherait sans peine ces maudites planches pourries. L'ouverture n'était pas bien grande, mais suffisante pour qu'il s'y faufile et aille chercher de l'aide. Il tenta de pousser le lit, mais le lourd sommier de métal refusait de bouger. L'effort l'épuisait ; la tête lui tournait.

Manger. Il engloutit une poignée de frites. Elles étaient froides, mais agréablement salées. Sous la caisse, il trouva deux Snickers, un sachet de Cheetos et une orange. Malgré une vague envie de vomir, il dévora le fruit et les sucreries avant de s'attaquer aux Cheetos tout en examinant la chaîne qui l'attachait au lit. Chaque maillon portait une fente, mince comme une feuille de papier. Hélas, il n'avait pas la force d'écarter le métal rigide pour l'agrandir et se libérer. Une fois de plus, il regretta d'être si petit, si chétif.

Des pas résonnèrent dehors, près de la porte. Tandis que les verrous cliquetaient, il grimpa sur le lit et se glissa en hâte sous les couvertures. Le battant s'ouvrit en grinçant.

L'homme entra lentement. Emmitouflé dans une veste de ski molletonnée, il portait les grosses bottes de caoutchouc noir et une casquette de laine par-dessus son masque.

— Bonjour, marmonna-t-il en déposant un sac de papier kraft à terre.

Il n'avait pas l'intention de rester cette fois-ci, car il n'ôtait ni sa veste, ni ses bottes.

— Je t'ai apporté des provisions.

La voix était douce, amicale.

Timmy s'assit au bord du lit. Mieux valait feindre l'intérêt et ne pas montrer qu'il avait peur. L'homme lui tendit des illustrés — anciens, mais en bon état ; s'il n'y avait pas eu un ancien prix dessus, on aurait pu les croire neufs. Il lui donna aussi un paquet de cartes de base-ball attachées par un élastique, puis il se mit en devoir de vider le sac dans la caisse où Timmy avait trouvé les confiseries. Il regarda l'homme sortir un paquet de céréales Cap'n Crunch, des Snickers, des chips de maïs et plusieurs boîtes de SpaghettiOs.

— Je me suis efforcé d'acheter ce que tu préfères, dit-il en se redressant.

Apparemment, l'homme cherchait à lui faire plaisir. Timmy le remercia par habitude, et l'inconnu hocha la tête en signe d'approbation. Sous son masque, ses prunelles brillaient de nouveau, comme s'il souriait.

— Comment vous savez que j'aime les Cap'n Crunch ?

— C'est que j'ai bonne mémoire, murmura l'homme. Ecoute, il faut que je m'en aille. Tu as besoin d'autre chose ?

Timmy le regarda éteindre la lampe à pétrole, et la peur s'empara de lui.

— Vous reviendrez avant la nuit ? Je déteste rester dans le noir.

— J'essaierai.

Il se dirigea vers la porte, se retourna vers Timmy avant de sortir, soupira, puis fouilla dans sa poche pour en tirer un objet brillant.

— Je vais te laisser mon briquet au cas où je ne reviendrais pas à temps. Mais sois prudent, Timmy. Fais attention à ne pas mettre le feu.

Il lui lança le briquet, puis il disparut. Les verrous cliquetèrent, et Timmy se retrouva de nouveau seul avec sa peur. Son estomac le brûlait. Sans doute à cause de toutes ces cochonneries qu'il avait dévorées. Dieu, qu'il avait horreur d'être ainsi enfermé. Mais au moins, si l'homme au masque ne revenait pas, il n'avait rien à craindre de lui. A présent, il disposait de toute une journée pour tenter de lui échapper. Il prit le briquet dans sa main, en caressa la surface lisse. Il y avait un logo dessus. Un logo qu'il connaissait bien pour l'avoir vu sur les uniformes de son grand-père et d'oncle Nick. Cette couronne d'un brun sombre était l'emblème de la police.

# 60.

Maggie fronça le nez. L'odeur du café noir lui soulevait le cœur, mais c'était le seul remède contre les effets néfastes de l'alcool. Tout en grignotant sans grand appétit, elle surveillait la porte du restaurant. Une heure plus tôt, Nick lui avait promis qu'il en avait pour un quart d'heure. La petite salle commençait à se remplir de fermiers en casquettes venus prendre leur petit déjeuner au côté d'hommes et de femmes d'affaires.

C'est à regret que Maggie avait quitté Christine ce matin. Non qu'elle lui eût apporté un quelconque réconfort. Consoler les autres et leur tenir la main n'était pas précisément dans sa nature. Il est vrai qu'elle manquait d'expérience en ce domaine. Frêle gamine de douze ans, elle avait bien aidé sa mère, mais soutenir une femme ivre à l'esprit confus, la traîner dans les escaliers pour la ramener à la maison, ne nécessite aucun talent de diplomatie. Et depuis, en tant qu'agent du FBI, elle traitait principalement avec des cadavres et des psychotiques. Lorsqu'elle interrogeait les familles des victimes, les condoléances d'usage suffisaient à faire montre de civilité – du moins s'en était-elle convaincue.

La nuit dernière, elle s'était sentie impuissante, empêtrée, mal à l'aise. Elle connaissait à peine Christine, ne se sentait pas d'obligations morales pour avoir été une fois invitée à dîner chez elle. Et cependant, la petite frimousse criblée de taches de rousseur de Timmy restait gravée dans sa mémoire. En huit ans passés à traquer les tueurs, jamais elle n'avait eu de rapports personnels avec une victime. Même si leurs fantômes l'accompagnaient, même si leurs cadavres venaient se ranger à jamais dans son album de souvenirs mental. Album auquel elle ne voulait à aucun prix ajouter les images du corps torturé de Timmy.

Enfin, Nick entra dans la salle de restaurant. Il la repéra très vite et se dirigea vers sa table, s'arrêtant au passage pour saluer des connaissances. Il portait son uniforme habituel : jean, bottes de cow-boy et, aujourd'hui, sous son blouson ouvert, un sweat-shirt rouge à l'emblème des Nebraska Cornhuskers. Sa mâchoire avait désenflé. Du coup qu'il avait reçu, il ne restait qu'un bleu. Après s'être douché, il n'avait pas pris le temps de se raser ni de se peigner, et il paraissait épuisé, mais elle le trouva plus séduisant que jamais.

Il se glissa près d'elle sur la banquette, saisit le menu et, tout en le consultant, il lui souffla discrètement :

— Le juge Murphy traîne les pieds pour la perquisition au presbytère. Pour le pick-up bleu, pas de problème, mais…

— Salut, Nick ! Qu'est-ce que je te sers ?

— Ah, Angie. Comment vas-tu ?

En un clin d'œil, Maggie comprit que Nick et la ravissante blonde entretenaient d'autres relations que celles d'un client à une serveuse.

— Et toi ? Qu'est-ce que tu deviens ?

Le regard appuyé de la jeune femme démentait le ton faussement détaché, les paroles d'une banalité convenue.

— C'est la folie en ce moment. Apporte-moi un café avec des toasts, cela me suffira.

Visiblement gêné, il évitait les yeux de la serveuse et, pressé d'en finir, il parlait trop vite.

— Du pain blanc, comme d'habitude ? Et beaucoup de lait dans le café ?

— Oui, je te remercie.

Elle lui sourit et quitta leur table sans même un coup d'œil à Maggie. Pourtant, avant l'arrivée de Nick, elle était venue à trois reprises remplir sa tasse.

— Une vieille amie, je présume ?

La question était superflue, indiscrète, mais elle s'amusait de le voir embarrassé.

— Qui, Angie ? En quelque sorte, oui.

Il fouilla dans sa poche, en sortit le téléphone portable de Christine et le posa sur la table avant d'ôter sa veste.

— J'ai horreur de ces engins-là, commenta-t-il pour changer de sujet.

Mais Maggie revint à la charge :

— Elle a l'air très gentille.

Cette fois, il la regarda droit dans les yeux, ravivant les souvenirs de la nuit passée.

— Elle l'est. Mais contrairement à vous, elle ne me met pas en transe, déclara-t-il avec le plus grand sérieux.

Troublée par sa sincérité, Maggie sentit son cœur s'accélérer. Diable, cela recommençait ! Elle se détourna, s'appliqua à beurrer une tartine qu'elle n'avait aucune intention de manger.

— Ecoutez, Nick, en ce qui concerne hier soir…

— N'allez surtout pas croire que j'aie voulu profiter de vous sous prétexte que vous aviez trop bu. Il n'en est rien.

Ainsi, il s'inquiétait de ce qu'elle pensait de lui. Leur petite aventure avortée de la veille comptait-elle plus pour lui que ses autres conquêtes ? Elle le souhaitait secrètement, mais se garda bien de l'avouer.

— Oublions ce qui s'est passé, voulez-vous ? Cela me semble préférable.

Il accusa le coup d'une légère grimace et répondit avec le même sérieux, le même accent de sincérité :

— Et si je refusais d'oublier ? Maggie, je n'ai rien ressenti d'aussi fort depuis des lustres. Je ne peux pas.

— Nick, je vous en prie. Inutile de me jouer la grande scène de l'amoureux transi, je ne vous en demande pas tant.

— Je ne joue pas. Hier, quand vous êtes partie, que j'ai cru que je ne vous reverrais plus, j'étais plus sonné que si j'avais pris un coup en plein plexus. Et puis, hier soir… Ce n'est pas croyable, Maggie, vous me chamboulez complètement, vous me transformez en gélatine. J'en deviens tout timide et tout muet. Et je peux vous garantir qu'avec les femmes, ce n'est pas dans mes habitudes.

— C'est la proximité, la fatigue. Nous passons tout notre temps ensemble, et nous ne dormons…

— Je n'étais pas si fatigué que cela, et vous non plus.

Elle le dévisagea, interdite. Le désir qu'elle avait de lui était-il si flagrant ? Ou était-ce son orgueil de macho qui parlait ?

— Qu'espériez-vous donc, Nick ? Vous êtes déçu de ne pas ajouter mon nom à votre liste de don Juan ?

Craignant d'avoir parlé trop fort dans sa colère, elle jeta un bref coup d'œil autour d'eux. Ouf. Personne ne s'intéressait à leur conversation.

— Vous savez parfaitement qu'il ne s'agit pas de cela.

— En ce cas, c'est peut-être l'attrait du fruit défendu. Je suis mariée, Nick. Et même si ce mariage n'a rien d'idéal, il compte pour quelque chose. Alors, je vous en prie, oublions tout cela.

Angie reparut alors avec son plateau.

— Voilà tes toasts et ton café, Nick.

Maggie lui en voulut de cette interruption. Et peut-être qu'au fond, elle se refusait aussi à oublier la soirée de la veille.

Nick dut se reculer contre le dossier de la banquette tandis qu'Angie déposait l'assiette et la tasse sur la table. Mais il continuait de fixer Maggie — Maggie qui se demandait si la jolie serveuse percevait la tension entre eux.

— Tu n'as besoin de rien d'autre ?

— Maggie ? Vous désirez quelque chose ?

La question de Nick eut le don d'embarrasser la ravissante blonde, qui se retira dès que Maggie l'eut remerciée.

— Vous disiez tout à l'heure que le juge Murphy traînait les pieds pour la perquisition au presbytère. Quelles sont ses raisons ?

Silence. Concentrée sur sa tasse, elle attendit qu'il se décide. Enfin, il soupira.

— Comme mon père, Murphy appartient à une autre génération. Pour eux, le clergé est intouchable.

— Y a-t-il une chance d'obtenir ce mandat ?

— J'ai tenté de le convaincre que nous cherchions à coincer Howard.

— Parce que vous croyez toujours que c'est lui...

— Je n'en sais rien.

Il repoussa l'assiette de toasts sans y toucher et gratta sa barbe naissante. Pour la seconde fois, Maggie remarqua sa main pansée.

— Vous vous êtes blessé ?

Il jeta un coup d'œil au pansement.

— Ah, ça. Bah, rien de bien grave. Ecoutez…

Il se pencha vers elle, le regard intense. La panique qu'il s'efforçait de contenir perçait dans ses prunelles malgré la fatigue. Maggie posa sa cuillère.

— Oui ? Je vous écoute.

— Hier soir, le père Keller m'a dit que Ray Howard était sorti du séminaire l'an dernier. En attendant le feu vert de Murphy, j'ai effectué quelques recherches. Il était au séminaire de Silver

Lake dans le New Hampshire. Tout près de la frontière du Maine et à environ huit cents kilomètres de Wood River.

Elle se redressa, soudain intéressée.

— Vraiment ? Combien de temps a-t-il passé là-bas ?

— Trois ans. Jusqu'à l'année dernière, comme je vous le disais.

— En ce cas, il ne peut pas être impliqué dans le meurtre de Wood River.

— Peut-être. Mais c'est une drôle de coïncidence, tout de même. Avec trois ans de séminaire, il doit savoir comment on administre l'extrême-onction.

— Est-ce qu'il se trouvait ici quand la première série de meurtres a eu lieu ?

— J'ai demandé à Hal de me vérifier ça. Quoi qu'il en soit, j'ai parlé au responsable du séminaire. Le père Vincent n'a pas voulu me donner de détails, mais il m'a tout de même dit que Howard avait été exclu de l'institution pour mauvaise conduite.

— N'en tirez pas trop de conclusions. Dans ce genre d'établissement, mauvaise conduite peut vouloir dire n'importe quoi — briser un vœu de silence, cracher sur le trottoir ou boire le vin de messe en cachette. Cela ne prouve rien. Sans vouloir vous vexer, Nick, Howard ne me semble pas assez intelligent pour commettre ces crimes.

— Ce n'est peut-être qu'une façade pour détourner les soupçons.

Maggie le regardait plier et déplier sa serviette, l'écoutait tapoter du pied sous la table. Il était nerveux, tendu. Le contredire n'apporterait rien.

— Howard comme Keller avaient tout loisir de se débarrasser du père Francis.

— Franchement, Maggie ! Vous ne croyez tout de même pas à un assassinat ? Hier, j'attribuais cette idée farfelue à la boisson, mais vous avez l'air d'y tenir.

— Hier matin, le père Francis m'a dit au téléphone qu'il avait des révélations importantes à me faire. Et quelqu'un épiait notre conversation depuis un autre poste. J'ai entendu les déclics.

— Ce n'est peut-être qu'une coïncidence.

— Je sais depuis belle lurette que les coïncidences sont rares. Une autopsie nous permettrait de savoir s'il a ou non été poussé dans l'escalier.

— Sans preuve, nous ne pouvons pas exiger une autopsie.

Nick triturait maintenant le téléphone portable.

— Je vais en parler à la famille du bon père. Ou bien alors, à l'évêché.

— Maggie, nous n'avons pas le temps d'attendre des permissions de toute sorte. Foin des autopsies et des perquisitions, j'aimerais flanquer la trouille de sa vie à ce Howard.

Pour lui, et contre tout bon sens, Howard était coupable, il n'en démordait pas. Ou alors, en désespoir de cause, il se rabattait sur une solution facile. Mieux valait, là encore, ne pas argumenter.

— Que le tueur soit Howard ou Keller, nous devons rester très prudents car, s'il panique…

Elle s'interrompit, se dit qu'il y allait de la vie de Timmy, le neveu de Nick et non pas une victime anonyme. Et le tueur était passé à la vitesse supérieure, le processus d'accélération était en marche ; elle en avait eu la preuve lors de l'autopsie de Matthew.

— Nous n'avons pas de temps à perdre, murmura Nick comme s'il devinait ses pensées. Notre bonhomme met les bouchées doubles, pas vrai ?

Elle acquiesça d'un hochement de tête.

— Venez, dit-il encore.

Il jeta une poignée de billets sur la table sans même les compter et enfila sa veste.

— Où allons-nous ? s'enquit Maggie.

— J'ai un pick-up à confisquer, et vous, des excuses à présenter au père Keller pour votre conduite d'hier soir.

# 61.

Le père Keller vint leur ouvrir, en tenue officielle cette fois. Il avait dit la messe du matin et portait encore sa soutane. Nick remarqua cependant les Nike immaculées qui dépassaient sous le long vêtement noir.

— Shérif Morrelli, agent O'Dell, pardonnez ma surprise. Je ne m'attendais pas à vous voir.

— Nous pourrions entrer quelques instants ? s'enquit Nick.

Il se frottait les mains pour se réchauffer. Aujourd'hui, le soleil brillait de tous ses feux sur la neige, mais il faisait un froid polaire, et une bise glaciale soufflait du nord. Même dans le Nebraska, il était rare que la température descende ainsi en dessous de zéro avant la Toussaint.

Le père Keller hésitait en regardant Maggie, se demandait sans doute s'il était bien prudent de l'admettre à l'intérieur. Nick crut d'abord qu'il allait refuser. Il finit par sourire, s'effaça pour leur laisser le passage et les conduisit dans le salon. Dans la grande cheminée, un bon feu flambait joyeusement, mais la légère odeur de brûlé qui imprégnait la pièce ne provenait pas des bûches. Le prêtre se serait-il débarrassé de quelque encombrant secret ?

— Je doute fort de pouvoir vous être utile, remarqua-t-il. Hier soir...

— Justement, père Keller, interrompit Maggie. A propos d'hier soir, j'aimerais vous présenter mes excuses. Je dois vous avouer que j'avais trop bu, et cela me rend agressive. Mes attaques n'avaient rien de personnel, et j'ose espérer que vous ne m'en tiendrez pas rigueur.

— Bien sûr que non. D'ailleurs, vous me soulagez. Je m'interrogeais un peu sur la cause de votre colère, d'autant que je ne vous connaissais pas. A présent, je comprends mieux.

Nick observait le prêtre. Le couplet de Maggie avait eu raison de sa nervosité. Il ne triturait plus ses mains derrière son dos, et ses traits se détendaient.

— J'allais me préparer du thé. Je peux vous en offrir une tasse ?

— Notre visite est strictement professionnelle, déclara Nick.

— Professionnelle ?

Le prêtre enfourna ses mains dans les poches de sa soutane. Malgré sa voix calme et posée, il semblait de nouveau mal à l'aise.

Nick sortit son mandat, le déplia et dit :

— La nuit dernière, nous avons remarqué un vieux pick-up bleu à l'arrière du presbytère.

— Un pick-up ? s'étonna le prêtre.

En ignorait-il l'existence, ou n'était-ce qu'une feinte ? Quoi qu'il en soit, le bougre était convaincant. Leur enseignait-on à maîtriser leurs émotions au séminaire ?

— Oui. Dans le bosquet. D'après un témoignage que nous avons recueilli, il correspond à la description du véhicule dans lequel Danny Alvarez est monté juste avant de disparaître.

Nick se tut. Près de lui, Maggie observait le prélat en silence. A n'en pas douter, elle mémorisait chaque tic, chaque expression.

— Ce vieux tacot est à peine en état de rouler. Je crois que Ray l'utilise parfois pour aller chercher le bois au bord de la rivière.

Le père Keller prit le mandat que Nick lui tendait et, le tenant par un coin entre le pouce et l'index, il l'examina avec autant de méfiance que de dégoût.

— Comme je vous le disais hier soir, je ne fais que mon devoir, reprit Nick. Vous n'êtes pas sans savoir que les événements récents nous ont valu les plus vives critiques. Je m'efforce donc de vérifier toutes les pistes. Vous avez les clés, mon père ?

— Quelles clés ?

— Celles du pick-up.

— Je doute qu'il soit fermé. Donnez-moi le temps de passer un manteau et des bottes. Je vous accompagne.

— Je vous remercie, mon père. C'est très aimable à vous.

Le prêtre se rendit au coin de la cheminée pour enfiler les bottes de caoutchouc noir que Nick avait repérées la veille. Preuve qu'elles lui appartenaient. Hm. S'il n'était pas sorti de la soirée comme il le prétendait, pourquoi étaient-elles couvertes de neige hier ? Bah, le père Keller avait pu aller chercher des bûches dehors pour nourrir le feu...

Bientôt, ils se dirigeaient tous les trois vers la porte. Et soudain, Maggie se plia en deux, se retint à une table et marmonna :

— Oh, mon Dieu, je crois que je vais encore vomir.

— Ça ne va pas, Maggie ? s'enquit Nick.

Puis, au père Keller :

— Elle est patraque depuis hier soir. Je me demande ce qu'elle a bien pu boire.

— Vous avez des toilettes ?

— Naturellement.

Le prêtre considéra d'un œil inquiet la moquette blanche, puis ajouta :

— Deuxième porte à droite au fond du couloir.

— Merci. Je vous rejoindrai plus tard.

Et, sur ces mots, elle disparut en se tenant le ventre.

— Vous ne craignez pas de la laisser seule dans cet état ? s'inquiéta le père Keller.

— Oh, elle n'a rien de bien grave. Et, entre nous, je préfère garder mes distances. Ce matin, elle a sali mes bottes, une pure horreur !

Le prêtre grimaça et jeta un bref coup d'œil aux pieds de Nick avant de le suivre dehors.

La neige accumulée par le vent en congères les obligea à déblayer un chemin avant de dégager le pick-up à la pelle. Bloquée par le froid, la portière finit par céder. Une odeur de renfermé emplissait la cabine, qui ne semblait pas avoir été ouverte depuis des lustres. Nick en éprouva une vive déception. Il en avait assez de ces pistes qui ne menaient à rien. Armé de sa lampe de poche, il y pénétra cependant, sans trop savoir ce qu'il y cherchait. Il aurait sans doute dû confier cette tâche à des experts, mais le temps leur manquait.

A demi étendu en travers de la banquette dont le vinyle se craquelait, il fouilla à tâtons sous le siège. Le volant le gênait dans ses mouvements ; le levier de changement de vitesse lui meurtrissait les côtes.

— Cela m'étonnerait que vous trouviez quelque chose. Il ne peut guère y avoir que des rats dans ce tas de ferraille.

— Des rats ?

Nick retira sa main en hâte. Il avait une sainte horreur des rats. Et, bien sûr, il rouvrit sa blessure sur un ressort à nu. Ravalant un juron, il se mordit la lèvre, puis il s'escrima sur la boîte à gants. Lorsque enfin elle s'ouvrit, il éclaira la noire cavité de sa torche.

Le contenu n'était pas mirobolant : un vieux manuel technique aux pages jaunies, une burette d'huile rouillée, des serviettes en papier de chez MacDonald's, une pochette d'allumettes venant d'un établissement appelé La Dame en Rose, un feuillet imprimé du genre tableau horaire, et un petit tournevis. Sentant peser sur lui le regard du père Keller, il subtilisa discrètement les allumettes puis il glissa les doigts derrière le manuel. Là, il sentit un objet arrondi et lisse, s'en saisit sans l'examiner et, à l'insu du prêtre, empocha son maigre butin. C'est alors qu'il remarqua des notes manuscrites griffonnées sur le tableau horaire. Incapable de lire dans l'obscurité, il cacha le feuillet dans sa manche, puis il referma le compartiment.

— Vous aviez raison, il n'y a rien là-dedans, commenta-t-il en se redressant.

Avant de s'extraire de l'étroite cabine, il rangea la feuille de papier avec ses autres prises. Et soudain, tandis qu'il se redressait, un détail le frappa. Malgré l'odeur de vieux, de renfermé, il n'y avait pas une trace de poussière où que ce soit, pas même sur le sol. L'habitacle était d'une propreté inattendue pour un véhicule laissé à l'abandon.

— Je regrette que vous ayez perdu votre temps, shérif, dit le père Keller qui s'éloignait déjà.

— Je n'ai pas terminé. Il faut que je regarde à l'arrière.

Le prêtre s'arrêta net, marqua un temps d'hésitation, et revint sur ses pas. Le vent agitait sa soutane qui claquait comme une voile noire dans la tempête. Cette fois, il avait peine à contenir son irritation. Visiblement, quelque chose le tracassait, et Nick se demanda, non sans appréhension, ce qu'il allait trouver à l'arrière du pick-up.

# 62.

Maggie jeta un coup d'œil par la fenêtre. Nick et le père Keller s'affairaient toujours autour du pick-up. Elle poursuivit donc l'exploration du couloir, s'arrêtant devant chaque porte close pour écouter, poussant celles qui acceptaient de s'ouvrir pour regarder à l'intérieur. Des bureaux, une réserve de fournitures — et enfin, une chambre. Elle y entra.

La pièce était spartiate : plancher nu, murs blancs, crucifix très ordinaire au-dessus du lit étroit ; dans un coin, une petite table et deux chaises. La lampe rococo sur la table de chevet paraissait déplacée. C'était d'ailleurs le seul objet propre à retenir l'attention. Elle s'apprêtait à ressortir quand trois gravures accrochées côte à côte près de la porte attirèrent son regard. A en juger par le style, il s'agissait de copies d'œuvres de la Renaissance représentant des scènes de torture. Elle s'approcha pour en lire les légendes.

Le Martyre de saint Sébastien, peint en 1475 par Antonio Del Pollaivolo, montrait le saint ligoté à une colonne tandis que des archers lui dardaient des flèches. Le Martyre de saint Erasme, peint par Nicolas Poussin en 1628, représentait une foule d'hommes qui arrachaient les entrailles de leur victime enchaînée tandis que des angelots voletaient au-dessus de la scène. Comment diable pouvait-on dormir entouré de cette galerie d'horreurs ?

Sur la dernière gravure, le Martyre de saint Hermion peint par Matthias Anatello en 1512, on voyait un homme attaché à un arbre que ses assaillants tailladaient à coups de couteau et de machette. Et, sur le torse du malheureux saint, deux longues plaies en diagonale formaient une croix en X. Tout s'éclairait maintenant. C'est de là que le tueur tirait son inspiration. Elle avait découvert l'origine de son rituel, de la croix symbolique gravée dans la chair d'innocents garçons qu'il imaginait peut-être porter au rang des saints et des martyrs...

Elle entendit des pas. Comme ils se rapprochaient, elle sortit en hâte au moment même où Ray Howard tournait le coin du couloir. Malgré son évidente surprise, il remarqua sa main sur la poignée de la porte.

— Vous êtes la dame du FBI, déclara-t-il d'un ton accusateur.

— Oui. J'accompagne le shérif Morrelli.

— Et vous venez fouiner dans la chambre du père Keller ?

— C'est sa chambre ? Je suis désolée. Je cherchais des toilettes.

— Vous ne risquiez pas de les trouver là. Elles sont tout au fond du couloir, rétorqua-t-il, sévère.

Et, joignant le geste à la parole, il pointa l'index dans la direction opposée en la fixant comme une gamine prise en faute.

— Ah. Eh bien, je vous remercie.

Elle passa devant lui, suivit le corridor, s'arrêta devant la bonne porte et se retourna pour lui demander :

— C'est bien ici ?

— Oui.

— Merci encore.

Après être entrée, elle colla l'oreille au battant et attendit quelques minutes. Lorsqu'elle l'entrouvrit pour jeter un discret coup d'œil dehors, elle vit Ray Howard disparaître dans la chambre du père Keller.

# 63.

Nick escalada bravement la ridelle arrière du pick-up rempli de neige.

— Cela vous ennuierait de me passer la pelle, mon père ?

Le prêtre tétanisé fixait Nick dont les jambes disparaissaient dans l'épaisse couche blanche. Il avait les deux mains nues croisées contre sa poitrine, comme s'il priait. Le vent ébouriffait ses boucles brunes. Il avait les joues rouges et les yeux larmoyants.

— Père Keller ? La pelle, s'il vous plaît.

— Ah oui, la pelle, répéta le prêtre, arraché à sa transe.

Et il se dirigea vers l'arbre contre lequel ils l'avaient laissée en marmonnant :

— Je doute que vous trouviez là quoi que ce soit d'utile.

— Nous verrons bien.

Nick dut se pencher pour lui prendre l'outil des mains, car il ne faisait aucun effort. Il avait un comportement bizarre. Il y avait quelque chose dans le lit du camion, Nick le sentait. Il se mit à pelleter furieusement pour déblayer la neige. S'obligea à ralentir ses mouvements, à vérifier le contenu de chaque pelletée pour ne pas jeter de précieux indices par-dessus bord. Les râteliers de bois geignaient sous la bourrasque. Le froid pinçait, piquait, faisait pleurer ses yeux et pourtant, Nick transpirait sous sa veste. Sous les épais gants de travail qu'il avait dénichés dans la remise avec la pelle, ses paumes étaient moites.

Soudain, la pelle heurta quelque chose de dur — de gelé. Le bruit mat attira l'attention du père Keller, qui s'approcha pour regarder dans le trou que Nick avait creusé. Nick creusait toujours autour de l'obstacle, prudemment, soulevant délicatement la neige du bout de la pelle pour dégager l'objet, quel qu'il soit. Puis, trop impatient pour continuer, il rejeta l'outil et se mit à genoux pour finir à la main. La chose était prise dans la glace. Elle était donc chaude lorsqu'on l'avait jetée dans ce tas de neige. Nick redoubla d'efforts, gratta frénétiquement. Enfin, il crut apercevoir de la peau. Son cœur s'accéléra, sa frénésie s'accrut. Ses mains cognaient, agrippaient, tiraient, et, finalement, un gros morceau de glace se détacha.

— Merde alors ! s'exclama-t-il en reculant de surprise et d'horreur.

La nausée s'empara de lui. Il coula un regard au père Keller qui reculait, en grimaçant lui aussi. Sous la neige et la glace gisait le cadavre d'un chien noir à demi dépecé, lardé de coups de couteau et la gorge tranchée.

# 64.

Nick et le père Keller gravissaient le perron du presbytère au pas de charge quand Maggie apparut à la porte. Nick scruta ses yeux pour tenter d'apprendre quelque chose, mais elle se contenta de sourire au jeune prêtre.

— Vous vous sentez mieux ? s'enquit celui-ci d'un ton de réelle sollicitude.

— Beaucoup mieux, je vous remercie.

— Vous avez bien fait de ne pas nous accompagner, remarqua Nick qui, lui, se sentait mal.

Qui donc serait assez abject pour infliger un tel traitement à une bête innocente ? A question stupide, réponse évidente : leur assassin, bien sûr. Il fallait être nigaud pour ne pas y penser.

— Pourquoi ? Qu'est-ce que vous avez découvert ?

— Je vous raconterai plus tard.

— Accepteriez-vous de vous joindre à moi pour une tasse de thé à présent ?

— Non, c'est gentil, mais il faut…

— Ce n'est pas de refus, coupa Maggie. Le thé me remettrait peut-être l'estomac en place. Si nous ne vous dérangeons pas, bien sûr.

— Pas du tout, venez. Je vais voir si j'ai quelques gâteaux.

Ils suivirent le prêtre à l'intérieur et, de nouveau, Nick chercha les yeux de Maggie dans l'espoir de comprendre pourquoi elle tenait tant à s'attarder en compagnie de ce prêtre qu'elle abhorrait.

— Je suis ravi de constater que vous soutenez le commerce local, commenta ce dernier avec un sourire onctueux tandis qu'elle ôtait sa veste.

Elle lui rendit son sourire, et s'avança dans le salon sans lui fournir de précisions. Nick resta en arrière pour essuyer consciencieusement ses bottes sur le paillasson de l'entrée. Lorsqu'il releva la tête, le père Keller examinait le jean ajusté de Maggie d'un air plus qu'approbateur. Il dut se sentir observé, reporta son attention sur Nick qui baissa aussitôt le nez, feignant de se débattre avec la fermeture Eclair de son blouson. Bah, prêtre ou pas, Keller était un homme comme les autres, et Maggie diablement appétissante en jean et pull rouge moulant.

Lorsque le prêtre se fut éclipsé, Nick la rejoignit devant la cheminée.

— A quoi jouez-vous ? murmura-t-il.

— Vous avez le portable de Christine sur vous ?

— Je crois qu'il est toujours dans ma veste.

— Vous pourriez aller me le chercher ?

Il la dévisagea, attendit des explications, mais elle s'accroupit devant le feu en silence pour se réchauffer les mains. Lorsqu'il revint, muni du téléphone, elle remuait cendres et braises avec le tisonnier. Il resta debout, lui tournant le dos pour monter la garde.

— Qu'est-ce que vous fabriquez ? grommela-t-il à voix basse.

— J'ai senti une drôle d'odeur en entrant. Comme du caoutchouc brûlé.

— Méfiez-vous. Il va nous tomber dessus d'une seconde à l'autre.

— De toute façon, il n'y a pas de restes ; c'est parti en fumée.

— Vous désirez du lait, du sucre, du citron ?

Le père Keller venait de reparaître chargé d'un plateau. Le temps qu'il le dépose près de la baie vitrée, Maggie était debout au côté de Nick.

— Du citron pour moi, répondit-elle avec le plus grand naturel.

— Pour moi, du lait et du sucre.

Légère pause, pendant laquelle Nick remarqua que le prêtre tapait nerveusement du pied.

— Si vous voulez bien m'excuser une minute tous les deux, dit Maggie, j'ai un petit coup de fil à passer.

— Aucun problème. Il y a un téléphone dans le bureau…

— Ne vous tracassez pas, mon père, je prendrai le portable de Nick.

Puis, se tournant vers lui, elle ajouta :

— Je peux ?

Il lui tendit l'objet, scrutant ses traits en quête d'un indice qui lui permettrait de comprendre quel jeu elle jouait. Sans résultat. Elle se dirigea vers l'entrée, munie du téléphone, tandis que le père Keller présentait à Nick une tasse de thé fumante et une assiette de pâtisseries.

— Pas de gâteaux pour moi, merci.

A présent, Maggie avait disparu. Une sonnerie lointaine se déclencha soudain, étouffée, mais insistante. D'abord interloqué, le prêtre se précipita vers le hall.

— Qu'est-ce que vous fabriquez, agent O'Dell ?

Nick posa sa tasse si brusquement que le liquide brûlant éclaboussa la table encaustiquée. En quelques enjambées, il gagna l'entrée où il vit Maggie, son portable à l'oreille, qui marchait le long du couloir et s'arrêtait pour écouter devant chaque porte. Sur ses talons, le père Keller la bombardait de questions, qu'elle ignorait superbement.

— Vous allez me dire ce que vous faites ? A quoi rime cette plaisanterie ?

Il tenta de lui barrer le passage, mais elle se faufila et poursuivit sur sa lancée.

Le cœur battant, Nick enfila le couloir au pas de course.

— Que se passe-t-il, Maggie ? De quoi s'agit-il ?

A mesure qu'il avançait, la sonnerie étouffée semblait se rapprocher. Enfin, Maggie ouvrit la dernière porte à gauche, et le son devint parfaitement clair.

— A qui est cette chambre ? s'enquit-elle, plantée sur le seuil de la pièce.

Une fois de plus, le prêtre semblait tétanisé. Inquiet, mais aussi furieux.

N'obtenant pas de réponse, Maggie se garda bien d'entrer. Elle s'adossa au montant de la porte et demanda avec la plus grande courtoisie :

— Père Keller, veuillez répondre au téléphone, je vous prie. J'ai l'impression que le bruit provient d'un de ces tiroirs.

Pétrifié sur place, le prêtre fixait la pièce comme si le diable était dedans. La sonnerie persistante exaspérait Nick. Et soudain, il comprit. Maggie avait composé le numéro de l'appareil caché. Sur celui de Christine, le témoin lumineux clignotait à chaque sonnerie.

— Père Keller, allez répondre, je vous prie, insista-t-elle.

— C'est la chambre de Ray. Il ne serait pas correct que je fouille dans ses affaires.

— Allez répondre. C'est un téléphone miniature noir qui se replie.

Il la dévisagea, interdit, puis il se décida, pénétra dans la pièce d'un pas hésitant. Quelques secondes plus tard, la sonnerie cessa. Il ressortit de la pièce et lui tendit l'objet décrit précédemment. Elle le prit, le lança à Nick.

— On peut savoir où se trouve Ray Howard, mon père ? Il va falloir qu'il vienne s'expliquer au commissariat.

— Il doit être en train de balayer l'église. Je vais vous le chercher.

Lorsque le prêtre se fut retiré, Nick se tourna vers Maggie.

— O'Dell, je ne comprends plus rien. Pourquoi tenez-vous soudain à interroger ce Howard ? Et qu'est-ce que c'était que cette petite comédie avec les téléphones portables ? Comment connaissiez-vous son numéro ?

— Ce n'est pas son numéro que j'ai appelé, Nick. Ce téléphone cellulaire ne lui appartient pas. C'est le mien. Celui que j'ai perdu l'autre nuit dans la rivière.

# 65.

Christine remua, cherchant une position plus confortable sur son siège ; avec un soupir agacé, la maquilleuse rousse armée de sa trousse rajouta une couche de blush sur ses joues, comme par représailles.

— On tourne dans dix minutes ! lança le régisseur, dont le casque semblait vissé sur son crâne chauve.

Croyant qu'il s'adressait à elle, Christine hocha la tête avant de se rendre compte que l'avertissement valait pour tous. L'homme se pencha, accrocha un minuscule micro à son col. Dieu, que tout cela était étrange ! Les lumières l'aveuglaient, la chaleur l'incommodait, elle avait les mains moites et l'estomac noué.

La femme élégante assise en face d'elle ne semblait pas la voir ; elle feuilletait les papiers qu'on venait de lui remettre. D'une tape, elle écarta la main de l'homme chauve et lui prit le micro pour le placer elle-même sur son revers.

— J'espère que vous avez réparé cette saloperie de télé-prompteur. Pas question que je me serve de ça !

Et elle jeta ses notes en travers du plateau. Une assistante se précipita aussitôt pour les ramasser.

— Rasurez-vous, il est réparé, dit le régisseur chauve.

— Il me faut de l'eau. Il n'y a pas d'eau sur la tablette.

La jeune assistante apporta illico un gobelet de carton.

— Dans un verre ! Je veux un verre. Combien de fois devrai-je vous répéter que je veux un verre et une carafe ?

Cette personne exigeante n'était autre que Darcy McManus, la présentatrice vedette du journal du soir. Peut-être n'avait-elle pas l'habitude de travailler le matin. Peut-être n'était-elle pas en forme à cette heure-ci — allez savoir ? La lumière impitoyable des spots soulignait ses pattes d'oie et sa peau flétrie ; ses cheveux noirs et brillants d'ordinaire paraissaient trop raides, presque artificiels. Le rouge vif de ses lèvres avait quelque chose de vulgaire, de choquant dans ce visage au teint très pâle… jusqu'à ce que la maquilleuse l'enduise d'un fond de teint doré.

— Plus qu'une minute ! lança l'homme au casque.

D'un geste de la main, McManus congédia la maquilleuse, puis elle se leva, lissa sa jupe trop courte et ajusta sa veste, s'examina dans un miroir de poche avant de se rasseoir. Christine prit alors conscience qu'elle la dévisageait comme une bête curieuse. Le compte à rebours la tira de sa transe. Pourquoi diable avait-elle accepté cet entretien télévisé ?

— Trois… Deux… Un…

Face à la caméra, McManus sourit, amicale, métamorphosée.

— Chers téléspectateurs, bonjour. Nous avons ce matin une invitée sur le plateau de « Good Morning Omaha ». Il s'agit de Christine Hamilton, la journaliste qui couvre les meurtres en série du comté de Sarpy pour l'*Omaha Journal*. Heureuse que vous soyez parmi nous, Christine.

McManus s'adressait enfin à elle. Pour la première fois depuis son arrivée dans les studios.

— Bonjour, répondit aimablement Christine.

Non, elle ne rêvait pas. Les spots, les caméras étaient braqués sur elle. Et Ramsay lui avait dit un peu plus tôt que la séquence serait diffusée en direct sur le réseau ABC… Ce qui expliquait sans doute que McManus présente la tranche d'information du matin. Trac. Ne pas y penser. Ne pas penser aux millions de téléspectateurs…

— A ce que j'ai compris, Christine, ce n'est pas en journaliste que vous êtes ici ce matin, mais en maman inquiète. Pourriez-vous nous en parler ?

En un clin d'œil, McManus devenait chaleureuse, compatissante. Fascinée par ce brusque changement, Christine fixait bouche bée l'ancienne Miss Amérique bombardée présentatrice sans avoir jamais touché au reportage. Assurément, elle avait un don. Alors même qu'elle semblait regarder son interlocutrice avec cette sollicitude feinte, elle lisait le téléprompteur par-dessus son épaule… Et elle attendait une réponse. Le pli de sa bouche trahissait son impatience.

— Eh bien… nous pensons que mon fils, Timmy, a été enlevé hier dans l'après-midi.

— Ce doit être terrible.

McManus se pencha pour lui tapoter la main, et Christine résista à l'envie de se retourner pour voir si le téléprompteur donnait également des indications scéniques pour les gestes.

— Et, selon la police, il s'agirait du tueur qui a enlevé Danny Alvarez et Matthew Tanner ?

— Nous n'en sommes pas certains, mais l'hypothèse paraît plausible.

— Vous êtes divorcée, et vous élevez Timmy seule, je crois.

— Oui.

— Comme Laura Alvarez et Michelle Tanner, si mes sources sont bonnes.

— C'est exact.

— A votre avis, en choisissant pour victimes des enfants élevés par leur seule mère, l'assassin cherche-t-il à faire passer un message ?

Christine hésita.

— A vrai dire, je n'en sais rien.

— Votre époux contribue-t-il à l'éducation de Timmy ?

— Pas vraiment, non.

Tendue, déroutée par les questions, elle se tordait les mains sous la table.

— Est-il exact que Timmy n'a pas revu son père depuis qu'il vous a abandonnée pour une autre ?

— Il ne m'a pas abandonnée, nous avons divorcé.

La colère perçait maintenant dans sa voix. Cet entretien stupide ne sauverait pas Timmy.

— Croyez-vous que votre époux ait pu enlever Timmy ?

— J'en doute.

— Vous en doutez, mais c'est une possibilité, n'est-ce pas ?

— Cela m'étonnerait.

Les lumières lui semblaient plus vives, la chaleur l'accablait et la sueur ruisselait le long de son dos.

— La police a-t-elle pris contact avec votre ex-mari ?

— Si nous savions où le joindre, nous l'aurions contacté, bien entendu... Mais qu'est-ce que vous insinuez par là ? Que je préfère imaginer mon fils entre les mains d'un tueur qu'entre celles de son père ?

— Calmez-vous, Christine. Vous êtes encore sous le choc. Nous allons faire une pause.

McManus s'était de nouveau penchée vers elle avec sollicitude mais, cette fois, sa main se tendit vers la carafe tandis qu'elle poursuivait :

— Nous comprenons tous que c'est une épreuve particulièrement pénible...

Christine repoussa le verre qu'elle lui offrait.

— Non. Vous ne comprenez pas.

McManus sc troubla.

— Pardon ?

— Vous ne pouvez pas comprendre. Moi-même, je ne comprenais pas. Comme vous, je cherchais à faire de l'audience, je voulais mes articles.

Affectant une attitude détachée, la présentatrice cherchait le régisseur de plateau des yeux. Ses lèvres peintes s'étaient figées en un sourire crispé, et la frustration se lisait dans son regard.

— Vous êtes stressée, Christine, et l'interview ajoute à votre stress. Je propose une petite pause publicitaire, le temps que vous vous remettiez.

McManus continua de sourire jusqu'à ce que les caméras cessent de tourner, puis la rage métamorphosa ses traits, accentua ses rides. Sa colère éclata, dirigée contre l'homme chauve. Christine était redevenue invisible.

— Votre truc ne tient pas debout ! Il me faut de la matière pour pouvoir travailler, pas du vent !

— Excusez-moi. J'ai le temps de faire un saut aux toilettes ? s'enquit timidement Christine.

Le régisseur acquiesça d'un hochement de la tête. Elle se leva, et il lui ôta son micro. Soudain concernée, McManus daigna voir Christine, se retourna vers elle avec un sourire agacé.

— Ne soyez pas trop longue, mon petit. Ici, ce n'est pas votre journal. C'est du direct. On n'arrête pas les caméras comme les rotatives.

Elle prit son verre, but précautionneusement à petites gorgées pour ne pas le tacher de rouge à lèvres.

Et Christine se demanda si cette femme factice se souviendrait du nom de Timmy sans l'aide du téléprompteur. Célèbre, riche à millions, la présentatrice n'avait que faire de lui, de Danny ou de Matthew. Elle se souciait d'eux comme d'une guigne.

Un modèle, cette harpie ? Sûrement pas ! Et dire qu'elle avait un moment rêvé de lui ressembler !

En évitant soigneusement de marcher sur les câbles, Christine se dirigea vers les coulisses. Sitôt à l'écart des spots, elle sentit la fraîcheur bienfaisante de l'air. Elle respirait mieux. D'un pas décidé, elle enfila le couloir, longea les loges, dépassa les toilettes, et s'échappa par la porte métallique grise sur laquelle était inscrit en lettres rouges le mot « SORTIE ».

# 66.

Ray Howard s'agitait nerveusement sur la chaise de bois inconfortable.

— Je suis en état d'arrestation ?

Maggie le dévisageait en silence. Dans son visage au teint cireux, on ne voyait que ses yeux exorbités, des yeux d'un gris terne injectés de sang qui trahissaient sa fatigue. Epuisée elle aussi, elle se massa la nuque pour en chasser la tension. Elle manquait de sommeil. Ne se souvenait plus quand elle avait eu une nuit de sommeil complète pour la dernière fois.

Dans un coin de la pièce, le percolateur gargouillait, répandant une agréable odeur de café frais. Le rougeoiement du crépuscule filtrait à travers les stores vénitiens. Depuis des heures, Nick et elle posaient et reposaient les mêmes questions, obtenaient inlassablement les mêmes réponses. Elle avait insisté pour soumettre Ray Howard à un interrogatoire dans les règles tout en sachant qu'il n'était pas le tueur. Elle espérait cependant qu'il craquerait sous la pression et leur livrerait des renseignements utiles. Contrairement à elle, Nick demeurait obstinément convaincu que ce Howard était leur homme.

— Non, Ray. Vous n'êtes pas en état d'arrestation, répondit-il enfin.

— Vous n'avez pas le droit de me garder plus de quelques heures.

— Ah oui ? Et d'où tenez-vous cela, Ray ?

— Je regarde les séries policières à la télé. Je connais la loi. En plus, j'ai un copain qui est flic.

— Un copain flic ? Vraiment ?

— Nick, je vous en prie.

Ignorant cette mise en garde, il remonta ses manches de chemise. Elle remarqua sa crispation. Il perdait patience.

— Je peux vous offrir du café, Ray ? proposa-t-elle aimablement.

Le concierge en costume hésita, puis il hocha la tête.

— Avec du lait et deux cuillerées de sucre. Je n'aime pas le sucre en morceau.

— Vous désirez peut-être quelque chose à manger ? Vous avez sauté un repas à cause de nous, et il est presque l'heure de dîner. Nick, cela vous ennuierait de passer une commande chez Wanda pour nous trois ?

L'intéressé se rembrunit, mais Howard, ragaillardi, se redressa sur sa chaise.

— J'adore les sandwichs au bifteck pané de Wanda.

— Très bien. Nick, vous demanderez un sandwich au bifteck pané pour Ray…

— Avec de la purée arrosée de sauce brune. Pas de la blanche, de la brune. Et une vinaigrette à l'italienne sur ma salade.

— Autre chose pour monsieur ?

L'ironie de Nick échappa au concierge qui répondit naturellement :

— Non, ce sera tout.

Et il se recala contre le dossier de sa chaise cependant que le shérif se tournait vers Maggie, hautain, exaspéré.

— Et pour vous, agent O'Dell ?

— Sandwich jambon-fromage. Vous connaissez mes goûts, je crois.

Elle ponctua la remarque d'un sourire, ce qui eut l'effet souhaité de le détendre. Une lueur de tendresse éclaira le bleu de ses yeux. Les souvenirs avaient eu raison des sarcasmes dus à la frustration.

— Oui. Pas de problème. Je m'en occupe.

Lorsqu'il fut sorti, Maggie posa devant Ray une tasse de café fumante, puis elle arpenta la pièce en silence. Au passage, elle pressa le commutateur. Les néons s'allumèrent, et il cligna des yeux. Il lui évoquait un lézard, avec ces lents battements de paupières, tandis qu'il testait le café chaud de sa langue pointue. Il écoutait les bruits du commissariat qui leur parvenaient étouffés à travers les cloisons — bruits de pas précipités, sonneries de téléphone, voix qui s'interpellaient par-dessus le bourdonnement de l'agitation. Lorsqu'elle fut certaine qu'il avait oublié sa présence, elle se positionna derrière lui et dit :

— Vous savez où se trouve Timmy Hamilton, n'est-ce pas, Ray ?

Il cessa aussitôt de laper son café, se redressa. De nouveau, il était sur la défensive.

— Non, je ne le sais pas. Et je ne sais pas non plus comment ce portable a atterri dans mon tiroir. Je ne l'avais jamais vu.

Elle contourna la table, s'assit en face de lui. Ses yeux de lézard aux paupières mobiles évitaient les siens, finirent par se poser sur son menton. Glissèrent brièvement sur ses seins avant de se détourner. Mais, pris sur le fait, il avait rougi.

— Le shérif Morrelli croit que vous avez tué Danny Alvarez et Matthew Tanner.

— Je n'ai tué personne !

— Mais moi, je vous crois, Ray.

Il parut surpris. Chercha son regard pour s'assurer qu'elle ne mentait pas.

— Vous me croyez ?

— Oui. Je ne pense pas que vous ayez tué les deux garçons. Mais je pense également que vous ne nous avez pas dit tout ce que vous savez. Et je pense que vous savez où se trouve Timmy.

Il ne protesta pas, mais ses yeux de lézard allaient de droite à gauche, comme s'il cherchait la porte de sortie. Il enveloppait sa tasse entre ses doigts courtauds aux ongles rongés à vif. Assurément, ce n'étaient pas là les mains d'un obsédé de la propreté.

— Si vous nous le dites, Ray, nous pourrons vous aider. Mais s'il s'avère que vous connaissiez le lieu de détention de Timmy et que vous nous l'avez caché, vous risquez de passer très longtemps en prison, même si vous n'avez tué personne.

Il inclina la tête de côté. De nouveau, il écoutait ce qui se passait au-dehors, guettait le retour de Nick, ou bien l'arrivée d'un sauveur providentiel.

— Où est Timmy, Ray ?

Il porta une main à hauteur de son visage, l'examina, puis entreprit de ronger ce qu'il lui restait d'ongle.

— Ray ?

— J'en sais rien, moi ! Je sais pas où sont les mômes ! hurla-t-il entre ses dents jaunies. Et ce n'est pas parce que je conduis ce vieux clou de pick-up pour aller couper le bois que je suis un assassin !

Maggie lissa ses cheveux derrière ses oreilles. La tête lui tournait sous l'effet de la faim et du manque de sommeil. Avaient-ils perdu la journée à questionner Howard ? Après tout, Keller avait pu cacher le téléphone portable dans sa cellule à son insu. Encore que, fouineur comme l'était le concierge, elle imaginait mal qu'il puisse se passer quelque chose au presbytère sans qu'il soit au courant.

— Où allez vous couper le bois, Ray ?

Songeur, il mordillait toujours le bout de ses doigts à vif, s'interrogeait visiblement sur le pourquoi de cette question.

— J'ai vu la cheminée du presbytère. Elle est immense. Il doit falloir une tonne de bois pour l'alimenter tout l'hiver. Surtout s'il commence tôt comme cette année.

— Ça, c'est bien vrai. Et le père Francis aime…

Il s'interrompit brusquement, baissa les yeux et murmura à ses chaussures :

— Dieu ait son âme.

Puis il releva la tête, et reprit :

— Le père Francis aimait avoir bien chaud.

— Et le bois ? Vous le coupez où ?

— Près de la rivière. Pas bien loin de l'ancienne église Ste Margaret. Le terrain appartient toujours au diocèse. C'était une jolie petite chapelle. Elle tombe en ruine à présent. Là, je trouve de l'orme bien sec, du noyer. Un peu de chêne. Et il y a tout un tas d'érables. C'est le noyer qui brûle le mieux…

Il se tut, se tourna vers la fenêtre. Maggie suivit son regard vide. Dehors, le soleil se couchait sur l'horizon enneigé, rouge sang sur fond blanc. Cette histoire de bois lui avait rappelé quelque chose, mais quoi ?

Oui, Ray Howard en savait bien davantage qu'il n'en disait, mais ni les menaces de prison, ni la promesse du steak pané de Wanda ne le ferait parler. Ils allaient devoir le relâcher.

# 67.

Nick raccrocha, se recala dans son fauteuil et se frotta les yeux. Il s'était retenu de frapper Ray Howard, mais c'était tout juste. Hélas, Maggie avait perçu sa colère, et il en avait honte. Comment diable parvenait-elle à conserver son calme ?

Il ne pouvait s'empêcher de penser à Timmy ; c'était comme si une bombe à retardement logée dans sa poitrine lui martelait les côtes en attendant le moment d'exploser. La douleur était insoutenable. Pour ne rien arranger, il revoyait sans cesse le petit corps de Danny Alvarez, ce pauvre petit corps gisant dans l'herbe, les yeux vides qui fixaient les étoiles. Il semblait si paisible qu'il aurait pu être en train de dormir — s'il n'y avait pas eu ces entailles sanglantes sur sa peau blanche.

Chaque seconde comptait.

Aaron Harper et Eric Paltrow avaient été tués à moins de quinze jours d'intervalle. Matthew Tanner avait été enlevé une semaine après Danny Alvarez. Et Timmy, quelques jours seulement après la disparition de Matthew. Le tueur accélérait le rythme. S'ils ne l'arrêtaient pas, se ferait-il oublier pendant six ans comme la dernière fois ? Se fondrait-il dans le tissu de la petite communauté jusqu'à la prochaine crise ? Si ce n'était ni Howard, ni Keller, qui diable était-ce ?

Nick prit le feuillet froissé sur son bureau. Le mystérieux horaire trouvé dans la boîte à gants du pick-up portait au dos une bien curieuse liste de provisions. Il la relut une fois encore, cherchant à en déchiffrer le sens : couverture de laine, mazout, allumettes, oranges, Snickers, spaghettiOs, mort-aux-rats. Ce n'était peut-être qu'une liste en prévision d'une excursion en camping ? Non, pourtant, c'était autre chose, il en aurait juré.

On frappa à sa porte. Le temps qu'il lève les yeux, Hal entrait sans y être invité. Ses larges épaules s'affaissaient sous le poids de la fatigue. D'ordinaire soucieux de sa mise, il avait les cheveux en bataille, le col défait, la cravate de travers et tachée de café.

— Tu as du nouveau, Hal ?

Il se laissa tomber en face de Nick.

— L'ampoule que tu as ramassée dans le pick-up contenait de l'éther.

— De l'éther ? Mais d'où elle sortait, cette ampoule ?

— Probablement de l'hôpital. J'ai contacté le directeur. Il m'a dit qu'ils avaient les mêmes à la morgue, qu'ils s'en servaient comme solvant. Mais avec ça, on peut neutraliser quelqu'un. Il suffit que la victime en respire quelques bouffées, et hop, au pays des rêves.

— On sait qui a accès à la morgue ?

— N'importe qui, en théorie. La porte n'est pas verrouillée.

— Tu plaisantes ?

— Réfléchis, Nick. Cette morgue n'est presque jamais utilisée. Qui diable irait fourgonner là-bas ?

— En cas d'enquête criminelle, elle devrait être verrouillée, et l'accès interdit à toute personne sans autorisation.

Nick se mit à tapoter le bureau avec un crayon. La rage bouillait en lui. Il avait une furieuse envie de cogner.

Hal gardait le silence.

— Tu as pu relever des empreintes sur l'ampoule ?

— Rien en dehors des tiennes.

— Et la pochette d'allumettes ?

— Tu vas être déçu. La Dame en Rose n'est pas un strip-tease, mais un restaurant-grill d'Omaha. A un jet de pierre du commissariat central et très fréquenté par les flics, apparemment. D'après Eddie, on y mange les meilleurs burgers de tout l'Etat.

— D'après Eddie ?

— Gillick, oui. Il était au commissariat d'Omaha avant de venir chez nous. Je croyais que tu le savais. Remarque, il y a un bail de ça… six ou sept ans maintenant.

— Je n'ai pas confiance dans ce type, grommela Nick dans sa barbe.

Paroles qu'il regretta aussitôt.

— Pas confiance en Eddie ? Mais pourquoi ?

— Je n'en sais rien, laisse tomber.

Hal agita la tête. Il se leva de son siège, se dirigea vers la porte, puis revint sur ses pas, comme s'il avait oublié quelque chose.

— Ecoute, Nick, je ne voudrais pas te faire de peine, mais il y a un paquet de flics ici qui en ont autant à ton service.

— Pardon ?

Nick avait cessé de jouer avec son crayon.

— Avoue que si tu as ce boulot, c'est bien grâce à ton père, que tu manques sérieusement d'expérience. Je suis ton pote, Nick, je te soutiens sur toute la ligne. Mais j'aime autant te prévenir que ce n'est pas le cas de tout le monde. Les gars pensent que tu te reposes sur O'Dell, que c'est elle qui mène l'enquête à ta place.

Et voilà, c'était dit. Nick attendait cette claque depuis un moment. Il se frotta la mâchoire, comme pour en atténuer la douleur.

— Je m'en doutais un peu. Surtout depuis que mon père est revenu pour mener une enquête parallèle.

— Justement. Tu es au courant qu'il a lâché Eddie et Lloyd sur les traces de ce Mark Rydell ?

— Rydell ? C'est qui, ce type ?

— Le pote ou un collègue de Jeffreys, je crois.

— Bon sang ! Mais ils ne comprendront jamais rien ! Jeffreys n'a pas tué les trois…

Il s'interrompit net en voyant Christine s'encadrer dans la porte.

— Rassure-toi, Nick. Je ne viens pas en journaliste.

Elle hésita, puis elle entra. Elle avait une sale mine, les cheveux emmêlés, les yeux rougis, des traces de rimmel sur les joues, et son imperméable était boutonné de travers.

— Il faut que je m'occupe, que je te donne un coup de main.

— Je peux t'offrir une tasse de café, Christine ?

— Volontiers, Hal. Je te remercie.

Il consulta Nick du regard, comme pour demander son accord, puis il quitta la pièce.

— Assieds-toi, frangine. Tu tiens à peine debout.

Il souffrait de voir sa grande sœur en si piteux état. D'ordinaire, c'était lui qui cafouillait, qui se mettait en torche, et elle qui redressait les situations, qui lissait les faux plis de son ego froissé. Même quand Bruce était parti, elle n'avait pas craqué. A présent, elle lui rappelait Laura Alvarez par son silence inquiétant.

— Corby m'a accordé un congé exceptionnel. Après s'être assuré que le journal aurait l'exclusivité sur l'enquête.

Elle se débattit avec son imperméable, le jeta négligemment sur une chaise, et le regarda glisser au sol sans réagir. Puis elle s'approcha du bureau à pas lents. Ses jambes la soutenaient à peine.

— Vous avez réussi à mettre la main sur Bruce ? s'enquit-elle, les yeux baissés.

— Pas encore. Mais s'il apprend la nouvelle par les médias, il appellera, j'en suis sûr.

Elle eut une grimace douloureuse.

— Il faut que je m'occupe, Nick. Je ne peux pas rester chez moi toute seule à attendre.

Distraitement, elle prit sur sa table la liste de commissions qu'il avait retournée, en examina le côté où étaient inscrits des horaires et des codes.

— Tiens, qu'est-ce que ça fait là ?

— Pourquoi ? Tu sais ce que c'est ?

— Oui. Une feuille de route.

— Une quoi ?

— Une fiche de tournée. Nos livreurs en reçoivent une chaque matin avec leurs journaux. Regarde, il y a le numéro de la tournée, le code du livreur, le nombre d'exemplaires à distribuer, les renouvellements d'abonnements s'il y en a, les arrêts, les départs…

Nick bondit de sa chaise pour venir à son côté.

— Tu peux me dire de quelle tournée il s'agit, pour quel jour ?

— Eh bien, ce devait être pour le dimanche 19 octobre. Le code du livreur, c'est ALV0436. A en juger par les adresses des arrêts et des départs …

Elle s'interrompit brusquement, écarquilla les yeux.

— Mince, alors. C'est la tournée de Danny Alvarez. Le dimanche où il a disparu. Ou as-tu trouvé ça, Nick ?

# 68.

La nuit tomba d'un coup. En l'espace de quelques minutes, il faisait noir. Timmy prit sur lui pour rester calme, mais la perspective de ces longues heures d'attente dans l'obscurité complète le dépossédait de ses moyens.

Il avait employé sa journée à échafauder un plan pour s'évader — ou tout au moins envoyer un signal de détresse. Une tâche plus difficile qu'il n'y paraissait dans les films, mais cela lui permettait de se concentrer, entretenait son espoir. Il pensait à Batman, à Luke Skywalker, à Han Solo, son héros préféré.

L'homme au masque lui avait apporté des bandes dessinées de *Flash Gordon* et de *Superman*. Hélas, même doté des secrets de ces champions superpuissants, Timmy ne parvenait pas à s'échapper de sa prison. Certes, il n'était qu'un petit garçon maigrichon de dix ans. Mais au foot, il avait appris à tirer avantage de sa petite taille pour se faufiler entre les joueurs. Peut-être la force ne faisait-elle pas tout et lui fallait-il trouver autre chose.

Comment réfléchir calmement alors que le noir engloutissait la pièce ? Il n'y avait plus beaucoup de pétrole dans la lampe. Mieux valait donc ne pas l'allumer trop tôt. Mais déjà, la peur le tenaillait, se répandait en frissons le long de son dos, de ses membres.

Il songea qu'il pourrait peut-être transvaser le mazout du poêle dans la lampe. Le vent cognait toujours contre les fenêtres obturées, secouait les lattes pourries, s'infiltrait en sifflant par les fentes. Sans chauffage, il mourrait de froid avant l'aube. Triste constatation, la chaleur lui était plus vitale que la lumière.

Pour s'occuper, il revit en esprit des passages entiers de *La Guerre des Etoiles,* se récita les dialogues à haute voix. Serrant le briquet dans sa main, il se répétait qu'il était armé contre l'obscurité et, pour s'en convaincre, il allumait la petite flamme. Mais le noir n'était pas son seul ennemi. Le silence était presque aussi terrible.

Tout au long de la journée, il avait tendu l'oreille, guettant des bruits de voix, de moteurs, les aboiements d'un chien, les cloches d'une église, les sirènes des véhicules d'urgence. Rien. Il n'avait rien entendu. Que le sifflement d'un train dans le lointain et le vrombissement d'un unique avion dans le ciel. Où pouvait-il bien être ?

Il avait aussi tenté de crier — à en avoir mal à la gorge. Mais seul le vent furieux lui répondait. L'endroit était trop calme. Beaucoup trop calme. Probablement désert et reculé. Où qu'il se trouve, il était trop loin de toute habitation pour que des gens puissent lui porter secours.

Une ombre glissa sur le sol, accompagnée par le cliquetis d'ongles minuscules sur le plancher. Son cœur s'accéléra ; les frissons reprirent de plus belle. Il alluma le briquet, mais ne vit rien. Enfin, il renonça à attendre plus longtemps et, sans quitter le lit, il tira la lampe à lui. Bientôt, une lumière jaune emplissait la pièce. Il aurait dû se sentir soulagé, ragaillardi. Au lieu de cela, il se roula en boule sur sa paillasse, remonta les couvertures sous son menton et, pour la première fois depuis que son père avait quitté la ville, il se mit à pleurer.

# 69.

Futée. Elle était futée malgré ses courbes féminines. Enfin un adversaire à sa hauteur. Il se demandait toutefois ce que l'agent O'Dell savait exactement, ce qu'elle devinait ou feignait de savoir. Peu importait au fond. Le jeu l'amusait, lui changeait les idées. Et il ne pensait plus au martèlement dans sa tête.

Personne ne prêtait grande attention à lui dans ces couloirs stériles. Ceux qui le croisaient le saluaient d'un hochement de tête et passaient leur chemin. Comme partout ailleurs dans la petite communauté, sa présence allait de soi. Il était là chez lui, se fondait dans le décor. Pourtant, c'est dans cette société qu'il portait un masque. Un masque invisible, qu'il ne pouvait ôter comme l'autre.

Il s'engagea dans l'escalier d'une propreté scrupuleuse. On l'avait frotté, et une légère odeur ammoniaquée flottait encore dans l'air. Il revit sa mère adorée à genoux, occupée à briquer le carrelage de la cuisine, le plus souvent à 2 ou 3 heures du matin, quand son beau-père dormait. Il revit ses mains délicates rougies par l'effort, rongées par les produits corrosifs qu'elle utilisait pour le ménage. Combien de fois l'avait-il ainsi observée à son insu ? Entendu ses sanglots étouffés sur fond de frottement rageur, comme si ce secret rituel matinal pouvait laver la honte de sa vie.

Le temps avait passé et, aujourd'hui, il s'efforçait à son tour de laver sa honte, d'effacer de sa vie les visions du passé par son propre rituel purificateur. Combien de meurtres seraient encore nécessaires avant que les images de son enfance sordide et misérable disparaissent à jamais ?

La porte claqua derrière lui. Il était déjà venu ici. L'atmosphère familière du lieu le réconfortait. Quelque part au-dessus de lui, un ventilateur ronflait. C'était le seul bruit qui filtrait dans cette silencieuse tombe transitoire.

Il enfila des gants de chirurgien. Quel tiroir serait-ce ? De un à cinq, lequel ? Il arrêta son choix sur le troisième, le tira, grimaça en l'entendant grincer.

Il avait visé juste. Le sac mortuaire noir paraissait bien petit sur le long chariot de métal argenté. Il en défit précautionneusement la fermeture Eclair, en replia soigneusement les bords le long du petit corps grisâtre. Les coupes nettes et précises du médecin légiste le dégoûtaient — de même que les poinçons et entailles qu'il avait lui-même pratiqués. Le pauvre petit corps de Matthew ressemblait à quelque carte routière obscène. Mais Matthew lui-même était parti pour un séjour meilleur — dans un lieu où il n'y avait plus de souffrance, plus d'humiliation ni de solitude. Oui, il avait veillé à son repos éternel, à la paix définitive de son âme. Désormais, il resterait à jamais un innocent enfant.

Il sortit le couteau à filet de son tissu et le mit de côté. Il lui fallait détruire l'unique indice qui risquait de le confondre. Quelle imprudence il avait commise là ! Quelle folie ! Peut-être était-il même déjà trop tard… Non, car si tel était le cas, l'agent O'Dell serait en train de lui réciter ses droits.

Ayant ouvert le sac mortuaire complètement, il se pencha pour examiner les jambes chétives de Matthew. En haut de la cuisse, les traces de dents violacées, marque du démon furieux qui l'avait possédé, étaient bien là. Un flot de honte brûlante courait dans ses veines. Il écarta les jambes de l'enfant, prit le couteau.

Une porte claqua dans le couloir. Ses mains se figèrent, restèrent comme suspendues. Il retint son souffle, tendit l'oreille. Bruit de semelles de caoutchouc qui approchaient, s'arrêtaient devant la porte. Elles hésitaient. Serrant le couteau, il attendit. Comment se justifierait-il ? Délicat. Très délicat. Mais pas impossible. Enfin, les pas se décidèrent à passer la porte, à s'éloigner. Jusqu'au bout du couloir. Une seconde porte claqua. Ouf ! Il libéra son souffle qui l'étouffait, inspira une grande bouffée d'air. L'odeur d'ammoniaque lui piquait les narines. Sous ses gants de chirurgien, le talc collait à sa peau moite. Un filet de sueur ruisselait le long de son dos, au creux de ses reins – délicieux chatouillement qui raviva sa honte.

Oui, il jouait d'imprudence, prenait des risques. Trop de risques. Il avait à présent du mal à couvrir ses traces, à réprimer l'odieux démon qui interférait parfois avec sa mission. Et là, maintenant, le couteau à la main, il ne parvenait pas à entailler la chair. Ses doigts tremblaient. La sueur lui coulait dans les yeux. Mais bientôt, c'en serait fini.

Bientôt, le shérif Morrelli tiendrait son suspect principal. Il y avait veillé, avait déjà fait le nécessaire, déposé en bonne place suffisamment de pièces à conviction. Les précieux indices. Il avait un certain talent pour cela. Rien de plus facile, d'ailleurs. Comme pour Ronald Jeffreys. Il avait suffi de peu pour faire tomber Jeffreys ; quelques menus effets dans le coffre de sa voiture, un coup de fil anonyme au supershérif Antonio Morrelli, et le tour était joué. Mais, là aussi, il avait manqué de prudence en mettant la petite culotte d'Eric Paltrow parmi les pièces à conviction.

Depuis le début de sa mission, il gardait les slips des garçons en souvenir. Souvenir qu'il avait oublié de prendre dans le cas d'Eric. Venir le rechercher à la morgue ne lui avait guère posé de problème, mais en le mettant dans le coffre de Jeffreys au lieu de celui d'Aaron, il avait commis une erreur. Curieusement, il n'avait jamais su si la bourde était passée inaperçue, ou si le grand et puissant Antonio Morrelli avait sciemment fermé les yeux. Cette fois, il ne prendrait pas de risques. Et, bientôt, le martèlement de sa tête cesserait — peut-être pour toujours. Plus que quelques détails à régler, un dernier garçon à sauver, et ses démons le quitteraient.

Oui, le malheureux Timmy serait enfin sauvé. Tant de bleus sur son pauvre corps — Dieu seul savait quels sévices lui infligeaient ceux qui prétendaient l'aimer. Lui l'aimait pour de bon. Il les aimait tous, les avait choisis avec soin, sauvés l'un après l'autre et délivrés du mal.

# 70.

Christine appuya sur le bouton de la photocopieuse et regarda le visage souriant de Timmy sortir de la machine. Il serait furieux de voir qu'elle avait choisi sa photo scolaire de l'année précédente, avec son col de travers et cet épi dressé sur le haut de son crâne. Elle avait un faible pour ce portrait qu'elle trouvait touchant… mais, Dieu, qu'il y paraissait jeune ! Comme il avait changé en l'espace d'un an ! Des étrangers seraient-ils en mesure de le reconnaître ?

Elle régla le compteur, et appuya de nouveau sur le bouton, surveillant la sortie des sourires identiques. Derrière elle, le commissariat bourdonnait comme une ruche – bruits de voix, de pas, cliquetis des claviers. Elle se sentait cependant isolée, invisible. Nick lui avait-il confié cette tâche pour ne pas qu'elle le gêne dans son travail ? Il prétendait que plus ils auraient de photos à distribuer dans les médias et les magasins, plus ils auraient de chances que des témoins sortent de l'ombre. Il se démenait, traitait cette disparition avec plus de sérieux que celle de Danny Alvarez. La leçon avait porté pour eux tous, mais à quel prix. Sa fuite de ce matin au milieu de l'interview lui coûterait son emploi à la télévision et le salaire qui allait avec. Peu lui importait. Seul Timmy comptait.

Une présence dans son dos lui donna soudain la chair de poule. Elle se retourna, vit qu'elle était coincée entre Eddie

Gillick et la photocopieuse. La sueur perlait au-dessus de sa moustache. Il soufflait comme un phoque, comme s'il avait couru. Enveloppé d'un nuage d'after-shave répugnant, il la détaillait des pieds à la tête.

— Excusez-moi, Christine, il faut que je fasse des copies de ces photos en vitesse.

A peine y avait-elle jeté un coup d'œil qu'il les lui montrait une à une. Des grands formats, tirés sur un papier brillant qui faisait ressortir les couleurs, le rouge sang des entailles. Un gros plan sur la chair à vif, la peau soulevée et repoussée. Une gorge tranchée. Et le visage pâle de Matthew dont les yeux vitreux la fixaient.

Christine s'érafla la jambe contre la machine dans sa hâte d'échapper à Eddie Gillick. Il l'observait en souriant tandis que, chancelante, elle se heurtait à un gendarme, se cognait le genou contre le coin d'un bureau pour se réfugier au fond de la pièce. Lorsqu'elle fut à l'abri, près du distributeur d'eau, elle s'adossa au mur, face au chaos qui régnait dans le service. Elle avait l'étrange impression que tous bougeaient au ralenti. Les voix, lentes elles aussi, se fondaient en un bourdonnement grave. Et cette sonnerie stridente qui lui vrillait la tête… Etait-ce un téléphone ? Une sirène d'alarme ? Ne devraient-ils pas s'en inquiéter, réagir ? Quelqu'un arrêterait-il ce bruit ? Etaient-ils donc sourds ?

— Christine ?

Loin, très loin, on criait son nom. Elle se pressa de tout son corps contre le mur frais, cependant que la pièce basculait dans un sens. Puis dans l'autre. Et personne ne semblait le remarquer.

— Vous êtes souffrante, Christine ?

Le visage de Lucy Burton apparut devant elle — en forme de cœur, énorme, avec des yeux démesurés, comme dans les miroirs déformants. Lucy lui parlait, sans doute. Ses lèvres peintes remuaient, mais aucun son ne s'en échappait. Où était donc passée la télécommande ? Il lui fallait monter le volume…

Des mains surgies de nulle part l'agrippèrent. Elle tenta de se dégager, sans résultat. Elle étouffait. Elle avait besoin d'eau. Le distributeur qui se trouvait juste à sa gauche s'éloignait, était maintenant très loin, à des années lumière. De nouveau, elle chassa les mains qui tentaient de la soutenir.

— Lucy, je ne vous entends pas ! s'écria-t-elle.

Mais sa propre voix demeurait silencieuse. Avait-elle seulement parlé ?

Elle sentit son corps glisser contre le mur, impuissante à le retenir. Elle avait perdu tout contrôle sur ses muscles, s'affaissait dans un long ralenti. Tant de pieds autour d'elle, de chaussures au cuir griffé, des orteils aux ongles rouges, une paire de bottes de cow-boy… Et soudain, quelqu'un éteignit la lumière.

# 71.

Nick sortit de son bureau et vit la foule rassemblée autour du distributeur d'eau. Il aperçut Christine étendue sur le sol. Hal la soutenait par les épaules cependant que Lucy l'éventait avec une chemise cartonnée. Mains dans les poches, son père observait la scène avec les autres. Raide, la mâchoire crispée, il faisait tinter sa monnaie, visiblement exaspéré par ce flagrant délit de faiblesse.

Près de la photocopieuse, Nick s'arrêta pour demander ce qui se passait à Gillick.

— Je n'en sais rien, je n'ai rien vu, répondit ce dernier.

Dos tourné à la scène, il tirait des copies. Et il était le seul de ce côté de la pièce. Intrigué, Nick jeta un coup d'œil aux documents qui sortaient un à un de la machine. Les gros plans de Matthew Tanner recouvrirent le visage souriant de Timmy. Il avait sans doute eu tort d'envoyer Christine reproduire par dizaines le portrait de son fils disparu.

— Ah, tu as les photos de l'autopsie, remarqua-t-il en reportant son attention sur sa sœur.

— Ouais. Je viens de les récupérer à la morgue de l'hôpital. Je savais que tu en voudrais un jeu.

— Excellent. Tu laisseras les originaux sur mon bureau dès que tu auras fini.

Christine avait maintenant repris connaissance. Adam Preston lui tendit un verre d'eau, qu'elle avala comme si elle réchappait d'une marche dans le désert. De l'autre bout de la pièce, Nick fixait la scène, désemparé. La bombe logée dans sa poitrine martelait plus fort que jamais à un rythme précipité.

— Bon. Ça suffit maintenant, annonça son père. Le spectacle est terminé. Tout le monde au boulot.

Et tous de regagner leur poste comme un seul homme. Le chef avait parlé, et ils obéissaient.

Apercevant son fils, Antonio Morrelli lui fit signe d'approcher. Nick se redressa, mais ne bougea pas. Petite démonstration de résistance passive pour sauver la face. Son père signa un papier pour Lloyd, puis il vint le rejoindre, indifférent à son défi.

— Lloyd a retrouvé Rydell. Nous allons le chercher pour interrogatoire.

— Rien ne t'y autorise, commenta Nick d'un ton qu'il espérait neutre.

— Pardon ?

Avec ses gros sourcils froncés, il tentait une manœuvre d'intimidation qui avait jusque-là toujours réussi. Mais Nick soutint son regard.

— Ce n'est pas à toi de signer des ordres de comparaître.

— J'essaie de te sortir de la merde, fiston. Pour que tu ne sois pas la risée de la communauté.

— Mark Rydell n'a rien à voir dans cette affaire.

— C'est ça, oui. Tu préfères jouer ta chemise sur un minable concierge d'église ?

— J'ai des preuves impliquant Ray Howard. Qu'est-ce que tu as contre Rydell ? On peut savoir ?

Tout le service était de nouveau au point mort. Mais, cette fois, personne n'osait approcher. On les observait secrètement depuis les portes, de derrière les bureaux, tout en feignant de travailler.

— Rydell est un pédé notoire. J'en ai long comme le bras sur lui. Coups et blessures, violences sexuelles sur d'autres tapettes. C'était le mec de Jeffreys pendant un temps. Je me doutais à moitié qu'il était son complice, et je te parie la ferme que c'est lui, ton copieur. Seulement ça, tu ne le vois pas, parce que tu ne vois pas plus loin que le joli petit cul de l'agent Maggie.

Sur ces mots, son père s'éloigna avec son panache habituel. Mortifié, bouillant de rage contenue, Nick jeta un coup d'œil autour de lui. Ses hommes piquaient du nez dans leurs papiers… et Maggie se tenait dans l'encadrement de la porte. A ses yeux, il comprit qu'elle avait tout entendu.

— Nous n'avons pas affaire à un copieur ! lança-t-il au dos de son père.

— Qu'est-ce que tu nous chantes là ? rétorqua ce dernier.

C'est à peine s'il daigna tourner la tête, occupé à récupérer un jeu des photos d'autopsie des mains de Gillick — Gillick qui venait de lui remettre les originaux sans sourciller.

— Jeffreys n'était coupable que d'un seul meurtre. Celui de Bobby Wilson, insista Nick d'une voix forte.

Pas de réaction. L'ex-shérif, seul maître à bord, examinait les clichés.

— Il n'a pas tué les autres. Mais je ne t'apprends rien. Cela, tu le savais déjà.

Nick attendit que l'accusation implicite fasse son chemin. Enfin, son père releva la tête et le foudroya d'un regard qui, d'ordinaire, aurait suffi à le remettre au pas. Mais aujourd'hui, il ne céderait pas. Il redressa le dos, croisa les bras sur sa poitrine, prêt à se battre pied à pied.

— Qu'est-ce que tu entends par là, fiston ?

— J'ai lu tout le dossier sur l'arrestation de Jeffreys et les rapports d'autopsie. Il n'a pas pu commettre les trois meurtres. Jamais de la vie ! Il te l'a même dit et répété.

— Je vois. La parole d'une tantouse criminelle a plus de poids à tes yeux que celle de ton père.

— Tes propres rapports prouvent que Jeffreys n'a pas tué les trois mômes. Mais tu n'y as vu que du feu. Mieux, tu as fermé les yeux. Pour mieux jouer les héros, tu as laissé filer un assassin. Tu as peut-être même contribué à mettre les preuves dans le coffre pour qu'il porte le chapeau. Seulement, maintenant, ton petit-fils paie le prix de tes erreurs et de ton fichu orgueil.

Le coup de poing prit Nick au dépourvu, l'atteignit au menton et le précipita contre la photocopieuse. Le temps qu'il se redresse, un second coup arrivait, qu'il n'eut pas le temps de parer. Il voyait trouble, mais suffisamment clair pour remarquer que son père n'avait pas bougé, qu'il tenait toujours les clichés à la main et paraissait surpris. Il ne comprit ce qui s'était passé qu'en apercevant Hal qui ceinturait Eddie Gillick pour l'immobiliser.

# 72.

Dans la salle d'interrogatoire improvisée, Maggie attendait le retour de Nick. Mais il ne revint pas, ce qui ne la surprit guère. Ce fut Adam Preston qui leur livra le repas de Chez Wanda. Elle informa Ray Howard qu'il pouvait dîner tranquillement, après quoi, il était libre. Il la considéra d'abord d'un œil soupçonneux. Puis, lorsque Adam déposa l'assiette fumante devant lui, son expression changea du tout au tout. En l'espace de quelques secondes, il avait perdu toute méfiance.

Adam déballa le reste de la commande, mais Maggie, qui n'avait pas très faim, se dirigea vers la sortie.

— Pour vous, agent O'Dell, dit le jeune policier.

Elle se retourna vers lui, et s'étonna de voir qu'il lui tendait un pli et non pas son sandwich.

— D'où vient cette enveloppe ?

— Je l'ai trouvée avec la commande. Elle vous est adressée.

Interdite, Maggie fixait l'objet sans faire un geste pour le prendre. Le silence était si pesant que Ray Howard leva le nez de son festin.

— Que se passe-t-il, agent O'Dell ? demanda le jeune policier d'un air grave. Vous ne voulez pas l'ouvrir ?

Ses prunelles vertes trahissaient une légère inquiétude.

— Si, si, je vais voir ce que c'est, le rassura Maggie.

Feignant l'indifférence, elle prit le pli, le décacheta d'une main qui ne tremblait pas malgré l'angoisse qui lui nouait le ventre. Elle en tira un bristol sur lequel était écrite cette simple phrase : « JE SUIS AU COURANT POUR STUCKY. »

Elle releva les yeux vers Adam.

— Nick est dans les parages ?

Il lui fallait s'efforcer de réguler son souffle, de contenir l'anxiété qui la rongeait.

— Personne ne l'a vu depuis…

La fourchette à la main, Ray Howard termina pour lui avec un sourire réjoui :

— Depuis qu'Eddie lui a flanqué un pain en pleine figure. Lui, c'est mon pote.

— Qu'entendez-vous par là ? s'enquit Maggie, cassante.

A voir l'expression de Howard, elle comprit qu'elle avait parlé trop fort, s'était montrée trop sèche. De nouveau, il se méfiait.

— Rien. Juste qu'on est copains tous les deux.

— Eddie Gillick est votre ami ?

Elle consulta Adam du regard, mais il se contenta de hausser les épaules.

— Ouais, c'est mon pote, reprit Howard. Il n'y a pas de mal à ça, hein ? On fait des trucs ensemble. Pas de quoi fouetter un chat.

— Quel genre de « trucs »?

Howard les considéra tour à tour. Il s'était redressé, avait cessé d'enfourner les bouchées gargantuesques de bifteck et de purée. Enfin, il se concentra sur Maggie, la dévisagea comme s'il la défiait.

— Des fois, il vient au presbytère, pour jouer aux cartes avec le père Keller et moi. Et, des fois, on sort tous les deux pour s'offrir des burgers en ville.

— Vous et le shérif adjoint Gillick ?

— Vous ne m'aviez pas dit que j'étais libre, à présent ?

Elle soutint son regard de lézard. Jusqu'à ce qu'il baisse les yeux. Aucun doute, il en savait bien plus qu'il n'en laissait paraître. Mais il n'était pas l'assassin. Quoi qu'en pense Nick. Il avait eu la malchance d'être surpris en possession du téléphone mobile tombé dans la rivière, certes. Et il était roué, le bougre. Mais pas assez intelligent pour commettre ces crimes. De plus, sa claudication l'aurait empêché de transporter un enfant de trente à trente-cinq kilos sur quelques centaines de mètres en terrain malaisé. Non, Ray Howard n'était pas leur tueur en série.

Sur son signal, Adam la suivit hors de la pièce. Sitôt dans le couloir, elle s'adossa au mur, épuisée. Adam attendait patiemment qu'elle se décide, en tournant la tête à droite et à gauche, comme pour s'assurer que personne ne le surprendrait seul avec elle. Il était trop jeune pour appartenir à l'ancienne clique d'Antonio Morrelli, mais il semblait tenir à donner satisfaction, à faire partie de l'équipe. Cela étant, son respect de l'autorité s'étendait à Maggie et, à en juger par son attitude, il ne demandait qu'à l'écouter.

— Vous avez grandi à Platte City, n'est-ce pas ?

La question le dérouta. Mais il acquiesça d'un bref hochement de tête.

— Que savez-vous de l'ancienne église, celle qui se trouve en pleine campagne ?

— Nous sommes allés y voir, Lloyd et moi. Avant la neige, et après. Toutes les ouvertures sont barricadées par des planches. Personne n'y a mis les pieds depuis des lustres. Nous n'avons découvert ni traces de pas, ni marques de pneus.

— Elle est située près de la rivière ?

— Oui. En retrait de Old Church Road. Je crois que c'est à elle que la route doit son nom. Le bâtiment est classé monument historique, ce qui explique qu'on ne l'ait pas détruit.

— Vous êtes bien informé, remarqua-t-elle.

Près de la rivière. Par conséquent, si Howard allait couper du bois dans les parages, il avait peut-être aperçu quelque chose… La fatigue l'accablait, l'empêchait de réfléchir. Elle se massa la nuque pour en dénouer les tensions cependant que le jeune policier s'expliquait :

— Mon père possède des champs à proximité de l'église. Il souhaite racheter le terrain et abattre la ruine. Ce sont de bonnes terres agricoles, vous comprenez. Mais le père Keller lui a dit que les bâtiments appartenaient au patrimoine. Dans les années 1860, cette église a servi aux réseaux de John Brown. Il semblerait qu'il y ait un tunnel entre la chapelle et le cimetière.

Maggie se redressa, soudain intéressée.

— Ils cachaient les esclaves en fuite dans l'église et, la nuit venue, ils les faisaient sortir par le tunnel pour les mener à la rivière où un bateau les conduisait à leur cachette suivante. Près de Nebraska City, il y a une vieille église qui a rempli les mêmes fonctions. Aujourd'hui, c'est une attraction touristique importante. Mais la nôtre est trop délabrée. À ce qu'on raconte, le tunnel s'est effondré, miné par la rivière trop proche. D'ailleurs, l'ancien cimetière ne sert plus non plus. Il y a quelques années de cela, une crue a emporté des tombes. Certains ont même vu des cercueils flotter sur le courant.

Maggie imagina la scène. Le cimetière désert, et les eaux tumultueuses arrachant les morts à la terre. D'instinct, elle songea que c'était là le lieu idéal pour un tueur obsédé par le salut de ses victimes.

# 73.

Maggie résolut de laisser un message. Oui, mais quoi dire ?

« Cher Nick – partie en quête du tueur dans un cimetière. »

La formulation était bizarre, mais c'était mieux que rien. Mieux que de filer sans prévenir comme elle l'avait fait pour Albert Stucky. A ceci près que, cette nuit-là, elle ne comptait pas tomber sur le tueur. Elle avait voulu vérifier une piste, découvrir l'endroit où il se terrait et ne se doutait pas qu'il l'attendait, qu'il lui tendait un piège. Elle ne l'avait compris que trop tard. Et si ce nouveau tueur lui jouait le même tour ? S'il l'attirait dans ses filets ?

Elle s'apprêtait à entrer dans le bureau du shérif quand Lucy lui annonça :

— Je crois que Nick est parti, agent O'Dell.

— Merci, je suis au courant. Je voulais seulement lui déposer une note.

Poings sur les hanches, la jeune femme attendait d'autres explications. Comme Maggie se taisait, elle ajouta :

— J'ai eu quelqu'un de l'archevêché au téléphone pour vous.

— Il y a un message ?

Elle avait déjà parlé à un certain frère Jonathon qui lui avait affirmé que, du point de vue de l'église, la mort du père Francis était due à un accident regrettable, non à un acte criminel.

— Une seconde.

En soupirant, Lucy fouilla dans ses papiers.

— Voilà. Le frère Jonathon dit que le père Francis n'a plus de famille, et que l'église prendra toutes les dispositions pour les obsèques.

— Il n'a pas fait mention d'une autopsie ?

La secrétaire la dévisagea avec incrédulité.

— Non, il n'a rien dit de plus. J'ai pris ce message moi-même.

— Bon. Je vous remercie.

De nouveau, elle posa la main sur la poignée de la porte.

— Vous pouvez me confier votre note pour Nick, si vous voulez.

Curieuse, la demoiselle !

— Inutile. Je vais la déposer sur son bureau.

Maggie entra. Elle ne prit pas la peine d'allumer la lumière. Celle qui filtrait de la rue lui suffirait pour cette brève mission. Au passage, elle se cogna la jambe contre une chaise, se pencha pour masser le point douloureux… et aperçut Nick, dans le coin, assis par terre. Recroquevillé sur lui-même, les bras noués autour des genoux, il fixait la fenêtre, sans paraître remarquer sa présence.

Plutôt que de l'ignorer, de griffonner quelques mots, et de repartir comme elle était venue, elle s'approcha en silence, s'assit auprès de lui sur le sol et suivit la direction de son regard. D'où ils se tenaient, on ne voyait qu'un rectangle de ciel noir encadré par les montants. Du coin de l'œil, elle remarqua ses lèvres enflées, fendues, le sang séché sur son menton. Il ne bougeait pas, ne disait toujours rien.

— Pour un ex-footballeur, Morrelli, vous vous battez comme une fillette.

Elle cherchait à le mettre en colère, à le bousculer pour qu'il se ressaisisse. Lorsque le vide vous rongeait ainsi, il était préférable de réagir au plus vite, avant que la léthargie et la déprime s'installent.

Il ne bronchait toujours pas. Elle resta près de lui, silencieuse. Les minutes passèrent.

Si elle avait une once de bon sens, elle s'en irait, se dit-elle. Sa propre fragilité constituait un risque suffisant sans qu'elle prenne en charge la souffrance de Nick.

Déjà elle étirait les jambes pour se relever, quand il murmura :

— Mon père a tort de tenir ce genre de propos sur vous.

— Quoi ? Je n'ai pas un joli petit cul ?

Cette fois, il esquissa un vague sourire.

— D'accord. Il n'a qu'à moitié tort.

— Ne vous inquiétez donc pas, Morrelli, j'ai entendu bien pire.

Malgré ce qu'elle en disait, elle s'étonnait que les remarques de ce genre la touchent encore.

— Pour être franc, quand ce cirque a commencé, je ne me souciais que de l'opinion des autres, je craignais de passer à leurs yeux pour un incompétent.

Il fixait toujours la fenêtre, évitait son regard. Elle l'observait dans la pénombre : malgré sa déprime, le désordre de sa mise, elle le trouvait beau, appréciait sa mâchoire carrée, ses cheveux bruns, ses lèvres sensuelles – et jusqu'à ses oreilles finement dessinées. Pourtant, ces traits physiques qui l'avaient d'abord attirée comptaient pour peu de chose. Ce qui la bouleversait, c'était sa voix chaude, posée. Et ses yeux bleu de ciel qui la sondaient comme pour lire dans son âme, qui la couvaient comme si elle était l'être le plus important au monde.

Ces yeux-là la mettaient à nu, lui donnaient le sentiment de vivre et, à présent qu'ils la fuyaient, elle se sentait exilée, dépossédée du lien qui s'était tissé entre eux. Bien sûr, il n'était pas raisonnable d'éprouver de tels sentiments pour un homme qu'elle connaissait depuis moins d'une semaine. Elle se taisait donc, attendait non sans crainte qu'il partage avec elle quelque secret qui les rapprocherait encore. Sans pouvoir toutefois s'empêcher de l'espérer.

— Je suis incompétent. Je suis incapable de mener une enquête criminelle. Si je l'avais reconnu dès le départ, Timmy n'aurait peut-être pas disparu.

Sa confession la prit au dépourvu. Ce n'était plus là le shérif arrogant et macho qui l'avait accueillie en short quelques jours plus tôt. Pourtant, cet aveu n'avait rien de complaisant. Loin de s'apitoyer sur lui-même, il était soulagé par cette confession.

— Vous avez fait tout ce qui était en votre pouvoir, Nick. Si vous aviez négligé une piste, je vous l'aurais rappelé. Au cas où vous ne l'auriez pas remarqué, je ne suis pas timide en ce domaine.

Nouvelle ébauche de sourire. Il décroisa les bras, se cala contre le mur et étira ses longues jambes. Elle crut à tort qu'il en avait terminé, mais il reprit :

— Maggie, je suis tellement… J'imagine sans arrêt que je le retrouve… Je le vois étendu dans l'herbe, le regard vide. Jamais je ne me suis senti aussi…

Sa voix d'ordinaire si posée se brisait.

— Je suis complètement désemparé.

Ses genoux remontèrent vers sa poitrine. Elle avait envie de le consoler, de le réconforter, de le caresser. Sa main se tendit spontanément vers ses cheveux, resta suspendue un moment et se retira vivement. Elle remua, mal à l'aise, chercha une position plus confortable. La lune éclairait maintenant le profil de Nick. Elle lui coula un regard de biais. Pourquoi cet homme lui faisait-il prendre conscience qu'elle n'était plus elle-même ? Pourquoi lui donnait-il envie de guérir, de se retrouver ?

— Depuis toujours, j'agis comme le veut mon père... Moins pour lui plaire que par paresse d'esprit. C'est une option facile, et il n'attend pas de miracles de moi. En tant que shérif de Platte City, j'étais censé distribuer des contraventions, retrouver les chiens égarés, séparer deux ivrognes qui se battent dans un bar et, une fois en passant, intervenir sur un accident de la route. Mais je n'avais pas prévu les meurtres. Je ne suis pas prêt pour cela.

— Personne n'est jamais prêt pour le meurtre d'un enfant, Nick. Pas même moi, qui suis en permanence confronté à des cadavres.

— Timmy ne peut pas finir comme Danny et Matthew... ce n'est pas possible. Hélas, il n'y a rien que je puisse faire. Rien. C'est fichu.

Derrière la colère, la frustration, elle perçut des larmes dans sa voix. D'instinct, elle tendit de nouveau la main vers lui, hésita, la posa doucement sur son épaule, lui caressa affectueusement le dos mais aussitôt, troublée par ce contact, elle s'interrompit. Alors, il se tourna vers elle, prit sa main dans la sienne et la porta contre sa mâchoire enflée.

— Je suis content que vous soyez là... Maggie, je crois que je...

Elle libéra sa main, terriblement gênée par ce début de déclaration. Ce n'était plus un jeu, il ne flirtait pas. Elle le voyait aux prises avec des sentiments dont elle préférait ne rien savoir. Il était temps de changer de sujet sans en avoir l'air...

— Quoi qu'il arrive, Nick, vous n'y êtes pour rien. Vous avez fait le nécessaire. Au-delà d'un certain point, vous n'êtes plus responsable, il faut vous pardonner.

Il plongea dans ses prunelles, les sonda de son regard bleu comme s'il voulait lire dans son âme.

— Et vos cauchemars, Maggie ? dit-il à voix basse. Vous aussi, il y a quelque chose que vous ne vous pardonnez pas. De quoi s'agit-il ? De Stucky ?

# 74.

Maggie se redressa avec effort, luttant contre la tension que ce seul nom provoquait en elle.

— Vous êtes au courant pour Stucky ?

— L'autre nuit, chez moi, vous avez hurlé ce nom à plusieurs reprises. Je pensais que vous m'en parleriez mais vous n'en avez rien fait… Alors je me suis dit que cela ne me regardait pas. Et cela ne me regarde pas davantage aujourd'hui.

— C'est de notoriété publique.

— Vraiment ?

— Albert Stucky est un tueur en série que j'ai contribué à mettre sous les verrous le mois dernier. Nous le surnommions Le Collectionneur. Il enlevait deux, trois, parfois quatre femmes en même temps, puis il confinait ses victimes dans des bâtiments inoccupés, des entrepôts désaffectés. Lorsqu'il en avait assez d'elles, il les tuait, leur lacérait le corps, leur défonçait le crâne, mangeait parfois leur chair.

— Moi qui croyais que notre tueur était tordu !

— Stucky appartient certes à une espèce à part. Mon profil a permis de l'identifier, et nous l'avons traqué pendant deux ans. Dès que nous approchions du but, il déménageait pour aller sévir ailleurs. À un moment donné, il a découvert que j'étais chargée de son profil. C'est alors que le jeu a commencé.

Le clair de lune inondait la pièce à présent. Elle coula un bref coup d'œil en direction de Nick. Il l'observait avec tant d'intensité qu'elle en était gênée. Ses lèvres blessées saignaient de nouveau, il avait dû les mordre. Elle fouilla dans sa poche, lui tendit un mouchoir en papier.

— Tenez. Vous saignez toujours.

Ignorant le Kleenex, il s'essuya la bouche du revers de la manche.

— Normal. Je me bats comme une fillette. Parlez-moi plutôt de ce jeu.

— Stucky s'est renseigné sur moi, sur ma famille. Il savait tout — la mort de mon père, l'alcoolisme de ma mère. Tout. Il y a environ un an, j'ai commencé à recevoir des messages de lui. Ce n'est pas si rare, mais ceux de Stucky sortaient de l'ordinaire. Ils arrivaient accompagnés de morceaux de ses victimes — un doigt, un morceau de peau avec une tache de vin, un tatouage. Un jour, j'ai reçu une pointe de sein.

Nick secoua la tête mais ne commenta pas.

— Et puis, il a entrepris de jouer aux devinettes. Il m'envoyait des indices pour me mettre sur la voie de l'endroit où il séquestrait ses femmes. Si je devinais juste, il me récompensait en me donnant un nouvel indice. Si je me trompais, il me punissait à coups de cadavres. Je me trompais souvent et, chaque fois que nous retrouvions un corps dans une benne à ordures, j'avais le sentiment que la faute m'en incombait.

Elle ferma les yeux, laissa défiler les images de ces femmes aux traits raidis par l'horreur. Elle se les rappelait toutes, pouvait réciter leurs noms, leurs adresses, leur signalement — sa propre litanie des saints.

— Et puis il s'arrêtait, se déplaçait vers une autre région. Nous avons fini par le retrouver à Miami. Après avoir reçu quelques indices, j'étais à peu près sûre qu'il s'était établi dans un entrepôt en bordure de la rivière. J'avais peur de me tromper. Je n'aurais pas supporté d'avoir une femme de plus sur la conscience. Alors, j'ai décidé d'aller vérifier par moi-même, sans avertir personne. Au moins, si je me trompais, il n'y aurait pas de meurtre. Seulement, j'avais vu juste, et Stucky m'attendait. Je me suis retrouvée prise en embuscade.

Elle avait le souffle court, les mains moites, le cœur battant. C'était pourtant fini. Pourquoi le seul fait d'en parler l'affectait-il à ce point ?

— Il m'a ligotée à un pilier de métal et obligée à regarder pendant qu'il torturait et mutilait deux femmes. A vrai dire, la seconde, c'était pour me punir d'avoir fermé les yeux pendant qu'il défonçait le crâne de la première. Il m'avait prévenue qu'il en tuerait autant qu'il le faudrait jusqu'à ce que je ne triche plus. Leurs hurlements de douleur n'avaient aucun effet sur lui.

Dieu, qu'elle avait de la peine à respirer ! Quand donc cesserait-elle de voir ces regards angoissés, suppliants ? D'entendre ces cris abominables ?

— Je l'ai regardé frapper, taillader, étriper ces malheureuses. Je me sentais... accablée par ma propre impuissance.

Pause. Dehors, la lune et les étoiles brillaient dans le ciel noir.

— J'étais... j'étais si proche que leur sang m'éclaboussait. Je recevais des éclats d'os, des débris de cervelle...

— Mais vous l'avez coincé.

— Oui, on l'a eu. Mais seulement parce qu'un vieux pêcheur a entendu des cris et appelé les secours. Ce n'était pas grâce à moi.

— Vous n'êtes pas responsable de leur mort, Maggie.

— Je sais. À propos d'autre chose...

Elle fouilla dans sa poche, en sortit une enveloppe froissée qu'elle tendit à Nick.

— J'ai reçu un nouveau message.

Il l'ouvrit et lut.

— Merde. Qu'est-ce que ça veut dire ?

— Aucune idée. Pas forcément grand-chose. Peut-être que ça l'amuse.

Nick déplia ses jambes et se leva soudain.

— Bon. Qu'est-ce qu'on fait maintenant ?

— Cela vous tente d'aller piller le cimetière ?

# 75.

Timmy regardait danser la flamme de la lampe, s'étonnait qu'une langue de feu aussi petite puisse éclairer la pièce entière. Elle chauffait aussi. Moins que le poêle, mais on en sentait la chaleur. Ce qui lui rappela de nouveau l'excursion en camping avec son père. En un temps heureux qui semblait si lointain à présent…

Son père n'avait rien d'un campeur expérimenté. Il leur avait fallu près de deux heures pour monter la tente. À la pêche, ils n'avaient attrapé que de minuscules poissons, de ceux qu'on rejette en général, mais ils les avaient gardés, trop affamés pour attendre que les gros se décident à mordre. Après cela, son père avait fait fondre la casserole préférée de sa mère en la laissant trop longtemps sur le feu. Timmy ne lui en avait pas voulu. C'était une aventure. Une aventure qu'ils avaient partagée.

A présent, ses parents étaient fâchés. Mais il ne comprenait pas que son père soit fâché avec lui. Sa mère affirmait qu'il l'aimait toujours. Que, s'il refusait de donner son adresse, c'était pour ne pas payer la pension. Mais cela n'expliquait pas qu'il refuse de le voir.

Tout en fixant la flamme, Timmy s'efforça de se souvenir des traits de son père. Sa mère avait caché toutes les photos. Elle prétendait même les avoir brûlées mais, quelques semaines plus tôt, il l'avait surprise à les regarder, tard dans la nuit, en buvant du vin. Et elle pleurait. Si son père lui manquait tant que cela, pourquoi ne lui demandait-elle pas de revenir ? Décidément, il ne comprendrait jamais les adultes.

Il approcha ses mains du verre de la lampe pour les réchauffer. Le mouvement fit tinter la chaîne qui liait sa cheville contre le pied métallique du lit. Et soudain, il eut une idée, repensa à la casserole oubliée sur le feu par son père. Les maillons de la chaîne n'étaient pas bien épais. À quelle température fallait-il chauffer le métal pour le ramollir ? Pour pouvoir tordre un de ces maillons, en élargir la fente de quelques millimètres ?

Le cœur battant, il prit le verre à pleines mains, les retira aussitôt en sentant la brûlure. Sortant l'oreiller de sa taie, il utilisa le tissu pour ôter le verre de la lampe. La flamme bondit, dansa frénétiquement, se calma enfin. Timmy remit l'oreiller dans sa taie ; il plaça la lampe à terre devant lui, leva la jambe, prit un morceau de chaîne tout près de sa cheville, et en laissa quelques maillons pendre au-dessus de la flamme. Au bout de cinq minutes, il tenta de les tordre. Sans résultat. Il lui fallait être patient. Penser à autre chose en attendant que le métal soit suffisamment chaud. Quelle était donc cette chanson que sa mère chantait l'autre matin dans la salle de bains ? Un truc qui venait d'un film… Ah oui, *La Petite Sirène.*

Il testa sa voix. Elle tremblait un peu, mais d'excitation cette fois – pas de peur. Et il se souvenait des paroles ! « Sous la mer… Qu'on est bien sous la mer… » De nouveau, il tira sur la chaîne. Toujours rien. Il se remit à chanter, avec un accent antillais. « Sous la mer… »

Cette fois, le métal pliait. Non, il ne rêvait pas. Redoublant d'efforts, il tira de toutes ses forces. Victoire ! la fente s'élargissait ! Encore un tout petit peu, et il serait libre !

Des pas résonnèrent de l'autre côté de la porte. Ne pas perdre espoir. Il lui restait encore quelques secondes. Et il tira de plus belle tandis que les verrous grinçaient.

# 76.

Christine ne savait plus quand elle avait mangé pour la dernière fois. Ni depuis combien de temps Timmy avait disparu. Tout ce qu'elle savait, c'est qu'il lui manquait. C'était trop long. Elle n'en pouvait plus. Elle s'arracha péniblement au vieux canapé sur lequel Lucy l'avait laissée, à l'arrière des bureaux, dans une remise où l'on entreposait les archives.

Le canapé sentait le mégot et, si la toile qui le recouvrait semblait propre, sa texture rugueuse avait laissé une marque sur sa joue, une sorte de tatouage en relief.

Elle avait les yeux qui brûlaient. Ses cheveux étaient dans un désordre épouvantable. Elle ne se souvenait plus de les avoir peignés — ni de s'être brossé les dents. Elle avait pourtant dû sacrifier à ce rituel matinal avant de se rendre dans les studios de télévision pour l'interview... Dieu, que tout cela était loin ! À des années lumière.

La porte s'ouvrit soudain, et elle sursauta. Son père entra, muni d'un verre d'eau. La seule idée de boire lui soulevait le cœur, mais elle accepta l'offrande, y trempa ses lèvres, puis sourit.

— Tu te sens mieux ?

— Oui, je te remercie. Je crois que mon vertige de tout à l'heure était dû au fait que je n'ai rien mangé de la journée.

— C'est probable.

Sans le verre pour se donner une contenance, il ne savait plus quoi faire de ses mains, et il les enfourna dans ses poches. Un tic que Nick avait aussi.

— Et si je te commandais de la soupe et un sandwich ?

— C'est gentil, mais je préfère m'abstenir. J'ai l'estomac tout retourné.

— J'ai appelé ta mère. Elle va tâcher de trouver un vol dans la soirée. Avec un peu de chance, elle sera là demain matin.

— Bonne idée. Je serai heureuse de l'avoir près de moi, mentit Christine.

La présence de sa mère ne lui vaudrait rien. Elle perdait ses moyens à la moindre crise, et celle-ci était de taille ! Que lui avait-il raconté au téléphone ? Certainement pas l'horrible vérité…

— Ne te fâche pas, mon chaton. J'ai également appelé Bruce.

— Bruce ?

— Le père de Timmy devait être mis au courant.

— Bien sûr. D'ailleurs, Nick et moi avons tenté de le contacter. Tu sais où il se trouve ?

— Non, mais j'ai un numéro de téléphone en cas d'urgence.

— Tu savais où le joindre ? Alors que je cherche à le contacter depuis des lustres pour qu'il me paie les huit mois de pension alimentaire qu'il me doit ? Et toi, pendant ce temps-là, tu es resté assis sur son numéro de téléphone !

— Seulement pour les urgences, Christine.

— Et ce n'est pas une urgence que son fils mange à sa faim ? J'aurai tout entendu !

— Christine, tu exagères. Ta mère et moi ne vous aurions jamais laissés dans le besoin. De plus, Bruce m'a confié qu'il t'avait laissé de grosses économies.

— De grosses économies ! Le menteur ! Il m'a laissé exactement cent vingt-quatre dollars et quelques cents sur un compte épargne, et plus de cinq mille de dettes sur la carte de crédit.

Elle avait explosé, et tant pis si son père avait une sainte horreur des confrontations. Depuis son enfance, elle veillait à ménager le grand Tony Morrelli, se rangeait sagement à ses opinions comme s'il avait la science infuse. Sa mère appelait cela du respect, mais elle se trompait. C'était de l'inconscience et de la folie pure.

Il arpentait la pièce, mains dans les poches, faisait tinter nerveusement sa monnaie.

— L'enfant de salaud. Il s'est bien gardé de me le dire, grommela-t-il enfin. Il n'empêche que tu l'as mis à la porte de chez lui.

— Ouais. Parce qu'il sautait sa réceptionniste.

Il s'empourpra, outré par ce langage inconvenant dans la bouche d'une femme.

— Les hommes s'égarent parfois, Christine. Simple accident de parcours. Je ne cautionne pas sa conduite, mais ce n'était pas une raison pour le flanquer dehors.

A présent, elle comprenait tout. Il rejetait la faute sur elle — ce dont elle se doutait un peu sans que personne ait jamais rien dit ouvertement.

L'univers moral de son père obéissait aux vieux critères machistes des deux poids, deux mesures. Elle le savait depuis toujours, l'acceptait sans broncher. Mais la mesure était comble.

— Si c'était moi qui avais pris un amant, je me demande si tu serais aussi tolérant.

— Ne sois pas ridicule, Christine.

— J'insiste. Tu appellerais cela comment, si je baisais avec le livreur de l'UPS ? Une peccadille ? Un accident de parcours ?

Il eut une grimace de dégoût, choqué par le langage autant que par l'image. Naturellement, la charmante fille d'Antonio Morrelli ne « baisait » pas.

— Tu es sous le choc, Christine. Il faut que tu te reposes. Je vais te trouver un de mes hommes pour te raccompagner.

Elle acquiesça du geste, incapable de répondre tant la rage l'étouffait.

Quelques minutes après qu'il eut quitté la pièce, la porte se rouvrit sur Eddie Gillick.

— Votre père m'a demandé de vous reconduire chez vous.

# 77.

Nick changea rageusement de vitesse et pressa l'accélérateur. Derrière eux, Platte City s'éloignait. Il coula un regard à Maggie, silencieuse sur la banquette. Il s'en voulait de s'être montré si faible devant elle. D'avoir levé le voile sur la terreur qui le rongeait. Il s'était conduit comme le dernier des imbéciles. Malgré les horreurs qu'elle lui avait racontées sur Stucky, elle demeurait parfaitement calme, regardait défiler le paysage nocturne, impassible, maîtresse d'elle-même. Comment s'y prenait-elle pour tenir Albert Stucky et tous les autres monstres de cauchemar à distance ? Pour ne pas cogner du poing contre les murs et briser les vitres des portes ?

Il était incapable de réfléchir, à peine en mesure de se concentrer sur la route. Dans sa poitrine, la bombe continuait son compte à rebours. Chaque seconde pouvait être la dernière pour Timmy.

Et, sous l'emprise de la panique, il avait failli dépasser les bornes en avouant à Maggie qu'il l'aimait. Quel sot ! Quel abruti ! Il avait craint de perdre son charme et sa virilité, mais la raison elle-même l'abandonnait !

Là, près de Maggie, dans la pénombre de l'habitacle, il reprenait courage. Il lui fallait être fort pour sauver Timmy, et il y parviendrait peut-être — tant qu'il n'était pas seul pour affronter l'épreuve. Oui. Lui, Nick Morrelli, il avait besoin de quelqu'un. C'était nouveau.

Il ignorerait la peur qui lui rongeait le ventre, chasserait de son esprit le regard vide de Danny Alvarez. Timmy était en vie, il n'était pas trop tard, et ils le sauveraient. Il accéléra encore.

— Cela vous ennuierait de m'expliquer ce que nous allons faire au cimetière en pleine nuit ? s'enquit-il finalement.

— Je sais que vos hommes ont déjà passé l'ancienne église en revue, mais ont-ils exploré le tunnel ?

— Le tunnel ? Il s'est écroulé, il y a des années.

— Vous en êtes sûr ?

— Non. D'ailleurs, je ne l'ai jamais vu. Quand j'étais gosse, on croyait que tout ça, c'était des histoires pour nous effrayer, nous empêcher d'aller traîner la nuit autour de l'église. On racontait que des morts étaient sortis de leur tombe et avaient rampé le long du tunnel jusqu'à l'église pour sauver leur âme de la damnation.

— Un lieu entouré de telles légendes me semble être le repaire idéal pour un tueur en mal de rédemption.

— Vous pensez qu'il garde Timmy prisonnier dans ce tunnel ?

— Ce n'est qu'une hypothèse. Une intuition. Au point où nous en sommes, nous n'avons rien à perdre, alors autant vérifier. Ray Howard déclare aller couper du bois non loin de là. Et il en sait plus qu'il n'en dit. Peut-être a-t-il vu quelque chose.

— Je ne comprends pas que vous l'ayez laissé filer.

— Ce n'est pas lui le tueur, Nick. Mais je pense qu'il sait qui c'est.

— Vous soupçonnez toujours le père Keller, pas vrai ?

Il la regarda du coin de l'œil, mais elle était tournée vers la vitre.

— Keller a très bien pu cacher mon téléphone portable dans la cellule de Ray Howard. Il avait également accès au pick-up. Et il a dans sa chambre des reproductions de tableaux représentant des martyrs sous la torture, dont un avec une croix gravée au couteau sur la poitrine.

— Ce n'est pas un crime d'avoir des goûts pourris. Et puis, n'importe qui a pu voir ces tableaux et s'en inspirer.

— Keller connaissait les trois garçons…

— Les cinq, rectifia Nick. Lucy et Max ont obtenu les listes des inscriptions au camp de vacances. Eric Paltrow et Aaron Harper y ont participé l'été qui a précédé leur meurtre. Mais je vous ferai remarquer que Ray Howard les connaissait aussi.

— Ce n'est pas tout, Nick. Je crois que notre tueur se raconte qu'il en fait des martyrs, qu'il les délivre ou quelque chose de ce genre. La plupart des tueurs en série tuent pour le plaisir, par perversion sexuelle, pour satisfaire un besoin personnel. Un déclic se produit dans la tête du type, et il part en mission. Le père Keller correspond en gros à ce profil type. Et qui d'autre qu'un prêtre donnerait l'extrême-onction à ses victimes ? Qui d'autre pouvait pousser le père Francis dans l'escalier et demeurer au-dessus de tout soupçon ?

— Voyons, Maggie ! Il s'agissait d'un accident. Ne vous entêtez donc pas.

— L'archevêché ne me laisse pas le choix. Comme il n'avait plus de famille, ce sont eux qui se chargent des obsèques, et ils ne voient aucune raison de pratiquer une autopsie.

Elle se tut. Dans le silence revenu, Nick réfléchissait. Si on avait effectivement poussé le père Francis dans l'escalier, Howard demeurait au rang des suspects. Mais une question le taraudait : quel secret le vieux prêtre désirait-il confier à Maggie ?

— Peut-être qu'on se trompe sur toute la ligne, dit-il enfin. Peut-être que Keller est dans le coup, mais qu'en fait, il protège quelqu'un.

— Qu'entendez-vous par là ?

— Le père Francis n'a rien voulu nous dire de la confession de Jeffreys. Et si notre tueur s'était confessé au père Keller ?

Nouveau silence. À l'évidence, elle pesait cette nouvelle hypothèse, qui n'avait somme toute rien d'impossible.

Et soudain, elle se décida. La question jaillit dans le noir, inattendue :

— Vous saviez que Ray Howard était l'ami d'Eddie Gillick ?

# 78.

Christine songea que la colère l'avait aveuglée et privée de tout bon sens. Seul un moment de folie expliquait sa présence dans la vieille Chevrolet rongée de rouille de Gillick. C'est à peine s'il s'était excusé sur l'état de son véhicule et, à présent, elle était là, les pieds entourés d'emballages de restauration rapide. Un ressort lui rentrait dans le dos et, près d'elle, la bourre incrustée de miettes de pain sortait de la banquette. Cela sentait la frite, le mégot, et l'écœurante odeur de son after-shave.

Après avoir jeté sa casquette à l'arrière et s'être longuement regardé dans le rétroviseur, Eddie avait mis le contact, et la ruine s'était ébranlée dans un bruit infernal de pot d'échappement percé.

Christine regrettait de ne pas s'être changée après l'interview. Sous le long imperméable, il lui semblait que des insectes rampaient sur ses jambes nues. Par acquit de conscience, elle jeta un coup d'œil pour s'assurer qu'il n'y avait pas de puces ou de punaises sur ses cuisses, surprit Eddie Gillick qui profitait de la vue avec un sourire gourmand et referma aussitôt les pans du vêtement, préférant les répugnantes bestioles à l'indiscrétion de ce regard visqueux.

Il accéléra violemment, la collant au dossier de son siège. Machinalement, elle chercha la ceinture de sécurité, et s'aperçut qu'on l'avait coupée. Ils filaient à vive allure, dépassèrent le tournant qui conduisait chez elle. Prise de panique, elle agrippa la poignée de la portière, qui lui resta dans la main.

Eddie se tourna vers elle, sourcils froncés.

— Du calme, Christine. Votre père m'a demandé de veiller à ce que vous mangiez quelque chose.

— Je n'ai pas faim, répliqua-t-elle vivement.

Mais elle corrigea aussitôt, refrénant sa terreur pour ne pas éveiller sa méfiance.

— Sincèrement, Eddie. Je suis épuisée. J'ai surtout besoin de repos.

— Je vais vous poêler un steak qui vous mettra l'eau à la bouche. Justement, j'en ai deux au frigo.

Dieu du ciel ! Pas chez lui — jamais !

— Une autre fois, Eddie. Je ne suis vraiment pas en état d'apprécier. Soyez gentil et reconduisez-moi à la maison.

Du coin de l'œil, elle l'observait. Sa moustache s'agita, puis ses lèvres s'étirèrent en un sourire mauvais.

— L'autre soir, près de la rivière, vous m'avez fait un numéro de charme. Vous me draguiez, ma parole.

Funeste erreur, preuve de sa sottise. Il lui fallait maintenant dissiper le malentendu sans lui montrer qu'elle avait peur.

— Je suis désolée, Eddie. C'était mon premier grand reportage. J'avais le trac. Je ne voulais pas le rater.

— Il n'y a pas de mal, Christine. Inutile de vous excuser. Votre mari est parti depuis plus d'un an, et je sais que les femmes ont des besoins aussi.

Zut. La suite s'annonçait mal. La nausée s'empara de Christine et grandit à mesure que les maisons défilaient. Ils sortaient de la ville. Bientôt, ils laisseraient les derniers réverbères derrière eux. Incapable de se contrôler plus longtemps, elle se jeta de tout son poids contre la portière. Qui ne bougea pas. Eddie plissa le front, puis ses lèvres s'étirèrent en un sourire vicieux qui en disait long. En clair, il la tenait et se passerait de son accord si nécessaire.

Son regard était aussi noir que ses cheveux gominés et lissés à l'arrière. Il n'était guère plus grand qu'elle, mais taillé dans le roc. Elle n'avait aucune chance contre lui. N'avait-il pas envoyé Nick au tapis de deux coups de poing ? À sa décharge, son frère n'avait rien vu venir. Et il y avait fort à parier que c'était là la méthode habituelle d' Eddie : attaquer par surprise, quand la victime s'y attendait le moins. Au diable l'amour-propre, elle irait de sa supplique.

— Eddie, je vous en prie. Mon fils a disparu et je ne me sens pas bien. J'aimerais rentrer chez moi, s'il vous plaît.

— Je sais ce qu'il vous faut pour vous changer les idées. Ne vous inquiétez donc pas, vous vous sentirez mieux tout à l'heure.

Pas moyen de lui faire entendre raison. Dernière solution, trouver une arme de fortune. Y avait-il un objet dans cette voiture poubelle qui puisse lui servir ? Comme pour répondre à sa prière, une bouteille de bière vide roula de dessous le siège.

Il conduisait beaucoup trop vite. Elle devrait attendre qu'ils s'arrêtent, sinon ils finiraient dans un fossé rempli de neige en pleine campagne. Saurait-elle contenir sa panique jusque-là ? Retenir les cris de terreur qui lui brûlaient la gorge ?

— Vous ne perdrez rien à être gentille, Christine. Si vous êtes gentille avec moi, je vous dirai peut-être où se trouve Timmy.

# 79.

Les pieds cachés sous les couvertures, Timmy se rencogna contre le mur, cependant que l'homme marchait de long en large. Il semblait contrarié ; il n'avait pas dit un seul mot depuis son arrivée, avait jeté son blouson de ski sur le lit, et s'était mis à arpenter la pièce.

Pressentant qu'une telle conduite n'augurait rien de bon, Timmy se tenait coi et l'observait tout en tirant discrètement sur la chaîne, à l'abri des draps. L'homme avait oublié de refermer la porte, et le courant d'air froid apportait avec lui une odeur de moisi. Il faisait tout noir de l'autre côté de la porte.

— Qu'est-ce qui est arrivé à la lampe ? s'enquit brusquement l'inconnu d'un ton sévère.

Le verre était resté sur la caisse de bois.

— C'est que… je n'arrivais pas à l'allumer. Alors, j'ai enlevé ce truc. Je suis désolé, j'ai oublié de le remettre.

Sans un regard à Timmy, l'homme prit le verre et le repositionna sur sa base. Tandis qu'il se baissait, Timmy remarqua les boucles brunes qui dépassaient sous son masque. Richard Nixon. C'était lui le président mort qui ressemblait au masque. Il lui avait fallu réciter par trois fois la liste des présidents avant de trouver le bon. Quoi qu'il en soit, les yeux bleus dc cc faux Nixon lui rappelaient quelqu'un. Surtout ce soir, où ils le regardaient de manière familière, avec une sorte de tristesse contrite.

Soudain, l'homme au masque reprit sa veste et l'enfila.

— Il est temps d'y aller, déclara-t-il.

— Où ça ? demanda Timmy en refrénant son enthousiasme.

Etait-il possible qu'il le ramène chez lui ? Qu'il se soit enfin aperçu de son erreur ? Timmy se leva du lit en veillant à ce que la chaîne ne se détache pas.

— Déshabille-toi. Ne garde que ton slip.

L'ordre incongru brisa les espoirs de Timmy.

— Mais… Il fait affreusement froid dehors.

— Ne pose pas de questions.

— Je ne comprends pas pourquoi…

— Obéis et tais-toi, fils de chienne.

Cette colère inattendue eut sur Timmy l'effet d'une gifle. Les larmes lui brûlaient les yeux et sa vision se brouilla. Ne pas pleurer. Surtout ne pas pleurer. Il était grand maintenant. Mais il avait peur. Si peur que ses doigts tremblaient tandis qu'il dénouait les lacets de ses chaussures. En les ôtant, il remarqua les semelles fendues qui lui avaient valu d'avoir les pieds mouillés en jouant dans la neige avec ses camarades. Il avait eu froid. Mais il aurait plus froid encore s'il sortait pieds nus.

— Je ne comprends pas, marmonna-t-il en agitant la tête.

Son souffle s'étranglait dans sa gorge nouée. Il avait peine à respirer, parlait avec difficulté.

— Tu n'as pas besoin de comprendre. Dépêche-toi.

L'homme au masque arpentait la pièce, et ses grosses bottes de caoutchouc encroûtées de neige et de boue faisaient un drôle de bruit sur le plancher.

— Ça ne me gêne pas de rester ici.

— La ferme, enfant de salope. Et remue-toi un peu.

Des larmes roulèrent sur les joues de Timmy, qui les laissa couler. Ses mains tremblaient de plus en plus. Il entreprit de défaire sa ceinture, se souvint qu'il était enchaîné et se rabattit sur les boutons de sa chemise. L'homme allait devoir lui enlever la chaîne. Remarquerait-il les maillons tordus ? Se fâcherait-il tout rouge ? Déjà, Timmy sentait le froid. Il avait mal au ventre et envie de vomir. Et il voyait tout trouble à cause des larmes.

Enfin, l'homme s'arrêta dans ses allées et venues. Parfaitement immobile au centre de la pièce, il inclina la tête de côté, attentif. Croyant d'abord qu'il le dévisageait, Timmy renifla et essuya ses larmes de sa manche. Puis il s'aperçut que le masque écoutait, et tendit l'oreille à son tour. Malgré le tumulte de son cœur qui battait la chamade, il perçut au loin un grondement de moteur. Le bruit se rapprochait.

— Merde ! jura le masque en saisissant la lampe.

— Non ! Je vous en prie, ne prenez pas la lumière !

— Ta gueule, mauviette.

L'homme se retourna brusquement et le frappa du revers de la main. Timmy regagna le lit, se recroquevilla contre le mur et serra l'oreiller sur sa poitrine. Effaré, il vit une tache rouge qui grandissait dessus.

— Je te conseille d'être prêt à mon retour, gronda l'homme. Et arrête de saigner comme ça, tu salis tout.

Sur ce, il courut jusqu'à la porte, la claqua derrière lui et tira les verrous, laissant Timmy dans le noir le plus complet. Dans sa hâte, il n'avait pas remarqué la chaîne qui pendait, brisée, au bord du lit.

# 80.

Christine savait déjà ce qu'Eddie avait en tête sans avoir à demander de précisions. Elle avait reconnu la piste de terre sinueuse bordée d'érables et de noyers qui longeait la rivière. Les jeunes venaient là pour flirter, dans ce coin sombre et désert en retrait d'Old Church Road. C'était sans doute là que se rendaient Jason Ashford et Amy Stykes la nuit où ils avaient découvert par hasard le corps de Danny Alvarez.

Se pouvait-il qu'Eddie sache où se trouvait Timmy ? Qu'il ait surpris des bribes de l'interrogatoire auquel on soumettait le concierge de l'église ? En même temps, si Nick avait du nouveau, il l'aurait mise au courant. Enfin… peut-être pas. Peut-être préférait-il la tenir à l'écart en lui confiant de menus travaux sans importance — comme de photocopier le portrait de son fils.

Eddie la dégoûtait. Pire, il la terrifiait. Elle le soupçonnait d'appartenir à ces flics qui vous verbalisent pour un excès de vitesse de 2km/h pour la seule raison qu'ils en ont le pouvoir. Mais s'il savait où était détenu Timmy… Que ne donnerait-elle pas pour que Timmy lui soit rendu ? Que ne donnerait pas une mère pour sauver son enfant ? Quel prix auraient payé Laura Alvarez et Michelle Tanner pour retrouver leurs fils sains et saufs ? Elle qui avait failli vendre son âme pour un salaire, ferait-elle le nécessaire pour sauver Timmy ?

Pourtant, quand la voiture quitta la route pour s'engager dans la clairière en surplomb de la rivière, la terreur se répandit en frissons le long de son dos. Un nouvel accès de nausée la surprit, et elle fut prise de vertige. Ce n'était pourtant pas le moment de s'évanouir. Son instinct lui disait que, si Eddie se souciait si peu de son consentement, il n'hésiterait pas à profiter d'elle, consciente ou pas.

Il coupa le moteur et éteignit les phares. L'obscurité les enveloppa dans la bulle de l'habitacle qui semblait flotter dans l'espace, au-dessus des cimes ondoyantes des arbres et du scintillement de la rivière. Seul un filet de lune résistait bravement aux ténèbres qui noyaient le monde alentour.

— Nous voici arrivés, déclara Eddie.

Il faisait tellement sombre qu'elle ne distinguait pas l'expression de son visage. Il attendait. Tourné vers elle, il ne bougeait pas de sa place. Du bout du pied, Christine cala la bouteille de bière vide pour l'empêcher de rouler sous le siège. Il y eut un bruit de cellophane froissée, puis il craqua une allumette. L'odeur de soufre fut bientôt remplacée par celle du tabac.

— Je peux vous en demander une ? s'enquit Christine.

Il lui tendit le paquet pour qu'elle se serve, craqua une seconde allumette. A la lueur de la flamme, elle aperçut son sourire de biais. Et, comme elle tardait, il se brûla les doigts.

— Merde ! Saloperies d'allumettes. Ça m'apprendra à perdre mon briquet.

— J'ignorais que vous fumiez.

Lentement, elle inspira une longue bouffée dans l'espoir que la nicotine la calmerait.

— J'essaie d'arrêter.

— Moi aussi.

Et elle ponctua la remarque d'un sourire. Pas de mal à cela. L'homme n'était pas un monstre, puisqu'ils venaient de se découvrir un point commun. A présent que ses yeux s'étaient accoutumés, elle le distinguait mieux – avantage discutable. Le bras posé sur le dossier de la banquette, il paraissait serein, détendu. Si elle voulait éviter toute violence, il lui faudrait l'imiter et garder son sang-froid.

— Alors, vous connaissez la cachette de Timmy ?

— Possible. Qu'accepteriez-vous de faire pour le savoir ?

Il exhala un nuage de fumée, tendit sa grosse main pour effleurer ses cheveux, puis sa joue.

— Qui me prouve que ce n'est pas une ruse ?

— Rien.

Ses doigts courtauds se glissèrent sous le col de son manteau, le déboutonnèrent pour voir son corsage et sa jupe. Contact déplaisant. Christine en eut la chair de poule, retint une grimace de dégoût. Et la nicotine demeurait sans effet.

— Le marché n'est pas juste, Eddie. Qu'est-ce que j'y gagne ?

— J'ose espérer qu'un orgasme renversant vous paiera de vos peines.

Sa main se posa sur sa poitrine. Prise d'une furieuse envie de se ruer sur la portière pour lui échapper, elle s'obligea à ne pas bouger. Il lui fallait rester de marbre. Impassible. S'efforcer de ne rien sentir. Mais elle faillit hurler lorsque ses doigts trouvèrent son sein, en titillèrent la pointe, qui durcit sous la caresse tandis qu'il la regardait en souriant.

Il écrasa sa cigarette et se rapprocha d'elle. Son autre main disparut sous sa jupe. Elle serrait les jambes, ce qui le fit rire.

— Allons, chou, détends-toi !

Son haleine rance empestait.

— C'est le trac, balbutia-t-elle. Vous avez des préservatifs ?

Diable, sa voix tremblait !

— Vous ne prenez donc pas de contraceptifs ?

La main intruse tentait de forcer le passage entre ses cuisses. Comment réussir à parler alors qu'il l'assaillait de la sorte ? Alors qu'elle avait envie de vomir ?

— Je n'ai pas… eu de rapports… depuis le départ de Bruce.

Ses gros doigts fourrageaient sous sa jupe, tiraient sur son slip pour tenter d'accéder à son intimité. Affolée, elle respirait par saccades.

— Désolé, chou, je ne mets pas de capote.

— En ce cas… je crains… que nous en restions là.

Prenant sans doute son manque de souffle pour de l'excitation, il lui sourit, effleura ses lèvres de sa main libre et introduisit son pouce dans sa bouche.

— Oh, nous pouvons faire des tas d'autres choses.

Elle eut un hoquet de dégoût, crut qu'elle allait vomir sur l'instant. Non. Du calme. Elle ne pouvait pas se permettre de le mettre en colère…

Il dégrafa sa braguette, en sortit son pénis en érection — un gros membre turgescent — puis il lui prit la main. Elle la lui retira aussitôt. De nouveau, il sourit, reprit la fugitive, en enveloppa son membre et la retint captive en la serrant bien fort. Sous ses doigts, Christine sentait le sang qui pulsait dans son sexe. Il se cala contre le dossier du siège avec un soupir d'aise.

Non, elle ne pouvait pas continuer, ce n'était pas possible.

— Vous savez réellement où se trouve Timmy ? s'enquit-elle une fois de plus, revenant à la mission qu'elle s'était fixée.

Les yeux clos, il souffla dans un râle :

— Oui, serre-moi fort, chérie, suce-moi bien, fais-moi jouir, et je te dirai tout ce que tu voudras.

Il ne la tripotait plus. Toujours cela de gagné.

Et soudain, son regard tomba sur sa cigarette qu'elle avait oubliée dans sa main libre. Elle en fit tomber la cendre, la porta à ses lèvres et tira dessus à longues bouffées, tout en serrant le sexe de l'homme jusqu'à y enfoncer les ongles.

— Merde ! Qu'est-ce que tu fous ? aboya-t-il en lui agrippant le poignet.

Alors qu'il se redressait, elle lui planta le mégot incandescent en pleine figure. Avec un hurlement de bête, il se réfugia contre la portière en éventant sa joue brûlée. Profitant de l'avantage, elle se jeta en avant pour tenter d'atteindre la poignée. De nouveau, il lui saisit les mains, mais lâcha prise lorsqu'elle lui décocha un violent coup de genou à l'entrejambe. Le souffle coupé, il cherchait l'air. En hâte, elle ramassa la bouteille de bière, la lui abattit sur le crâne puis, tandis qu'il lâchait un nouveau cri de sauvage, elle se replia au bord du siège, se cala contre sa portière bloquée et, rassemblant toute son énergie, elle lança les deux jambes vers lui, planta ses talons aiguilles dans ses côtes et poussa. Eddie vola dehors sans cesser de crier, pour aller s'étaler dans la neige et la boue.

Il ne resta pas longtemps au tapis. Déjà, il se relevait. Sans perdre une seconde, elle verrouilla les portes et mit le contact tandis qu'il cognait contre la vitre. La Chevrolet démarra du premier coup. Eddie grimpa sur le capot ; hurlant et fou de rage, il donnait des coups de pied dans le pare-brise qui se fêla sous le choc. Elle passa la marche arrière, accéléra à fond, manqua finir dans un fossé cependant qu'Eddie partait en vol plané pour la seconde fois. Marche avant à présent. Encore plus vite. Elle atteignit la piste et s'y engagea. La voiture bondissait d'ornière en ornière dans le noir le plus absolu. Zut ! Les phares ! Elle tritura les boutons, mit les essuie-glaces en marche, puis la radio. Enfin, elle trouva le bon et la lumière se fit, révélant un virage serré. Trop tard. Même en tournant le volant à fond. Elle pila. La vieille Chevrolet dérapa à travers un fossé rempli de neige, rencontra une clôture barbelée et alla emboutir un arbre.

# 81.

Au volant de la jeep qui cahotait sur les ornières laissées par des pneus, Nick scrutait le reflet de l'église dans le rétroviseur.

— Vous n'avez pas vu de la lumière ?

Maggie jeta un coup d'œil par la vitre arrière.

— C'était peut-être un reflet dû à la lune.

La petite église de bois n'était plus visible dans le rétroviseur quand il braqua pour se diriger vers le cimetière. À présent, il la retrouvait sur sa gauche, au milieu d'un champ enneigé, percé çà et là de touffes d'herbe brune. La peinture du bâtiment s'était écaillée depuis longtemps, exposant les planches nues aux intempéries. Les lattes qui obturaient les vitraux volés ou brisés pourrissaient lentement. Derrière une barricade de madriers cloués en diagonale, la grande porte d'entrée sculptée se délitait.

— J'aurais pourtant juré avoir vu de la lumière à une fenêtre au sous-sol.

— Vous irez vérifier pendant que j'explore les environs.

— Mais je n'ai qu'une seule lampe de poche.

Veillant à ne pas l'effleurer, il se pencha pour ouvrir la boîte à gants et en sortir la torche.

— Pas de problème je suis parée, regardez.

Et elle lui montra un minuscule crayon lumineux.

— Avec ce truc, vous ne risquez pas de voir grand-chose. Je peux laisser les phares allumés si vous voulez.

— Je me débrouillerai. Inutile de décharger la batterie.

D'autant plus inutile que, d'où ils se trouvaient, les phares éclairaient un pan de ciel et la cime des arbres.

— Je ne comprendrai jamais cette manie qu'ils ont tous de construire les cimetières à flanc de colline, grommela-t-il en les éteignant.

Ils restèrent tous deux dans la jeep, ne se décidaient pas à sortir. Nick sentait que quelque chose tracassait Maggie depuis qu'ils avaient quitté le commissariat. Pensait-elle à Albert Stucky ? Le lieu désert et la nuit ravivaient-ils ses souvenirs ?

— Ça va ? Vous tenez le coup ? s'enquit-il finalement.

— Ça va. J'attends que mes yeux s'accoutument à l'obscurité.

Une clôture rudimentaire entourait le cimetière — du fil de fer maintenu par des piquets d'acier tordu qui penchaient bizarrement. La grille, qui ne tenait plus que par un gond, se balançait doucement en grinçant. Nick frissonna. Il avait ce lieu en horreur depuis l'enfance, depuis que Jimmy Montgomery l'avait mis au défi d'aller toucher l'ange noir.

Même par les nuits sans lune, on ne pouvait pas ne pas remarquer l'ange. Vu de l'habitacle, sa haute silhouette de pierre flottait au-dessus des tombes, plus menaçante que jamais avec ses larges ailes ébréchées et comme déchiquetées. Le souvenir remontait à la nuit de Halloween, exactement vingt-cinq ans plus tôt — à un jour près. Ridicule, sans doute, mais il lui semblait entendre ce soir les mêmes plaintes fantomatiques — qu'on disait sortir du caveau gardé par l'ange.

— Vous avez entendu ?

Ses yeux parcoururent les rangées de tombes ; il ralluma les phares, les éteignit aussitôt.

— Désolé, marmonna-t-il.

Les yeux sur le volant, il regrettait son impulsion stupide. Encore une sottise de ce genre, et elle se demanderait pourquoi elle s'encombrait de lui. Fort heureusement, elle se garda de tout commentaire.

Comme sur un signal, ils actionnèrent ensemble les poignées de leurs portières. Celle de Maggie cliqueta.

— Merde ! Il faut que je fasse réparer ça. Ne bougez pas, je vous libère.

Il alla lui ouvrir de l'extérieur, puis resta immobile auprès d'elle, fasciné par l'ange que la lune nimbait d'un halo presque surnaturel.

— Ça va, Nick ?

— Oui, ça va.

Il se détourna de la statue, puis ajouta :

— Je… je file vérifier l'église.

— Vous me flanquez la frousse.

— Désolé, c'est… à cause de l'ange.

— Ne me dites pas qu'il s'anime après minuit.

Elle se moquait de lui, et le sérieux de son expression accentuait encore le sarcasme. Il s'engagea sur le chemin qui menait à l'église et, sans même un coup d'œil par-dessus son épaule, il lui lança :

— N'oubliez pas que demain, c'est Halloween.

— Ils ont annulé la fête, lui cria-t-elle en retour.

Il ne put s'empêcher de sourire, mais poursuivit sa route sans se retourner, concentré sur le faisceau lumineux de sa lampe. Le vent s'était tu, laissant derrière lui un silence oppressant. Au loin, une effraie lança son appel. Les ténèbres se refermaient sur lui, l'engloutissaient davantage à chaque pas. Il avait un peu honte de succomber à son âge à des terreurs d'enfant. D'autant que, cette nuit-là, il avait traversé le cimetière et touché l'ange. Aucun de ses camarades n'avait osé le suivre. À l'époque, il était déjà téméraire et stupide, s'inquiétait davantage de l'opinion d'autrui que des conséquences de ses actes. Pourtant, la terre ne s'était pas ouverte sous ses pieds, aucun monstre n'en était sorti pour le traîner en enfer. Il y avait juste eu les plaintes des fantômes. Et il n'était pas le seul à les avoir entendues.

De ce côté-ci de l'église, face à l'ancienne piste à bétail, il ne vit aucune trace de pas. Ce qui signifiait qu'Adam et Lloyd n'avaient pas quitté leur voiture. Ils étaient venus regarder en passant, par acquit de conscience, sans prendre la peine de s'arrêter. Nick n'en voulait pas à Adam. Il était encore jeune, cherchait à faire bonne impression pour qu'on l'accepte dans l'équipe. Mais Lloyd n'avait aucune excuse. Chez lui, cette négligence inadmissible procédait de la paresse.

Ecartant la neige à coups de pied, Nick se fraya un chemin à travers les congères. Arrivé près du bâtiment, il s'accroupit devant une fenêtre du sous-sol et braqua sa torche entre les lattes pourries. Des caisses par dizaines étaient entassées là. Un mouvement dans un coin retint son attention. Un énorme rat traversa le faisceau lumineux pour disparaître dans un trou du mur. Des rats. Brrr… quelle horreur !

Il se rendait à la fenêtre suivante quand un craquement déchira le silence. Il braqua sa torche en direction du bruit, craignant presque qu'un monstre jaillisse à travers le bois pourri.

Il y eut d'autres craquements, un cliquetis de verre brisé. Diable, que se passait-il ? Nick éteignit sa lampe par prudence, sortit son revolver, et se précipita vers le coin du bâtiment. Ce qui fut plus long que prévu tant la neige ralentissait sa course. Craquements et tintements de verre continuaient, bientôt couverts par les battements précipités de son cœur qui résonnaient dans ses oreilles. Enfin, il atteignit le coin. Que faire ? Crier ? Appeler Maggie ? L'arme au poing, il retenait son souffle. Rien. Pas un mouvement. Il ralluma sa torche. Sur la neige gisaient des débris de planches et des tessons de vitres. L'ouverture ne faisait pas plus de trente centimètres.

Et soudain, il entendit des crissements dans la neige. Le maigre faisceau de sa lampe captura un mouvement sous les arbres — une petite silhouette noire suivie d'un éclair orange.

# 82.

Maggie concentrait toute son attention sur le sol, à la recherche d'empreintes fraîches. Il n'avait pas neigé depuis la disparition de Timmy. Si le garçon était ici, il devait bien avoir laissé des traces. Et le tunnel, s'il existait, comment y accédait-on ?

Elle leva les yeux vers l'ange noir, perché sur ce qui semblait être un caveau. Les intempéries l'avaient érodé, lui laissant des cicatrices blanchâtres. D'un mètre cinquante de haut, il déployait ses ailes au-dessus de la tombe qu'il surplombait, inquiétante statue dont la seule présence évoquait la puissance.

A l'aide de son stylo lumineux, elle chercha l'inscription et lut : « En souvenir de Nathan, notre fils bien-aimé, 1906-1916. » Un enfant, bien sûr ; ce qui expliquait l'ange gardien. Plongeant la main dans la poche de son jean, elle trouva la chaînette et sa médaille — son ange gardien à elle, qu'elle tenait caché. Le talisman exerçait-il aussi son pouvoir sur les sceptiques ? Et faisait-elle vraiment partie de ceux-là quand elle portait en permanence la médaille sur elle ?

Une brise légère venait des arbres qui bordaient le cimetière. Ces vieux érables marquaient la lisière des bois qui descendaient vers la rivière. Elle tenta d'imaginer les esclaves en fuite, négociant le raidillon la peur au ventre, sans lumière pour les éclairer. Malgré le croissant de lune, l'obscurité et le silence du lieu étaient oppressants.

Soudain, elle entendit un bruit derrière elle — comme un tissu claquant au vent. Quelque chose bougeait. Elle se retourna et, dans le mince faisceau lumineux, elle aperçut vaguement une forme noire sur le sol, au bout de la rangée de tombes. Un cadavre peut-être ? La main sur la crosse de son revolver, elle s'en approcha prudemment. Ouf ! Fausse alerte. Ce n'était qu'une simple bâche, une de ces bâches noires dont on recouvre les tombes fraîchement creusées. Puis elle se souvint de ce qu'Adam lui avait dit, qu'on n'enterrait plus là depuis des années. Son soulagement n'avait guère duré. Tous les sens en alerte, elle examina les lieux.

La bâche se trouvait à proximité des arbres, dans un endroit où les tombes étaient peu nombreuses. De là, elle ne voyait ni la jeep, ni la route. Juste une partie du toit de l'église. À y regarder de plus près, la bâche semblait neuve. Les quatre coins étaient maintenus en place par des pierres recouvertes de neige. Non, trois seulement. Le quatrième n'était pas consolidé : quelqu'un avait déposé les cailloux à côté — quelqu'un, et pas le vent qui, ce soir, s'était calmé.

Malgré le froid, Maggie transpirait et ses paumes étaient moites. Le sang battait à ses oreilles. Trop vite, trop fort. Elle ferait bien d'attendre le retour de Nick, de regagner la jeep et de l'attendre. Mais, au mépris de tout bon sens, elle tira sur la bâche, dégagea ce qu'elle cachait : une porte assez étroite, dont le bois gondolé pourrissait autour des gonds.

Elle s'interrompit de nouveau, regarda le haut de la colline. Attendre. Il lui fallait attendre Nick, ne pas recommencer comme avec Stucky. Puis elle se souvint du message : « Je suis au courant pour Stucky. » Etait-ce un piège qu'il lui tendait ? Non. Le tueur n'avait aucun moyen de savoir qu'elle viendrait là.

Marchant de long en large, elle fixait la porte. Bref coup d'œil en haut de la colline. Son cœur battait trop fort, l'empêchait de réfléchir. Il lui fallait se calmer avant d'agir, et elle y parviendrait.

Elle agrippa le bord du battant et tira de toutes ses forces, réussit à le soulever, mais pas suffisamment. Il était trop lourd. Elle le laissa retomber, trouva une meilleure prise et tira de nouveau. Cette fois, il s'ouvrit, laissant échapper une odeur de terre humide et de moisi.

Son stylo lumineux n'éclairait pas plus loin que la troisième marche. L'escalier se perdait dans un trou noir. Ce serait folie de s'y aventurer. Son cœur martelait ses côtes. Elle tira son arme de son étui. Constata avec irritation que ses doigts tremblaient. Dernier coup d'œil vers le haut de la colline. Silence. Pas de Nick. Tant pis. Lentement, prudemment, elle s'enfonça dans les ténèbres de l'étroit boyau.

# 83.

Timmy glissa et faillit tomber dans un buisson épineux. Il avait entendu les pas de l'homme derrière lui, aperçu la lumière d'une lampe électrique. Il n'osait pas se retourner, encore moins s'arrêter. Et pas question de lâcher le traîneau qui l'encombrait. Il pourrait servir. Les branches lui fouettaient le visage. À bout de souffle, il trébuchait, se rattrapait tant bien que mal pour éviter la chute. Il s'efforçait au mieux de rester discret, mais d'affreux craquements déchiraient le silence telles des explosions. Il faisait si noir qu'il ne voyait pas ses pieds. Même le ciel semblait avoir disparu.

Enfin, il risqua une pause, s'adossa à un arbre. Il s'aperçut que, dans sa hâte de fuir, il avait oublié son anorak. Il claquait des dents, cherchait son souffle. Son cœur battait à se rompre. Il s'essuya le visage et vit que le sang se mêlait aux larmes sur sa main.

Ne pas pleurer. Han Solo ne pleurait pas.

Et là, il entendit, dans le noir silence, des branches qui craquaient, la neige qui crissait sous des pas. Le bruit venait de derrière, et il se rapprochait. Que faire ? Se cacher en espérant que l'homme passerait sans le voir ? Non. Les battements frénétiques de son cœur le trahiraient. L'homme les entendrait.

Il se mit à courir de toutes ses jambes, butant sur des racines, traversant des buissons. Un rameau lui griffa l'oreille, douleur qui lui tira de nouvelles larmes. Et soudain, le sol se déroba sous lui. Il se raccrocha tant bien que mal à un tronc. En bas, le ruban de la rivière scintillait dans la nuit. Il ne s'en sortirait pas. La pente était trop raide, les bois trop denses. Les craquements s'étaient encore rapprochés.

Sur sa droite, il aperçut une clairière. Etait-ce bien une clairière ? Sans lâcher son traîneau, il s'agrippa à une racine pour grimper sur une roche qui lui cachait la vue.

Non, ce n'était pas une clairière, mais une ancienne piste qu'empruntaient autrefois les chevaux. Elle sinuait entre les arbres et paraissait descendre jusqu'à la rivière. La végétation laissée à l'abandon débordait sur le chemin, avec de longues branches mouvantes qui semblaient lui faire signe. Comme dans les jeux vidéo, la sente était étroite, dangereuse, pentue, encombrée de neige. Impossible à négocier sans glisser. C'était parfait. Téméraire, risqué, mais parfait. Sa mère en serait folle.

Un craquement tout proche le fit sursauter. Il s'accroupit dans l'herbe et la neige. L'ombre se détachait dans l'obscurité, noire contre la pente, s'agrippant à une racine. Timmy ne voyait que son dos. On aurait dit un insecte géant accroché là, à guetter sa proie.

Timmy positionna son traîneau orange sur la neige. Il s'étendit dessus précautionneusement, l'inclina dans le sens de la pente. Un dernier coup d'œil anxieux par-dessus son épaule lui apprit que l'homme noir se rapprochait. Bientôt, il aurait atteint les rochers. Plus d'alternative possible. Rassemblant ses forces, Timmy se poussa des deux pieds et lança le traîneau vers l'ancienne piste à chevaux.

# 84.

Nick se tenait immobile à la lisière des bois, tous les sens en alerte. Sa lampe de poche n'éclairait pas assez pour lui permettre de voir. La brise balançait les branches. Les chouettes échangeaient des appels. La silhouette noire avait disparu. Ou alors elle se cachait.

Il se souvint d'une route toute proche qui serpentait à travers bois et descendait à la rivière. La jeep était sa seule chance. Il remonta en hâte vers l'église, rangea son arme dans l'étui et, ce faisant, heurta un objet dur dans sa poche intérieure. Ah, le mobile de Christine. Voilà qui tombait bien. Grâce à ce téléphone, il éviterait la meute des médias qui épiaient les ondes courtes et ne manqueraient pas de se précipiter sur place s'ils interceptaient un message radio.

La secrétaire décrocha à la seconde sonnerie.

— Lucy, c'est Nick à l'appareil.

— Où étais–tu passé ? Je m'inquiétais.

— Je n'ai pas le temps de t'expliquer. Je vais avoir besoin d'hommes avec des projecteurs. Je crois que je viens de pousser notre tueur dans les bois, derrière l'ancienne église. Pas bien loin d'Old Church Road, à la limite du parc. Tout près de l'endroit où nous avons retrouvé Matthew. Tu vois où c'est ?

— Ce n'est pas ce qu'on appelle le coin des amoureux ?

— Le coin des amoureux ?

— C'est le nom de code que les ado donnent à la clairière qui surplombe la rivière. C'est là qu'ils vont flirter.

— Ouais. Ça doit être ça. Passe le message à Hal. Qu'il choisisse ses hommes, d'accord ?

— D'accord.

Il coupa la ligne, replia l'appareil et le remit dans sa poche. S'il ne s'agissait que d'un vagabond qui bivouaquait là pour s'abriter du froid, il aurait l'air d'un imbécile, mais tant pis. Il lui fallait mettre toutes les chances de son côté pour retrouver Timmy.

Sa mission accomplie, il regagna la fenêtre, écarta les débris de verre et de planches, s'accroupit et braqua sa lampe à l'intérieur. Il y avait là un lit, des affiches sur les murs, une caisse et de la nourriture. A l'évidence, la pièce était habitée. Le faisceau lumineux se refléta sur une chaîne métallique. Habitée, oui, par quelqu'un qu'on tenait prisonnier. Il aperçut des illustrés, des cartes de base-ball éparses, et un vêtement d'enfant – l'anorak de Timmy. La bombe se remit en marche dans sa poitrine. A ce rythme, son cœur allait éclater. Maggie avait vu juste. C'était là que le tueur cachait les enfants.

Et le rayon de la lampe tomba sur l'oreiller, éclairant la tache de sang.

# 85.

Au-dessus de sa tête, Maggie entendait des bestioles qui grattaient. De la poussière lui tombait dans les cheveux, mais elle n'osait pas regarder le plafond. De la main, elle écartait des toiles d'araignées. Une chose velue lui passa sur les pieds. Inutile de vérifier, c'était un rat. Il y en avait partout, dans les coins, derrière les murs, tout un petit peuple qui battait en retraite le long de ses propres galeries.

L'espace était si étroit que sa lampe-stylo suffisait à l'examiner. Elle avait compté onze marches. L'air souterrain, très humide, était plus lourd à cette profondeur. Ce trou lui rappelait les anciens abris contre les tempêtes — une idée incongrue dans un cimetière dont les résidents n'avaient plus besoin de se protéger des éléments. Il n'y avait là qu'une grande caisse dans un coin, et une lourde bibliothèque aux étagères vides, couvertes de toiles d'araignées et de crottes de rats. Pas de trace de Timmy, ni du tunnel. Elle s'était trompée lourdement. Albert Stucky avait-il réussi à fausser son instinct ?

Pourtant, quelqu'un avait pris la peine de déblayer la neige autour de la porte et de la recouvrir d'une bâche. En cherchant bien, trouverait-elle un indice ? Quelque chose qui la mette sur la piste de Timmy ?

De nouveau, elle balaya l'espace avec le mince faisceau lumineux de son stylo. S'arrêta sur la caisse. Vieille, mais en bon état à y regarder de plus près. Le bois en était intact. Preuve qu'elle n'était pas dans ce trou depuis bien longtemps. Il y avait peu de poussière sur le couvercle, dont les clous étaient neufs.

Maggie rangea son revolver et chercha un outil de fortune pour ouvrir la caisse. Par chance, elle dénicha un reste de barre métallique qu'elle inséra sous le couvercle. Les clous grinçaient, mais tenaient bon. Elle l'avait à peine soulevé qu'une odeur nauséabonde s'échappa par la fente. Retenant son souffle, elle recula, considéra l'objet. Pourrait-on loger un cadavre à l'intérieur ? Un corps d'enfant, par exemple ? Elle en avait vu d'autres, et de toute sorte. Le corps d'Emma Jean Thomas en pièces détachées dans des barquettes alimentaires abandonnées par Stucky au fond d'une benne à ordures. Et des poumons entiers tassés dans une boîte de hamburger, qui l'eût cru ?

Elle tenta de soulever la caisse pour la remonter à l'air libre. Trop lourde. Jamais elle n'arriverait en haut des onze marches. Elle redoubla donc d'efforts sur le couvercle et fut bientôt prise de haut-le-cœur. Crachant la lampe qu'elle tenait entre ses dents, elle prit son souffle et fit une nouvelle tentative.

Bruit de raclement soudain. Maggie se retourna vivement et perçut un mouvement. Ce n'était pas un rat, cette fois. C'était plus gros. Serrant sa barre de métal, prête à frapper, elle s'agenouilla et reprit sa lampe. Plus un bruit. Plus un mouvement. Elle éclaira le mur opposé, le balaya de son mince faisceau lumineux. La bibliothèque penchait, à présent décollée du mur. Derrière, il y avait un trou noir assez large. Peut-être l'entrée du célèbre tunnel.

Dans le profond silence, quelque chose remua. Elle n'était plus seule, sentait une présence dans son dos — une présence qui barrait l'accès de l'escalier. Elle entendait le léger sifflement d'une respiration, comme si l'on soufflait à travers un tube. Les souvenirs de Stucky reprirent corps en elle, la peur l'envahit, terrible, glaciale. Au moment où elle glissait les doigts sous sa veste, la lame d'un couteau se coula contre sa gorge.

# 86.

— Agent Maggie O'Dell, quelle agréable surprise.

Maggie ne reconnut pas la voix, car elle lui parvenait assourdie, malgré la proximité. La lame acérée du couteau lui entrait dans la peau, l'obligeant à pencher la tête en arrière et à exposer son cou. Déjà, un filet de sang s'infiltrait sous son col.

— Une surprise ? Quelle surprise ? Je croyais que vous m'attendiez. Vous semblez en savoir beaucoup sur mon compte…

La pointe de la lame s'enfonçait un peu plus avec chaque syllabe.

— Lâchez cette barre de métal, coupa l'homme.

Il l'attira contre lui, la serra plus que nécessaire pour lui prouver sa force et, tandis qu'elle obéissait, il glissa sa main libre sous sa veste pour s'emparer de son revolver. Au contact de son sein, la main se retira vivement et jeta l'arme, qui alla cogner contre la caisse. Il préférait le couteau, rien d'étonnant à cela.

Maggie se concentra sur ses sensations. L'homme était grand — quinze bons centimètres de plus qu'elle —, musclé, mais il était presque impossible de l'identifier. La voix qui lui parvenait étouffée et le caoutchouc qui lui effleurait l'oreille indiquaient qu'il portait un masque. Ses mains elles-mêmes étaient cachées sous des gants de cuir noir — de ceux qu'on trouve à bas prix dans les supermarchés.

— Je ne vous attendais pas. Je pensais que vous aviez regagné votre résidence, rejoint votre mari avocat et votre mère malade. Au fait, comment se porte-t-elle ?

— Donnez-moi de ses nouvelles puisque vous êtes au courant.

La pointe de la lame remonta sous son menton, et un nouveau filet de sang descendit le long de son cou jusqu'au creux de ses seins. Ne pas bouger, ne pas avaler…

— Ce n'était pas très gentil, la réprimanda-t-il.

Ah, il voulait jouer ? Eh bien, elle jouerait le jeu. Il lui fallait cependant demeurer calme, tenter de l'amener sur son terrain.

— Je suis désolée. Cette odeur m'incommode. Nous pourrions peut-être poursuivre la conversation dehors ?

— Je crains que ce ne soit pas possible. Car vous ne sortirez pas d'ici, voyez-vous.

La lame entama la chair plus profondément tandis qu'il la retournait pour qu'elle examine le local avec sa lampe miniature.

— Alors ? Votre opinion sur vos nouveaux quartiers ? Ou devrais-je dire… votre tombe ?

Le sang de Maggie se glaça dans ses veines. Si seulement elle parvenait à rester calme, à chasser les images d'Albert Stucky lui entaillant le ventre… Il fallait que cela cesse. Un mouvement de tête inconsidéré, et le métal s'enfoncerait jusque dans sa bouche.

— Vous ne gagnerez rien à vous débarrasser de moi. La police connaît votre identité. D'ici à quelques minutes, des douzaines d'agents de l'ordre seront sur place.

— Inutile de bluffer, agent O'Dell, cela ne prend pas. Je sais que vous préférez agir seule. C'est ce qui vous a valu quelques ennuis avec M. Stucky, pas vrai ? Vous n'avez pas de preuves contre moi. Votre petit profil psychologique ne suffit pas. Et je devine ce qu'il raconte : que ma mère me maltraitait, qu'elle a fait de moi un pervers et un pédéraste, si bien que je tue des petits garçons.

Il ponctua ses paroles d'un rire — ou plutôt d'un gloussement malsain. Gagner du temps. Parler. Entretenir son intérêt.

— Vous vous trompez. Je ne pense pas que votre mère vous battait...

Qu'avait-elle donc trouvé sur la famille du prêtre... Ah oui. Comme ses victimes, sa mère l'élevait seule. Mais elle était morte quand Keller était encore enfant. De mort accidentelle. Pourquoi diable ne se souvenait-elle pas des détails ? Pourquoi sa mémoire ne fonctionnait-elle pas ? Etait-ce l'odeur ? La pression de la lame ? Son sang qui coulait le long de sa gorge ?

Il se taisait toujours.

— ... Je crois qu'elle vous aimait. Et vous l'aimiez aussi. Mais vous avez subi des sévices sexuels...

Elle le sentit se raidir, preuve qu'elle avait raison.

— ... De la part d'un proche... ou d'un ami de votre mère... Non, de votre beau-père.

La pression de la lame se relâcha un peu. Ouf. Elle le tenait. Ne pas perdre l'avantage, continuer.

— Vous n'êtes pas homosexuel, mais il a mis le doute en vous, n'est-ce pas ? A cause de lui, vous avez cru que vous l'étiez peut-être.

L'étau de son bras se desserra. Il respirait plus vite, haletait, cherchait son souffle.

— Vous ne tuez pas ces garçons pour le plaisir. Vous cherchez à les délivrer, à les sauver. Parce qu'ils vous rappellent l'enfant terrorisé et vulnérable que vous étiez autrefois. Vous croyez qu'en les délivrant, vous vous délivrerez vous-même, n'est-ce pas ?

Il s'entêtait dans le silence. En avait-elle trop dit ?

Elle se concentra sur la main qui tenait le couteau. Si elle lui assenait un coup de coude au thorax, elle avait une chance de le désarmer avant qu'il soit trop tard.

Le distraire. Poursuivre à tout prix…

— Vous délivrez ces malheureux garçons du mal, n'est-ce pas ? Vous en faites des martyrs en leur infligeant le mal qui est en vous. On pourrait presque dire que vous incarnez le mal dans sa perfection.

L'étau de son bras se resserra sur elle. Cette fois, elle était allée trop loin. La lame appuya de nouveau sur son cou — plus seulement la pointe, mais le fil tout entier. Il suffisait d'un geste vif pour qu'il l'égorge.

— Tout ça, c'est du bla-bla, de la psychologie de bazar. Vous racontez n'importe quoi. Albert Stucky aurait dû vous étriper pendant qu'il vous tenait. A présent, il faut que je finisse le boulot à sa place. Il nous faut de la lumière.

Il la traîna jusqu'à l'entrée du tunnel, la mit à genoux puis, sans ôter le couteau de sa gorge, il sortit une lampe à pétrole.

— Tenez. Allumez-la.

Et il jeta une boîte d'allumettes auprès d'elle.

— Allumez cette lampe pour pouvoir regarder.

Elle entendit la voix d'Albert Stucky comme s'il était tapi dans un recoin obscur : « Je veux que vous regardiez bien, que vous voyiez comment je m'y prends. »

Mus par quelque force extérieure, ses doigts qu'elle ne sentait plus obéirent. La mèche s'enflamma au premier essai et une lumière jaune se répandit autour d'eux. Tout son corps était gourd, insensible. Comme si la force vitale s'en était retirée. Mentalement, elle se préparait à la douleur. Elle se déconnectait. Tous les signes étaient là, familiers. Cela recommençait. Albert Stucky revisité.

Dieu, qu'il était pénible de respirer cet air lourd qui empestait la viande avariée. Ses poumons le refusaient, elle étouffait. Le fil tranchant de la lame pressait contre sa gorge. Et la main du tueur tremblait légèrement. De colère ? De peur ?

— Vous ne pleurez pas, vous ne criez pas, pourquoi ?

C'était de colère.

Elle ne répondit pas, ne pouvait pas répondre. Elle n'avait plus de voix. Les yeux bruns de son père et son tendre sourire tandis qu'il lui passait le médaillon au cou lui revinrent à la mémoire. « Où que tu ailles, il te protégera. Porte-le toujours sur toi, ne t'en sépare pas, Maggie-chou. » Elle aurait voulu lui dire que le talisman ne l'avait pas protégé, lui, de la fournaise, n'avait pas protégé Danny Alvarez non plus.

L'homme la saisit par les cheveux, l'obligea à se remettre debout. Mais le couteau ne quitta pas sa gorge. De nouveau, du sang coulait entre ses seins.

— Mais dites quelque chose ! hurla le tueur derrière elle. Suppliez-moi ! Priez !

— Allez-y, j'attends, articula-t-elle au prix d'un effort.

— Pardon ?

Sa surprise n'était pas feinte.

— Allez-y, répéta Maggie. Faites ce que vous avez à faire.

Sa voix était plus ferme à présent, presque posée. Celle de Nick lui répondit du haut des marches.

— Maggie ? Vous êtes là ?

L'homme se retourna brusquement, l'entraînant avec lui. Du coin de l'œil, comme détachée d'elle-même, elle se vit saisir le poignet de son agresseur pour lui arracher le couteau, se contorsionna pour lui échapper. D'une brusque secousse, il dégagea sa main et lui donna un coup de couteau. Elle sentit la lame s'enfoncer sous sa veste, déchirant le tissu et les chairs, tandis qu'il la repoussait brutalement contre le mur.

Précédé d'un faisceau lumineux, Nick dégringola les marches tandis que la silhouette noire saisissait la lampe à pétrole et disparaissait dans le tunnel. Les étagères de bois basculèrent et manquèrent s'effondrer sur Nick.

— Maggie…

La lumière l'aveuglait.

— Par-là…

Tendant le bras vers le tunnel, elle essaya de se relever, mais une violente douleur la cloua sur place.

— … Ne le laissez pas filer.

Et Nick s'engouffra à son tour dans le trou noir, l'abandonnant dans l'obscurité complète.

Pas besoin de lumière pour comprendre qu'elle saignait. Ses doigts trouvèrent sans peine la blessure humide. Elle fouilla dans sa poche, en sortit le médaillon et caressa doucement la croix lisse et fraîche. Le contact lui rappela étrangement celui de la lame sur sa gorge. Le bien et le mal étaient-ils donc si proches ? se demanda-t-elle.

Et elle passa la chaîne autour de son cou blessé.

# 87.

Nick rampait à quatre pattes dans le tunnel de plus en plus étroit et sinueux. Avancer. Ne pas réfléchir. Même si l'ombre masquée avait disparu. Sa lampe n'éclairait que par intermittence ces ténèbres qui n'en finissaient plus. Des mottes de terre et des cailloux dégringolaient sur lui à chaque mouvement. Des racines arrachées pendaient sous son nez comme des toiles d'araignée. Et plus il s'enfonçait, plus l'air se raréfiait. Ses poumons le brûlaient, et son cœur emballé lui faisait mal.

Un rat passa près de lui, effleura sa main. Par un réflexe stupide, il lui lança sa torche et le manqua. Plus de lumière ! Le noir total ajoutait encore à sa panique. Fouillant le sol humide couvert de moisissure, il retrouva d'abord une pile, puis une autre, puis le boîtier… enfin la dernière pile. Sous le choc, la lampe s'était ouverte. Il assembla le tout en priant pour qu'elle fonctionne. Sans elle, il n'irait pas plus loin. Impossible de se retourner dans ce boyau étroit, et il s'imaginait mal refaire le trajet à reculons.

Premier essai infructueux. Pris de panique, il secoua l'objet récalcitrant, le tapota, finit par obtenir l'effet souhaité. Ouf ! Il y voyait clair, mais il manquait cruellement d'air. L'obscurité semblait absorber l'oxygène.

En finir au plus vite. Il accéléra sa reptation. A plat ventre à présent, se propulsant à l'aide de ses pieds et de ses coudes. Le boyau se rétrécissait toujours davantage. Il avait l'impression de nager dans la terre… et même de se noyer.

Quelle distance avait-il parcourue ? Où se trouvait donc le bout ? Etait-il encore loin du but ? Il tendit l'oreille. Rien. Silence de mort. En dehors des rats qui grattaient, de la terre qui s'effritait. Creusait-il sa propre tombe ?

Où diable avait disparu l'ombre au masque ? Etait-ce le tueur en fuite qu'il avait aperçu tout à l'heure dans les bois ?

C'était de la folie pure ! Jamais il n'arriverait au bout. Ses poumons allaient exploser ! La terre lui collait aux mains, au visage ; il en avait dans le nez, dans les yeux, dans la gorge. Et cela sentait le moisi, la décomposition. Les parois se resserraient, lui comprimaient le corps. Des cailloux, des racines accrochaient ses vêtements, les déchiraient, les traversaient pour érafler sa peau.

Combien de temps encore lui faudrait-il se traîner comme une larve ? Etait-ce un piège ? Avait-il raté un embranchement au début du parcours ? Quand le tunnel était encore praticable ? Avait-il raté quelque autre passage secret par lequel l'homme au masque s'était échappé ? Et si ce boyau n'était qu'une impasse ? S'il le conduisait à un mur de terre ?

Au moment même où il perdait tout espoir de trouver une issue, il aperçut un reflet blanc dans le faisceau de sa lampe. La neige ! C'était la neige qui obturait le tunnel. Nick redoubla d'efforts pour atteindre l'air libre. Frénétique, il gratta, creusa, arracha, finit par dégager le passage, et le ciel nocturne parsemé d'étoiles apparut enfin.

Il sortit à l'air libre, et constata non sans surprise qu'il n'avait pas quitté le cimetière ! Debout tel un mort vivant parmi les tombes, l'ange noir tout proche, éclairé par la lune, semblait lui sourire.

# 88.

Christine avait la nuque douloureuse. Elle avait dû s'endormir sur le canapé. Des branches passaient à travers les vitres. La tempête avait-elle projeté des branches à l'intérieur de son salon ? Elle se souvenait d'un bruit terrible. Et il y avait un trou dans le plafond. Elle voyait même les étoiles, des milliers d'étoiles, juste au-dessus de sa maison.

Où était donc passé le plaid de grand-mère Morrelli ? Il lui fallait se protéger de ce courant d'air glacial. Timmy, s'il te plaît, remonte le thermostat. Un chocolat chaud. Oui, elle allait leur préparer une bonne tasse de chocolat bien chaud. Si elle parvenait à dégager le meuble qui lui écrasait la poitrine. Mais ses bras ne lui obéissaient plus. Ils refusaient de bouger — sans doute trop engourdis, comme le reste de son corps.

Et ces phares qui lui brûlaient les yeux. Les éteindre. Mais où diable était donc le bouton ? Dans la lumière, les branches dansaient une sorte de rumba, cognaient contre les carreaux. Ses paupières pesaient lourd, se refermaient d'elles-mêmes. Dormir. Elle se rendormirait bien sans cet insupportable sifflement. Bizarre. Il semblait provenir d'elle, de l'intérieur… en tout cas, le bruit était agaçant… agaçant, oui, et aussi… douloureux. Affreusement douloureux.

Et voilà que le président Nixon s'agitait dans la lumière des phares. Il lui faisait signe de la main. Elle tenta de lui répondre, mais son bras ne bougeait toujours pas. Il entra dans le salon. Il retira le meuble qui pesait sur sa poitrine. Et il la souleva pour l'emporter vers le sommeil.

## 89.

Accroupi dans la neige, parmi les joncs qui bordaient la rive, Timmy regarda son traîneau de plastique orange dériver au fil du courant. Sous la lune, il paraissait fluorescent. Finalement, les folles descentes et autres acrobaties à Cutty's Hill auraient servi à quelque chose. Sa mère le tuerait si elle savait…

Il était fier de lui. Mais il avait perdu une chaussure dans la bagarre. Et sa cheville lui faisait mal. Elle paraissait toute drôle, enflée, difforme. Il regarda autour de lui, aperçut l'ombre noire qui jouait à l'homme-araignée et descendait l'à-pic en s'agrippant aux lianes, aux racines, aux rochers. Il progressait trop vite.

Et, là-bas, le traîneau filait sur la rivière. Timmy regrettait maintenant de l'avoir abandonné, de ne pas être resté dessus. L'homme atteignit la berge. Il regardait la luge, lui aussi. Mais il croyait peut-être que Timmy était dedans, désormais hors d'atteinte. En tout cas, il n'avait plus l'air pressé. Il demeurait sur place, à fixer la rivière. Peut-être songeait-il à se jeter dedans pour rattraper le traîneau ?

En terrain découvert, l'homme semblait plus petit. Il faisait trop sombre pour que ses traits soient visibles à cette distance, mais il ne portait plus le masque du président mort.

Timmy se tassa sur lui-même dans la neige glacée. Assis sur ses talons, il serrait ses genoux contre sa poitrine pour contenir ses frissons et ses tremblements. De nouveau, il claquait des dents. Dès que l'homme aurait disparu, il suivrait la route. Elle paraissait sacrément difficile à monter, mais c'était mieux que de se perdre dans les bois. Et puis, elle devait bien mener quelque part, non ?

Enfin, comme s'il renonçait à le poursuivre, l'homme fouilla dans sa poche, prit son temps pour allumer une cigarette. Peu après, il se remettait en marche.

Il venait droit sur lui !

# 90.

Furieuse que ses jambes ne la soutiennent pas, Maggie remonta les marches à quatre pattes. Une douleur aiguë, lancinante, lui rongeait le flanc, irradiait dans son ventre, comme si la lame s'était brisée en elle et brûlait son estomac et ses intestins. Ce n'était pas nouveau, elle avait l'habitude. Mais lorsqu'elle sortit à l'air libre et vit son propre sang à la clarté de la lune, elle fut prise de nausée et de vertige. Ses vêtements étaient inondés de sang, le col roulé rouge, poisseux et noir de poussière. Elle remonta ses cheveux qui collaient à son front moite de sueur, vit que sa main était ensanglantée.

Bravement, elle ôta sa veste, mordit dedans et tira pour déchirer une bande de tissu. Ayant bourré de neige la compresse improvisée, elle l'appliqua sur sa plaie. Et soudain, les étoiles se multiplièrent. Elle ferma les yeux, absorba la douleur. Lorsqu'elle souleva les paupières, une ombre errait entre les tombes en titubant. Elle chercha son arme et ne la trouva pas, se souvint qu'elle était restée dans le souterrain.

— Maggie ? appela le fantôme ivre.

C'était la voix de Nick. Elle en éprouva un tel soulagement qu'elle en oublia presque sa douleur. Il était couvert de boue et, lorsqu'il s'agenouilla près d'elle, l'odeur qu'il dégageait lui souleva le cœur. Ce qui ne l'empêcha pas de s'abandonner contre lui, d'apprécier le contact réconfortant de son bras autour de ses épaules.

— Vous tenez le coup, Maggie ? Ce n'est pas trop grave ?

— A priori, la blessure est superficielle. Vous l'avez vu ? Vous l'avez rattrapé ?

Avant même qu'il réponde, elle lut la déception dans son regard. Et autre chose aussi…

— Il doit y avoir tout un réseau de tunnels là-dessous. J'ai pris le mauvais tournant.

— Il faut que nous l'arrêtions. Que nous retournions à l'église. C'est peut-être là qu'il garde Timmy prisonnier.

— C'était.

— Pardon ?

— J'ai découvert la pièce où il enfermait les garçons. L'anorak de Timmy y est toujours.

— En ce cas, il faut le retrouver, et vite.

Elle tenta de se lever, retomba dans ses bras.

— J'ai peur qu'il soit trop tard, Maggie. J'ai vu…

Sa voix chargée d'émotion s'étrangla dans sa gorge. Il toussota, reprit :

— J'ai vu qu'il y avait… du sang sur l'oreiller.

Maggie posa la tête sur sa poitrine, écouta les battements erratiques de son cœur, son souffle irrégulier… Erreur. C'était elle qui respirait par saccades.

— Merde, vous pissez le sang ! Je vais vous conduire tout de suite à l'hôpital. Je n'ai pas l'intention de perdre deux personnes que j'aime dans la même nuit.

Sans cesser de la maintenir, il se remit debout tant bien que mal. Encore un peu chancelant, il l'aida à se redresser. L'effort qu'elle dut produire raviva sa douleur. Il lui semblait se déchirer tandis qu'elle s'accrochait à lui. Qu'elle s'accrochait à ce qu'elle venait d'entendre — si elle avait bien entendu. Ne venait-il pas de dire qu'il l'aimait ?

— Non, Maggie, vous vous faites du mal. Laissez-moi vous porter jusqu'à la jeep.

— Je vous ai vu, Morrelli. Vous tenez à peine sur vos jambes. Sans vouloir vous vexer, je préfère compter sur les miennes.

— Je vous soutiendrai, promis.

Elle serra les dents et, dans un suprême effort, parvint à se relever. Le trajet fut pénible, elle souffrait atrocement. Ils touchaient au but quand, soudain, elle se souvint de la caisse.

— Nick, attendez. Il faut que nous retournions dans le tunnel.

# 91.

Christine contemplait les étoiles. Elle trouva sans peine la Grande Ourse — la seule constellation qu'elle fût capable d'identifier dans le ciel nocturne. Etendue sur la neige molle, enveloppée dans une grosse couverture de laine délicieusement chaude mais rugueuse, elle n'avait pas remarqué qu'elle était au bord de la route. Si seulement elle parvenait à respirer sans que les caillots de sang l'étouffent, elle s'endormirait sans doute.

Les souvenirs lui revenaient par bribes douloureuses. Eddie qui la tripotait. Le choc du métal contre ses jambes, du volant contre son torse. Et Timmy. Mon Dieu, pauvre Timmy ! Elle se mit à pleurer, se mordit la lèvre pour ravaler ses larmes. Elle tenta de s'asseoir, mais son corps n'obéissait plus. Et cette douleur dans sa poitrine ! Ne plus respirer. Ne plus souffrir, ne serait-ce que cinq minutes !

Des phares surgirent soudain de la nuit et foncèrent droit sur elle. Le véhicule pila dans un hurlement de freins et une pluie de gravier. La lumière l'aveuglait. Deux ombres bizarres sortirent de la voiture — des extraterrestres au crâne hypertrophié et aux yeux bulbeux... Non, des hommes en képi.

— Christine ! Dieu du ciel, c'est Christine !

Elle sourit et ferma les yeux, vaguement réjouie que son père succombe pour une fois à la panique. Lloyd Benjamin et lui s'accroupirent près d'elle, et elle leur souffla :

— Eddie sait où se trouve Timmy.

# 92.

Pâle, décomposée, Maggie tenait à peine debout. Bien que l'hémorragie ait cessé, Dieu seul savait quelle quantité de sang elle avait déjà perdu. Nick avait beau insister, elle refusait qu'il la conduise à l'hôpital. Pire, elle voulait retourner dans le souterrain !

— Bon, d'accord, finit-il par lui assurer, je vais aller voir ce qu'il y a dans votre fichue caisse, mais vous m'attendrez là.

Elle l'agrippa par le bras pour le retenir.

— Une minute, Nick. C'est peut-être Timmy.

— Quoi ?

— Oui, dans la caisse.

Il n'y avait pas pensé, en eut le souffle coupé et dut s'adosser contre le véhicule. Il n'imaginait pas Timmy mort. Timmy enfourné dans une caisse.

— Mais… Pourquoi ferait-il cela ? Ce n'est pas son style.

— Quoi qu'il y ait dans cette caisse, c'est peut-être pour moi.

— Expliquez-vous, je ne comprends pas.

— Vous vous souvenez de son dernier message ? De l'allusion à Stucky ? Il se peut qu'il ait opté pour une mise en scène à la manière de Stucky. Dans cette caisse, c'est peut-être Timmy, et si c'est lui, j'aime autant que vous ne voyiez pas cela.

Il la dévisageait, médusé. Ses joues, son front étaient maculés de boue et de sang, ses cheveux terreux et couverts de toiles d'araignées. Ses belles lèvres d'ordinaire si pulpeuses étaient pâles et pincées tant elle luttait contre la douleur, ses tendres épaules se crispaient sous l'effort. Et pourtant, malgré sa faiblesse, elle cherchait à le protéger.

Sans attendre, il partit au pas de charge à l'assaut de la colline.

— Nick ! Je veux venir avec vous !

Il ignora ses appels et poursuivit sa route, convaincu que, dans son état, elle était incapable de le suivre.

Parvenu devant l'escalier qu'elle avait découvert, il hésita, puis s'obligea à retourner sous terre. En bas, la puanteur était insoutenable. Il repéra le revolver de Maggie, le mit dans sa poche, dénicha une barre de fer puis, tenant sa lampe entre ses dents, il hissa la lourde caisse hors du trou. Ses muscles protestaient, mais il n'en avait cure. Il lui fallait remonter à la surface, retrouver un air respirable.

Dehors, Maggie l'attendait, calée contre une stèle. Elle avait encore pâli.

— Laissez-moi faire, dit-elle en tendant la main vers la barre.

— Non, Maggie, je m'en charge.

Il inséra le morceau de métal sous le couvercle, poussa dessus pour faire levier. Le grincement des clous déchira le silence. Malgré la brise et le froid, l'odeur de cadavre formait autour d'eux un nuage pestilentiel. Lorsque le couvercle céda, il hésita de nouveau. C'est Maggie qui le souleva, et tous deux reculèrent d'effroi.

Enveloppé d'un linge blanc, le petit corps frêle de Matthew Tanner était lové à l'intérieur.

# 93.

Piégé. Timmy était piégé. Impossible de fuir. Pas d'endroit où se cacher. Il se laissa glisser sur la berge. Pourrait-il traverser la rivière à la nage ? Il contemplait le flot noir qui filait à ses pieds. Non, le débit était trop rapide, le courant trop violent, l'eau trop froide.

L'homme s'était arrêté pour finir sa cigarette. Mais il n'avait pas changé de direction. Dans le silence, Timmy l'entendait marmonner pour lui-même. Un murmure indistinct dont le sens lui échappait. Il donnait des coups de pied dans les cailloux, les envoyait rouler dans la rivière, et il était si proche que Timmy en était éclaboussé. Peut-être fallait-il repartir en courant vers les bois et s'y cacher. À la nage, il ne s'en sortirait pas. De plus, il tremblait de froid. Un bain glacé ne lui vaudrait rien.

Bref coup d'œil sur son poursuivant qui allumait une autre cigarette. C'était le moment ou jamais. Il remonta en hâte l'escarpement dans une pluie de pierres et de terre dont le bruit trahissait sa fuite. Il n'avait pas atteint la route que sa cheville blessée tourna. Se relevant de sa chute, il se sentit brusquement soulevé dans les airs. Il battit frénétiquement des bras et des jambes, griffa le bras qui lui maintenait la taille. Un autre bras le enserrait le cou.

— Du calme, merdeux.

Timmy hurlait maintenant à pleins poumons. L'étau se resserra sur sa gorge, lui coupant le souffle à l'étouffer. Quand la voiture apparut, l'homme ne lâcha pas prise. Le véhicule pila auprès d'eux, et la brute ne bougeait toujours pas. À demi aveuglé par la lumière des phares, Timmy reconnut l'officier de police Hal qui émergeait de la voiture avec un autre agent. Pourquoi l'homme ne fuyait-il pas ?

— Qu'est-ce qui se passe ici ? s'enquit Hal.

Cela se voyait, pourtant. Pourquoi ne sortaient-ils pas leur arme ? Ne comprenaient-ils pas que l'homme le maltraitait et lui voulait du mal ?

— J'ai retrouvé le môme. Il se cachait dans les bois. Je l'ai sauvé, en quelque sorte, déclara-t-il fièrement.

— C'est ce que je constate, répondit Hal.

Non ! L'homme mentait ! Timmy voulait leur crier qu'il mentait, mais l'autre l'étranglait, le privait de sa voix. Pourquoi les policiers croyaient-ils cet étranger ? Ils n'avaient donc pas compris que c'était le tueur ?

— Embarquez avec nous tous les deux. Viens, Timmy. Tu es en sécurité à présent.

Lentement, l'homme relâcha sa prise et le déposa à terre. Timmy courut en boitillant se réfugier auprès de l'officier, qui le protégea de son corps. Puis Hal sortit son arme et dit à la brute :

— Allons, en route, Eddie. Tu vas venir t'expliquer au poste.

# 94.

*Vendredi 31 octobre*

Christine s'éveilla dans une chambre remplie de fleurs et se demanda d'abord si elle n'était pas morte. A travers un brouillard, elle vit sa mère assise à son chevet. Aucun doute possible, elle était vivante. Personne ne porterait un ensemble de jogging rose bonbon et turquoise au ciel ou en enfer. En revanche, les cheveux blancs naturels représentaient une nette amélioration par rapport aux teintures. Un compliment à tenir en réserve pour amadouer maman lorsqu'elles en viendraient aux inévitables explications…

— Comment te sens-tu, chaton ?

— Où suis-je ?

Question stupide, mais, après avoir déliré pendant des heures, il lui fallait retrouver ses repères.

— A l'hôpital, ma chérie. Tu ne te souviens donc pas que tu as été opérée ?

Opérée ? Christine remarqua alors l'arsenal de tuyaux reliés à son corps. Prise de panique, elle rejeta les couvertures.

Ouf ! Ses jambes étaient là, et entières. Dieu merci, elles bougeaient. L'une d'elles était bandée, mais peu lui importait.

— Voyons, chaton, sois raisonnable ! Tu vas attraper la mort, protesta sa mère en la couvrant.

Christine leva les bras, serra et desserra les poings, regarda le liquide couler du tuyau dans ses veines. Tout semblait en état de marche. Elle avait mal dans le ventre, dans la poitrine, mais cela passerait.

— Ton père et Bruce sont sortis prendre un café. Ils seront ravis de te trouver consciente.

— Parce que Bruce est ici ?

À cause de Timmy, bien sûr, de Timmy qui avait disparu. L'angoisse lui revenait avec la mémoire. Pourvu qu'il soit en vie !

— Donne-lui sa chance, Christine. Cette épreuve a fait de lui un autre homme.

Epreuve ? Ce terme vague désignait-il la disparition de son fils ?

Nick passa la tête par l'entrebâillement de la porte. Soulagée, Christine le vit s'avancer vers le lit. Il avait une nouvelle entaille au front, mais sa mâchoire n'était plus aussi enflée. Vêtu d'un jean, d'une chemise bleu pâle assortie d'une cravate et d'une veste bleu marine, il semblait détendu, encore que cette tenue presque formelle ne lui ressemblât guère. A croire qu'il se rendait à un enterrement. Timmy. De quelle épreuve voulait parler sa mère ? À présent, la terreur l'étouffait, accentuait encore la douleur sourde logée dans sa poitrine.

Nick se pencha pour embrasser leur mère. Christine les observait tandis qu'ils échangeaient les politesses d'usage. Oserait-elle les interroger ? Mentiraient-ils dans le but de la protéger ?

— Nicky, je veux la vérité ! s'écria-t-elle soudain.

Surpris, ils se tournèrent vers elle. Nick avait parfaitement compris, elle le vit à ses yeux.

— Bon. Puisque c'est comme ça…

Et il s'éloigna en direction de la porte.

— Nicky, je t'en prie, réponds ! supplia-t-elle encore.

La main sur la poignée, il ouvrit le battant… et Timmy apparut. Christine se frotta les yeux. Rêvait-elle ? Etait-ce une hallucination ?

L'enfant s'approcha du lit en boitant. Il était couvert de bleus et de griffures, avait une entaille à la joue et les lèvres fendues. Mais ses cheveux étaient propres et ses vêtements aussi ; il portait même des tennis neuves ! Se réveillait-elle de quelque affreux cauchemar ?

— Bonjour, maman.

Il grimpa sur la chaise que lui désignait sa grand-mère, se mit à genoux dessus pour dominer le lit, et Christine donna libre cours à ses larmes. Etait-ce bien lui ? Elle le palpait, le caressait, lissait sa mèche rebelle avec amour.

— Maman, je t'en prie ! Tout le monde nous regarde ! protesta-t-il comme à son habitude.

Aucun doute, c'était lui. Elle ne rêvait pas.

# 95.

Nick s'esquiva avant de succomber à l'émotion qui lui brouillait déjà la vue. Dans le couloir, il manqua heurter son père, qui s'effaça pour ne pas renverser le gobelet de café qu'il tenait à la main.

— Doucement, fiston. À foncer tête baissée, tu risques de ne pas voir grand-chose.

Le sarcasme n'échappa pas à Nick mais, pour ne pas gâcher sa bonne humeur, il ne releva pas et poursuivit son chemin.

— Ce n'est pas Eddie, tu sais, fiston.

La remarque jetée à son dos l'arrêta net. Il se retourna vers son père.

— Ah non ? Eh bien, cette fois, nous laisserons le tribunal en décider, si tu veux bien.

— Qu'est-ce que tu insinues par là ?

Nick revint sur ses pas, regarda son père droit dans les yeux.

— Tu n'aurais pas placé des pièces à conviction dans le coffre de Jeffreys pour qu'il porte le chapeau ?

— Tiens ta langue, fiston. Je n'ai jamais rien fait de tel.

— Alors, comment expliques-tu les incohérences ?

— De mon point de vue, il n'y en avait pas. J'ai fait le nécessaire pour que ce salopard aille en taule.

— Tu as falsifié les preuves.

— Je savais que Jeffreys avait tué le petit Wilson. Tu n'as pas vu ce pauvre gosse. Tu n'as aucune idée de ce qu'il lui a fait subir. Jeffreys méritait la mort.

— Ne viens pas me raconter que tu as vu pire que moi. En une semaine, j'ai vu assez d'horreurs pour toute une vie. Jeffreys méritait peut-être la mort, mais en lui imputant les deux autres meurtres, tu as laisssé un tueur en liberté. Tu as bouclé ton enquête, et la communauté s'est crue en sécurité.

— J'ai agi pour le mieux.

— Tu iras raconter ça à Laura Alvarez et à Michelle Tanner.

Sur ces mots, Nick repartit — les genoux en coton, mais satisfait d'avoir dit ce qu'il pensait au grand Antonio Morrelli. Il se tenait plus droit, et l'écho de ses bottes résonnait plus fièrement dans le couloir désert.

Il s'arrêta devant le bureau des infirmières et s'étonna de trouver la secrétaire vêtue d'une cape noire et d'un chapeau pointu de sorcière. Puis il remarqua la citrouille découpée enveloppée de crêpe noir. Halloween, bien sûr ! Et ce matin, même le soleil était au rendez-vous, un soleil radieux qui commençait à faire fondre la neige.

Occupée au téléphone, la secrétaire déguisée en sorcière récitait par cœur une recette de cuisine, et ne semblait guère pressée. Nick attendait patiemment qu'elle termine quand une voix familière résonna dans son dos :

— Tiens, tu es là ? Salut, Nick !

Sandy Kennedy contourna la secrétaire pour prendre un dossier.

— Ah, Sandy ! Alors, tu as réussi, tu es de jour, maintenant.

Il sourit à la jolie brune, tout en se demandant s'il existait un seul endroit en ville où il ne risquait pas de tomber sur l'une ou l'autre de ses conquêtes d'un soir.

— Christine va beaucoup mieux ce matin, à ce qu'il paraît.

Trop fine pour relever son commentaire stupide. Pourquoi ne lui avait-il pas plutôt dit bonjour, ou quelque platitude convenue ? Et pourquoi n'était-il pas resté plus longtemps avec elle ? Aussi ravissante qu'intelligente, elle ne manquait pas d'attrait… Mais c'était vrai de toutes ses ex-maîtresses — dont aucune n'arrivait à la cheville de Maggie O'Dell…

Les deux femmes le dévisageaient tandis qu'il restait là, aussi muet que songeur.

— Qu'est-ce qui t'arrive, Nick, tu as perdu ta langue ? On peut faire quelque chose pour toi ?

— Vous auriez le numéro de chambre de l'agent spécial O'Dell ?

— 372. Au fond du couloir à droite, répondit la secrétaire. Mais elle est peut-être déjà partie.

— Partie ?

— Elle a signé sa décharge et attendait des vêtements. Ceux qu'elle portait la nuit dernière sont bons pour la poubelle, expliqua-t-elle encore.

Mais Nick se précipitait déjà dans la direction indiquée.

Il entra dans la chambre en trombe, sans s'annoncer. Surprise, Maggie se détourna de la fenêtre et alla se plaquer contre le mur — un réflexe bien naturel quand on est en chemise d'hôpital ouverte à l'arrière.

— Franchement, Morrelli ! Vous auriez pu frapper.

— Excusez-moi…

Grand Dieu, qu'elle était belle ! Ses cheveux bruns et courts avaient retrouvé leur lustre, et elle, des couleurs. Ses grands yeux sombres brillaient, éclairaient son visage à la peau laiteuse.

— … On m'a dit que vous étiez peut-être déjà partie.

— J'attends qu'on m'apporte de quoi m'habiller. L'une des aides soignantes bénévoles est allée m'acheter des vêtements. J'espère qu'elle ne va pas revenir avec des trucs trop guimauve.

— Le médecin est d'accord pour vous laisser sortir ? s'enquit-il en s'efforçant de cacher son inquiétude.

— Il s'en remet à mon jugement.

Leurs regards se rencontrèrent, restèrent pris l'un dans l'autre. Nick ne se souciait plus qu'elle le sache troublé et anxieux. Mais elle brisa le charme :

— Comment va Christine ?

— L'opération s'est bien passée.

— Et sa jambe ?

— D'après le médecin, elle ne devrait pas avoir de séquelles. Je viens de lui amener Timmy.

Une lueur de tendresse adoucit les traits de Maggie, mais son regard avait une expression lointaine.

— Cela m'inciterait presque à croire aux fins heureuses, murmura-t-elle.

De nouveau, leurs yeux se rencontrèrent et, cette fois, elle esquissa un sourire. Dieu, qu'elle était belle quand elle souriait ! Il aurait aimé le lui dire, ouvrit la bouche pour le faire, et se ravisa. Savait-elle à quel point il avait eu peur de la perdre sans la revoir ? Savait-elle l'effet qu'elle avait sur lui ? Au diable son mari et les conséquences, il lui fallait prendre le risque, lui avouer qu'il l'aimait... Au lieu de cela, il toussota, gêné.

— Nous avons arrêté Eddie Gillick ce matin.

Elle s'assit au bord du lit, attendit qu'il poursuive.

— Nous avons également fait subir un second interrogatoire à Ray Howard. Il a reconnu avoir prêté parfois le vieux pick-up bleu à Eddie.

— Le jour où Danny a disparu ?

— Comme par hasard, Ray ne se souvenait plus. Mais il y a davantage. Eddie est entré au commissariat de Platte City l'été qui a précédé la première série de meurtres. Il avait une lettre de recommandation du bureau central d'Omaha, mais comptait trois avertissements dans son dossier. Pour brutalités lors d'arrestations. Sur de jeunes délinquants. L'un d'eux a même eu le bras cassé.

— Et l'extrême-onction, qu'en faites-vous ?

— La mère d'Eddie, célibataire, a pris un second emploi pour pouvoir lui payer des écoles catholiques jusqu'au bac.

Elle agita la tête.

— Cela ne me convainc pas, Nick.

Quoi de neuf sous le soleil ? Il enchaîna donc :

— Il avait accès aux pièces à conviction pendant l'enquête sur Jeffreys. Rien ne l'empêchait de les récupérer pour les mettre dans son coffre. Il a également accès à la morgue. D'ailleurs, il y est passé hier après-midi pour prendre les photos de l'autopsie. Là encore, quand il a vu les traces de morsures sur les clichés, rien ne l'empêchait de subtiliser le corps de Matthew pour éviter de plonger. Et puis, en tant que flic, son matricule lui permettait d'obtenir des renseignements de l'intérieur sur Albert Stucky.

Maggie eut une légère grimace involontaire. Se rendait-elle compte à quel point la seule mention de ce nom la bouleversait ?

— La morgue n'est jamais fermée. On y entre comme dans un moulin. Et l'affaire Stucky a été suivie en détail dans la presse.

— Ce n'est pas tout. On a trouvé des trucs dans le coffre de sa voiture.

Il avait gardé cela pour la fin. Ces preuves incriminaient Eddie, mais elles étaient douteuses, il en était conscient.

— Quel genre de trucs ?

— Un masque de Halloween, une paire de gants noirs et une corde.

— Pourquoi aurait-il laissé cela dans le coffre de sa voiture après l'avoir abandonnée ? Il savait que nous étions à l'affût du moindre indice. Et puis, on avait déjà utilisé ce moyen pour confondre Jeffreys. Non, cela ne tient pas debout. De plus, je ne vois pas bien comment il aurait fait tant de choses en si peu de temps.

Nick s'était posé la même question, mais il avait hâte d'en finir avec cette affaire.

— Mon père a plus ou moins reconnu que quelqu'un avait pu piéger Jeffreys en mettant des preuves dans son coffre.

— Vraiment ?

— Disons qu'il a vaguement admis avoir fermé les yeux sur les incohérences.

— Et il pense qu'Eddie est le coupable ?

— Non. Il est convaincu que ce n'est pas Eddie.

— Ce qui vous incite à croire le contraire ?

Bigre, elle le connaissait bien et ne lui passait rien.

— Timmy a un briquet que le type lui a donné. Au logo du commissariat. Une modeste récompense que mon père offrait à ses hommes. Il n'en distribuait pas beaucoup. Eddie est l'un des cinq privilégiés.

— Un briquet, ça se perd.

Elle se leva lentement, regagna la fenêtre. Visiblement, elle était ailleurs, ne se souciait même plus de lui montrer son dos nu. Dans cette chemise d'hôpital, elle semblait petite et fragile. Il s'imaginait l'envelopper de ses bras, s'envelopper tout entier autour d'elle, rester des heures à caresser sa peau de lait, ses cheveux lustrés et souples. Il désirait se perdre en elle pour de bon.

Dieu du ciel, il devenait fou ! Il se frotta les yeux pour chasser ces images par trop troublantes.

— Vous pensez toujours que c'est Keller, pas vrai ?

— Je ne sais pas. J'ai peut-être seulement du mal à accepter que je perds mon instinct.

Certes. Nick le comprenait sans peine.

— Eddie ne correspond pas à votre profil, c'est cela ?

— Le type du tunnel n'était pas de ces gars qui s'emportent et tailladent les petits garçons dans un accès de rage aveugle. Il accomplissait une mission. Une mission mûrement réfléchie. On ne m'ôtera pas de l'esprit qu'il croyait les sauver.

Elle fixait la fenêtre, évitait son regard.

Il ne lui avait pas demandé ce qui s'était passé dans le souterrain avant son arrivée. Les messages, le jeu, les références à Albert Stucky, tout cela la touchait de trop près. Peut-être avait-elle perdu son objectivité...

Enfin, elle se retourna.

— Qu'en pense Timmy ? Il a formellement reconnu Eddie pour son ravisseur ?

— Hier soir, oui. Mais Eddie venait de le poursuivre et de l'attraper dans les bois. Quant à Eddie, il prétend avoir aperçu le gosse et s'être précipité pour lui porter secours. Ce matin, toutefois, Timmy nous a avoué n'avoir jamais vu le visage de son geôlier. Cela étant, il y a trop de coïncidences.

Elle haussa les épaules.

— Effectivement. Il semblerait que vous teniez un bon suspect.

— Mais est-ce que je tiens mon tueur ?

# 96.

Il enfourna ses rares effets dans la vieille valise. Ses doigts glissèrent sur le revêtement du bagage, un vinyle bon marché qui se craquelait facilement. Il avait perdu la combinaison de la serrure depuis bien longtemps, de sorte qu'il évitait de la fermer. La poignée n'était plus qu'une masse de chatterton, poisseuse l'été et rugueuse l'hiver. C'était là tout ce qu'il lui restait de sa mère.

Il l'avait volée sous le lit de son beau-père la nuit où il s'était enfui de chez lui. Chez lui ? Non, jamais il ne s'était senti chez lui dans cette modeste maison de plain-pied, et moins que jamais après la mort de sa mère. Durant les semaines qui avaient précédé son départ, il avait reçu sa punition chaque soir.

Y compris le soir de sa fuite. Il avait attendu que son beau-père ait fini et s'effondre, épuisé, puis il avait volé la valise de sa mère pour y entasser ses vêtements tandis que le sang ruisselait le long de ses jambes. Contrairement à sa mère, il ne s'était jamais habitué aux violents et profonds coups de boutoir de son beau-père qui déchiraient ses chairs sans jamais leur laisser le temps de cicatriser. Cette nuit-là, c'est à peine s'il pouvait marcher, mais il avait parcouru bravement six kilomètres pour se rendre à l'église Notre-Dame de Lourdes où le père Daniel lui avait offert un refuge.

Le prix à payer pour le gîte et le couvert était le même, mais le père Daniel était doux, et son membre petit. Il n'y avait plus eu de larmes ni de déchirures, rien que l'humiliation qu'il acceptait comme on accepte un châtiment. N'était-il pas un assassin ? L'horrible spectacle hantait encore son sommeil. Il revoyait l'expression surprise de sa mère, étendue sur le sol de la cave, le corps brisé, étrangement tordu.

Il claqua le couvercle de sa valise, comme pour y enfermer l'image.

Son deuxième meurtre avait posé moins de problèmes — un chat perdu que le père Daniel avait recueilli. Contrairement à lui, le matou était logé et nourri sans contrepartie. Privilège qu'il avait payé de sa vie. Il se souvenait du sang chaud qui lui éclaboussait les mains et le visage cependant qu'il tranchait la gorge de l'animal.

À partir de là, chaque meurtre était devenu une révélation spirituelle, une offrande sacrificielle. Ce n'est qu'à sa deuxième année de séminaire qu'il avait tué son premier garçon, un innocent commissionnaire au regard triste, aux joues criblées de taches de rousseur. Le garçon lui faisait penser à lui. Il lui avait fallu le tuer pour l'arracher à ses souffrances, et se délivrer lui-même.

Il consulta sa montre. Il avait tout son temps. Ayant déposé sa valise à la porte, près du sac de toile noir rempli un peu plus tôt, il jeta un coup d'œil au journal soigneusement plié sur son lit. La manchette le fit sourire : « Un officier de police en garde à vue dans l'affaire des meurtres d'enfants. »

Tout avait été merveilleusement facile. Le jour où il avait trouvé le briquet d'Eddie Gillick dans le vieux pick-up bleu, il s'était dit que ce frimeur arrogant et brutal ferait un parfait bouc émissaire. Presque aussi parfait que Jeffreys.

Toutes ces soirées passées à échanger des banalités assommantes en jouant aux cartes avec ce m'as-tu-vu avaient payé.

Il avait feint de s'intéresser aux derniers exploits sexuels de Gillick, pour mieux l'absoudre de ses péchés et lui offrir le pardon lorsque le flic avait enfin dessoûlé. Il avait joué le jeu de l'amitié alors que ce prétentieux lui donnait la nausée. Ses discours et sa vantardise révélaient un tempérament colérique, une rage latente principalement dirigée contre « ces petites putes de mômes » et « ces salopiots de branleurs» qui, selon Gillick « récoltaient ce qu'ils cherchaient ». À bien des égards, Eddie Gillick lui rappelait son beau-père. Le voir condamné n'en serait que plus doux.

Car il serait condamné. Comment en serait-il autrement ? Sa conduite de brute ne jouait pas en sa faveur, et les preuves formelles retrouvées dans le coffre de sa Chevrolet accidentée feraient le reste. Quelle chance il avait eue de tomber sur l'épave au beau milieu des bois ! Rien de plus facile, alors, que d'y déposer les pièces à conviction fatales. Exactement comme pour Jeffreys.

Jeffreys qui était venu le trouver pour confesser le meurtre de Bobby Wilson, et dont la voix était dénuée de tout remords quand il avait demandé l'absolution. Jeffreys méritait cette fin. Et tout avait été si simple. Un coup de fil anonyme au commissariat et une poignée de preuves.

Oui, Ronald Jeffreys avait été le bouc émissaire idéal. Comme Daryl Clemmons. Le jeune séminariste lui avait confié ses craintes d'être homosexuel, s'exposant par là même à endosser le meurtre de l'innocent vendeur de journaux sans défense. Ce malheureux garçon dont le corps avait été découvert près de la rivière, à deux pas du séminaire. Et puis, il y avait eu Randy Maiser, le misérable vagabond venu chercher refuge à l'église Ste Mary. Les gens de Wood River avaient immédiatement accusé l'étranger en loques quand un de leurs enfants avait été retrouvé mort.

Ronald Jeffreys, Daryl Clemmons, Randy Maiser — tous des boucs émissaires parfaits. Au tour d'Eddie Gillick de rejoindre la liste.

Il jeta un nouveau coup d'œil au journal et son regard se posa sur la photo de Timmy. Sa bonne humeur se teinta d'un soupçon de regret. L'évasion de l'enfant lui avait apporté un soulagement inattendu, mais cette même évasion motivait son départ. Il ne pouvait rester et accomplir ses tâches quotidiennes en sachant qu'il avait manqué à son devoir envers ce pauvre gosse. Et puis, Timmy reconnaîtrait ses yeux, sa démarche, sa culpabilité. Oui, il était coupable de ne pas avoir sauvé Timmy Hamilton. A moins que…

Il se saisit du journal, tourna les pages pour lire l'article sur l'évasion de Timmy et l'accident de sa mère. Suivant les lignes du doigt, il remarqua soudain l'ongle de son index rongé à vif. Honteux, il ferma le poing pour ne pas voir et reprit sa lecture. Vers la fin de l'article, il trouva la confirmation de ce qu'il cherchait. Effectivement, Bruce, le père de Timmy, était revenu.

Pauvre Timmy au corps couvert de bleus. Il consulta une nouvelle fois sa montre. Il y avait peut-être un moyen de réparer. Timmy méritait une seconde chance de salut. Pour une tâche de cette importance, il trouverait le temps.

# 97.

Maggie aurait aimé pouvoir dire à Nick que c'était terminé, qu'aucun petit garçon ne disparaîtrait plus. Mais tandis qu'ils discutaient ensemble l'inculpation d'Eddie Gillick, le doute la rongeait. Etait-ce par entêtement ? Par refus de reconnaître qu'elle s'était trompée ?

Si seulement la bénévole de l'hôpital se pressait un peu ! Impossible de mener une conversation sérieuse dans cette chemise grotesque. Pourquoi ne lui avait-on pas fourni un peignoir ? Ou au moins une ceinture pour attacher le vêtement, l'empêcher de découvrir son dos nu et d'exposer ses fesses au moindre faux mouvement.

Nick se montrait extrêmement prudent, mais elle se sentait gênée et vulnérable, à la merci d'un geste, d'un coup d'œil malheureux. Pire encore, sa peau frémissait sous le fin coton dès qu'il posait les yeux sur elle ; radar trop sensible, son corps entier réagissait de manière désordonnée à la présence de Nick comme à sa propre nudité.

Ignorer ce tumulte des sens, se concentrer.

— Bon. Il semblerait que Gillick soit coupable.

Elle croisa les bras sur sa poitrine, regagna la fenêtre en veillant à garder le dos au mur. Dehors, le ciel était si bleu, si vaste, qu'il avait quelque chose d'artificiel. Pas un nuage en vue. La neige avait fondu sur les pelouses, les trottoirs. Il ne resterait bientôt plus que quelques blocs de glace noircie le long des rues. Les arbres qui n'avaient pas encore perdu leurs feuilles brillaient de tous les feux de l'automne. Tant de calme beauté donnait le sentiment que la malédiction était levée. Tout était redevenu normal, à l'exception du doute qui la rongeait.

— Que faisait Christine avec Eddie, hier soir ?

— Je ne lui en ai pas reparlé depuis la nuit dernière. Apparemment, il devait la reconduire chez elle, mais il a pris un chemin de traverse pour une déviation d'ordre sexuel. Et il lui a promis que si elle couchait avec lui, il lui dirait où était Timmy.

— Il savait où se trouvait Timmy ?

— C'est ce qu'il aurait dit à Christine. Mais je crois qu'elle délirait. Elle m'a également raconté que le président Nixon l'avait transportée sur le bas-côté de la route.

— L'homme au masque, bien sûr. Il a sorti Christine de la voiture et mis son déguisement dans le coffre.

— Et puis, il s'est lancé à la poursuite de Timmy dans les bois. Après avoir tenté de violer Christine et après vous avoir agressée dans le souterrain. Voilà quelqu'un qui ne perd pas de temps.

Ils se regardèrent en silence. Le non-dit pesait entre eux, lourd de déception et de crainte.

— Il a tenté quelque chose sur vous ? s'enquit finalement Nick.

— Tenté quelque chose ?

— Vous savez bien... est-ce qu'il a...

— Non, coupa-t-elle pour le tirer de son embarras. Rien de sexuel.

Elle se souvint qu'en lui ôtant son arme, il avait effleuré son sein par inadvertance, et retiré sa main comme s'il s'était brûlé. Pendant qu'il lui parlait à l'oreille, jamais il n'avait touché sa peau. Le sexe ne l'intéressait pas, surtout avec les femmes. C'était tout naturel chez un homme qui considérait sa mère comme une sainte. Les gravures des martyrs torturés qu'elle avait vus dans la chambre du père Keller lui revinrent à la mémoire. Avec son vœu de chasteté, la prêtrise lui avait fourni un refuge idéal. Une cachette de choix.

— Il faut que nous interrogions Keller une dernière fois.

— Mais nous n'avons aucune preuve contre lui, Maggie !

— Je vous en prie, faites-moi ce plaisir.

Une infirmière passa la tête par la porte.

— Agent O'Dell ? Vous avez de la visite.

— Ce n'est pas trop tôt, soupira Maggie, croyant qu'il s'agissait de la serviable bénévole.

L'infirmière s'effaça en souriant pour laisser entrer le beau blond en costume Armani qui portait un petit sac de voyage à la main et une housse à vêtements assortie sur le bras.

— Bonjour, Maggie.

Il entra dans la pièce comme en pays conquis, jeta un regard hautain en direction de Nick puis, reportant son attention sur la jeune femme, il la gratifia d'un sourire professionnel à plusieurs millions de dollars.

— Greg ? Ça alors !

# 98.

Timmy attendit que ses pièces tombent dans le distributeur avant de faire son choix. Machinalement, il mit le doigt sur le bouton Snickers, se souvint de l'homme au masque, et appuya sur Twix.

Il s'efforçait de ne plus penser à sa geôle et à son geôlier. Il lui fallait rester concentré sur sa mère pour l'aider à guérir vite. Il avait eu peur en la voyant perdue dans ce grand lit d'hôpital blanc, attachée à toutes ces machines qui gargouillaient, bourdonnaient et cliquetaient. Elle paraissait en forme malgré tout, et même heureuse que papa soit là — ce qui ne l'avait pas empêchée de lui crier dessus. Mais, pour une fois, papa n'avait pas hurlé plus fort qu'elle. Il n'arrêtait pas de s'excuser et, quand Timmy avait quitté la chambre, il lui tenait la main sans qu'elle proteste. Plutôt bon signe, non ?

Installé sur une chaise de plastique dans la salle d'attente, Timmy ôta l'emballage des Twix, en sortit une barre, croqua un gros morceau et laissa le chocolat fondre dans sa bouche. Grand-père Morrelli avait promis de lui rapporter un sandwich du magasin Subway qui se trouvait à quelques pas de là. Mais Timmy n'avait pas encore eu son déjeuner, et il avait faim.

— Je te croyais accro aux Snickers ?

Surpris, l'enfant se retourna. Il n'avait rien entendu, pas le moindre bruit de pas.

— Bonjour, père Keller, marmonna-t-il, la bouche pleine.

Le prêtre lui tapota affectueusement l'épaule, laissa sa main s'attarder sur son dos.

— Comment vas-tu, Timmy ?

— Ça va.

Il avala en hâte pour pouvoir parler et reprit :

— Maman a été opérée ce matin.

— Je sais.

Le père Keller posa son sac de toile sur le siège voisin et s'agenouilla devant le garçon.

Timmy aimait cela chez lui, cette gentillesse, cette attention qui lui donnaient le sentiment de compter. Le bon père s'intéressait sincèrement à lui. Il le voyait dans ses doux yeux bleus parfois empreints de tristesse. Ces yeux… Timmy les regarda de nouveau, et son estomac se noua soudain. Ce matin, il y avait quelque chose de changé dans les yeux bleus du père Keller. Mais quoi, exactement ? Il remua sur son siège, et le prêtre s'en inquiéta :

— Tu n'es pas souffrant, Timmy ?

— Non… Ça va. C'est que j'ai pris trop de sucre, peut-être. Je n'ai pas déjeuné en me levant.

Il montra le sac de toile du pouce, puis ajouta :

— Vous partez en voyage ?

— J'accompagne le père Francis à sa dernière demeure. Je suis venu m'assurer que le corps était prêt.

— Parce qu'il est ici ?

— En bas, à la morgue. Je t'emmène le voir, si tu veux.

— Je ne sais pas. J'attends mon grand-père.

— Cela ne prendra que quelques minutes, et tu ne le regretteras pas. On se croirait dans un épisode des X Files.

— Vrai ?

Timmy se souvenait d'avoir vu l'agent spécial Scully pratiquer des autopsies, et il était curieux de savoir si les morts étaient vraiment tout gris et raides.

— Vous êtes sûr que je peux venir avec vous ? Les gens de l'hôpital ne vont pas se fâcher ?

— Bien sûr que non. Il n'y a jamais personne en bas.

Le père Keller se releva et prit le sac de toile. Il attendit que Timmy finisse d'engloutir ses Twix et ramassa l'emballage que l'enfant avait accidentellement laissé tomber. C'est alors que Timmy remarqua les Nike du père Keller — d'un blanc immaculé, comme toujours. Mais, ce matin, il y avait un nœud à l'un des lacets qui avait cassé… Et l'estomac de Timmy se noua de plus belle.

Il se leva lentement, en proie à un léger vertige. L'excès de sucre, sans doute. Rien de bien grave. Il releva les yeux vers le prêtre qui lui souriait et lui tendait la main. Nouveau coup d'œil à ses chaussures. Pourquoi le père Keller avait-il un nœud à son lacet ?

# 99.

Lorsqu'elle fut seule avec Greg, Maggie entreprit de défaire ses bagages soigneusement préparés quelques jours plus tôt. Elle se réjouissait de retrouver ses tailleurs, à peine froissés malgré un aller-retour à travers le pays.

— Comment savais-tu que j'étais à l'hôpital ?

— Je l'ignorais jusqu'à mon arrivée au commissariat où une poupée blonde en minijupe de cuir me l'a appris.

— Ce n'est pas une poupée, protesta Maggie, se surprenant elle-même.

Elle n'éprouvait pourtant aucune sympathie pour cette Lucy Burton !

— Justement. Tu confirmes mon opinion.

— Quelle opinion ?

— Ce métier est beaucoup trop dangereux.

Lui tournant résolument le dos, elle se concentra sur sa tâche, se jura de ne pas céder à la colère. Et puis, ce serait gâcher le plaisir. Toucher de ses mains sa propre lingerie lui procurait un grand réconfort, un sentiment de sécurité bienvenu.

— Pourquoi te refuses-tu à l'admettre ?

— Quoi ?

— Que ce métier est trop dangereux.

— Pour qui, Greg ? Pour toi ? Moi, cela ne me pose pas de problème. Je suis consciente des risques depuis le début.

Elle s'exhortait au calme. Un coup d'œil par-dessus son épaule lui apprit qu'il arpentait la pièce, poings sur les hanches.

— Je t'ai demandé de passer prendre mes bagages à l'aéroport, pas de me les rapporter ici en personne, ajouta-t-elle en lui souriant.

Le ton complice ne le dérida pas. L'incident n'était pas clos.

— L'an prochain, je deviens associé. Ça y est, Maggie, nous sommes sur la bonne voie.

— Quelle bonne voie ?

Elle choisit un slip et un soutien-gorge assortis.

— Tu ne devrais plus avoir à faire ce pénible travail de terrain. Pour l'amour du ciel, voilà huit ans que tu es au FBI. Tu as l'envergure pour être… je ne sais pas, moi, responsable de service, instructeur, ce que tu veux. Mais pas ça, tout de même.

— J'aime mon métier, Greg.

Elle s'apprêtait à ôter l'affreuse chemise d'hôpital, hésita, lui jeta un bref regard.

Il soupira avec humeur.

— Tu souhaites que je m'en aille, c'est cela ?

Le ton était lourd de sarcasme et de colère.

— Tu as raison, je ferais mieux de partir pour que tu puisses rappeler ton cow-boy.

— Il n'est pas mon cow-boy.

— C'est à cause de lui que tu n'as répondu à aucun de mes appels ? Il y a quelque chose entre toi et ce Monsieur muscles de shérif ?

— Greg, ne sois pas ridicule.

Elle arracha le vêtement et enfila son slip. Se pencher lui faisait mal, lever le bras aussi. Heureusement qu'un pansement cachait l'entaille à son flanc et les horribles points de suture.

— Doux Jésus, Maggie !

Cette fois, elle se retourna, vit qu'il fixait son épaule. Une grimace déformait ses traits harmonieux. Dégoût ou inquiétude, elle n'aurait su le dire.

Ses yeux examinèrent le reste de son corps, s'arrêtèrent sur la cicatrice de son abdomen. Soudain, elle se sentit plus nue que nue — horriblement gênée. Ce qui ne se justifiait pas. Pas devant son mari. Pourtant, elle se couvrit en serrant la chemise contre sa poitrine.

— Toutes ces plaies ne datent pas d'hier soir, constata-t-il, glacial. Pourquoi ne m'en as-tu pas parlé ?

— Pourquoi n'en as-tu rien remarqué ?

— Parce que c'est ma faute, maintenant ?

Il doublait ses paroles de gestes grandiloquents. Des gestes de prétoire. Peut-être les jurés y étaient-ils sensibles, mais, pour elle, ce n'était que du théâtre, une simple technique pour retenir l'attention. Et puis, de quel droit lui reprochait-il ses cicatrices ?

— De toute façon, cela ne te regarde pas.

— Comment ça ? Tu es ma femme, et ton métier défigure ton corps. Il me semble que ça me concerne, au contraire.

Sous l'effet de la colère, son teint de blond se couvrait d'une rougeur inhabituelle. Il semblait soudain atteint d'eczéma.

— En réalité, tu t'en fiches. Mais tu es furieux parce que je ne t'ai rien dit.

— À juste titre. Tu aurais pu m'en parler, c'était la moindre des choses.

Elle rejeta la chemise d'hôpital pour bien montrer ses cicatrices. Puis, après une pause stratégique, elle suivit de l'index celle que lui avait laissée Stucky en souvenir.

— Cela date de plus d'un mois, Greg. N'importe quel mari l'aurait remarqué. Mais nous n'avons même plus de rapports sexuels alors, naturellement, tu n'as rien vu. As-tu seulement remarqué que je ne dors plus auprès de toi ? Que je passe mes nuits à arpenter la maison en tous sens ? Tu ne t'intéresses plus à moi, Greg.

— N'importe quoi ! J'aurai tout entendu ! C'est justement pour cela que je tiens à ce que tu quittes le Bureau.

— Si tu m'aimais vraiment, tu comprendrais que je suis attachée à ce travail, qu'il est vital pour moi. Ce qui te chagrine, c'est l'opinion des autres. Tu t'inquiètes des conséquences de mes choix de vie sur la tienne. C'est pour cette raison que tu ne veux plus me savoir sur le terrain. Tu rêves de raconter à tes amis et associés que j'ai un titre ronflant au FBI, un grand bureau avec une secrétaire pour prendre mes appels. Tu rêves de me montrer à tes cocktails mondains en robe de soirée décolletée, seulement, mes cicatrices feraient tache dans le tableau. Désolée, Greg, mais je suis comme je suis. Telle que tu me vois ici, c'est moi. Et je ne cadre peut-être plus avec le style country club auquel tu aspires.

Il secouait la tête avec l'impatience d'un père irrité par le caprice de son enfant. Elle eut le sentiment d'en avoir trop dit et reprit la chemise pour se couvrir.

— Je te remercie de m'avoir apporté mes affaires. Et maintenant, s'il te plaît, j'aimerais que tu t'en ailles.

— Très bien.

Il enfila sa redingote, puis ajouta :

— Je propose que nous déjeunions ensemble quand tu seras calmée.

— Non. Je veux que tu rentres.

Il la dévisagea, lèvres pincées, son regard gris plus dur que l'acier. Elle s'attendait à une nouvelle attaque, mais il tourna les talons et sortit de la pièce dans un crissement de cuir neuf signé Gucci.

Maggie se laissa tomber sur le lit, épuisée. Quelques instants plus tard, on frappait à sa porte. Elle ne bougea pas, rassembla ce qui lui restait d'énergie pour affronter la colère de Greg… Et ce fut Nick qui entra. Gêné, il se détourna aussitôt.

— Excusez-moi, je vous croyais vêtue.

Elle était certes en tenue plus que légère. Serrant sa chemise contre ses seins, elle s'assura qu'il ne regardait pas, attrapa son soutien-gorge et l'enfila. Puis ce fut le tour du chemisier — qu'elle passa à l'envers, dut ôter et retourner avant de recommencer…

— En fait, c'est moi qui devrais m'excuser, ironisa-t-elle, amère. Il semblerait que mes cicatrices aient le don de dégoûter les hommes.

Toujours face à la porte, Nick osa à peine lui jeter un coup d'œil par-dessus son épaule.

— Bon sang, Maggie, ce n'est pas à moi qu'il faut raconter cela. Voilà des jours que je m'échine à trouver quelque chose en vous qui ne me rende pas fou !

Percevant le sourire dans sa voix, elle s'interrompit dans son boutonnage. Ses doigts tremblaient soudain, et une étrange chaleur se répandait en elle. Comment diable Nick Morrelli s'y prenait-il pour éveiller sa sensualité, la faire vibrer par ses seules paroles, alors même qu'il lui tournait le dos ?

— Quoi qu'il en soit, ce n'est pas ce qui m'amène. Il y a un petit problème concernant l'interrogatoire du père Keller.

— Je suis au courant. Nous n'avons aucune preuve.

— Non, il ne s'agit pas de cela.

Nouveau coup d'œil pour voir si elle était prête, et retour à la porte. Elle achevait d'enfiler son pantalon et ne put s'empêcher de sourire de sa délicatesse. Il l'avait vue plus légèrement vêtue — dans son peignoir trop grand, notamment…

— Alors, quel est le problème ?

— Je viens d'appeler le presbytère. La cuisinière m'a répondu. Apparemment, le père Keller est parti. Et Ray Howard aussi.

# 100.

Dès qu'ils sortirent de l'ascenseur, Timmy remarqua le panneau indiquant que l'endroit était réservé au personnel hospitalier. Le père Keller ne parut pas s'en soucier et enfila le hall sans une hésitation.

Malgré son entorse, Timmy pressa le pas pour le rattraper. Sa cheville lui faisait plus mal encore depuis que le médecin l'avait bandée, serrant beaucoup trop le pansement élastique.

Le père Keller se retourna pour s'assurer qu'il le suivait et remarqua alors qu'il boitait.

— Eh bien, Timmy, qu'est-ce qui est arrivé à ta jambe ?

— J'ai dû me tordre le pied hier soir, dans les bois.

Il aurait préféré ne plus se souvenir de rien. Dès qu'il y repensait, une terrible crampe lui nouait l'estomac. Il s'en fallait d'un cheveu que les frissons le reprennent.

— Tu as vécu des moments difficiles. Tu veux que nous en parlions ?

— Pas spécialement, marmonna Timmy en fixant ses chaussures.

Des Nike toutes neuves. Les plus belles, les plus chères. Oncle Nick les lui avait données ce matin.

Contrairement aux autres adultes, le père Keller n'insista pas, et il lui en sut gré. Il en avait assez de toutes ces questions. L'officier de police Hal, les journalistes, le médecin, l'oncle

Nick, l'agent O'Dell, tout le monde voulait des détails sur la petite pièce, sur l'homme au masque, sur son évasion, mais il n'aspirait qu'à oublier tout cela.

Le père Keller poussa une porte et alluma la lumière. Les néons clignotèrent, éclairant l'immense pièce avec ses comptoirs d'acier et sa table d'opération d'une propreté scrupuleuse.

— Whao ! C'est comme dans les X Files ! s'exclama Timmy.

Son regard s'arrêta sur un assortiment d'instruments bizarres, soigneusement rangés sur un plateau. Puis il remarqua les compartiments à tiroirs sur le mur opposé.

— C'est... c'est là qu'ils rangent les morts ?

— Oui, répondit le prêtre en posant son sac noir sur la table de métal.

Il paraissait distrait, préoccupé.

— Le père Francis se trouve dans un de ces tiroirs ? s'enquit encore Timmy dans un murmure.

— Oui. Sauf si le corps a été enlevé.

— Enlevé ?

— Les gens des pompes funèbres sont peut-être déjà venus le chercher pour l'emmener à l'aéroport.

— A l'aéroport ? répéta Timmy.

Jamais il n'avait entendu parler de morts qui voyageaient en avion.

— Je t'ai dit que j'accompagnais le père Francis à sa dernière demeure, tu te souviens ?

— Ah oui, c'est vrai.

Intrigué, Timmy examina les comptoirs de plus près. Pour être sûr de ne toucher à rien, il garda les mains derrière son dos. Il y avait là des instruments pointus, d'autres avec de longues lames fines, avec et sans dents, et une sorte de scie circulaire miniature. À quoi tout cela pouvait-il bien servir ?

— Il paraît que ton père est de retour. C'est vrai ?

— Oui. Et j'espère bien qu'il va rester, répondit Timmy.

C'est à peine s'il jeta un coup d'œil au prêtre, trop fasciné par les flacons contenant des liquides de différentes couleurs, par les éprouvettes alignées sur leurs supports de bois. Il y avait même un microscope. Peut-être qu'il demanderait un microscope pour son anniversaire...

— Tu aimerais qu'il reste ?

— Oui, je voudrais bien.

— Il n'était donc pas méchant avec toi ?

Surpris par cette question, Timmy se retourna vers le prêtre qui avait ouvert son sac et restait concentré sur son contenu.

— Méchant comment ? Je ne comprends pas.

— Il ne te faisait pas de mal ? Des choses désagréables ?

Cependant que le père Keller fourgonnait dans son sac, Timmy, mystifié, réfléchissait à ce que pouvaient être ces « choses désagréables ».

— Non, dit-il finalement. Papa était gentil avec moi. Des fois, il criait bien un peu, quand il se fâchait...

— D'où te viennent tous tes bleus ?

Timmy se sentit rougir. Heureusement que le prêtre ne le regardait pas.

— Je crois que je marque facilement. Je les attrape surtout au football.

Au football, et quand Chad Calloway le battait...

— Alors, pourquoi ta mère l'a-t-elle chassé ?

La voix du père Keller avait soudain changé, était devenue plus grave, avec des accents de colère. Et il était toujours concentré sur son sac. Il y eut un bruit de métal à l'intérieur. Quel genre d'outils transportait donc le prêtre dans ce sac noir ?

— Au juste, je n'en sais trop rien. Je crois que c'était à cause d'une pétasse de réceptionniste avec des gros nichons. En tout cas, maman lui a dit ça, je l'ai entendue.

Cette fois, le prêtre reporta son attention sur lui, et son regard bleu perçant lui donna la chair de poule. D'habitude, les yeux du père Keller étaient doux, pleins de tendresse. Mais là... ces yeux-là... Non. Ce n'était pas possible. L'estomac de Timmy se noua ; soudain, il avait le cœur au bord des lèvres. La bile remontait dans sa gorge, amère, répugnante ; la tête lui tournait et des picotements couraient le long de ses doigts...

— Qu'est-ce qui t'arrive, Timmy ? Ça ne va pas ?

La chaleur était revenue dans les yeux bleus du prêtre, dans sa voix.

— Si je t'ai choqué, je m'en excuse.

La gorge serrée, l'enfant ne quittait plus les yeux du père Keller, fasciné par leur troublante métamorphose. L'avait-il rêvée ? Etait-elle le fruit de son imagination ?

— Dis-moi, Timmy, tu penses que ton papa et ta maman vont se réconcilier ? Que vous serez de nouveau une vraie famille unie ?

Rassuré par ce ton de tendre familiarité, Timmy déglutit péniblement. Sa panique refluait, mais il avait toujours l'estomac barbouillé. C'était sûrement à cause des sucreries.

— Je l'espère, dit-il. Papa me manque beaucoup. Avant, nous allions camper, tous les deux. Et aussi pêcher. Il me laissait même accrocher les appâts tout seul à mon hameçon. C'était super. Sauf qu'il ne sait pas très bien faire la cuisine.

Le père Keller souriait à présent. Il referma son sac sans rien en sortir...

... Et la porte de la morgue s'ouvrit sur grand-père Morrelli.

— Ah, c'est là que vous étiez, tous les deux ! L'infirmière vous a vus prendre l'ascenseur pour descendre. Qu'est-ce que vous fabriquez ici ?

Calé contre le chambranle, il leur souriait, les bras chargés de paquets jaunes au logo de Subway. Un délicieux arôme de viande salée, d'oignons et de vinaigre se mêlait à l'odeur dominante de désinfectant.

— Le père Keller venait chercher le père Francis pour leur voyage, expliqua Timmy.

Il coula un bref regard au prêtre qui souriait lui aussi puis, rassuré, il ajouta pour son grand-père :

— Tu ne trouves pas qu'on se croirait dans les X-Files, ici ?

# 101.

Nick ralentit l'allure en remarquant les traits crispés et le teint pâle de Maggie. Elle souffrait, bien sûr, mais ne se plaignait pas.

L'aéroport d'Eppley était assailli par la foule habituelle du vendredi — hommes et femmes d'affaires pressés de rentrer chez eux, vacanciers du week-end encombrés de leurs bagages.

Mme O'Malley, la cuisinière de Ste. Margaret, avait dit à Nick que le vol du père Keller décollait à 14 h 45, et qu'il accompagnait le corps du père Francis à sa dernière demeure. Quant à Ray Howard, à qui il avait demandé à parler, il s'était également évaporé.

— Je ne l'ai pas revu depuis le petit déjeuner, avait déclaré la vieille dame. Il faut toujours qu'il s'en aille à droite et à gauche avec des airs de conspirateur. Il prétend que c'est pour le père Keller, mais j'ai du mal à le croire. Il est fourbe, vous savez…

Nick n'avait pas relevé le commentaire. Le temps lui était compté, et les petits délires d'une femme de soixante-dix ans passés ne l'intéressaient pas.

— Où ont lieu les obsèques du père Keller ?

— Quelque part au Venezuela.

— Au Venezuela ? Rien que ça !

— Le père Francis adorait ce pays. C'est là que l'église l'a envoyé pour son premier poste. Dans une petite paroisse perdue, chez les paysans pauvres. Il nous racontait toujours que les enfants de là-bas étaient beaux, et qu'il rêvait d'y retourner un jour. Dommage que ce soit dans ces circonstances… Pauvre père Francis, lui qui…

— Vous vous souvenez de la ville la plus proche ?

— Non, je ne m'en souviens plus. Tous ces noms étrangers sont trop difficiles à retenir, à prononcer. Le père Keller sera de retour d'ici à une semaine. Vous ne pourriez pas attendre qu'il revienne ?

— Je crains que non. Vous auriez le numéro du vol ? Le nom de la compagnie ?

— Alors là… Je crois qu'il a mentionné la TWA… Non, United Airlines. En tout cas, il part d'Eppley à 14 h 45.

Il était maintenant presque 14 h 30. Devant les guichets, Maggie et Nick se séparèrent, usant de leurs badges pour passer devant la queue.

L'hôtesse de la TWA refusa de se laisser impressionner par le badge d'un simple shérif rural. Avec son chignon sévère et ses lèvres pincées, elle avait l'air revêche d'une institutrice d'autrefois. Regrettant de ne pas avoir un badge du FBI, Nick usa de son charme et d'un soupçon de flatterie. Et la grande femme sèche se radoucit imperceptiblement.

— Je suis désolée, shérif Morrelli, mais nous ne sommes pas autorisés à révéler les noms de nos passagers. Soyez gentil, il y a des gens qui attendent.

— Bon, bon. Dites-moi seulement si vous avez un vol pour le Venezuela dans le prochain quart d'heure.

Elle consulta son écran d'ordinateur, prit tout son temps malgré les soupirs agacés venant de la file d'attente.

— Oui. J'ai ici un vol pour Miami avec une correspondance pour Caracas.

— Excellent. Quelle porte d'embarquement ?

— La 11. Mais le départ était à 14 h 15.

— Vous en êtes sûre ?

— Certaine. Le temps est idéal, nos vols n'ont pas de retard.

Elle se pencha sur le côté pour s'adresser à l'homme aux cheveux gris qui, derrière Nick, tendait déjà son billet.

— Cela vous ennuierait de vérifier s'il y avait un cercueil sur ce vol ?

— Pardon ? s'enquit la dame.

— Un cercueil. Avec un mort dedans, précisa Nick.

Dans la file d'attente, des regards curieux convergèrent sur lui.

— Je présume que c'est considéré comme du fret, ajouta-t-il. En me renseignant, vous ne porterez pas atteinte à ses droits ou à sa vie privée.

Nick ponctua la remarque d'un nouveau sourire. Derrière lui, on gloussait. Mais la dame n'avait pas l'air contente.

— Je ne peux vous livrer aucune information. Maintenant, écartez-vous, les passagers attendent.

Nick perdait patience. De précieuses minutes passaient en vains échanges.

— Vous préférez que je revienne avec un mandat du tribunal ?

— Excellente idée. Au suivant, je vous prie. Monsieur ?

Voyant qu'il ne bougeait pas, l'hôtesse se décala pour s'occuper de l'homme aux cheveux gris, qui s'avança avec un regard furieux à l'adresse de Nick. Celui-ci alla rejoindre Maggie au comptoir voisin d'United Airlines.

Les traits tirés, visiblement épuisée, elle semblait encore plus pâle qu'en arrivant. Lorsqu'elle eut terminé, ils se retirèrent tous deux à l'écart de la foule pour comparer leurs résultats.

— TWA a un vol pour Miami avec correspondance pour Caracas, lui dit-il.

— Eh bien, allons-y. Quelle porte ?

Mais son attitude démentait ses paroles. Elle demeurait adossée au mur, comme si elle retenait son souffle.

— Il est parti il y a une vingtaine de minutes.

— Quoi ? Nous l'avons raté ? Le père Keller l'a pris ?

— L'hôtesse n'a rien voulu me dire. Pour obtenir des renseignements, il va nous falloir un mandat du tribunal. À votre avis, ça vaut le coup d'aller à Miami pour tenter de l'intercepter avant que l'avion de Caracas ne décolle ? S'il arrive en Amérique latine, nous ne le retrouverons jamais, Maggie.

Elle ne l'écoutait pas. Mais ce n'était pas la douleur qui la perturbait. Elle fixait un point par-dessus son épaule, concentrait toute son attention dessus.

— Maggie ? Vous m'entendez ?

— Je crois que je viens de localiser Ray Howard.

# 102.

Maggie lut sur le visage de Nick l'expression de ses propres sentiments — la surprise, une touche d'irritation, et un soupçon de crainte.

— Peut-être qu'il est venu conduire le père Keller à son avion ? murmura-t-il comme si Howard pouvait l'entendre du fond de la salle.

— Quand j'accompagne quelqu'un à l'aéroport, je n'emporte pas de bagages.

Howard portait en effet un gros sac de toile noir apparemment fort lourd, ce qui accentuait encore sa claudication. Pour le reste, il arborait sa tenue habituelle – chemise blanche impeccablement repassée, cravate, pantalon marron —, mais un blazer bleu marine avait remplacé le cardigan.

— Rappelez-moi pourquoi il n'est pas suspect ? s'enquit Nick sans détacher son regard du concierge.

Curieusement, Maggie ne parvenait plus à se souvenir de ses raisons.

— Il boite, dit-elle enfin. Il n'a pas pu transporter les garçons jusque dans les bois. De plus, Timmy affirme que l'homme au masque ne boitait pas.

Silence. Ils observaient Howard. Le concierge consulta le tableau des départs avant de se diriger vers les escaliers mécaniques.

— Je ne sais pas, Maggie. Son sac n'est pas léger.

— Certes.

Et, suivie de Nick, elle s'élança dans la direction empruntée par Howard.

Ce dernier cherchait à assurer son équilibre avant de s'engager dans l'escalier qui descendait.

— Monsieur Howard, le héla Maggie.

Il jeta un coup d'œil par-dessus son épaule, et une lueur de panique passa dans son regard. Puis, agrippant la rampe, il sauta sur une marche et se mit à courir, écartant les gens à l'aide de son sac pour se frayer un passage.

— J'essaie de le choper en bas, lança Nick en filant vers l'escalier de secours.

Maggie tira son revolver et poursuivit Howard en criant :

— FBI ! Faites place !

L'agilité du concierge la surprit. La bouche ouverte et le front humide de sueur, il fendait la foule, zigzaguant entre les chariots à bagages, bondissant par-dessus une cage de transport pour animaux. Dans sa course, il bouscula plusieurs fois des voyageurs, renversa une petite femme aux cheveux bleus, fonça dans un groupe de touristes japonais, sans cesser de se retourner pour surveiller Maggie.

Elle gagnait du terrain, mais elle respirait mal, soufflait avec un bruit de forge, et sa blessure lui cuisait.

Soudain, Howard s'arrêta, arracha un chariot à une hôtesse de l'air médusée, et le poussa de toutes ses forces en direction de Maggie. Les valises volèrent, l'une d'elles s'ouvrit, régurgitant un flot de cosmétiques, de chaussures et de vêtements. Glissant sur un caraco de soie, Maggie perdit l'équilibre et s'étala au milieu du désordre.

Ravi de sa réussite, Howard s'élança vers le parking, le sac serré entre ses bras. Il avait presque atteint la porte quand Nick l'agrippa par le col et l'obligea à se retourner. S'attendant sans doute à des coups, il se laissa tomber à genoux, lâcha son sac pour se protéger le visage, mais Nick maintint sa prise sans esquisser un geste.

Maggie se releva cependant que l'hôtesse rassemblait ses effets. Nick l'observait, inquiet, tout en tenant son homme.

— Ça va, je n'ai rien de cassé, le rassura-t-elle.

Mais, en rangeant son arme, elle sentit sous sa veste l'humidité poisseuse de son corsage. La plaie s'était rouverte.

— Maggie, oh mon Dieu ! s'exclama Nick en voyant sa main tachée de sang.

Le détail n'avait pas échappé à Howard qui sourit, triomphant. Nick resserra sa prise, et le sourire disparut, aussitôt remplacé par une grimace.

— Au lieu de ricaner, dites-nous donc ce que vous faites ici, Howard.

— J'accompagnais le père Keller à son avion. Pourquoi me poursuiviez-vous ? Je n'ai rien fait de mal.

— En ce cas, pourquoi avez-vous tenté de fuir ?

— Eddie m'a dit de me méfier de vous deux.

— Eddie, hein ?

— Qu'est-ce qu'il y a dans ce sac ? interrompit Maggie.

— Je n'en sais rien. Le père Keller m'a demandé de le garder pour lui. Apparemment, il n'en a plus besoin.

— On peut regarder ?

Howard s'y accrocha. Maggie dut détacher ses mains de la toile. Sa fuite et son refus d'obtempérer justifiaient à eux seuls une fouille. Elle hissa le lourd bagage sur une chaise voisine. L'effort lui donna le vertige. Adossée contre le mur, elle attendit que le malaise passe, puis elle s'intéressa au contenu du sac, en sortit le cardigan brun et des chemises fraîchement repassées. Howard parut surpris.

— Vous êtes sûr que ce sac ne vous appartient pas, Ray ?

Pas de réponse. Elle continua donc. Une pile de livres d'art expliquait le poids. Maggie les mit de côté, beaucoup plus intriguée par le coffret de bois enfoui parmi des sous-vêtements masculins. Le couvercle sculpté portait une inscription en latin dont le sens lui échappait, mais ce qu'il contenait ne l'étonna nullement — un linge blanc, un petit crucifix, deux chandelles et une fiole d'huile. Nick observait ce déballage avec une attention mêlée de rage impuissante. Enfin, Maggie fouilla sous la couche de coupures de presse qui tapissait le fond du coffret. Elle en sortit un slip de garçonnet, soigneusement enroulé autour d'un couteau à lever les filets.

# 103.

*Dimanche 2 novembre*

Maggie entra un code dans l'ordinateur et attendit. Le modem de son portable était affreusement lent. Elle mordit dans le muffin aux myrtilles de l'inévitable Wanda, tout en fixant l'écran sur lequel une fenêtre affichait toujours le message « initialisation en cours…». Impatiente, elle se détourna de la machine et jeta un regard circulaire à la chambre.

Ses bagages étaient faits. Elle était prête depuis des heures, mais son vol ne partait qu'à midi. Sa nuque douloureuse lui rappela qu'elle avait dormi toute la nuit sur sa chaise. Elle la massa en songeant que cela tenait du miracle — toute une nuit de sommeil sans que des visions d'Albert Stucky lui trottent dans la tête et troublent son repos !

Pour tromper son ennui, elle prit l'édition dominicale de l'*Omaha Journal*. La manchette ajouta encore à sa frustration. Mais elle se réjouissait de retrouver les articles de Christine en première page — articles qu'elle rédigeait sur son lit d'hôpital. Du moins, Timmy et elle étaient-ils sains et saufs.

Elle parcourut le papier une fois de plus. À présent, Christine s'en tenait aux faits et laissait les experts tirer les conclusions à travers des citations – comme la sienne, qu'elle relut pour la troisième fois :

« D'après l'agent spécial O'Dell, profiler au FBI dépêchée sur place pour les besoins de l'enquête, "il est peu probable qu'Eddie Gillick et Ray Howard aient fait équipe." Toujours selon elle, "les tueurs en série agissent seuls". Le bureau du procureur retient cependant contre eux les meurtres d'Aaron Harper, Eric Paltrow, Danny Alvarez et Matthew Tanner. Un second chef d'accusation a été retenu pour le rapt de Timmy Hamilton. »

On frappa doucement à la porte. Maggie jeta le journal sur le lit et regarda l'écran. « Recomposition du numéro principal », annonçait la fenêtre. Le modem grésilla avant d'émettre une série de bip. Un dimanche matin, les lignes ne pouvaient être encombrées. Pourquoi diable était-ce si long ?

Tout en allant ouvrir, elle consulta sa montre. Il était en avance. Ils avaient prévu de partir une demi-heure plus tard.

Dès qu'elle le vit, le trouble qu'elle redoutait se fit sentir. Il lui souriait, radieux, les cheveux en désordre, le regard vif et brillant. Il portait un T-shirt rouge et un jean, tous deux assez moulants pour mettre en valeur ce corps d'athlète qu'elle brûlait de toucher. Pourquoi était-elle si sensible à son charme ? Pourquoi sa seule présence emplissait-elle la pièce d'électricité ?

— Il doit faire doux dehors, s'entendit-elle déclarer.

Le temps. Un sujet anodin et prudent.

— Difficile de croire que nous avions de la neige il y a quelques jours. Enfin, c'est le Nebraska.

Il lui tendit un paquet enveloppé de papier-cadeau qu'elle n'avait pas même remarqué.

— Tenez. C'est pour vous. Pour vous remercier, et aussi en souvenir.

Elle fut tentée de refuser, mais elle prit le paquet, le déballa lentement sous son regard attentif. Dedans, il y avait un sweat-shirt de football rouge, avec le numéro 17 sur le dos. Maggie ne put s'empêcher de sourire.

— Parfait.

— Je ne compte pas qu'il remplace celui des Packers, expliqua-t-il, vaguement embarrassé, mais j'ai pensé qu'il vous en fallait un des Nebraska Cornhuskers.

— Merci. Il me plaît beaucoup.

— Le 17, c'était mon numéro, ajouta-t-il.

Soudain, le simple vêtement de coton prit un sens tout particulier. Elle leva les yeux vers lui et, sans qu'elle le veuille, son sourire s'effaça. Son trouble était trop grand. Mais il fut le premier à baisser les paupières, visiblement gêné. Il la surprenait toujours dans ces moments de timidité où le masque du célibataire arrogant se fêlait pour laisser apparaître un cœur tendre et sensible.

— Oh, j'oubliais. Il y a encore ceci de la part de Timmy.

Elle prit la cassette vidéo, et le sourire fleurit de nouveau sur ses lèvres. Les X Files, bien sûr !

— C'est son épisode préféré — celui des cafards tueurs.

N'ayant plus de cadeaux pour s'occuper les mains, il les enfouit dans ses poches.

— Je regarderai ça, et je… je dirai à Timmy ce que j'en pense.

Cela ne lui ressemblait guère de s'engager ainsi à garder le contact et, cependant, elle en éprouvait par avance de la joie.

Silence. Ils restaient immobiles à se dévisager. Maggie en demeurait comme tétanisée, incapable du moindre mouvement. Ils avaient passé toute la semaine ensemble, du matin au soir et même un peu plus, à partager pizzas et Pepsi et cognac, à échanger points de vue et opinions, à se battre contre des fous, des prêtres, à modérer leurs espoirs et leurs déceptions, à porter le deuil d'enfants qu'ils ne connaissaient pas. Elle s'était dévoilée devant Nick, lui avait permis de voir les failles de sa cuirasse, révélant une vulnérabilité qu'elle n'avait encore jamais montrée à personne. Peut-être cela expliquait-il qu'en partant, elle eût l'impression de renoncer à une partie d'elle-même, de la laisser en arrière, dans ce coin perdu du Nebraska dont elle ignorait jusqu'au nom un mois plus tôt. Qu'était-il advenu de l'agent du FBI au détachement légendaire, professionnel en toute circonstance quel qu'en soit le prix ?

— Maggie, je...

— Excusez-moi, interrompit-elle. Je suis sur Internet. À votre arrivée, je tentais d'accéder à des informations en ligne.

Et elle regagna la petite table en coin, coupant court à des révélations sentimentales pour lesquelles elle ne se sentait pas prête.

La connexion était finalement établie. Elle tapa un nouveau code, irritée de constater que ses doigts tremblaient.

— Vous le cherchez toujours, commenta Nick en venant regarder par-dessus son épaule.

Cette proximité la troublait, altérait jusqu'à sa respiration. Elle s'efforça au calme, attendit quelques instants que son souffle s'apaise avant de lui répondre :

— De Caracas, le corps du père Francis a été convoyé par camion dans une petite communauté rurale située à cent cinquante kilomètres vers le sud. D'après sa réservation, Keller était censé rentrer aujourd'hui. J'essaie de savoir s'il a embarqué sur le vol de Miami, ou s'il est parti ailleurs.

— La quantité de données auxquelles vous accédez me sidère.

Il se pencha pour examiner l'écran de plus près tout en poursuivant :

— A l'aéroport, je vous enviais votre appartenance au FBI. Avec mon badge de shérif, je n'arrivais à rien. Trop de choses dépassent le cadre de ma juridiction.

— J'espère que vous ne vous inquiétez plus de passer pour un incompétent ?

— Non. Sur ce chapitre, je suis rassuré.

Enfin, la liste des passagers du vol TWA 1692 s'afficha. Maggie trouva sans peine le nom du révérend Michael Keller parmi les voyageurs enregistrés au départ de Caracas.

— Bon. Il est sur la liste, mais il a pu ne pas embarquer dans l'avion, remarqua Nick.

— Je sais, soupira Maggie en se retournant pour lui faire face.

— Et s'il ne revient pas ?

— Je le retrouverai, déclara-t-elle simplement. Il aura beau courir, il ne m'échappera pas.

— Cela ne changera pas grand-chose. Rappelez-vous que nous n'avons aucune preuve contre lui.

— Vous croyez sincèrement que ces gosses ont été tués par Eddie Gillick ou Ray Howard ?

Il hésita, jeta un regard à l'ordinateur, puis autour de la pièce, et ses yeux s'arrêtèrent sur les valises bouclées avant de revenir à Maggie.

— J'ignore quel rôle Eddie a joué dans ces meurtres, et même s'il y a eu une part. Mais Howard m'a paru suspect depuis le début. Allons, Maggie, réfléchissez. Nous l'avons pincé à l'aéroport avec, dans son sac, un couteau qui pourrait bien être l'arme du crime.

Elle plissa le front et agita la tête.

— Il n'a pas le bon profil.

— Peut-être, mais très franchement, je ne tiens pas à passer ma dernière heure avec vous à discuter de Gillick, Howard, Keller et le reste de l'enquête.

Il se rapprocha d'elle — prudent, presque timide. Pour cacher son trouble, Maggie remonta ses cheveux en arrière, cala une mèche rebelle derrière son oreille. De nouveau, ses doigts tremblaient, son cœur battait plus vite, et un frisson courait au creux de ses reins.

Nick effleura sa joue et plongea dans ses yeux. Ses prunelles brûlaient d'un feu intense, et il la regardait comme si elle était la seule femme au monde. Puis il se pencha. Elle aurait pu se soustraire à son baiser, y songea l'espace d'une seconde. Mais lorsque ses lèvres se posèrent sur les siennes, son corps la trahit. Comme elle ne protestait pas, il posséda sa bouche avec une tendresse et une émotion si bouleversantes qu'elle fut prise de vertige. Et lorsqu'il rompit le baiser, elle demeura étourdie, les paupières closes, à attendre que son souffle se calme et que les étoiles cessent de tourner dans sa tête.

— Je vous aime, Maggie O'Dell.

Cet aveu l'arracha à l'emprise de ses sensations. Elle rouvrit brusquement les yeux, constata qu'il était toujours penché sur elle, qu'il la scrutait avec appréhension. Il s'inquiétait de sa réaction, mais ses mains encadraient toujours son visage, ne la retenaient pas, ne tentaient pas de caresse. Moment d'incertitude. Elle se recula cependant.

— Nick, nous nous connaissons à peine, se défendit-elle dans un murmure.

— Je n'ai jamais rien éprouvé de tel, Maggie. Et ce n'est pas parce que vous n'êtes pas libre. Je ne comprends pas moi-même ce qui m'arrive.

— Nick…

— Je vous en prie. Laissez-moi finir.

Se sentant faiblir, elle s'adossa à la commode — cette même commode à laquelle elle s'était accrochée la nuit où ils avaient été si dangereusement près de faire l'amour…

— Je sais bien que nous nous sommes rencontrés il y a tout juste une semaine. Mais je ne suis pas un impulsif en ce qui concerne… enfin, si, pour le sexe, je le suis… mais pas en ce qui concerne l'amour. Jamais je n'ai ressenti une telle émotion. Et je n'ai jamais dit à aucune femme que je l'aimais.

Pause.

Cela ressemblait fâcheusement à un discours convenu de séducteur, mais ses yeux le démentaient. C'était la vérité.

— Je ne voudrais pas compromettre votre mariage par mes paroles, mais je ne voulais pas non plus que vous partiez sans le savoir. Au cas où cela changerait quelque chose. Et même si cela ne change rien, je tiens à ce que vous sachiez que je suis profondément et désespérément amoureux de vous, Maggie O'Dell.

Nouvelle pause. Il attendait. Mais elle demeurait sans voix. Se retenait aux coins de la commode pour ne pas courir se jeter dans ses bras.

— Je ne sais que vous répondre, murmura-t-elle enfin.

— Je ne vous demande rien.

Là encore, il était sincère.

Elle hésitait, cherchait ses mots.

— A l'évidence, j'ai des sentiments pour vous…

L'idée de ne plus jamais le revoir lui était insupportable, et cette conversation délicate, difficile, la bouleversait autant qu'elle la gênait. Que savait-elle de l'amour ? Avait-elle, autrefois, dans un passé lointain, été amoureuse de Greg ? Ne lui avait-elle pas juré une fidélité éternelle ?

— … Ma vie est un peu compliquée en ce moment.

Sitôt qu'elle eut prononcé ces paroles, elle les regretta. Nick avait pris des risques en lui ouvrant son cœur, et elle se réfugiait derrière le premier prétexte venu.

— Je l'avais compris, mais elle se simplifiera peut-être un jour.

— Nick, votre aveu change quelque chose.

Là. C'était dit. Il en paraissait soulagé, comme s'il n'en attendait pas tant.

— Vous m'avez beaucoup appris, Maggie, permis de voir clair en moi. Depuis toujours, je suivais docilement la voie tracée par mon père… mais c'est fini maintenant.

— Vous êtes un bon shérif, Nick.

— Votre compliment me touche, mais je n'ai pas le feu sacré. J'admire votre ardeur au travail, votre ténacité, votre dévouement total à un métier qui vous passionne. Je souhaite moi aussi trouver une cause en laquelle je croie.

Elle brûlait de le toucher, de le prendre dans ses bras, mais elle se contenta de lui sourire.

— Et qu'est-ce que Nick Morrelli souhaite faire quand il sera grand ?

— Quand j'étais en fac de droit, je travaillais au bureau du procureur de Suffolk County à Boston. À l'époque, ils m'ont dit que je serais toujours le bienvenu si je souhaitais revenir. Il y a de cela quelques années, mais je vais tout de même leur passer un coup de fil.

— Excellente idée.

Déjà, elle calculait les distances entre Boston et Quantico — pas bien loin, en vérité…

— Vous allez me manquer, déclara-t-il.

La remarque raviva son trouble et sa panique. Il dut le lire dans son regard, car il consulta sa montre et ajouta :

— Il est temps que je vous conduise à l'aéroport.

— Certes.

Leurs yeux se rencontrèrent. De nouveau, elle hésita. Etait-ce sa dernière chance de lui avouer ses sentiments ? Y en aurait-il d'autres ?

L'instant passa, et elle alla éteindre son ordinateur, débrancha les fils, rangea le tout dans sa sacoche. Nick prit sa valise et sa housse de vêtements. Ils atteignaient la porte quand le téléphone sonna. D'abord tentée de ne pas décrocher, Maggie se tourna vers l'appareil, laissa passer trois sonneries, puis se décida soudain à répondre.

— Allô oui ? Ici Maggie O'Dell.

— Ah, O'Dell. Content de t'avoir en ligne.

C'était Cunningham, son patron. Ils ne s'étaient pas parlé depuis plusieurs jours.

— Tu as de la chance. J'étais sur le point de partir.

— Eh bien, dépêche-toi de rentrer. J'envoie Delaney et Turner te chercher à l'aéroport.

Elle leva les yeux vers Nick qui l'observait, inquiet.

— En quel honneur ? J'ai besoin de gardes du corps, maintenant ? plaisanta-t-elle.

Le silence s'éternisait. Son sourire s'effaça.

— Je tenais à te prévenir avant que les médias ne répandent la nouvelle.

Pause.

— Quelle nouvelle ?

— Albert Stucky s'est évadé pendant le transfert. Entre Miami et le nord de la Floride. On le conduisait dans une prison de haute sécurité. Il a mordu et arraché l'oreille d'un de ses gardes, poignardé l'autre avec — tiens-toi bien — un crucifix de bois, et il les a achevés en leur explosant le crâne avec leurs revolvers de service. Apparemment, un prêtre catholique était venu lui rendre visite la veille dans sa cellule. Je présume qu'il lui aura donné le crucifix. Mais ne t'en fais pas, Maggie. On a attrapé ce salaud une première fois, on le rattrapera.

Maggie ne l'écoutait plus. Elle n'avait compris qu'une chose : Albert Stucky s'était évadé.

# Épilogue

*Une semaine plus tard*
*Chíuchín, Chili*

La chaleur du soleil était douce sur sa peau. Ses pieds nus négociaient les rochers de la côte au prix de quelques égratignures, mais il était si bon de sentir la caresse des vagues tièdes sur ses chevilles.

L'océan Pacifique s'étendait à perte de vue, puissante source de guérison. Derrière lui, les montagnes chiliennes isolaient ce coin de paradis peuplé de paysans pauvres, en mal d'attention et en quête de salut. La minuscule paroisse ne comptait pas plus de cinquante familles. C'était parfait. Depuis son arrivée, le martèlement de sa tête ne le dérangeait plus. Peut-être avait-il disparu à jamais.

Un groupe de garçons à la peau brune, vêtus de simples shorts, poursuivaient un ballon. Ils venaient dans sa direction. Deux d'entre eux le reconnurent pour l'avoir vu ce matin à la messe. Ils le hélèrent en lui faisant de grands signes de la main. Il ne put s'empêcher de rire en les entendant prononcer son nom de travers.

Lorsque le groupe s'assembla autour de lui, il caressa quelques têtes aux cheveux noirs et leur sourit. Le plus petit portait un short bleu déchiré ; il avait les yeux tristes d'un gosse maltraité, comme lui l'avait été.

— Les enfants, écoutez bien, dit-il. Je m'appelle Keller. Père Keller, avec un « e » et pas Killer avec un « i ». En anglais, vous faites de moi un assassin !

# Prologue

*Pénitencier du comté de North Dade*
*Miami, Floride*
*Halloween – Vendredi 31 octobre*

Del Macomb s'essuya le front de sa manche. Il transpirait à grosses gouttes et le coton rêche de son uniforme lui collait à la peau. A 9 heures du matin, il faisait déjà une chaleur effroyable pour la saison. Et quelle humidité ! C'était à n'y pas croire.

Il avait grandi dans le Minnesota, un peu au nord de Hope. Chez lui, les bords de Silver Lake auraient commencé à geler. Son père se serait installé pour écrire ses sermons, en regardant passer les dernières oies des neiges. Del remonta une mèche de cheveux humide qui lui tombait dans les yeux. Le souvenir de son père lui rappela qu'il avait besoin d'une coupe. Etrange association d'idées qui, plus étrangement encore, lui donnait le mal du pays.

— Alors, c'est qui le trou-du-cul qu'on chaperonne aujourd'hui ?

Del ne put retenir une grimace devant la vulgarité de son collègue. Mais un regard de biais à Benny Zeeks le rassura.

L'ancien marine taillé dans le roc n'avait pas remarqué sa réaction. Bien. Il n'avait nul besoin de nouvelles remontrances.

— Les gars m'ont dit qu'il s'appelait Stucky.

Benny paraissait préoccupé. Avait-il entendu sa réponse ?

Au pénitencier de North Dade, Benny Zeeks était une légende — en tant qu'ancien combattant du Viêt-nam, mais surtout parce qu'il avait longtemps travaillé comme maton à Starke dans les couloirs de la mort, et avec des condamnés de la pire espèce. Del avait vu les cicatrices que lui avaient laissées des détenus récalcitrants qu'il avait dû traîner de force au secret.

Sans prendre le soin de les replier, Benny remonta ses manches, et l'une de ces cicatrices apparut sur son avant-bras aux veines proéminentes. C'était une pâle balafre au tracé irrégulier qui traversait le ventre d'une danseuse polynésienne tatouée. Benny la faisait encore danser en jouant de ses muscles, et la femme coupée en deux roulait des hanches de manière suggestive tandis que son torse, comme déconnecté, demeurait immobile. Ce tatouage fascinait Del, l'intriguait malgré sa répugnance instinctive.

A présent, le colosse peinait à monter les marches étroites du véhicule blindé pour se hisser sur le siège du passager. Il ne bougeait pas bien vite, ce matin, d'où Del conclut qu'il avait encore pris une cuite la veille. Feignant de n'en rien voir, il prit place au volant.

— Alors, c'est qui, ce sale con ? s'enquit Benny en s'escrimant sur le bouchon de sa Thermos de café.

Del s'abstint de faire remarquer que la caféine le rendrait encore plus nerveux. En moins d'un mois à ce poste, il avait appris qu'on ne discutait pas avec Benny Zeeks.

— On est sur la tournée de Brice et Webber aujourd'hui.

— Voilà mieux ! Et en quel honneur ?

— Webber a la grippe, et Brice s'est fracturé la main hier soir.

— C'est pas malin. Il a fait ça comment ?

— Aucune idée. En tout cas, il est sur la touche. Hé, je croyais que tu en avais ras le bol de la routine, et des embouteillages autour du tribunal.

— Ouais, ben j'espère au moins qu'y aura pas trop de paperasse. Et si on hérite du boulot à Brice et Webber, ça veut dire que notre connard est expédié à Glades. A l'ombre et sous bonne garde jusqu'à son procès. Faut que ce soit un sacré lascar pour qu'ils n'osent pas le garder dans notre taule minable.

— Le type s'appelle Albert Stucky. D'après Hector, il ne serait pas mauvais bougre. Plutôt intelligent et amical avec le personnel. Paraîtrait même qu'il a accepté le Christ.

Sentant peser sur lui le regard de Benny, Del mit le contact, laissa le fourgon vibrer et gronder quelques instants avant de passer la première. Le véhicule s'ébranla lentement. Del brancha aussitôt l'air conditionné, que Benny coupa d'un coup de poing.

— Attends un peu que le moteur tourne, tête de lune. On a pas besoin que ce truc nous crache de l'air chaud en pleine figure par le temps qu'il fait !

Del rougit jusqu'à la racine des cheveux. Jamais il ne parviendrait à se concilier les bonnes grâces de son partenaire. Refoulant sa rage impuissante, il baissa sa vitre, prit le carnet de bord et y inscrivit le relevé kilométrique, le nombre de litres d'essence restant dans le réservoir et l'heure de départ. Rien de tel que la routine pour se calmer les nerfs.

— Hé, petit gars, t'as bien dit Albert Stucky ? J'ai lu des trucs sur ce mec dans le *Miami Herald*. Les fèdes l'ont surnommé « Le Collectionneur ».

— Les fèdes ?

— Ben oui, les fédéraux, le FBI, quoi. Tu sors jamais de ton trou ?

Les oreilles brusquement en feu, Del détourna la tête pour ajuster le rétroviseur extérieur.

— Enfin bref, ce Stucky, il a découpé et assassiné trois ou quatre bonnes femmes, et pas seulement ici en Floride. Si c'est bien lui qu'on embarque, c'est une sacrée belle ordure. Et s'il prétend avoir trouvé le Christ, tu peux parier ta chemise que c'est pour sauver son cul de la rôtissoire au père Satan.

— On peut changer, non ? Tu ne crois pas ?

Del coula un regard à Benny qui le fixait de ses yeux injectés de sang.

— Et toi, tu crois encore au Père Noël, le môme. Ceux qu'on envoie attendre leur procès en haute sécurité sont pas des enfants de chœur. Même s'ils racontent qu'ils ont trouvé leur putain de Bon Dieu.

Sur quoi Benny se tourna vers sa vitre pour boire son café. Au grand soulagement de Del, qui n'avait pu retenir une grimace en entendant les termes blasphématoires. On n'est pas élevé pendant vingt ans par un père pasteur sans en garder quelques réflexes.

Dans la cour de la prison écrasée de soleil, quelques détenus tournaient en rond, se passaient des cigarettes, fumaient dans la fournaise matinale. Et Del se demanda comment ils pouvaient prendre plaisir à être dehors quand il n'y avait pas d'ombre. Il ajouta ce détail à sa longue liste de griefs contre l'institution pénitentiaire. Dans le Minnesota, il avait milité en faveur d'une réforme des prisons. Trop occupé par son déménagement et son nouvel emploi, il n'en avait plus le temps, mais il tenait sa liste à jour pour l'avenir. Petit à petit, il gravirait les échelons, atteindrait un poste à responsabilités, et alors il se battrait pour la suppression des couloirs de la mort à Starke.

Lorsqu'ils arrivèrent devant le dernier poste de contrôle, il regarda dans son rétroviseur et retint un cri de surprise en avisant un regard noir et perçant fixé sur lui à travers la lucarne de verre épais. Ce que lut Del dans les yeux du prisonnier lui donna la chair de poule. Et lui rappela un lointain souvenir surgi du passé.

Enfant, un jour qu'il accompagnait son père dans ses visites, il avait vu ce même regard dans la cellule d'un condamné qui avait confessé devant lui des crimes abominables, se répandant en détails sur les horreurs qu'il avait fait subir à toute sa famille avant de tuer tour à tour sa femme, ses cinq enfants, et jusqu'au chien. Choqué, marqué à vie par ce récit, Del l'était davantage encore par le plaisir sadique avec lequel le prisonnier se complaisait dans la description de sa propre sauvagerie et semblait se réjouir de l'impact de ses paroles sur un enfant de dix ans. Et l'homme qui le fixait depuis l'arrière du fourgon blindé avait ce même regard. Celui du mal absolu.

Del reporta son attention sur sa conduite, s'obligea à se concentrer, à ne pas céder à la tentation malsaine de regarder dans le rétroviseur. Le dernier point de contrôle franchi, ils s'engagèrent sur la route. Enfin, il pouvait se détendre. Il adorait conduire. Cela lui permettait de réfléchir. Mais au premier carrefour, quand il tourna à gauche, Benny qui paraissait somnoler sortit brusquement de sa torpeur.

— Non mais, où tu vas, le môme ? La I-95, c'est de l'autre côté.

— Je comptais prendre la 45. Il y a moins de circulation, et le paysage est plus joli.

— Plus joli ! Comme si on n'avait que ça à foutre !

— Mais c'est un raccourci. On gagne une demi-heure, on livre notre détenu, et ça nous laisse du temps pour déjeuner tranquille.

L'argument était propre à convaincre Benny — visait également à l'impressionner. Le vieux briscard se recala dans son siège, se versa un gobelet de café et remit l'air conditionné en marche sans protester. Bientôt, une agréable fraîcheur se répandit dans la cabine, et Benny récompensa Del d'un de ses rares sourires. Succès complet autant qu'inespéré. Pour une fois, il avait visé juste. Rasséréné, Del se détendit.

Ils avaient quitté Miami et ses embouteillages, roulaient depuis une trentaine de minutes quand un bruit soudain se produisit, ébranlant le fourgon. Del crut d'abord qu'ils venaient de perdre une partie du tuyau d'échappement. Mais cela cognait toujours, et le bruit provenait de l'arrière, pas de dessous.

Benny frappa du poing contre la cloison blindée en aboyant :

— C'est fini, ce bordel ?

Puis il se contorsionna pour couler un regard par la lucarne de verre.

— On y voit rien, là-dedans.

Le bruit s'accrut encore, faisant vibrer leurs sièges. A croire que leur prisonnier cognait à grands coups de batte de base-ball contre les parois d'acier. Impossible, bien sûr. Il ne possédait rien de tel. Les chocs répétés exaspéraient Benny, qui se prenait la tête puis frappait comme un sourd contre la cloison cependant que la danseuse polynésienne roulait frénétiquement des hanches sur son bras.

— Ohé, derrière, arrête un peu ton cirque ! lança Del à son tour, ajoutant au vacarme.

A l'évidence, le détenu n'était pas totalement immobilisé, et il se jetait de tout son poids contre le métal du fourgon. C'était à devenir fou, et le forcené risquait de se blesser sérieusement. N'ayant pas l'intention de livrer son prisonnier couvert d'hématomes, Del ralentit l'allure pour se ranger en bordure de route.

— Qu'est-ce que tu fous ? gronda Benny.

— On ne peut pas continuer comme ça pendant tout le voyage. Les gars ne l'ont sans doute pas attaché comme il faut.

— Pourquoi ils l'auraient fait ? Il a trouvé Jésus.

Del se contenta d'agiter la tête et, ignorant le sarcasme, il sortit de la cabine sans trop savoir comment il ferait face à un prisonnier fou furieux, à demi libéré de ses attaches de cuir.

— Minute, le môme, hurla Benny. Je vais m'occuper de ce connard.

Il s'extirpa de son siège, contourna le fourgon d'un pas lourd et vacillant.

— Mais tu es soûl, ma parole !

— Et quoi encore ?

Del tendit la main pour prendre la Thermos dans la cabine, l'arracha de justesse à Benny, l'ouvrit et renifla le café copieusement additionné d'alcool.

— Espèce de saligaud !

La remarque, partie du cœur, étonna Del lui-même autant que son équipier. Mais au lieu de s'excuser, il lança la bouteille contre un poteau voisin et la regarda voler en éclats.

— Merde ! Tu charries, le môme. C'était ma seule Thermos, protesta Benny.

Il fixa un moment les buissons d'un air chagrin, puis il s'ébroua et se dirigea vers l'arrière du fourgon.

— Bon, ben, c'est pas tout ça. Il est temps de s'occuper de cet abruti pour qu'il la boucle.

A l'intérieur, le détenu continuait à cogner comme un sourd — si fort que le véhicule en était secoué.

— Parce que tu es en état de le faire ? ironisa Del qui se sentait trahi.

— Je veux, minot. T'étais encore au sein que je fermais déjà la gueule à ce genre de trou-du-cul.

Benny sortit son revolver réglementaire — non sans quelque difficulté. Quel taux d'alcool avait-il dans le sang ? Etait-il capable de viser ? L'arme était-elle seulement chargée ? Jusque-là, Brice et Webber transportaient les criminels dangereux à Glade et à Charlotte, tandis que Del et Benny se chargeaient de conduire les petits délinquants et les escrocs au tribunal de Miami. D'une main tremblante, Del libéra son revolver dans son étui. Le contact peu familier de la crosse sous ses doigts le mettait mal à l'aise.

Le vacarme cessa dès qu'il entreprit de déverrouiller la lourde porte arrière. Benny se tenait près de lui, l'arme au poing. Sa main tremblait aussi, constat peu rassurant. Pris d'une nausée soudaine, Del transpirait à grosses gouttes et son cœur lui martelait la poitrine, battements de tambour assourdissants dans le silence de la campagne déserte.

Il prit une profonde inspiration, agrippa fermement la poignée, ouvrit le battant et bondit de côté, laissant le champ libre à Benny, planté face à la cavité obscure, bras tendus devant lui, prêt à tirer.

Rien. La porte alla cogner et rebondir contre la carrosserie blindée. Del et Benny scrutaient l'intérieur sombre du fourgon, plissant les yeux pour tenter d'apercevoir le banc en coin sur lequel le détenu devait être attaché par d'épaisses courroies de cuir fixées au métal du fourgon. Courroies qui pendaient lamentablement sur le sol. On les avait coupées.

— Ça alors ! s'exclama Del, interdit.

— Qu'est-ce que c'est que ce bordel ? grommela Benny en approchant lentement de la cavité béante.

Sans crier gare, une grande silhouette noire se jeta sur Benny et l'envoya à terre avec son arme. Puis, tel un chien enragé, Albert Stucky planta les dents dans l'oreille de Benny dont le hurlement pétrifia Del. Il demeura cloué sur place, incapable de réagir, de penser, de respirer. Le temps qu'il se ressaisisse et sorte son revolver, le prisonnier s'était relevé et chargeait droit sur lui. Dans le choc de la collision, Del sentit un objet lisse et pointu s'enfoncer dans son ventre.

La douleur se répandit dans tout son corps et l'arme glissa de sa main privée de force. Il s'obligea cependant à regarder dans les yeux d'Albert Stucky, et il y vit le mal qui le dévisageait, noir, glacial — le mal incarné. Le souffle brûlant du démon lui effleurait le visage. Il baissa les paupières sur la main puissante qui serrait toujours le manche du poignard, les releva au moment où Stucky souriait et donnait une poussée supplémentaire.

Del tomba à genoux. Sa vision se brouilla et le grand homme noir se fragmenta en images multiples. Là-bas, Benny gisait à côté du fourgon. Tout se mit à tourner dans un étrange brouillard. Il s'effondra sur le macadam brûlant. Tout brûlait, dedans comme dehors. Il lui semblait frire, entendre grésiller sa chemise humide. Le feu dévorait ses entrailles. Etendu sur le dos, il ne voyait plus que les nuages qui tournoyaient au-dessus de lui, blanc vif contre l'immensité bleue. Le soleil matinal l'aveuglait et pourtant, c'était beau. Jamais auparavant il n'avait remarqué que le ciel était si beau.

Derrière lui, un coup de feu déchira le silence. Del esquissa l'ébauche d'un sourire. Ce brave Benny la Légende, qu'il ne voyait pas, avait finalement fait le nécessaire. L'alcool avait un peu ralenti ses réflexes, mais c'en était fini.

Au prix d'un effort, Del se redressa un peu pour inspecter l'état de sa blessure... et ne fut pas peu surpris de voir planer au-dessus de son ventre l'image ensanglantée de Jésus sur la croix. En fait de poignard, c'était un crucifix d'acajou sculpté qui lui avait ouvert le ventre. Mais il ne souffrait plus. C'était sûrement bon signe. Peut-être qu'il s'en tirerait, après tout.

— Hé, Benny ? Mon père va écrire un fameux sermon quand il saura que j'ai été poignardé avec un crucifix, lança-t-il à son compagnon invisible.

Et il posa de nouveau la tête sur le macadam pour contempler le ciel qu'une longue silhouette noire vint bientôt lui cacher.

Une fois de plus, il plongeait dans ce même regard dépourvu d'humanité. Albert Stucky le dominait de toute sa taille, se penchait sur lui, long et maigre, noueux. Il avait quelque chose d'un vautour attendant patiemment que sa proie accepte l'inévitable, le cou tendu, les ailes collées au corps. Puis le vautour sourit, satisfait, et déploya son aile. Albert Stucky leva le revolver de Benny et visa Del au front.

— Tu ne diras plus rien à ton père, déclara-t-il d'une voix posée. Va raconter ça à saint Pierre, mon garçon.

La balle claqua contre le crâne de Del dans une explosion lumineuse de blancs, de bleus, de jaunes à l'infini. Et puis, ce fut le noir.

# ALEX KAVA

# DAMNATION

*Entre le bien et le mal, la frontière est parfois facile à franchir.*

Albert Stucky. On l'appelle le Collectionneur — parce qu'il aime collectionner les jeunes femmes avant d'en disposer à sa manière. La plus horrible qui soit.
Maggie O'Dell, profiler et agent du FBI, a elle-même gardé de lui une trace indélébile sur le corps. Après avoir passé deux ans à étudier les méthodes et rituels pervers du serial killer, à déchiffrer les mystérieux messages écrits à son intention, elle a fini par être piégée dans un entrepôt, où Stucky l'a forcée à le regarder commettre ses crimes. Un face-à-face qui l'a laissée marquée à jamais.
Physiquement et psychiquement.
Même après l'arrestation du tueur, elle ne cesse d'être hantée par lui, comme si, par-delà les barreaux, il la défiait toujours. Apprenant qu'il s'est évadé, Maggie guette désormais un signe. Dans la presse, à la télévision, jusque dans son voisinage. Elle sait que Stucky se prépare à reprendre leur jeu macabre. Elle ne se trompe pas. Les crimes recommencent, et les victimes sont toutes des femmes de sa connaissance. La partie s'annonce serrée.
Une ultime partie dont, elle en est sûre, seul l'un d'eux sortira vivant.

Un thriller haletant d'Alex Kava, l'auteur de *Sang froid* (N° 159)

**BEST-SELLERS N°163**

**À PARAÎTRE LE 1ER JANVIER 2003**

Gwen Hunter

# Faux diagnostic

*Le Dr Rhea Lynch a quitté une vie étouffante à Charleston pour pratiquer la médecine d'urgence dans une petite ville de Caroline du Sud. Mais, à Dawkins County où est désormais sa vraie famille, son entourage est soudain atteint d'un mal mystérieux…*

A son retour de vacances, Rhea trouve sa meilleure amie, Marisa Braswell, inerte, prostrée, incapable de communiquer. Diagnostic officiel, confirmé par le propre époux de Marisa, le Dr Braswell : accident cérébro-vasculaire. En dépit des efforts de la famille pour la tenir à l'écart, Rhea décide, dans la plus parfaite illégalité, d'établir *son* diagnostic. La vérité qu'elle soupçonne est horrible.

Lorsqu'un homme est amené aux urgences, présentant les mêmes symptômes que Marisa, puis un autre encore, Rhea voit son diagnostic se confirmer. Comme Marisa, en effet, ces patients ont été volontairement réduits au silence par une substance narcotique, la Xylazine.

Tout en soignant les victimes, de plus en plus nombreuses, Rhea n'a qu'une idée : découvrir qui se cache derrière ces manipulations criminelles. Mais à qui faire confiance ? Une puissante conspiration semble menacer les gens qu'elle aime, peut-être même la communauté tout entière, et il est difficile de discerner le vrai du faux. Pourtant, Rhea tient bon. Jusqu'au jour où elle est elle-même prise pour cible…

Mary Alice MONROE

# *Les saisons du cœur*

Quatre sœurs. Les sœurs Season. La vie les a séparées depuis l'«accident» qui a laissé la plus jeune, Merry, handicapée. La vie, et aussi la culpabilité, l'amertume, la rancœur. Quand Merry s'éteint à trente-deux ans, les trois aînées se retrouvent dans la vieille maison familiale, contraintes de se parler, de renouer des liens oubliés. De satisfaire, aussi, à cette requête exprimée par leur jeune sœur dans une lettre et une cassette vidéo. Une requête en forme de défi, car elle les somme de partir en quête de la mystérieuse personne à laquelle Merry a légué ses biens. Ce qu'elles décident de faire, sans se douter qu'en accédant aux dernières volontés de Merry, Jillian, Beatrice et Rose vont découvrir aussi un trésor qu'elles ne soupçonnaient pas. Leur propre vérité.

**BEST-SELLERS N°165**

**À PARAÎTRE LE 1ER JANVIER 2003**

Curtiss Ann Matlock

# Le tourbillon des jours

A quarante ans, entre deux enfants à charge — son fils de huit ans Willie Lee et une nièce pré-adolescente qui s'éveille à la vie —, son fiancé auquel elle n'accorde pas l'importance qu'il souhaiterait, et sa mère qui l'assomme de corvées, Marilee James a juste le temps d'écrire ses articles pour The Valentine Voice, où elle est responsable des nouvelles locales. Et puis un jour, c'est elle qui est au centre d'un fait divers : le petit Willie Lee disparaît. Outre le fait que les pires scénarios lui traversent l'esprit, son petit garçon aux cheveux blonds hirsutes accuse un retard scolaire et elle le croit incapable de se débrouiller dans la nature. Mais voilà que l'enfant revient, accompagné par le directeur du journal fraîchement débarqué dans la ville, Tate Holloway, qui a découvert du même coup son nouveau domicile et l'enfant endormi sur son canapé. Tout à son bonheur de revoir Willie sain et sauf, Marilee a à peine conscience que son bienfaiteur n'est autre que son futur boss. Et le remarquerait-elle que cela n'y changerait rien : non seulement elle est engagée avec un autre, mais quand on traîne les lourdes valises de son passé, il ne suffit pas d'un acte généreux pour vous faire croire que la vie peut recommencer à quarante ans…

*Une émouvante comédie dramatique de Curtiss Ann Matlock, l'auteur de Sur la route de Houston (N° 145) et Une femme entre deux rives (N° 151).*

**BEST-SELLERS N°166**

**À PARAÎTRE LE 1ER JANVIER 2003**

Réédition

## Lynn Erickson

# La femme piégée

Anna Dunning est en train de perdre tout contrôle sur sa propre vie. Les appels téléphoniques qu'elle reçoit chez elle l'affolent — cette horrible voix murmurant des menaces obscènes la poursuit partout, dans la rue, le parking, jusque sur les chantiers qu'elle dirige. Son frère décide d'intervenir et engage pour la protéger un garde du corps, Mark Righter. Un ex-flic connu pour sa compétence, mais également accusé de falsification de preuves dans une affaire de meurtre et rongé par l'amertume. Contrainte de cohabiter avec cet homme qu'elle connaît à peine, Anna se sent prise entre le marteau et l'enclume. Traquée. Prisonnière de son appartement, des consignes trop strictes de Mark Righter, des terribles menaces chuchotées au téléphone... Un piège qui se referme sur elle comme une horrible toile d'araignée quand son persécuteur se met à croiser brièvement son chemin sous les déguisements les plus trompeurs. Homme? femme? Qui est cette ombre qui hante désormais son existence? Le pervers finit par se démasquer, mais seulement quand Anna n'a plus aucune chance de le dénoncer...

**BEST-SELLERS N°68**

**À PARAÎTRE LE 1ER JANVIER 2003**

COMMANDE... COMMANDE... COMMANDE...

Ces volumes sont disponibles auprès du Service Lectrices dans la limite des stocks. Si vous souhaitez commander certains titres, cochez les livres choisis et indiquez vos coordonnées dans le bon de commande ci-joint.
Chaque volume est vendu au prix de 5,18 €, auquel s'ajoutent 2,05 € par colis pour la participation aux frais de port et d'emballage.
**N'envoyez pas d'argent aujourd'hui, une facture accompagnera votre colis.**

Renvoyez ce bon à : Service Lectrices HARLEQUIN
CÉDAP / BP 77 - 94232 CACHAN CEDEX.

Mme ☐ Mlle ☐ Si abonnée, n° : ☐ ☐☐☐☐☐☐☐

NOM ______________________

Prénom ______________________

Adresse ______________________

Code Postal ☐☐☐☐☐ Ville ______________________

______________________ Tél. : ☐☐☐☐☐☐☐☐☐☐

Adresse e-mail ______________________

Date d'anniversaire ☐☐ ☐☐ ☐☐☐☐

*Signature indispensable*

Le **Service Lectrices** est à votre écoute au **01.45.82.47.47**
du lundi au jeudi de 9h à 17h et le vendredi de 9h à 15h.

Conformément à la loi Informatique et Libertés du 6 janvier 1978, vous disposez d'un droit d'accès et de rectification aux données personnelles vous concernant. Vos réponses sont indispensables pour mieux vous servir. Par notre intermédiaire, vous pouvez être amené à recevoir des propositions d'autres entreprises. Si vous ne le souhaitez pas, il vous suffit de nous écrire en nous indiquant vos nom, prénom, adresse et si possible votre référence client. Vous recevrez votre commande environ 20 jours après réception de ce bon.

Offre réservée à la France métropolitaine et soumise à acceptation.

Composé et édité
PAR LES ÉDITIONS HARLEQUIN
Achevé d'imprimer en octobre 2002

BUSSIÈRE
GROUPE CPI

à Saint-Amand-Montrond (Cher)
Dépôt légal : novembre 2002
N° d'imprimeur : 25008 — N° d'éditeur : 9573

*Imprimé en France*